中華詩詞研究

立足当代

贯通古今

融合新旧

兼顾中外

ZHONGHUA
SHICI
YANJIU

中华诗词研究

中华诗词研究院 复旦大学中文系 / 编

第三辑

中国出版集团 東方出版中心

目　录

热点聚焦

诗史扫描

诗学建构

诗教纵横

域外汉诗

热点聚焦

诗为专门之学
——谈加强现当代旧体诗词的评鉴与研究

查洪德

【摘　要】现当代旧体诗词入史问题争论了几十年，今天看来，问题已不是要不要写入文学史，而是如何写好，把代表我们时代的优秀诗人诗作写入文学史。而写好的前提是公允而专业的评选与品鉴，这需要专门家的专业之学。这所谓专业，大致说是懂诗法，知诗病，具诗心，得诗味。当然还应知古知今。由于历史的原因，现当代旧体诗词几乎成了文学史研究的空白，需要具专门之学者加强这方面的研究。

【关键词】现当代旧体诗词　文学史　诗学　诗法　诗病

现当代旧体诗词要不要写入文学史的问题，已经争论几十年了。20世纪80、90年代，否定的意见据主导地位（钱理群先生《一个有待开拓的研究领域——〈二十世纪诗词选〉序》有述）。21世纪以来，特别是近些年，情况发生了变化，尽管反对的声音依然存在，但主张写入的意见逐渐占主导地位。现在讨论这个问题，我们的看法应该很明确：应该写入，但写入文学史的必须是真正优秀的诗作和诗人。而真正写好，并不容易。

一个时代有没有好的诗作与诗人是一回事，文学史家能不能真正识得优秀的作品是又一回事。也就是说，要写入文学史是一回事，能不能很好写入是另一回事。写入的基础是评选和研究，将现当代旧体诗词的优秀之作从大量的平庸之作中选出，而后优中选优，把数量不多的能够代表这个时代的精品呈现给读者，写入文学史，传给下一代，这是文学史研究者的任务和使命。但研究也并非说研究就研究，必须有一个相当规模的懂诗能评诗的队伍，他们必须具备旧体诗词的修养。

中国古代诗歌发展几千年，诗学成了专门之学。作诗是专门之学，评诗也是专门之学，自古就有评诗难之叹。宋元之际舒岳祥说："作诗难，评诗尤难也。必具真识而后评之当，必全正气而后评之公。"[1]元人许有壬感叹说："《三百篇》后，作诗而世传者，可数也；评诗而世服者，可数也。"[2]朱熹就把那些无见解无真知，人云亦云信口乱说的人比作"矮子看戏"，说：

> 今人都不曾识，好处也不识，不好处也不识。不好处以为好者有之矣，好者亦未必以为好也。其有知得某人诗好、某人诗不好者，亦只是见已前人如此说，便承虚接响说取去。如矮子看戏相似，他见人道好，他也道好。及至问着他那里是好处，他元不曾识。举世皆然。[3]

清人赵翼《论诗》五首影响很大，其三说："只眼须凭自主张，纷纷艺苑漫雌黄。矮人看戏何曾见，都是随人说短长。"[4]这是发挥朱熹之说：不懂诗而勇于评论，乱点甲乙，如何能免朱熹、赵翼之讥呢?

由于历史的原因，现当代旧体诗词几乎成了一个文学史研究的盲区。古代文学研究者多不关注当下的文学创作，有些研究者还明确要严守疆域，以为现当代旧体诗词不在古代文学研究领域，不是古代文学研究的对象，绝不涉及。而随着老一代文学史家渐次离去，新一代的现当代文学史研究者中，很多人旧体诗词修养薄弱，研究起来难免困难。于是，现当代旧体诗词成了文学史研究的一个盲区。

或许有人会说，诗不过咏性情，能动人即是好诗，旧体诗与新体诗，体虽不同，其理则通。能评新诗，就能评旧体诗。这种说法不能说

[1] 舒岳祥：《阆风集》卷十，文渊阁四库全书本。
[2] 许有壬：《至正集》卷十一，文渊阁四库全书补配文津阁四库全书本。
[3] 黎靖德：《朱子语类》卷一百一十六，中华书局1986年版，第2802页。
[4] 赵翼：《瓯北集》，上海古籍出版社1997年版，第630页。

没有道理，但若真是如此去评鉴，恐怕难服内行之心。从晚清的“诗界革命”，到新文化运动中的“新诗运动”，新诗的艰难成长历程，可以反证新旧诗的巨大差异。古人以为，作诗之法即读诗之法。新体诗与旧体诗作法既不同，品鉴、评论当然也就不同。没有旧体诗的修养而品鉴旧体诗，肯定隔着一层。人们初接触古人诗论时，往往感到困惑，古人说了半天，我们不知所云。可以这样说：凡读古人诗论而感到玄虚难以把握者，就还不足于品鉴旧体诗。唐释皎然《诗式序》说：“夫诗人造极之旨，必在神诣。得之者妙无二门，失之者邈若千里，岂名言之所知乎？故工之愈精，鉴之愈寡，此古人所以长太息也。”[1]这话听来似乎有些玄虚，但却是实实在在的话。今天的学者也是这么看的，袁行霈等《中国诗学通论》就这样说：

> 敖陶孙的《敖器之诗话》评古今人诗曰：“谢灵运如东海扬帆，风日流丽。”“孟浩然如洞庭始波，木叶微脱。”没读过诗的人摸不到头脑，读过的人觉得说得好，但究竟说的什么意思只能意会而不可言传。[2]

现在需要的是真懂、能评的研究者。这些人应具备什么条件呢？我们可以概括为12个字：懂诗法，知诗病，具诗心，得诗味。

有人看不起诗法，以为诗法无关诗之妙处。这当然是古已有之的说法。古人深明诗道，他那么说虽不一定对，但说得起。因为在他们看来，论诗要知其神明变化，不能老在诗法的低层次上说话。但我们如果连基本诗法都不懂，还说什么神明变化？怎么评诗？其实古人论诗，也决不废诗法。清代诗论家查慎行评方回《瀛奎律髓》时说：“诗以气格为主，字句亦末矣。然必字针句砭，方可进而语上。”[3]元代画评家汤垕就

[1] 皎然著、李壮鹰校注：《诗式校注》，齐鲁书社1987年版，第2页。按李壮鹰注“岂名言之所知乎”，引《文心雕龙·神思》：“至于思表纤旨，文外曲致，言所不追，笔固知止。至精而后阐其妙，至变而后通其数。伊挚不能言鼎，轮扁不能语斤，其微矣乎！”即精微之神思是难以用语言表达的。

[2] 袁行霈：《中国诗学通论》，安徽教育出版社1994年版，第12页。

[3] 方回撰、李庆甲集评：《瀛奎律髓汇评》，上海古籍出版社1986年版，第1页。

鄙视那些不懂法而乱评者，他在《古今画鉴·杂论》中说："今人看画，不经师授，不阅记录，但合其意者为佳，不合其意者为不佳，及问其如何是佳，则茫然失对。""今人观画，不知六法，开卷便加称赏。或人问其妙处，则不知所答。皆是平昔偶尔看熟，或附会一时，不知其源，深可鄙笑。"[1]评诗当然更不应如此信口雌黄。

有的人理解的诗法就是平仄与对偶。其实那是基本规则，所谓诗法是字法、句法、章法，以及超越这些具体法的变化。大手笔神明变化，是超越法度而不是离弃法度，更不是废弃法度，所以，朱熹评李白，以为"李太白诗非无法度，乃从容于法度之中。盖圣于诗者"[2]。明代李东阳说，诗"虽千变万化，如珠之走盘，自不越乎法度之外矣"[3]。读诗不能从大处把握，不能品得诗中味，不能把握其真精神，虽读亦如未读。若不能字斟句酌，又如何进而语上？宋代诗人陆游对此有见解，在他看来，诗需要细论，要深入玩味，体会其优缺。他说：

> 一卷之诗有淳漓，一篇之诗有善病，至于一联一句而有可玩者，有可疵者，有一读再读至十百读乃见其妙者，有初悦可人意，熟味之使人不满者。大抵诗欲工，而工亦非诗之极也。锻炼之久，乃失本指；斲削之甚，反伤正气。虽曰名不可幸得，以名求诗，又非知诗者。纤丽足以移人，夸大足以盖众。故论久而后公，名久而后定。[4]

元好问说，读诗需要下细功夫，在细微处见功夫，诗之妙处，决非颟顸孟浪所可得："文章出苦心，谁以苦心为？正有苦心人，举世几人知？工文与工诗，大似国手棋。国手虽漫应，一着存一机。不从着着看，何异管中窥？文须字字作，亦要字字读。咀嚼有余味，百过良未足。功夫到方圆，言语通眷属。"[5]不懂诗法，如何"着着看""字字

[1] 汤垕：《画鉴》，明万历程氏丛刻本。
[2] 黎靖德：《朱子语类》卷一百四十，中华书局1986年版，第3326页。
[3] 李东阳：《怀麓堂诗话》，知不足斋丛书本。
[4] 陆游：《渭南文集》卷三十九《何君墓表》，四部丛刊景明活字本。
[5] 元好问：《与张仲杰郎中论文》，见姚英中主编《元好问全集》（上），山西人民出版社1990年版，第40页。

读”。“着着”云者，告诉我们，其中是大有学问的，“一着存一机”。如此看，如此读，既是要会得诗中意，品得诗中味，更需要识得诗之妙。对此漫然不识，不可能成为品鉴诗的内行。

元代方回撰《瀛奎律髓》，选唐宋律诗3 000首细加评点，对律诗诗法做了系统总结，很值得今人借鉴。现代学者方孝岳认为：“除了《瀛奎律髓》而外，我国文学批评界，恐怕还找不出传授诗法有如此之真切如此之详密的第二部书。”[1]

懂诗法重要，知诗病更重要。宋人姜夔《白石道人诗说》言：“不知诗病，何由能诗？不观诗法，何由知病？名家者各有一病，大醇小疵差可耳。”[2]不知诗病不能评诗，这是肯定的。以往我们的教材总是只讲好的作品之好，不讲不好的作品。好的作品也不可能都是好处，按照上引陆游的观点，完璧无瑕的作品是没有的，既知其“善”又知其“病”才是客观的品鉴，也才能真正认识好作品之好，否则一切的评价都很难说是真见解。

不结合作品讲，永远是玄虚的，要落实下来需要用具体例子来说明。我们以毛泽东的七律《长征》为例，看看如何读一首律诗：

> 红军不怕远征难，万水千山只等闲。五岭逶迤腾细浪，乌蒙磅礴走泥丸。金沙水拍云崖暖，大渡桥横铁索寒。更喜岷山千里雪，三军过后尽开颜。

诗论家方回在《瀛奎律髓》中总结了律诗的最基本的章法：“盛唐人诗多以起句十字为题目，中二联写景咏物，结句十字撇开，却说别意。此一大机括也。”[3]又说：“起两句言题，中四句言景，末两句摆开言意。盛唐诗多如此。全篇浑雄齐整，有古味。”[4]（所谓“十字”是就五言律诗说，“起句十字”是首联，“结句十字”是尾联）如此看，律诗的第一联是点

---

［1］方孝岳：《中国文学批评·〈瀛奎律髓〉里所说的“高格”》，世界书局1934年版。
［2］姜夔：《白石道人诗说》，清刻《历代诗话》本。
［3］方回撰、李庆甲集评：《瀛奎律髓汇评》，上海古籍出版社1986年版，第1620页。
［4］同上书，第1256页。

题，要严密地扣紧题目。这一点，毛泽东的这首诗很明了："远征"就是"长征"，无需分析。但这说明，毛泽东是深通此道的。那么第二句呢？第二句非常好地提领中间两联（四句），这七个字，可以分成前四和后三看："万水千山"和"只等闲"。中间四句，也被如此分开了：前四字照应"万水千山"，后三字照应"只等闲"。全诗的着力点就在于用"万水千山"写"只等闲"，全部精神都凝结在"只等闲"三字，"万水千山"是为反衬"只等闲"。"万水千山"四个字，"水"在前"山"在后。中间两联分说万水千山，则先言"山"后言"水"。"五岭逶迤""乌蒙磅礴"，是为"千山"的代表，"腾细浪""走泥丸"，不过尔尔，是走过千山"只等闲"。下一联写水——"万水"之代表："金沙水拍""大渡桥横"，万水之二水，以二水见万水。"云崖暖""铁索寒"，写渡过"万水"之"只等闲"。红军不管是面对险山还是恶水，都是"只等闲"。中间四句，说水说山，反反复复，都是要写足"只等闲"。经过如此反复渲染，红军面对的无数险山恶水，面对这险山恶水的淡然与自信，以及藐视险山恶水的气度，都充分地展示出来了。写"万水千山"，一联山、一联水写来，而全部精神，都在"只等闲"。然后是最后一联。方回总结盛唐诗法（主要是杜甫诗法），说"结句十字撇开，却说别意""末两句摆开言意"。杜甫之前律诗并不如此写，后来人们发现，律诗容易犯的一个毛病，是结联气弱，一般从第三联气已转弱，尾联甚至衰竭。救弊之法，就是尾联推开。要认识这一问题，只要对比一下杜甫和孟浩然二人的岳阳楼诗就可明白。杜甫《登岳阳楼》诗云："昔闻洞庭水，今上岳阳楼。吴楚东南坼，乾坤日夜浮。亲朋无一字，老病有孤舟。戎马关山北，凭轩涕泗流。"[1]孟浩然《望洞庭湖赠张丞相》（或作《临洞庭》）云："八月湖水平，涵虚混太清。气蒸云梦泽，波撼岳阳城。欲济无舟楫，端居耻圣明。坐观垂钓者，徒有羡鱼情。"[2]古人对这两首诗评论很多，比较也很多。大致多认为，两诗前半力量相当，后四句，孟诗气弱，结句尤弱。清人查慎行评这两首诗，"孟作前半首，由远说到近"，

[1] 仇兆鳌：《杜诗详注》卷二十二，中华书局1979年版，第1946页。
[2] 彭定求编：《全唐诗》，中华书局1960年版，第1633页。

“杜作前半首，由近说到远”，无大轩轾，但孟作“后半全无魄力”。[1]明清之际人屈复感叹孟作：“前半何等气势，后半何等卑弱！”[2]张谦宜表达得比较完整：“杜诗用力匀，故通体重；孟力尽于前四句，后面趁不起，故一边轻耳。”[3]孟作病在后半气弱，结句尤然，而杜诗无此病。清代无名氏认为这是两人心胸不同使然：“孟只身世之感，而此（按指杜诗）抱家国无穷之悲，事境尤大云。”[4]确实如此，但也不能排除诗法方面的区别。孟诗尾联接第三联一直写下去，杜甫则在“亲朋无一字，老病有孤舟”后一转：“戎马关山北，凭轩涕泗流。”境界阔大，更增悲壮。回到毛泽东的《长征》上来，这首诗并没有如方回总结的“撇开，却说别意”，而是接第三联写下，但决无气弱之感，原因是这首诗实在是大气磅礴，文尽而气犹盛。但自古有多少诗能有如此气势呢？诗以中间四句反复摅写“万水千山只等闲”，读者以为写足了“只等闲”，而诗人意犹不足，更增以“更喜”云云，以“三军过后尽开颜”作结。

这确实是一首很好的诗。但如陆游所言，完璧无瑕的诗几乎没有，大多有诗病，这首诗也不例外。其病，我们至少可以指出以下几点：第一，律诗忌重字，这首诗不仅有重字，而且重字很多：军、山、水、千，都重复。第二，结联还是不好，结联两句语义重复：“喜”即“开颜”，“开颜”即“喜”，这也是律诗所应力避的。另外，“尽开颜”三字，按古人之说，是太现成语。诗用太现成语，是凑。古人所谓“凑”有二：强拼成句，不自然，不浑成，是凑；用太现成语，也是凑。

古人说，律诗都是学杜，特别是七律，多从杜诗出。这话有些太绝对。但后世律诗多学杜，确是事实。只是学杜要有变化，如明人格调派所主张的尺尺寸寸，学成优孟衣冠，那就无诗了。毛泽东这诗是学杜吗？回答是肯定的。我们拿杜甫《江村》诗一看，就会明白。当然，外行看这两首诗，可能觉得毫不相干，但分析诗法，就知道是有关系的。杜诗云：“清江一曲抱村流，长夏江村事事幽。自去自来堂上

[1] 查慎行：《初白庵诗评》卷下，张氏涉园观乐堂本。
[2] 屈复：《唐诗成法》卷三，弱水草堂刻本。
[3] 张谦宜：《絸斋诗谈》卷五，法辉祖家学堂遗书二种本。
[4] 方回撰、李庆甲集评：《瀛奎律髓汇评》，上海古籍出版社1986年版，第7页。

燕，相亲相近水中鸥。老妻画纸为棋局，稚子敲针作钓钩。多病所须惟药物，微躯此外更何求。”[1]第一联点题，题目《江村》，两句中都有“江”字和“村”字，但是两句实分别点“江”（第一句）“村”字（第二句），因为第一句意落在“江”上，第二句意落在“村”上。这种点题法与杜甫《登楼》诗一样：“花近高楼伤客心，万方多难此登临。”一句出“楼”，一句出“登”。《江村》第二句领起中间四句：所写是“长夏江村”，其精神全在“事事幽”，反反复复，写足“事事幽”，当然，“事”也包含物。毛泽东《长征》写“万水千山”，中间四句就一联山一联水，杜甫写“江村”，中间四句就两句“江”两句“村”，不同的是，杜甫是每一联中一句“江”一句“村”。“自去自来堂上燕”，村中物“幽”，“相亲相近水中鸥”，江中物“幽”。“老妻画纸为棋局”，村中事“幽”，“稚子敲针作钓钩”，江上事“幽”。结联推开，却说自身，似乎与“江”“村”“事事幽”都已无关。但推开是字面感觉，若真的推开，则气脉不接，就大失败。这一结，则结到“事事幽”的关键：因为无所“求”，无所求才有心之幽，这是一诗结穴处，也是一诗真精神所在。还有一句需要说明：杜诗首联两个“江”字两个“村”字，并非诗病。重出的字有两种不算诗病，一种是有意为之的，如此诗。一种是同字而异义。

毛泽东《长征》与杜甫《江村》在诗法上如此相似，是不是一种偶然巧合？不是。古人学杜甫《江村》写作的诗多有，这里举出宋代王禹偁《村行》。诗云：“马穿山径菊初黄，信马悠悠野兴长。万壑有声含晚籁，数峰无语立斜阳。棠梨叶落胭脂色，荞麦花开白雪香。何事吟余忽惆怅？村桥原树似吾乡。”[2]第一句点题已无须多说，“马穿山径”则“村行”之意已足。第二句领起中间四句，中间四句，要写足“野兴”之“长”，且扣紧“山”与“径”写：“万壑有声含晚籁，数峰无语立斜阳。”写山中野兴之“长”，信马悠悠，走过“万壑”，行经“数峰”，可见他走了很久，以此突显“野兴”之“长”，直到听得“晚籁”，目见“斜阳”。“棠梨叶落胭脂色，荞麦花开白雪香。”是“径”上所有，有“色”有“香”。“野”之可爱，才引得“野兴”之“长”。这也是反反

[1] 仇兆鳌：《杜诗详注》卷九，中华书局1979年版，第746页。
[2] 王禹偁：《小畜集》卷九，四部丛刊景宋本配吕无党钞本。

复复，写足“野兴长”，总落在一个“长”字上。“斜阳”对“晚籁”很好，但“无语”对“有声”，便非大手笔所为，好像对仗极工，而这样的工对，工而刻板，不是上乘，正如陆游之言：“大抵诗欲工，而工亦非诗之极也。”另外，第二联好，“含晚籁”“立斜阳”极好，但第三联弱，有些衬不起。王禹偁是宋初白体诗的代表，诗学白居易。但他有诗说：“本与乐天为后进，敢期子美是前身。”可见他心中追求的是杜甫，只是力量不及，退而学白居易。古人中这种情况是很有一些的。这首诗，可以看出他是着意学杜。只是最后一句，一转而发感慨，既揭明“野兴”之所以“长”，是因为野外景色很像自己的家乡，勾起自己的游兴。同时也使“野兴”“长”到尽处而“止”，因为贬谪到此，思家乡而不能归。原本似家乡而不觉，“兴”因此而起；等到突然明白了引起游兴原因乃是“似吾乡”时，情绪陡转，反增惆怅。结句推开，寓感慨，出意外，是不错的。也可以说是学杜而有变化。

当然，我们读诗不能完全陷入这样的法度分析与品评中。诗法、诗病的分析，应有助于会诗意、品诗味、识诗妙，关键是品诗味。

晚唐人司空图有一句话说得很经典：“辨于味而后可以言诗。”[1]宋代杨万里早就讨论过这个问题，他说：

> 夫诗何为者也？尚其词而已矣。曰：“善诗者去词。”然则尚其意而已矣。曰：“善诗者去意。”然则去词去意，则诗安在乎？曰：去词去意而诗有在矣。然则诗果焉在？曰：尝食夫饴与荼乎？人孰不饴之嗜也，初而甘卒而酸。至于荼也，人病其苦也，然苦未既而不胜其甘。诗亦如是而已矣。[2]

诗之所以为诗在味，品读诗，鉴赏诗，就是要品出诗中味。诗中味，更非孟浪可得。明人谢榛说：“作诗譬如江南诸郡造酒，皆以曲米为料，酿成则醇味如一。善饮者历历尝之，曰：此南京酒也，此苏州酒也，此镇江酒也，此金华酒也。其美虽同，尝之各有甄别。何哉？做手

[1] 司空图：《司空表圣文集》卷二《与李生论诗书》。
[2] 杨万里：《诚斋集》卷八十四《宋颐庵诗集序》。

不同故尔。”[1]他这是讲作诗，也是讲品鉴。要品出这同中之别，非有真功夫不可。

所谓诗“味”，有三重意：人生况味、滋味韵味、风格风味。读出诗中人生况味，需要的是人生阅历。能得诗中滋味韵味，需要的是一点妙心。辨别诗之风格风味，需要的是真功夫。

人生阅历这里不说。一点妙心，也非凭空得来。我们借伯牙学琴的故事来说明。《乐府解题》载：

> 伯牙学琴于成连先生，三年而成。至于精神寂寞，情之专一，尚未能也。成连云：“吾师方子春，今在东海中，能移人情。”乃与伯牙俱往，至蓬莱山留宿，伯牙曰：“子居习之，吾将迎师。”刺船而去，旬时不返。伯牙近望无人，但闻海水汩滑崩折之声，山林窅寞，群鸟悲号。怆然而叹曰：“先生将移我情！”乃援琴而歌，曲终，成连回，刺船迎之而还。伯牙遂为天下妙矣。[2]

好诗也要具此妙心才能作出来，好诗的韵味也同样需要有此妙心才能读出来。或者说，诗人以此妙心写得出，读者要具此妙眼见得出。诗人得此妙心不易，读者得此妙心妙眼同样很难。无此妙眼而评诗，恐怕一生都不能得诗之真精神。

辨别诗之风格风味就更难。明人陆时雍评孟浩然诗云：“襄阳律诗，雄浑则有‘气蒸云梦泽，波撼岳阳城’。清微则有‘微云澹河汉，疏雨滴梧桐’。精策则有‘就枕灭明烛，扣舷闻夜渔’。闲雅则有‘众山遥对酒，孤屿共题诗’。”[3]这几句话简单吗？看来很简单，但从孟浩然诗中拈出这些句子，又能找出雄浑、清微、精策、闲雅这样的词语概括，需要专业功夫、当行眼光，很不容易。

这些都不像诗法诗病那样具体而便于言说，所以很难具体说明。但确实如皎然所言，论诗之学，需要详参彻悟，功夫到处，自然明白：“得

[1] 谢榛：《四溟诗话》卷三，人民文学出版社1961年版，第74页。
[2] 李昉：《太平御览》卷五百七十七引《乐府解题》，四部丛刊三编景宋本。
[3] 陆时雍：《唐诗镜》卷十一，文渊阁四库全书本。

之者妙无二门，失之者邈若千里。”

诗是专门之学。有此专门之学，才能够对现当代旧体诗词作出很好的选评研究。在选评的基础上，把那些能够代表我们时代的精品，写入文学史。

【作者简介】南开大学文学院教授，博士生导师，教育部长江学者特聘教授。

关于近百年诗词史研究的思考

黄仁生

【摘　要】 自20世纪80年代提出“重写文学史”以来，参与现当代文学史重写的专家们是以新文学为正宗并作为研究对象来实施的，压根儿就没有分派给旧体诗词一席位置，我们今天就近百年诗词的文学史地位问题进行研讨，是具有前瞻意识和积极意义的，但不是改写、重写的问题，而是要从打基础开始，全新建构，相对于已有的《现代文学史》《当代文学史》而言，则当为补写。因而首先有必要思考几个基本问题：第一，关于近百年诗词史的研究对象之范围，简单地说就是对于“写什么”的界定；第二，关于近百年诗词史的研究方法与视角，简单地说就是“怎么写”要进行讨论；第三，关于近百年诗词史研究撰写者应具备的知识结构和学科修养，简单地说就是“由谁写”为宜。

【关键词】 现当代　文学史　旧体诗词　古今演变

自20世纪80年代学术界提出“重写文学史”以来，有关中国文学专题史、分体史、断代史乃至通史的研究与写作，都取得了丰硕的成果。30年后的今天，关于近百年诗词史的研究与写作又作为一个问题拿出来进行讨论，表面上看来似乎有点滑稽，实际上仍然牵涉文学史观念的解放或更新，但这次不能称为“重写现当代诗词史”，而应称做“补写现当代诗词史”。因为20世纪80年代提出“重写文学史”以后，参与现当代文学史重写的专家们是以新文学为正宗并作为研究对象来实施的（20世纪50年代初期，各大学中文系开设的课程叫“中国新文学史”，于是王瑶先生所撰著作也叫《中国新文学史稿》；后来才改称现代文学、当代文学，并有相应的《现代文学史》《当代文学史》等著作推出），似乎并没有人觉得旧体诗词不写入现当代文学史有什么不妥，有什么冤屈。换言之，近30年中重写的《现代文学史》《当代文学史》通行本中，压根儿就没有分派给旧体诗词一席位置，似乎它们真的被新文学运动给灭掉了，我们今天讨论近百年诗词史的研究与写作，不是改写、重写的问题，而是要从打基础开始，全新建构，相对于已有的《现代文学史》《当代文学史》而言，则当为补写。

当然，在此之前，作为个人的研究与写作，这个领域还是有人做过探讨的。例如，1998年复旦大学出版社推出的《风骚余韵论》一书，应是较早系统研究20世纪旧体诗词演变的一部专著。作者朱文华先生是复旦大学中文系治现当代文学的教授，他坚定地站在新诗的立场上，认为“五四”以来的旧体诗词创作仅仅是风骚余韵，“是文化保守主义的自觉或不自觉的产物”，相对新诗来说“主要是起陪衬或点缀的作用”，甚至不合时宜地预测新时期呈现的所谓“旧体诗热”即使再持续下去，“中兴”的局面同样是可望而不可即的；但他关于新时期旧体诗词弊端的分析和批评，还是有依据、有价值的，值得旧体诗词作者和批评者予以重视和反思。该书出版后的十多年间，旧体诗词领域的问题或弊病虽然依旧存在，甚至有过之而无不及，但无论创作和批评都出现了新的变化，纸质媒体和网络上发表的优秀作品（或称有特色的作品）正在增多，有关20世纪旧体诗词研究的专著和论文也在逐渐推出——其中有些是受到国家社科基金、教育部人文社科研究基金等资助的项目成果，有些是硕士论文或博士论文——包括陈友康教授、马大勇教授在内的一批后继者，他们在各自研究的领域中已经提出了一系列有价值的见解。但这些探讨仍然只是个人的尝试，整体基础尚未建好，学理共识尚未形成，不要说获得像小说那样的重视，即使与新诗的待遇相比，也难以望其项背。中华诗词研究院今天邀集各位专家就近百年诗词的文学史地位以及“补写现当代诗词史”的问题进行研讨，是具有前瞻意识和积极意义的。

我作为长期从事中国古代文学教学与研究的教师，近十多年来，奉命兼做中国文学古今演变的教学与研究，对现当代文学的创作与研究也有所关注，因而不揣冒昧地就近百年诗词史的研究与写作提出如下几个问题供大家参考与批评。

第一，关于近百年诗词史的研究对象之范围，简单地说就是对于“写什么”的界定。作为研究对象，无疑就是现当代作家撰写的格律诗词及相关理论，虽然其间也存在一些介于自由诗与旧体诗词之间的作品——即不大合乎旧体诗词格律的所谓“打油诗”之类，需要甄别取舍，但不影响近百年诗词史研究的大局。就作品写作的时间范围而言，或从1917年至2014年，或从1911年至2014年，这种差别并不大，因而真正要讨论的是作家生存活动的空间范围。此次会议的主题和参考议题中并没有标出“中国”或“中华”一类限定词语，那么，是否可以提出如下假说：1. 不管作者的籍贯、出生地、国籍和主要生活工作的所在地点，只要是用汉语写作并符合格律的旧体诗词，都可以纳入近百年诗词史的研究对象，那么，这个范围内的研究实际上可以称为“世界汉诗研究”。在全球经济一体化和“孔子学院”在全球不断增多的背景下，这种研究视野是具有前瞻意义的，对于提高包括中国诗歌在内的中国文化在世界上的影响，具有非常重要的意义。关于这个问题，我曾在一篇论文中谈及世界汉文学研究构想[1]，这里不拟展开，仅点到为止。2. 如果表述为中华近百年诗词史，其研究范围首先当然是指中国大陆的作家，其次应包括港澳台作家，此外，是否还应包括世界范围内的华人作家（其中又有华裔和移民不久的外籍华人之别）？ 3. 仍按以往惯例，称为中国现当代诗词史，其中是否包括港澳台作家，以及一些本来长期生活在中国、后来移民入了外国籍的作家？这个问题在当代小说领域也存在，例如，高行健、严歌苓的创作，是否应写入《中国当代文学史》？

第二，关于近百年诗词史的研究方法与视角，简单地说就是“怎么写”要进行讨论。从已有的尝试来看，朱文华教授持新诗正宗立场，对旧体诗词进行评估和描述，是一种写法；陈友康教授、马大勇教授等站在肯定旧体诗词合法性的立场上来描述其发展，是另一种写法。我认为近百年诗词史的研究与写作，应分别从不同的方向或层次来进行，例如，不妨先研究和写作专题史、分体史（诗史、词史）、断代史（现代

[1] 黄仁生：《海外现存集部汉籍与中国文学研究——以日本现存汉籍为中心》，载《社会科学》2011年第4期。

与当代）、百年史，然后再将旧体诗词的发展写入《现代文学史》《当代文学史》或《近百年中国文学史》中去。就研究方法与视角而言，当然可以采取多元方法和不同的视角，但我在这儿提一个建议：关于近百年诗词史的研究与写作，如果采用中国文学古今演变的研究方法与视角来进行，则更能说明旧体诗词在现当代继续存在、发展的合法性和文学史价值。原因何在呢？与现当代小说作家作品的研究中，采用西方文学理论或审美标准进行评价，也可以得出令人信服的结论不同，近百年诗词本是从古典诗词演变而来的，它具有独特的格律要求、表现技巧和价值评估体系，运用西方文学理论或审美标准来进行分析评价，往往只能隔靴搔痒，是很难中其肯綮的。例如，毛泽东诗词的深远影响，是近百年任何中国作家的作品难以比拟的，有关毛泽东诗词的研究成果，从数量上说已非常惊人，但大多是就毛泽东诗词论毛泽东诗词，或从政治角度叙说其意义，或运用西方文学理论来评价，因此，其中难免有很多是高调评价和过度阐释。实际上毛泽东在1939年5月20日曾说："古人讲过：'人不通古今，马牛而襟裾。'就是说：人不知道古今，等于牛马穿了衣裳一样。什么叫'古'，自盘古开天地，一直到如今，这个中间过程就叫做'古'。'今'就是现在。我们单通现在是不够的，还须通过去。"[1]他这里所说的"通过去"，当指通晓包括文史在内的传统文化；稍后，他还进一步明确地说："我们必须继承一切优秀的文学艺术遗产，批判地吸收其中一切有益的东西，作为我们从此时此地的人民生活中的文学艺术原料创造作品时候的借鉴。"[2]1949年12月，他在与费德林谈诗歌时还提到："我们每个人都在考虑过去和将来、继承和发展的关系。"[3]那么，就文学领域而言，毛泽东所谓"通古今"，实与刘勰在《文心雕龙》中建构的"通变"理论是一脉相承的。按照这个思路，我最近写了《论毛泽东在中国诗歌古今演变史上的作为与影响》一文，得出的结论就与

[1] 毛泽东：《在延安在职干部教育动员大会上的讲话》，见《毛泽东文集》第二卷，人民出版社1993年版，第177页。所引二句诗，出自韩愈《符读书城南》。

[2] 毛泽东：《在延安文艺座谈会上的讲话》（1942年5月），见《毛泽东著作选读》下册，人民出版社1986年版，第537页。

[3] 转引自［俄］尼·费德林：《我所接触的中苏领导人》，周爱琦译，新华出版社1995年版。

通行的看法有异。因此，对于现当代诗词史的研究与写作，我认为不能只盯着近百年的诗词作家作品进行分析和评价，而应放在三千年的中国诗歌演变史上来进行分析和评价，甚至不妨明确打出“中国诗词古今演变研究”的旗号，鼓励和支持有志于此的学者从事《中国诗歌古今演变》《中国古今词史》这样的分体通史的研究与写作。

第三，关于近百年诗词史研究撰写者应具备的知识结构和学科修养，简单地说就是“由谁写”为宜。严格地说，要写出高质量的《现代诗词史》《当代诗词史》，作者的知识结构和学科修养应能贯通古今。如果仅就从事中国文学研究的学者而言，参与写作旧体诗词的人数，治古典文学者可能多于治现当代文学者；近十多年间参与研究现当代诗词的人数，治古典文学者可能也多于治现当代文学者；甚至近些年之所以能产生一些研究现当代诗词的硕士论文和博士论文，是与其导师的态度密不可分的，而这些导师中，既有现当代文学专家，也有古代文学专家。因此，要真正将近百年诗词史的研究深入开展下去，我们既要团结那些关注现当代文学（尤其是诗词）发展的古代文学专家，更要争取那些具有古典文学（尤其是诗词）修养的现当代文学专家的支持，甚至我们应该提倡贯通古今的学术理念，有意识地突破学科的壁垒，进行跨学科的研究。关于学者贯通古今的问题，在1949年以前本是社会和个人都期许的一种追求，例如，王瑶先生就既是古代文学专家，也是新文学专家。即以当代学术界而言，也有人做过尝试，如中国社科院文学所的杨义先生本是研究现代文学的专家，但他不仅先写了《中国现代小说史》（人民文学出版社1986年版），而且接着又写了《中国古代小说史论》（中国社会科学出版社1995年版），这就把中国古今小说的研究打通了。又如2002年6月，四川人民出版社出版了一部《百年中国文学史》，是从1872年写到1986年。总主编于润琦于该书前言中指出：“可以说，百年文学史就是百年文艺报刊史。近现代报刊文化彻底改变了古代文学的传播方式，以其独特的开放性使文学空前普及，空前大众化；以其时效性使文学增加了现实内涵；以其特有的商业性而孕育了一代代的自由撰稿人和作家。这也是报刊对文学产生特有的文化现象。”这部书以文学传播方式为着眼点，有意淡化了近代、现代、当代这样一些概念，也在一定程度上把古今文学打通了。我曾在一篇文章中把袁行霈先生主编的《中国文学史》和章培恒先生主编的《中国文学史新著》，作为“重写文学史”以来产生的影响颇大的两部通史进行过比较分析，其中提到游国恩等教授主编的《中国文学史》和中国社科院文学所主编的《中国文学史》，以及袁先生主编的《中国文学史》和章先生主编的《中国文学史新著》，都只写到清末，却仍使用“中国文学史”这个书名，表面上看来似乎名不副实，实际透露出来的是教育体制的尴尬。[1]具体的论述我这里不拟重复，但想做一个假设，如果袁先生有可能再领衔继续主编一本“近百年中国文学史”，把它作为这套《中国文学史》的第五册出版，无论讲授现当代文学课程的老师是否采用，它将在社会上与学术界产生巨大影响是可以预期的。当然，我作为学生辈是不能给百忙中的袁先生提出这样的要求的，只是借此引出一个愿望，假如今后还有学者主编《中国文学史》，不妨从上古一直写到当下，其中关于近百年文学（包括诗词）史的描述，或许将与通行的《现代文学史》《当代文学史》迥然不同，从而促使现当代文学专家再次重写《现代文学史》和《当代文学史》。

最后，我还想向各位报告，复旦大学和浙江师范大学从2001年11月开始联合举办“中国文学古今演变研究国际学术研讨会”，到2017年12月将举行第六届同样性质的研讨会，每届会议都出版了论文集。同时，复旦大学中国古代文学研究中心从2001年9月开始招收中国文学古今演变研究方向的硕士研究生，2003年9月开始招收中国文学古今演变研究方向的博士研究生（硕士和博士皆列为中国古代文学专业的一个方向）。2005年经国家学位办批准，将中国文学古今演变研究列为与中国古代文学研究、中国现代文学研究平行的二级学科，相关的招生培养工作和学术研究都已在有序进行之中。如果中华诗词院和在座的各位专家觉得我的建议将有助于近百年诗词史的研究，我们可以向复旦大学研究生院和学校有关方面汇报，与中华诗词研究院联合举办“中华诗词古今演变研究”学术研讨会，合作开设“中国诗歌古今演变

[1] 黄仁生：《中国文学古今演变研究绪论》，载《湖南文理学院学报》2009年第5期。

研究”学位课程，甚至专门招收“中华诗词古今演变”研究方向的研究生。

【作者简介】复旦大学中国古代文学研究中心教授，博士生导师。

旧体诗词入史与中国现当代文学史的态度、器量及年纪

文贵良

【摘　要】 本文的基本主张是将旧体诗词写入中国现当代文学史，既不会改变中国现当代文学的性质，也不会动摇中国现当代文学的学科基础。中国现当代文学史要以自信、宽容的态度对待旧体诗词。当然，也要警惕把中国现当代旧体诗词的价值捧得过高。

【关键词】 旧体诗词　中国现当代文学史　自信

关于旧体诗词是否写入中国现当代文学史的问题，主张加入与反对加入的双方阵营都很壮观，反对一方有唐弢、王富仁、陈国恩、王泽龙等著名学者；主张加入的一方也有黄修己、钱理群、曹顺庆、吴晓东等著名学者，还有一批创作旧体诗词的爱好者。我个人的看法大致是，以历史、开放而自信的态度看待旧体诗词与中国现当代文学之间的关系，把旧体诗词写入中国现当代文学史应该没有问题，但是对旧体诗词的评价要客观公允，警惕把旧体诗词捧得过高的做法。

一

要说旧体诗词与中国现当代文学之间的恩怨，还需要引入对“新文学”（更准确的说法是“中国新文学”）的理解。“新文学”是一个特定的概念。在朱自清的讲稿《中国新文学研究纲要》、王哲甫的著作《中国新文学运动史》、赵家璧主编的《中国新文学大系》中，“中国新文学”特指1917年胡适、陈独秀等提出文学革命主张后，采用现代白话、运用现代文体表达现代人思想情感的文学，与旧体诗词、文言散文、文言小说、古典戏剧等“旧文学”相对立。1937年之前，中国新文学诞生

刚刚二十年，朱自清等人的著作不论及旧体诗词完全合理。反过来说，即使新文学的提倡者想收入旧体诗词等旧文学，恐怕旧文学的创作者也不会同意，章太炎、章士钊等人甚至有可能会非常鄙视这种行为。另外，20世纪30年代前期汪懋祖、吴研因等人提倡的读经也引起新文学提倡者的强烈反感。新中国成立后一批学者的文学史著作沿用了“新文学”这一概念，如王瑶的《中国新文学史稿》、刘绶松的《中国新文学史初稿》、蔡仪的《中国新文学史讲话》、张毕来的《新文学史纲》。黄修己先生指出1958年前后，一般都叫《中国现代文学史》，后来唐弢主编本《中国现代文学史》就用“现代文学”而不用“新文学”。这中间发生了什么？“中国现代文学”这一概念代替了“中国新文学”，名称的变化暗示了内涵的变化和外延的挪移。丁易的《中国现代文学史略》初版于1955年（作家出版社），虽然用的是“中国现代文学史”这个名字，但是其概念、规模和思路等与之前的多种新文学史著作类似。这个时期的中国现代文学史的写作受到政治史和思想史写作的影响，受到意识形态的控制，不能说是纯粹意义上的文学史写作，虽然文学总是离不开时代与政治，但是作为文学史写作应该有文学自身的脉络。20世纪80年代陈平原、黄子平、钱理群提出的“20世纪文学史”的概念以及陈思和、王晓明提出的“重写文学史”的主张打破了这个框架，转向一种以文学性为主的文学史写作与研究。可以看出，从“中国新文学史”到“中国现代文学史”的文学史写作的历史变迁显示，不仅文学史观念在变，而且“新文学”“现代文学”这些概念的内涵与外延也在变。

那么中国现代文学在文学内部的合法性是否需要重新审视，即是否可以包容“新文学”之外的“旧文学”？如果单从“现代文学”这个名词的时代性考虑，包容旧文学是绝对没有问题的。有些学者认为，中国现代文学就是指中国新文学，而中国新文学不能容纳旧文学。关于这个问题我将在下文论述。“中国现代文学”和“中国现代文学史”本身也是一个流动发展的概念，我们要用历史而开放的态度面对。现在的文学状况，已经不同于1917年“新文学”刚刚提出的状态。那个时候，“新文学”与“旧文学”之争、文言与白话之争所显示的是二者之间的绝对对立，而现在这种对立基本消失了。到现在为止，旧体诗词在整个文学的门类中占的比重非常小。旧体诗词句法结构简单精致，篇幅不大，因此无法表现纷繁复杂多变的当代生活。但是旧体诗词在抒发个人情感上仍有一定的空间，中国现当代文学自然应该包括它。以前担心的是新文学是否能合理存在的问题，现在不会因为把旧体诗词写入文学史，就会出现文言文学是正宗，而白话文学只是补充而已的状态。中国现当代文学史应该有这个自信的态度。

二

反对旧体诗词入史的学者担心的问题之一是旧体诗词入史会改变中国现当代文学的性质。这里涉及中国新文学的发生起点。中国新文学的起点在于晚清、“五四”时期胡适等人提出的白话文学主张，即反对文言、提倡白话；反对文言文、提倡白话文；采用新的书面白话表达新的情感和思想，完成启蒙主义的重任。其中一个关键点是文言与白话的区分、文言文与白话文的区分。中国新文学提倡者主张言文一致，但是他们的新文学作品的白话仍然是一种书面白话，即胡适所说的“文学的国语”。书面白话需要有修饰的一面，尤其在白话诗中。鲁迅、傅斯年、茅盾等人都曾经主张通过翻译等方式来实践国语的欧化。周作人在他的《国语改造的意见》中主张熔铸欧化语言、文言中的某些成分、方言的某些成分而建设理想的国语。也就是从中国新文学的提倡者开始，从语言成分的角度看，新文学并非彻底排斥文言中富有生命力的部分。

黄修己先生指出现代旧体诗词不能入史的重要原因是写史者受到“当事人”的影响太大。“当事人”指的是“五四”启蒙主义者。这诚然是非常正确的，但也不可忽视作为当事人之主要人物的胡适1928年出版了《白话文学史》上卷（1928年新月书店初版）。其主要目的是要表明白话文学是中国文学的主要部分、中心部分。当然，胡适也是在为刚刚形成规模的新文学从历史的深处建立根据。值得注意的是，胡适把白话文学的范围放得很大，包括“旧文学中那些明白清楚近于说话的作品”，如《史记》《汉书》《乐府歌辞》、佛经译本、唐人诗歌。胡适把杜甫的部分诗歌纳入白话文学史，比如《兵车行》《丽人行》《石壕吏》《茅屋为秋风所破歌》。胡适认为杜甫的律诗力求自然，用说话的口气写诗；他也曾做过种种尝试，但是失败也不少。他说杜甫的《秋兴》组诗如“难懂的字谜”，“全无文学的价值”，这当然值得商榷。但胡适把杜甫的《江南逢李龟年》《闻官军收河南河北》作为白话诗加以赞赏。当然我们对于胡适的选择对象可以批评，但胡适的选择显示出一种倾向，即把旧体诗词中“近于说话的作品”视为白话文学。“近于说话”表示语言近于口语或者白话，这种口语白话是经过剪裁和加工的。

在20世纪的旧体诗词中，确实有这样一种倾向，凡是受人喜爱的诗词，其用语少用典，力争接近口语，是加工过的口语。例如王国维的旧体诗《六月二十七日宿硖石》：

新秋一夜蚊如市，唤起劳人使自思。试问何乡堪着我？欲求大道况多歧。人生过处惟存悔，知识增时只益疑。欲语此怀谁与共，鼾声四起斗离离。[1]

再如王国维的两首《蝶恋花》：

百尺朱楼临大道。楼外轻雷，不间昏和晓。独倚阑干人窈窕。闲中数尽行人小。　　一霎车尘生树杪。陌上楼头，都向尘中老。薄晚西风吹雨到。明朝又是伤流潦。[2]

辛苦钱塘江上水。日日西流，日日东趋海。终古越山澒洞里，可能销得英雄气？　　说与江潮应不至，潮落潮生，几换人间世。千载荒台麋鹿死，灵胥抱愤终何是。[3]

又如苏曼殊的《本事诗》之一：

[1] 王国维著、陈永正校注：《王国维诗词全编校注》，中山大学出版社2000年版，第43页。
[2] 同上书，第428页。
[3] 同上书，第340页。

春雨楼头尺八箫，何时归看浙江潮？芒鞋破钵无人识，踏过樱花第几桥！[1]

又如鲁迅的《自嘲》：

运交华盖欲何求？未敢翻身已碰头。破帽遮颜过闹市，漏船载酒泛中流。横眉冷对千夫指，俯首甘为孺子牛。躲进小楼成一统，管他冬夏与春秋。[2]

又如郁达夫的《无题》：

背脊驼如此，牢骚发渐幽。避嫌逃故里，装病过新秋。未老权当老，言愁始欲愁。看他经国者，叱咤几时休？[3]

又如聂绀弩《散宜生诗》中的《推磨》：

百事输人我老牛，惟余转磨稍风流。春雷隐隐全中国，玉雪霏霏一小楼。把坏心思磨粉碎，到新天地作环游。连朝齐步三千里，不在雷池更外头。[4]

又如聂绀弩的《拾穗同吴晃》其一：

不用镰锄铲镬锹，无须掘割捆抬挑。一丘田有几遗穗，五合米需千折腰。俯仰雍容君逸少，屈伸艰拙仆曹交。才因拾得抬身起，忽见身边又一条。[5]

---

[1] 苏曼殊：《苏曼殊全集》，当代中国出版社2007年版，第28页。
[2] 鲁迅：《集外集》，人民文学出版社1973年版，第123页。
[3] 郁达夫：《郁达夫全集》，浙江文艺出版社1992年版，第129页。
[4] 聂绀弩：《散宜生诗》，人民文学出版社1982年版，第5页。
[5] 同上书，第11页。

按照胡适编《白话文学史》的逻辑，我们是否可以这样认为：这些受人称道的旧体诗词因为采用近乎说话的语言，不妨看作是白话文学的一部分。现代中国人如何用一种恰切的文学语言表达他们的感受体验、所思所想、爱恨情仇？这种恰切的文学语言，是加工人们的口头语言而成的书面白话。那种好用典故、用字生僻的旧体诗词肯定不具有生命力；而那种近乎说话语气、用字通俗、能用新词语入诗而能表达新体验和新思想的旧体诗词，接近于一种精致的书面白话，完全可以纳入中国现当代文学。

三

反对旧体诗词入史的学者担心的问题之二是旧体诗词入史会瓦解中国现当代文学史这个学科，因此表示出关于学科合理性存在与否的焦虑情绪。这涉及中国现当代文学史的学科归属问题，现在中国现当代文学与中国古代文学同属于二级学科。众所周知，中国现当代文学作为二级学科，在20世纪50年代成立的时候有其特殊的历史背景，它的成立成为确证中国革命史的学术基础。但是经过“重写文学史”的学术思潮后，我们学界取得了大约一致的共识，即中国现代文学尽管与中国政治有千丝万缕的联系，但是文学有其自身的发展线索。既然这层因素已经不存在，那么旧体诗词入史是否会瓦解中国现当代文学学科？有学者指出现代作家的旧体诗词该不该入现代文学史，要慎重考虑，因为它的进入会给现代文学学科带来重大的冲击。我的答案是否定的。中国现当代文学学科的合理性的最根本基础是作品。上文提到的两点仍然很重要，第一，在现在的文学大数据中，旧体诗词的量占的比例很少，白话文学作品的数量占绝对优势。第二，我们所说的白话文学作品的范围不妨扩大一点，白话的观念不妨解放一点，把那些近乎说话的旧体诗词纳入进来。除此之外，中国现当代文学具有中国古代文学无法具备的“空间”。中国古代文学的研究者常常善意地嘲笑中国现代文学的研究者，说我们研究三千年，你们才多少年？三十年。当然中国现当代文学如果从1917年算起也有百年的历史。但是他们忽略的问题是：中国现当代文学的历史虽然短，而从横向的角度看，它的容量却非常巨大。第一，从文学传媒来看，中国现当代文学与报纸、期刊、电影、电视之间的关系密切，这是古代文学没有的。第二，从比较文学的角度看，中国现当代文学的产生发展有着世界文学的大背景，即中国现当代文学与世界各国文学之间的密切关系，这是古代文学无可比拟的。有人比较孔子与苏格拉底，比较莎士比亚与关汉卿。这当然可以比较，但是其比较的结果并不能改变中国文学史的状况。但中国现代文学史上，鲁迅与尼采、郭沫若与歌德、冰心与泰戈尔、郁达夫与日本私小说等等的比较却有助于深入理解中国现代文学。第三，从文学作品的数量看，我们动不动就可以编个《全唐文》《全唐诗》《全宋文》《全宋诗》等，如果我们要编辑一部从1917年以来不到一百年的白话文学作品集——不包括科技类等多方面的非文学的白话文——得有多少卷？如果把现在的网络小说也算上，那数字恐怕很惊人。第四，从文学作品的审美质量上说，中国现当代文学中不缺少经典作品，如鲁迅的《阿Q正传》、沈从文的《边城》、曹禺的《雷雨》、张爱玲的《金锁记》、莫言的《蛙》等。有人说中国现当代文学中没有《红楼梦》这样的作品，但是要注意的是，《红楼梦》是中国古代文学的高峰，但也是白话文学的高峰，这恰恰表现了白话文学从文言文学中独立出来的重要意义。我们从形式的创新、人类精神深度的开掘、民族生存的困境等方面的表达来看，中国现当代小说不乏佳作。有人还会说，白话诗一百年来没有好诗，无法与楚辞、汉乐府、唐诗、宋词抗衡。这个问题要分两个方面看，第一个方面是一百年来的文学发展中，就文类而言，无疑是小说占有中心地位，占有中心地位不是说它的地位高于其他文类，而是小说因在反映现代急剧变化的时代生活方面具有优势，成为重要的文类。散文虽然量大，但是对时代重大事情的表达无法与小说比拟。白话新诗也不能与小说比拟。因此，白话新诗在近一百年的历史中不占文学中心地位。第二个方面是诗好不好，各个时代评价的标准不能完全一致。中国旧体诗词有一整套的可以数据化的评价原则，字数、句数的规定，音节平仄的规定，都是可以量化的。因此我们很容易首先就从这些原则评定一首诗好不好。但是白话新诗的好却不是这样，它的标准在于自然音节与诗人情绪的共振上。这个自然音节是需要诗人创作每首诗发现的，因此它不存于诗人之前的意识中，也不存于读者的意识中。读者接受白话新诗，每首白话诗都有自己的自然音节，需要重新把握，不像中国旧体诗词，其音韵节奏都是有模板的。因此，我们在评价新诗的时候，会有很大的差异。但不管怎么说，短章如卞之琳的《断章》、艾青的《我爱这土地》、田间的《假如我们不去打仗》、顾城的《一代人》，稍长一点的如徐志摩的《再别康桥》、戴望舒的《雨巷》、穆旦的《赞美》、食指的《相信未来》等都是可以作为经典留在文学史上的。

我更看重的是中国现当代文学研究的生命活力与空间，至于“中国现当代文学学科”这个二级专业的头衔是否存在并不太重要。况且，有朝一日，说要取消“中国现当代文学”这个二级学科，也不会是因为我们同意旧体诗词入史造成的，肯定另有其因。然而真正到取消“中国现当代文学”这个二级学科，那么“中国古代文学”这个二级学科也应当不存在了，唯一存在的可能是“中国文学”。这样一来，“中国现当代文学”作为“中国文学”的一个历史时期被纳入一个整体。我们失去的是一个二级学科的头衔，但是“中国现当代文学”以及对中国现当代文学的研究仍然存在。现在中国古代文学专业的学者，一般说来，也不可能做三千年的学问，往往也是侧重某一个时期或朝代，或某一文类，真正把三千年的各类文体的文学纳入一体的研究非常非常少。

因此，我相信，中国现当代文学会以其自身的超越性、世界性、当下性、现代性而仍然会受到研究者的欢迎。

四

我虽然同意旧体诗词入史，但我并不赞同拔高中国现当代时期的旧体诗词的价值。虽然唐后无诗、宋后无词的说法有些绝对，但是一时代有一时代的文学，旧体诗词的高峰已经过去，却也是可以肯定的。晚清以来难得有杰出的旧体诗词。“同光体”诗人如郑孝胥、王闿运、陈三立，旧派一点的文人如马一浮、苏曼殊，新文学作家如郁达夫、鲁迅、郭沫若、胡风、沈尹默、聂绀弩等，政治家如毛泽东、陈毅、朱德、于右任等，他们的旧体诗词自然有其价值，但是，在纵向的角度上无法与唐诗宋词相比；在横向的角度上无法与同时代的小说、新诗相比。旧体诗词因为体制的短小、句式的稳定，很难表现现代纷繁复杂的生活和情感。有人说白话新诗也不过如此，旧体诗词与白话新诗之间是半斤八两之间。但就20世纪来讲，不说艾青、穆旦等人的诗歌，单顾城的《一代人》就显示了20世纪旧体诗词几乎无法达到的艺术高度。《一代人》形式短小，只有两句："黑夜给了我黑色的眼睛，我却用它寻找光明。"就字数而言，《一代人》只有20个字（包括两个标点符号），比五言绝句还少四个字（也包括标点符号），即使它算上标点符号，旧体诗词不算标点符号，字数上也是相当的。但《一代人》不仅写出了一代人的精神史，更是具有超越时代的民族内涵。

我们可以把范围扩大一点，比如我们可以比较抗战时期的旧体诗词与白话新诗对抗战的各自表达。抗战诗歌的白话新诗中，通过歌曲而传唱的诗歌如张寒晖的《松花江上》、端木蕻良的《嘉陵江上》、光未然的《黄河大合唱》、贺绿汀的《游击队歌》等都是白话新诗。它们之所以受到普遍欢迎，自然有音乐的成分，但也不可否认其歌词以各自艺术的方式唱出了一个时代中我们民族的声音。田间的《假使我们不去打仗》、艾青的《我爱这土地》、戴望舒的《我用残损的手掌》等以简短的篇幅表达了中国人的热爱祖国、奋发图强的精神。如果说这些诗因主题非常单一还缺乏深度的话，那么穆旦的《赞美》、冯至的《十四行集》等就有了丰厚的内涵。抗战时期中写旧体诗词的人也不少，新文学提倡者如郁达夫、郭沫若等都写了不少旧体诗词，其他文人如马一浮、陈寅恪等也创作了大量的旧体诗词。但是整体上看，旧体诗词在表现抗日战争中中国人民的民族情绪、战斗生活以及日常生活上，远远不如白话新诗。

我们还可以比较一下当下旧体诗词与白话新诗的状况，尽管有很多人嘲笑白话新诗，说写诗的人比读诗的人还多，尽管还有人说写旧体诗词的人如何多如何多，但我还是觉得白话新诗在表现时代精神与个体精神上比古体诗词更胜一筹。这里无法做整体对照，但可以举两位诗人比较一下。当下旧体诗词方面的诗人，如鲁迅文学奖获奖者周啸天，他的旧体诗词写当代生活，因而尽量吸收当下的名词，如《人妖歌》中"心性先从教化改，形体渐受荷尔蒙"；《代悲白头吟》中"基地拉登尔何物，翻使小巫见大巫；九一一干卿何事，单边先发老拳粗。黑云欲摧巴格达，辩才无碍萨哈夫”；《写邓稼先》中“炎黄子孙奔八亿，不蒸馒头争口气。罗布泊中放炮仗，要陪美苏玩博戏”；我认为诗词不应该避开俗语、习语，但不能因俗而俗，要能用俗语造出新意。我看周啸天的诗歌最大的问题是造语不新，诗意不新。他的《将进茶》仿李白的《将进酒》，诗体没有创新，也没有名句，其意也只说喝酒不如喝茶有趣；还不如周作人的《五十自寿诗》有个体色彩。当下的白话新诗方面的诗人，如余秀华，她在网络上最有名的诗歌是《穿过大半个中国去睡你》，全诗如下：

其实，睡你和被你睡是差不多的，无非是
两具肉体碰撞的力，无非是这力催开的花朵
无非是这花朵虚拟出的春天让我们误以为生命被重新打开
大半个中国，什么都在发生：火山在喷，河流在枯
一些不被关心的政治犯和流民
一路在枪口的麋鹿和丹顶鹤
我是穿过枪林弹雨去睡你
我是把无数的黑夜摁进一个黎明去睡你
我是无数个我奔跑成一个我去睡你
当然我也会被一些蝴蝶带入歧途
把一些赞美当成春天
把一个和横店类似的村庄当成故乡
而它们
都是我去睡你必不可少的理由

这首诗的魅力在于把“穿过大半个中国去睡你”上升为一种时代的美学存在。“穿过大半个中国去睡你”这种性事行为在最基本的意义上，也许只是诗人自己去与在外打工的丈夫的一次相聚的写照。但是它在更广泛的意义上，还可以看作是中国大量因外出打工造成的两地分居的夫妻在春节回家团聚的一次集体狂欢。虽然说春节团聚的内容非常丰富，不只是夫妻间的性事，但是对于两地分居的夫妻来说，性事无疑是相聚

中最普遍、最核心的内容。因此，“穿过大半个中国去睡你”无疑表达了一种时代的存在。但是诗人在抒写这一行为的时候，并不色情低俗，而是富有圆融的美学意味。前三句消解了“睡你”与“被你睡”的权力差别、性别差别，三个“无非是”表达了一种矛盾的现代内涵，性事很美，但也很无奈。接下来的三行用隐喻的方式把握我们这个时代最让人担心的一面，呈现了抒情者眼中的现实，正是在这样的现实中，“我”去睡你的行为成为一种壮举："我是穿过枪林弹雨去睡你/我是把无数的黑夜摁进一个黎明去睡你/我是无数个我奔跑成一个我去睡你。”这样的语言只有在新诗白话中才会出现，只有余秀华才能写得出来，因此是诗人之语。“我也会被一些蝴蝶带入歧途/把一些赞美当成春天/把一个和横店类似的村庄当成故乡。”这些情景在结构上，与上文“大半个中国”的情景形成前后对照，在结构上有一种关联。同时，这些情景我们完全可以看做是“去睡你”的一种温馨美好的表达。“我……睡你”句子所表达的艰难、刚硬、坚定，与“当然我也……”等三句所表达的温馨、柔软、亲切形成情绪上的刚柔相济。因此，周啸天的旧体诗词，人人可写；而余秀华的白话新诗，只有余秀华才能写。

我赞成把旧体诗词写入中国现当代文学史，并不等于否认白话新诗的成就，我一直认为白话新诗的成就远远高于同时代的旧体诗词。旧体诗词因其篇幅短小，容易模仿，会一直存在下去，这也是不争的事实。我担心的是，一旦旧体诗词入史成为现实，有人会想方设法把这一部分填满，把旧体诗词的成就捧得过高，这是我们要警惕的。

【作者简介】华东师范大学中文系教授，博士生导师。

关于旧体诗词进入中国现当代文学史的几点思考

李　怡

【摘　要】现代诗词是否入史的问题，是一个大问题，大问题之中其实包含了一系列的小问题。如：这个“文学史”是整个现代中国文学史还是现代时期的传统诗词发展史；所谓“入史”的标准究竟何在；在现代中国文化的语境中讨论传统诗词创作，还必须正视这一文学体式所遭遇的种种困难和尴尬，当然，对其中写作者的努力耕耘与突围性的成果也当特别珍惜。

【关键词】旧体诗词　中国现当代文学史

关于旧体诗词进入中国现当代文学史的问题，已经议论过很多年，不仅有我们中华诗词研究院的同仁在提出这样的问题，就是以“新文学”研究为主体的中国现当代文学界也多次讨论过这样的可能性，当然，争议很大，意见并不统一。

在我看来，如果考虑到传统诗词的创作在事实上已经是许多现当代作家、知识分子的写作方式，是我们理解、认识这些知识分子精神的重要途径，那么，讨论传统诗词进入现代文学史的问题就相当的重要，无法避免。但是，回答这一问题，却不是一个简单的判断——是或者否——归根结底，这是一个大问题，大问题之中其实包含了一系列的小问题。

第一，传统诗词入史，这个“文学史”是整个现代中国文学史还是现代时期的传统诗词发展史？如果是后者，显然可以在一个比较宽泛的意义上收录各种诗词的写作现象；但如果是前者，可能标准就应该比较严苛。而且最重要的一点便是，“文学史”与“诗歌史”都不是各种五花八门的现象的简单堆积，最重要的是寻找决定和影响这些现象的内在理由。也就是说，当我们把传统诗词与现代白话诗置放在一个文学史的框架之中，重要的不是“放在了一起”，而是切实回答：为什么是这些作品和那些作品放在了一起？它们各自以什么理由参与了“现代文化”的进程？在同一个作家那里，它们有怎样的关系？在不同的作家那里，“新文学”与“旧文学”又形成了什么样的“结构”？比如，我曾经在关于“鲁迅的旧体诗”研究过程中产生过这样的追问：鲁迅，这位现代思想的先驱如何与这类最古老最传统的文学样式建立了联系？难道在这种为新文学所超越的旧的束缚中，新文学的开创者反倒找到了施展自己才智的自由空间，“解放”了的自由体诗却不行？同时，如果连作者都已经清醒地认识到这“并非所长”，那又为什么总是要“不得已而作”呢？当然，这并不仅仅属于鲁迅一人，中国新文学作家普遍存在“旧体诗写作现象”。许多早年慷慨激昂地献身于新诗创作的人最终都不约而同地走上了旧体诗的道路，新文学的开创者、建设者们多少都抛弃了“首开风气”的成果转而向“骸骨”认同，[1]这究竟又是为什么？我的研究发现，以鲁迅这样的代表性作家为例，他实际上是在建构一种古今文化的“对话”关系。将文化冲突的动人景象摄入中国现代旧体诗是鲁迅最独特的贡献之所在。鲁迅以文化革命者的方式就“现代中国”与“旧体诗”这一场有距离、有分歧的对话作出了他深刻的回答。与传统文化的“关系再构”，也是鲁迅旧体诗艺术的支点。严格清理下来，鲁迅旧体诗多有不合古典诗歌艺术规则的“犯忌”之处，鲁迅仿佛是不能不运用着这种传统诗歌的艺术形式，但又有意识地对这样的艺术形式作出自己别出心裁的改造，这类改造并不一定符合传统诗学的规则，显得有所出格或不那么尽善尽美，但改造本身却具有它无可替代的价值。[2]

郭沫若火山爆发般的《女神》标示出了中国新诗的高度，然而，在他一生中却同样有过数量巨大的旧体诗词创作，尤其是抗战时期。如何认知这样的现象呢？刘纳先生曾经从诗人的内在精神演变及新旧体诗歌的功能分野上加以解释：“当郭沫若新诗创作中的想象力已经枯竭，创造

[1] 斯提（叶圣陶）：《骸骨的迷恋》，载上海《时事新报·文学旬刊》1921年11月2日。

[2] 李怡：《鲁迅旧体诗新论》，载《中国现代文学研究丛刊》1997年第2期。

力已经告罄，他的旧体诗创作却格外活跃起来。抗战时期的郭沫若，心甘情愿地把新诗当作‘标语’‘口号’一般的实用工具，他的情思、他的衷肠、他的千般意绪、他的万般感慨，需要有另外的宣泄形式。在历史剧之外，旧体诗是更现成、更便当的形式。”“他的新体诗一般说来是作为社会的文化产品供发表的，是写给读者的，因此，新诗中所表达的是当时形势下他需要表达的、符合他‘文化界旗帜’身份的思想感情。而他的旧体诗在写作当时不一定有明显的发表意图，常常是写给自己或朋友的，这样，在他的旧体诗中，至少有一部分更真实地传达了他的人生慨叹和人生体悟。”[1]

现代旧体诗词写作的杰出者包括郁达夫、聂绀弩、启功，也包括大量由新诗转入旧诗创作的诗人，都各自存在一系列值得仔细剖析的心路历程，解释其中的奥秘，应该成为现代中国文学研究的基本任务，可惜这样的工作迄今推进缓慢。由此而产生了我们看到的结果：到现在也没有出现一部获得普遍肯定的新旧文学（诗歌）兼容的史。其实就是因为这些问题比较复杂，研究者投入不够，一时间难以完成种种“问题框架”的有效建构。

第二，“史”的根本意义在于梳理和总结文学创作的规律，这样一来，也就决定了诗歌史从来都不可能是创作辉煌的自我证明，而是以严苛学术眼光不断挑剔和筛选的结果。这里的主要问题是，当代传统诗词的写作与当代新文学、新诗的写作有所不同，除了一部分诗词的艺术探索之外，相当部分是自娱自乐的休闲活动，与老年大学里的读书、绘画没有什么区别，如果是作为一种文化现象的研究当然尽可以纳入，但是作为一种艺术探索则另当别论，据统计，当代传统诗词的创作数量已经超过了新诗，但是这样一个统计结果并不能成为我们诗词界洋洋自得的理由，因为，其中相当部分并不具有艺术研究的价值。如何对这些创作加以取舍研讨，应该有着更加严格的标准。

第三，在现代中国文化的语境中讨论传统诗词创作，必须正视这一文学体式所遭遇的种种困难和尴尬，当然，对其中写作者的努力耕耘与突

[1] 刘纳：《旧形式的诱惑——郭沫若抗战时期的旧体诗》，载《中国现代学研究丛刊》1991年第3期。

围性的成果也当特别珍惜。所谓的困难和尴尬，指的是在经过了中国古代诗歌的辉煌之后，现当代诗词写作其实遇到了相当的难度，难以突破古典诗歌的艺术水准。晚清一代，在中国现代的白话新诗诞生之前，诗人已经多番感叹生不逢时，抱怨前人的创造已经演变为后人的障碍。如“宗宋”诗坛领袖陈三立云:“吾生恨晚数千岁，不与苏黄数子游。”[1]“宗唐”的易顺鼎也谓:“吾辈生于古人后，事事皆落古人之窠臼。”[2]古典诗歌在意象、思维、语言上的成就往往成为今人创新的莫大干扰，对已经发生了语言变化的新诗人也是如此，如当代诗人任洪渊的感叹：

在孔子的泰山下
我很难再成为山
在李白的黄河苏轼的长江旁
我很难再成为水
晋代的那丛菊花一开
我的花朵
都将凋谢

（《我只想走进一个汉字，给生命和死亡反复读写》）

当王维把一轮　落日
升到最圆的时候
长河再也长不出这个　圆
黎明再也高不过这个　圆
……
文字　一个接一个
灿烂成智慧的黑洞

（《文字一个接一个灿烂成智慧的黑洞》）

[1]《肯堂为我录其甲午客天津中秋玩月之作，诵之叹绝，苏黄而下，无此奇矣，用前韵奉报》。

[2]《癸丑三月三日修褉万生园作歌》。

对于语言形态发生了变化的新诗尚且如此，对于体式依然沿袭古典的现代旧体诗词创作，当然就更是如此了。

敢于正视这一困难，也就意味着我们要保持特别的警惕和鉴赏力，艺术批评和诗词史写作都要小心辨析，仔细勘探，不能因为当今相当读者不具备传统诗词的基本写作知识就理所当然认为这样的写作“高人一等”，其实，在艺术史的评价中，掌握传统诗词写作的基本知识只是写作的起点而不是终点，是最低标准而不是最高标准，进入真正艺术史的要求，传统诗词写作有不断突破才能抵达艺术的巅峰，路漫漫其修远兮！

第四，如果我们将传统诗词的认识、评价置放在现代知识分子精神史的角度，将会为我们的诗词研究开辟许多重要的方向，挖掘出许多重要的话题，在这方面，可以做的工作相当多，至今投入者却很少，亟待有生力量的加入。

例如中国现代新文学作家的旧体诗词创作问题。究竟是什么动因促使他们展开旧体诗词写作，在他们的文学分工中，现代新诗与传统诗词有无不同？例如前文所述，郭沫若是现代新诗史上开一代诗风者，他又有大量传统诗词创作，我们仔细考察会发现，其实新与旧在他那里有重要的分工：凡是试图体现时代精神的抒情，他就写作新诗，而带有某种程式化的应酬、交谊他就写作旧诗，这样的分工很有趣，是不是可以启发我们重新认识现代旧诗的特殊功能呢？

再如我们还可能发现，在现代能够不断被人传诵的传统诗词，往往都是一些特殊人生际遇的产物，例如郁达夫的痴情、聂绀弩的政治讽喻、启功的调笑诙谐等等。这里是不是透露出了现代旧体诗词创作的新机与奥秘？在历经千年流变、淘洗，在“一切好诗，到唐已被做完，此后倘非能翻出如来掌心之‘齐天大圣’，大可不必动手”[1]的严厉宣判犹然在耳的时候，如何在文化遗产的压力中觅得一片新机，其实既考验着诗词写作者的才力，也检验着诗史研究者的耐性和眼光。

借助这样的角度，我们可以重新发现现代传统诗词创作者独特的精

[1] 鲁迅：《书信·致杨霁云（341220）》，《鲁迅全集》第12卷，人民文学出版社1981年版，第612页。

神现象。例如在没有独特人生体验的时候，现代诗词作者可能会有一些过高的自我标榜，例如20世纪20、30年代的学衡派同人，相互不时以李白、杜甫称谓，这不应该成为我们诗歌史评价的根据，作为现代诗词的研究者，有必要保持相当的理性和警惕；但是，在另外一方面，我们也应当看到，艺术创作是一个有待发展、变化的过程：在这些诗人真正经历了一些重要的人生变故之后，则可能实现新艺术的突破。对于这样的重要突破，我们也不应当忽视。在这里，我可以举晚年吴宓为例。吴宓在重庆西南师范学院（现西南大学）执教多年，遭遇了新中国历史上一系列连续不断的"左祸"，其体验、其经历、其痛苦都可谓前所未有，到这个时候，当他捉笔以诗词的形式书写自己的感受，也就再不为早年的模式化写作所束缚了，其中大胆直言、抨击时弊、吐露心曲的词句俯拾即是，构成了不折不扣的当代"诗史"。他的《为师一首》，这样记录当时的"知识分子改造运动"："世变身孤恨我生，为师老逐众人行。日从伐鼓鸣钟集，惯听嗔莺叱燕声。蜂蚁入场承旨训，蜿蜒列队耀旗旌。来来团结齐携手，莫道秧歌舞未精。"[1]《名教授一首》，如此讥讽这个随波逐流的时代荒谬："卅年教授有微名，解放潮来尽倒倾。急卷诗书随呐喊，初工色笑巧逢迎。课程精简难新样，薪给评低耻旧荣。留美昔吾尤恨美，学生今汝是先生。"[2]

吴宓早年反对白话文运动，他结集过《吴宓诗集》，其实多是与时代隔膜之作，在那时，他似乎可以"躲进小楼成一统"，可以自作超脱地旁观这个白话文运动，任意臧否历史与人物，尽兴于小圈子的唱和，陶醉在《吴宓诗集》中自得其乐，当然那些自我陶醉的诗篇也就是自我满足而已，其中难有太多的艺术独创性。然而，此时此刻，置身于新时代，吴宓却难以逃逸了，因为难以逃逸，他就不得不直面人生，这是一种人生姿态和创作姿态的根本改变，虽然痛苦，但诗人真正获得了文学与时代深入对话的灵感，完成了他创作生涯中真正有深度、有思想也有胆识的创作。例如政治学习构成了当代中国人生活的一大景观，对此，

[1] 吴宓：《吴宓日记续编》第3册，生活·读书·新知三联书店2006年版，第42页。
[2] 同上。

吴宓有多种记载，收录在1957年7月16日日记中的诗歌《记学习所得》写道：

阶级为邦赖斗争，是非从此记分明：
层层制度休言改，处处服从莫妄评。
政治课先新理足，工农身贵老师轻。
中华文史原当废，仰首苏联百事精。[1]

这分明就是十分深刻的当代文学写作，而且充满了对历史的反思，对现实的洞察，洋溢着新文学所倡导的“现实主义”精神。如此观察生活、批判时代的追求与新文学写作本身也是异曲同工的。它让人直接想起了现代诗人穆旦的著名诗歌《九十九家争鸣记》，那种对时代之弊的犀利讽刺：

百家争鸣固然很好，
九十九家难道不行?
我这一家虽然也有话说，
现在可患着虚心的病。

我们的会议室济济一堂，
恰好是一百零一个人，
为什么偏多了一个?
他呀，是主席，单等作结论。
……[2]

就如同旧诗与新诗的关系一样，吴宓与现代新文学曾经颇为隔膜，但是，在历史良知的最后的考验下，知识分子的精神是不分新旧的，这

[1] 吴宓：《吴宓日记续编》第3册，生活·读书·新知三联书店2006年版，第131页。
[2] 穆旦：《穆旦诗文集》，人民文学出版社2006年版，第311页。

里只有真与假、正义与邪恶、人格尊严与强权专制的较量，应该说，吴宓与穆旦都经受住了历史的考验，两类不同文化取向的知识分子在民族文化危机的最后关头，站在了一起。同样，我们也可以说，真正的艺术也是不分新与旧的，新诗能够传达时代的足音，忠诚于艺术目标的旧诗照样能够与时代同步，书写历史的真相。

从知识分子心灵史的角度观察传统诗词的存在和发展，完成一部具有时代气息的现代旧体诗词发展史，并最终汇入现代中国文学史的宏大架构之中，这工作不仅十分必要，也完全有路可循，有理可依。

【作者简介】四川大学文学院教授，博士生导师。

怀旧与时尚

——关于新世纪的旧体诗词热

陈国恩

【摘　要】新世纪的旧体诗词热具有重要的文化史意义。它是社会转型时期文化保守主义思潮的一部分，寄托着人们对古典诗词辉煌年代的美好记忆。可是这一带有怀旧意味的“复古运动”因不再拥有旧体诗词辉煌年代所拥有的语言环境，旧体诗词也不再承担其当年的社会角色，所以它只能是一种时尚，而旧体诗词总体上的衰落也是不可逆转的。一代有一代的文学，而古典诗词既是古代的，又是当下的。

【关键词】新世纪　旧体诗词　怀旧与时尚　古代与当下

新世纪的旧体诗词热，我认为具有重要的文化史意义。

中国是个诗歌大国。从《诗经》、楚辞、汉赋到唐诗宋词，诗歌一直占据中国文坛的正宗地位，这与诗歌从孔子时代开始就积极参与社会教化的角色有关。诗歌是文人参与政治、进行日常交流和精神消费的重要形式，无数骚人墨客言志抒怀，用自己的聪明才智推动诗歌形式的发展，创造了民族文学的辉煌。

新世纪的旧体诗词热，可以说正是对这种集体记忆的动情回应。说动情，是因为经过“五四”文学革命，旧体诗词的正统地位被彻底颠覆，能写一手好诗的文化人不再以写旧体诗词为荣，即使他们偶尔“技痒难熬”，也只是在朋友圈里作为应和之作相互赠阅，极个别的因为作者身份特殊，或因为某一公共事件而披露于媒体，才受到社会的关注，而新诗则声誉日隆。不管现在有多少人看不上新诗，文学界认它为正统则是事实，不仅有读者喝彩，而且有批评家着力建构新诗美学，提供它合法性和正当性的依据。这种对比鲜明的反差，当然磨灭不了人们对古代诗词辉煌成就的记忆，反而会使这种记忆更为深刻，并在长期的压抑中积蓄力量，等待机会把记忆转化为行动，爆发出一个呼唤古典诗词传统回归的潮流。

这样的机会来了：新的世纪之交，中国社会转型，文化保守主义思潮兴起，整个民族潜意识中对古典诗词的那一份集体记忆被激活。旧体诗词带着民族的自豪感，带着对古典诗词盛况的怀念，从文人小圈子走向民间，成为一种引人注目的文化现象。与此相应的，是国学热，是对“五四”新文化运动和文学革命的反思，比如新儒家的代表性人物就曾说“五四”新文化运动否定民族传统文化，导致中国意识的危机，社会道德秩序的混乱。也有人批评“五四”文学革命以白话取代文言，破坏了诗美的基础，使诗成为非诗。其实，新文化运动否定的是礼教，而非中国文化；文学革命废文言，不是废诗美；新诗美学建立在白话的语言基础上，有它自身的规则。

旧体诗词热，一旦放到整个文化保守主义思潮兴起的背景中来看，就能发现它并非偶然，而是文化发展的一种逆反现象，即文化的新旧代序因革新的激进而回过头来引起怀旧的思潮，人们带着对往昔辉煌的深深怀念，来表达对当下某种情势的不满。作为新文学正统文体的新诗到新的世纪之交忽然受到非议，而本来被排挤出文坛的旧体诗词却又似乎迎来转机，不仅有人为它长期受冷落而鸣不平，而且许多人开始行动，投身创作，且有专门的刊物发表作品。据人统计，近来旧体诗词的创作数量已大大超过了同一时期的新诗。这种时来运转，意味深长。

简单地说，我认为这是20世纪90年代后期“告别革命”后人们思维方式和价值观念发生重大变化的一个结果。从辛亥、“五四”、左翼运动，直到“文革”，中国革命的内容前后变化很大，但其激进的姿态却是一脉相承的。在革命的火红年代，新旧对立，以“新”为本，几乎是一种标准思维，一种价值观念。新诗，好就好在它的“新”，而被文学革命否定的文言，因为它“旧”而只具承载传统文化的历史价值，不再具有现实交往中的语言工具意义。但从20世纪90年代起，改革开放进入一个新的阶段，人们从改革过程中的思想文化建设的角度，从开放过程中处理中外关系，包括中外文化交流的角度，放弃了“革命”即正义的思维模式，转而从现实国情出发，以发展的观点，对革命采取了历史主义的态度，即在肯定革命的历史正当性的同时，强调当前要把发展经济作为工作的重点，通过改革来调整社会关系，追求现代化的梦想，这时方才意识到，中国社会的进步，文化的发展，必须重新审视新旧、中西的关系。虽然早就有“古为今用”“洋为中用”的方针，主张要吸收全人类所创造的全部优秀文化，但在“革命”的时代和“改革”的时代所要吸收的中外文化的具体内容显然是很不相同的。当改革取代“继续革命”成为时代的主旋律时，革命时代对传统文化的激进态度就受到了质疑，传统文化的内容越来越多地被界定为优秀的文化遗产而受到重视，甚至对孔夫子和儒家经典的推崇被纳入国家文化战略，用以突出中国文化的主体性，强化中国在全球化时代参与国际竞争的软实力。

承载着中华民族荣耀记忆的古典诗词，就是在这样的文化背景中被栽培到现实的文化土壤里的，从而催生出了旧体诗词创作的热潮。这当然不是单纯地欣赏作为中华民族文学瑰宝的诗词名作——欣赏《诗经》、屈原到李杜等名家名作，自“五四”文学革命以来从来没有中断过。这只是要把一种古典的文体重新复活在现实中，形诸笔端，成为人们日常精神生活的一种表达方式。它是一个颇具声势的“复古运动”，具有意识形态功能的一种文化现象，同时也是一种怀旧的时尚，是一些具有良好文学修养的知识分子根植于传统文化中的典雅趣味的自然流露。

可是这一带有怀旧意味的“复古运动”遭遇了难以克服的现实障碍。障碍就是旧体诗词不再拥有它辉煌时代所拥有的那种语言环境了。

从白话取代文言以来，旧体诗创作最有成就的，其实是“五四”那一代。那一代人从小打下了扎实的古文基础，受过系统的诗词格律的训练。他们在从事新文学创作和学术研究的同时，写过不少出色的旧体诗词，只是他们接受了新文学观，没有把旧体诗词的写作视为文学的事业，因此很少主动发表。从“五四”开始，旧体诗词不再承担社会性的角色，而白话成为国语，新文学就在白话的国语基础上发展成长起来。由于日常交往不再使用文言，越到后来，读书人使用文言的能力越弱。

到了21世纪的今天，不能说不再有人会熟练地运用文言——任何时代，总有特别的人才，哪怕再过几百年，还是会有能够熟练运用文言、写出一手旧体好诗的才俊，但这对现代文学史有什么意义吗？基本没有。这些写作旧体诗词的人会遭遇孤独，他们缺少可以深入交流、通过交流引发社会广泛关注的同道。他们最多是在小圈子里活动，相互应和，社会上的读者难以参与，因为这些读者缺少参与的语言能力。在白话文教学中成长起来的大众读者与其去欣赏当代人写的旧体诗词，他们会依照习惯而更愿意选择古代的名篇。古典诗词承载着丰富的文化信息，在漫长的传播与接受过程中被赋予了明晰的意义和理解的思路，从而使这些名篇更容易被理解，更容易引起共鸣，更容易让人享受到审美的愉悦。

旧体诗词热难以持续是因为失去了具有活力的语言环境支撑，这不仅是指它失去了旧体诗词在古代所承担的人际交往功能——退出了广泛的日常交往领域，它的社会角色被大大削弱了，而这样说的一个更为重要的意思是，旧体诗词热之称为“热”——所谓的时尚，如果按照诗词格律的标准，今人所写的许多作品都是有所欠缺的。有人说今天旧体诗词的数量远超新诗，但这难以成为它重现辉煌的依据。随便翻阅一些旧体诗词的杂志和选本，有一些优秀之作，但不合格律的不在少数，半文半白，平仄错乱，有的甚至是顺口溜和打油诗。为什么？就因为这些作者缺少“五四”那一代人的深厚的古文基础——他们都是接受白话文教学，古文只是业余，而且是在没有古文的语言氛围中学的“第二外语”。第二外语，几乎不可能达到母语的水平，更遑论达到文学意义上像运用母语进行创作的那种水平。

无法从社会语言环境中获得广泛有效支撑的旧体诗词热，能热多久，热出什么成果来？前景不容乐观，但这并不妨碍具有良好古文修养、真正喜欢旧体诗词的专门家写出优秀的作品来，在朋友圈内传阅，或许还能进一步形成一定规模的读者群体。学术界也可以对旧体诗词做专题研究，研究它与古典诗词的传承关系，研究它的文化意义，乃至探讨其艺术的得失。但这一切，与当今文学的主流都隔了一层。从社会整体的宏观视野看，用历史发展的眼光看，旧体诗词热注定是寂寞的。

一代有一代的文学。虽然旧体诗词难以成为当今文学主流的一部分，但作为中华民族的文学瑰宝，古典诗词注定具有永恒的活力。它是古典的，又是当下的，是全人类所共有的宝贵的精神财富！

【作者简介】武汉大学文学院教授，博士生导师。

罗庄与民国沪上词坛

彭玉平

【摘　要】 女词人罗庄曾以一编《初日楼稿》驰誉民国词坛。她的诗词着重表达遗民情怀和秋士之感，不仅记录了民国年间的时代变迁，也细致描写了委婉曲折的心路历程。在艺术上，罗庄讲究表达的力度和气魄，注重对静细之境和景象光影的描写，往往合数调以叙写一事之首尾。因其清诗妙句而绘成之《篝纹帘影图》，先后得章炳麟等人题词而蔚成一时之风雅。罗庄追慕南唐北宋词风，提倡自然流美、绵密坚凝、和雅语工的词学观念，其所作亦神韵得似。罗庄的词与词学深受其父罗振常的影响。罗庄诗词在当时得到王国维、况周颐、朱祖谋等人的交口赞誉。由罗庄之诗词个案，不仅可见传统闺秀诗词之新变，也可略窥民国词坛生态之一斑。

【关键词】 罗庄　《初日楼稿》《篝纹帘影图》　罗振常　民国词坛

与前朝词坛相比，民国词坛充满着变数：既有来自白话诗的文体钳制，如胡适便主张合传统诗、词、曲于“新诗”一体；也有词体自身变化出新的内在要求，如龙榆生、叶恭绰等人曾大力鼓吹“新体乐歌”，并在理论建构和创作上做了不少尝试。但据今看来，民国词坛对传统词风的赓续仍是主流，这不仅因为有朱祖谋、况周颐等一代词宗引领着词风发展方向，而且词坛也代有新人，接续并光大着这一传统。仅就女词人而言也颇有规模，其中影响卓著者如吕碧城、丁宁、沈祖棻等人，已受到学术史的较多关注。而犹有一罗庄，在20世纪20、30年代雅擅词名，以《初日楼稿》《初日楼续稿》先后得王国维、况周颐、朱祖谋、郑孝胥等人的交口赞誉，甚者争纳为词弟子。然因其早逝并词集刊行不广，竟至在老辈风流云散之后，罗庄词名也几于寂寂无闻。然民国词史、词学史若缺少罗庄的篇章，不仅在格局上有欠完整，而且缺失了一方非常重要的个性风采。实际上，由罗庄一人之经历，可以勘察民国词人特殊的家国情怀、审美变化，也可因其与沪上词坛的密切关系，考量民国词学思想之变迁、学缘之广泛及词人生态之复杂，其研究价值和意义值得充分肯定。

一、《初日楼稿》之“别材别趣”

罗庄（1895—1941），字瘠生，一作婺琛，又字孟康，以孟康字行，生于江苏淮安，世为浙江上虞人。诗词兼长，尤以词名世。先后有《初日楼稿》（1921）、《初日楼续稿》（1927）、《初日楼遗稿》（1942）等行世。2013年，经徐德明、吴琦幸整理，将数稿合为《初日楼稿》四卷，凡诗45首，词160首，文8篇，末附各集原序跋、年谱并《簟纹帘影图》及诸家题词，一函二册，由上海辞书出版社线装出版，应是目前罗庄诗文最为完备的集子。[1]

罗庄14岁前基本上在江苏淮安度过，少承庭训，其父罗振常亲教其识字、作文，毕“四子书”而止。6岁始，先后从杨、陶等先生读书。12岁时已有“太清观内水浑浑”“力挽狂澜倚重臣”之句，初显诗才。14岁随父移居上海，但其后亦时往返上海、淮安两地之间。辛亥后，应伯父罗振玉之招，1912年4月，罗庄随全家赴日本京都定居，与王国维、董康等家毗邻而居，诗词创作渐多。1913年秋，罗振常携家人由日本返沪定居。1926年，罗庄受南浔周延年聘，为继室，此后直到去世，除曾小住南浔、淮安、天津、苏州等地外，基本上在上海度过。[2]罗庄

[1] 关于罗庄词集的汇集整理，萧文立已先有《初日楼合稿》之编，作为罗振常一门《古调家芬合集》之一，惜未能刊行。参见萧文立：《罗雪堂述丛稿》下册，万卷出版社2012年版，第930页。

[2] 关于罗庄生平，参见罗静编撰、周世光增补：《初日楼主人罗庄年谱》，罗庄著，徐德明、吴琦幸整理：《初日楼稿》，上海辞书出版社2013年版，第125—141页。并可参萧文立：《初日楼词述论稿·历事第一》，见《罗雪堂述丛稿》下册，第931—955页。

一生在国内先后经历了清室覆亡、辛亥革命、军阀混战、北伐战争、抗日战争等时势动荡，又曾寓居东瀛，饱览异国风情，故其诗词题材颇为广泛，非传统闺阁词人可限。其父罗振常好填词，有词集传世，其母亦并有诗才，兼在日本和沪居时期，与王国维、况周颐、郑孝胥等时相往还，词艺亦因之大进。

在题材上，遗民情怀、秋士之感、酬赠知己、咏写樱花、温润亲情是其主要内容。[1]

遗民情怀是罗庄诗词中值得注意的一个方面，尤其在《初日楼稿》[2]中更为明显，因为其中不少作品正写于辛亥革命后随父寓居京都以及归自东瀛侨居上海期间。虽然也有“举世甘楚囚，移家独避秦。蓬莱宜采药，从此作山民”（《书愤》）、“国破家存世又新，归来海上作遗民”（《癸丑仲冬归自东瀛侨居海上》）的愤激情怀，但毕竟异乡非故乡，故罗庄诗词表现更多的是如“无端大地变沧桑，离乱经年滞异乡。秋老满山风雨急，忽惊明日是重阳”（《九月八日雨》）这一类思乡情切的作品，流露出对国事变化的惊愕感以及不得不滞留他乡的无奈。其《满庭芳》小序云：“避地至日本西京，山川信美而不能减故国之思。”可见其对故土的眷恋之情，词中虽有对“登临四望，风物烂无边”诱人风景的描写，甚至有“漫说终非吾土，消愁抱、且自流连”的意气之语，但这只是一时之意气而已。“故园庐舍应无恙，竹树知生第几丛”（《鹧鸪天》）、“回首神州，一夜乡心万斛愁”（《减字木兰花・壬子中秋》）才是其深蕴之情怀。《临江仙》一词于此写得尤为深沉而摇曳。词云：

楼外残阳明远水，长空风物凄清。萧萧蒲柳望秋零。惊逢摇落节，倍起故园情。　见说莼鲈今正美，归心暗逐潮生。兴来我欲告山灵。吾乡西子貌，视汝更娉婷。

---

[1] 萧文立《初日楼词述论稿》，于历事、系年、结集之外，亦分部讨论题旨、词律、锤炼、挹翠、意象等，参见萧氏著《罗雪堂述丛稿》下册，第929—1021页。

[2] 本文提及“《初日楼稿》”，除标题及特别申明外，皆指称1921年附刻于罗振常《徵声集》之《初日楼稿》，亦即罗庄著，徐德明、吴琦幸整理《初日楼稿》之卷一。引录罗庄诗文作品及诸家序跋评论，亦均出此整理本《初日楼稿》（四卷），不再一一标注，仅于引文后括注题目。

像这样的词，再也看不到在异乡“从此作山民”的一时放旷之语，而是用更浓烈的故园情、更优越的故乡景，让异乡的风物归于萧萧凄清。后来，罗庄曾对此词有过一番说明：

> 余尝赋《临江仙》词，……其实西京但少水景，其馀风物，何让西湖？其不以人为变其天然态度，尤视西湖为胜。彼于一水一石，非无人工点缀，然皆保存旧观，不失天然雅趣。视吾国之强令西子作西妆者，得失判然。余之所言，固不免阿私所好耳。[1]

罗庄的《海东杂记》乃是回国后追记，客寓他国的寂寥及遗民情怀因之稍减，故这一节文字从纯粹审美的角度对日本京都风物的天然雅趣表达了赞赏，而对西湖的过于明显的人工修饰痕迹表达了不满。但这也正说明当初深刻的遗民心态才是这首词最深刻的底蕴，支撑“阿私所好”的正是浓郁的故园之情。毕竟，罗庄在前清并无功名，谈不上深切的易代身世之感，其遗民情怀更多的是浸染了身边诸长辈的思想而已，当然也与在日本时亲闻乃木大将殉国事有着一定的关系。乃木大将希典因当时权奸秉政，担心嗣君为所诱惑而动摇国本，乃效古人尸谏切腹自裁以殉明治天皇。罗庄说：

> ……伯父、王姻丈及家大人皆叹仰不置。伯父为道大将轶事，大人每日为据报纸解说其旨，虽吾辈小儿女，亦不能不为动容也。[2]

以此可见，罗庄遗民情怀除了辛亥革命的易代事实，罗振玉、罗振常、王国维固有的遗民立场之外，也与乃木大将殉国事件的激发有着密切的关系。作为“小儿女”的罗庄既耳濡目染、为之动容，自然也就慢慢沉淀为一种自我情怀，并通过诗词创作表现出来。

秋情是罗庄着力表现的对象。罗庄自述曾录旧稿若干奉呈父亲指

[1] 罗庄：《海东杂记》，见《初日楼稿》，第51页。
[2] 同上书，第52—53页。

教，罗振常阅后说："年有四序，汝之所咏乃仅二序，何也？"盖罗庄诗词多言春秋，而鲜及冬夏。罗庄解释说：

> 古人谓春秋多佳日，登高赋新诗，良不我欺。平日喜秋爽尤逾于春和，故秋情尤多，兴之所至，不能强也。[1]

罗庄虽然直言自己对春秋佳日有着天然的敏感，但其诗词倒也不是不及冬夏，只是较少而已。当然，罗振常只是针对《初日楼稿》原编而言，而在《初日楼续稿》中，这种季节描写的不平衡感便有所调整。

但这些写及冬夏的诗词在频密的写春秋两季的作品面前，也确实显得单薄。《初日楼稿》诗歌部分开篇便是《初春》，另有《春晚》《春晚即事》《壬子仲春重到海上作》等，长短句部分开篇的《减字木兰花》写的也是"二月江南花正放"的早春，他如《菩萨蛮》（春风乍起春云展）、《减字木兰花》（舍南舍北）、《风入松》（风光还染旧山川）等，都是描写春天风物情怀。但总体来说，罗庄对春季的情怀比较淡泊。她的《读前人饯春诗漫成》即云：

> 诗人岁岁惜春归，万迭千回写恨辞。毕竟人愁春不管，也应悔学杜鹃痴。

既是春不管，则人之惜春恨春，也属无益。罗庄对春季的漠然正是建立在这样的基础上，以此也可见其与传统诗人心理的差异之处。

相对春季，罗庄写秋天的诗词确实不仅数量更多，而且更见其特殊风致。

罗庄其实有着一种深刻的秋士之感。罗庄直言"喜秋爽尤逾于春和"，"爽"与"和"不仅是季节状态的不同，更多的是折射出气质与心情的不同。她赠二妹小照的《踏莎行》对其"生小憨嬉，长来抗爽，自嫌巾帼难豪放"，其实充满着欣赏。罗庄也自称"独擅豪情倾四座"

[1] 罗庄：《初日楼稿跋》，见《初日楼稿》，第23页。

(《临江仙》),“见说登高儿女,一例佩萸簪菊,相率兴如狂”(《水调歌头》)。有豪情、豪放的性格才能对疏爽的秋天别具青睐。罗庄的“秋情”大约包括以下几个方面:

(一)清澈的秋影。其《新凉》所谓“簟纹帘影清于水,不染尘氛只染秋”。著一“只”字,可见秋之清是独特的,不可替代的。此《簟纹帘影图》所绘情景也可略见一斑。详后,此不赘述。

(二)疏爽的秋情。其《秋夜》诗云:“最是一年疏爽日,新词休谱怨清商。”《水调歌头》也有“爽气揭天宇,佳日正重阳。幽人置酒招我,胜境赏秋光”的爽然心情。秋天的疏爽不仅体现在疏朗爽快的天气和景物上,也引发着罗庄爽朗喜悦的心情,故她逢秋而抗拒着怨愁哀感的清商之调。“风扫秋云散薄罗,……针楼帘卷笑声和”(《浣溪沙》),秋天就应该是弥漫着疏爽笑声的季节。罗庄虽然对季节更替的感觉并非过于敏锐,但她对秋天确是有着天然的赏爱。

(三)明阔的秋景。罗庄在诗词中描写了不少秋天明净开阔之景象。如“秋稼登场田野阔,夕阳明处见柴门”(《游田中村偕弟妹晚归》)、“月到天心夜色明,云翳散尽碧霄澄,渐移清影上疏棂”(《浣溪沙》)、“秋入高楼霁色清,长空寥落片云行,丹枫黄叶漫山城”(《浣溪沙》),田野长空开阔,夕阳月色清明,这种明阔正是罗庄所喜爱者。

(四)诗意的秋兴。秋天也给罗庄带来了别样丰富的诗情诗料。如其《月夜口占》写“露重庭莎湿,高梧影正中”的月夜,触发的是“徘徊清不寐,诗思欲凌空”的创作冲动。“秋晚山城如画稿,红叶黄花,尽是新词料”(《蝶恋花》)、“为爱良宵不忍眠,添出新词料”(《卜算子》),新词料自然兴发新诗情,“往往独流赏,挥毫叠吟笺”(《寄外》)。罗庄写秋之作独多,这才是更重要的原因所在。

古人往往逢秋而悲,罗庄当然并非在秋天曾无一点悲情。她也写过:“风雨作深秋,脉脉飕飕。……天向人愁。”(《浪淘沙》)但这种悲秋情怀乃是因其当时寓居京都,“故国海西头,波远烟稠”的空间阻隔感才造就了特殊的思乡情怀。她也写“斜阳庭院秋萧索”(《蝶恋花》)、“深秋急景太凄凉”(《浣溪沙》)的冷清、凄凉之感。她甚至一方面如前述“最是一年疏爽日,新词休谱怨清商”;另一方面又说“入耳秋声听未惯”“音宛转，夜阑满引清商怨”（《渔家傲》），从“休谱”到“满引”，这种清商怨音其实也难免夹杂在疏爽之秋日。但总体而言，秋天开阔、光亮、疏爽仍是最触动心怀的，也因此她对秋天会更多一份期待，而笔下的秋天也因此在传统的秋思中多了一份爽致的秋情。

罗庄诗词中寄赠酬谢之作数量也不少，尤其是在《初日楼续稿》中更为常见。罗庄在识语中也自称“《续稿》之作，强半与人赠答”[1]。其中与郑孝胥之女郑文渊唱酬最多，罗振常时在沪上开设的蟫隐庐是郑孝胥屡曾踏访之地，罗庄二妹罗静并嫁与郑孝胥之侄，两家遂成姻亲。罗庄与郑文渊相识相交，正缘于父辈间的密切关系。集中如《秋日有怀郑文渊姻姊伏波书以代柬》《沁园春》（拾翠寻芳）、《齐天乐》（谁移灵鹫双峰翠）、《水调歌头》（爽气揭天宇）等十多首皆是。这些写赠大都与郑文渊直接相关，至于写及海藏楼新筑台榭、前往观樱花、赴宴并旁及宴会同人等诗词，虽没有在字面上突出郑文渊，但其实也婉转相及，可见两人交契之深。

郑孝胥海藏楼乃沪上名楼，楼中竹树遍植，四季花卉次第开放，尤以樱花而为各界名流争相观赏，故罗庄集中写及樱花者，大多与海藏楼有关。1922年3月，罗振常携庄、静二女至海藏楼赏樱，罗庄作《沁园春·海藏楼观樱花》呈郑孝胥，甚得赞赏。罗庄不仅写出“看千重霞绮，痕随风展；四围锦障，境自天开”“不断神光照眼来”的浓郁、繁盛、壮阔的樱花景象，而且写出了“联步名园，全舒积怀”“对景成吟，清谈移晷”的舒畅感，更写出了在其中“琼筵尽醉，满酌樽罍”的淋漓豪气。“料得封培还似旧，春来能许著花无。”（《秋日有怀郑文渊姻姊伏波书以代柬》）从秋天封培开始，罗庄便开始想象春天樱花盛开之情形了，可见罗庄对樱花的兴味之浓了。而推溯其源，则与罗庄辛亥后寓居京都的经历有关。[2]

郑孝胥在20世纪20年代前后，寓居京津沪三地，郑文渊也因随之流寓南北，这使得情同姐妹的罗庄、郑文渊便不得不时时面临着离别。因为郑文渊的北上，罗庄“病酒兼旬减带围，诗怀寥落意多违”（《送

[1] 罗庄：《初日楼续稿》识语，见《初日楼稿》，第49页。
[2] 罗庄：《海东杂记》，见《初日楼稿》，第50—51页。

别文渊赴津……》)。这种离绪可以从别后重逢的欢快中得到更深切的印证。如其《玉楼春》云:

> 故人惯作经年别,离索情怀常似结。去年今日送君行,南浦春波愁万叠。　　交深何惜音书缺,赢得相逢情更切。绿阴清昼共流连,不负江南樱笋节。

此词写与郑文渊久别重逢,将曾经"常似结"的离索情怀与而今"情更切"的晴窗话故对应写来,可见两人果然"交深"而非同寻常。在罗庄婚前岁月中,这种与郑文渊性格相投、诗词同道的交谊应该在很大程度了慰藉了其多病之身与寂寞之心。

罗庄还写了不少与伯父罗振玉、父亲罗振常、丈夫周子美及弟妹们生活、交往的诗词,透露出温润的亲情爱意。其中与两个早逝弟弟相关的诗词,读来哀感动容。罗庄与罗振玉之子君楚不仅曾同受学于罗振常,而且"朝夕谈言燕极欢,时复拈弄笔墨,以为娱乐","曩者初习倚声,每成一阕,弟辄激赏不已"[1]。这种朝夕相处、引为知音的关系,可惜因君楚的早逝而中断。而胞弟君鱼则博极群书,且"落笔为文,简劲有古致",深得罗庄赏识,但也因"积忧成瘵"而去世。[2]君楚、君鱼二弟的早逝,令罗庄极为悲痛,罗振常说罗庄"因爱弟之殇而悼痛致疾,且沉痼终其身矣"[3]。又说:

> 汝体本健,其荏弱之始,则以哀悼殇弟,当食而哽,遂罹胃疾。此后有朘削,无培养,遂致中岁而陨。[4]

罗庄自己也说:

[1] 罗庄:《书君楚从弟手抄唐诗遗册后》,见《初日楼稿》,第53、54页。
[2] 罗庄:《君鱼弟小传》,见《初日楼稿》,第55—56页。
[3] 罗振常:《祭长女庄文》,见《初日楼稿》,第111页。
[4] 同上书,第116页。

甲子季春，鱼弟兰摧，为有生来未经之奇痛，则更文通才尽、君苗砚焚。余体素健，至是当食而哽，遂罹胃疾。[1]

两个弟弟的早逝对罗庄的身心确实造成了极大的摧残，因在悼亡之作中，罗庄悲情难抑，语语呜咽。如《浪淘沙》之“扶病下楼台，展拜空斋。伤心一载紫荆摧”、《金缕曲·鱼弟忌日》之“空向天涯挥涕泪，杯酒难浇抔土。问今日、神游何处”等等，因病痛而将悲思化为痴怀，读来为之泪下。而《临江仙·晚检鱼弟遗稿……》词云：

理罢丛残肠欲断，玉钩忘下帘旌。梦回小阁月笼明。春期犹未半，斗帐已寒轻。　　此后风光须换眼，那知人事凋零。池塘春草纵青青。当时吟断句，今日但吞声。

从检理遗稿时的伤怀，到临睡前的凄咽；从梦中的月阁，到梦醒后的吞声，其悲情缠绵之状如在目前。其一胞姐弟之深情，由此尽见乎眼前。

罗庄的诗词不仅记录了清末及民国年间的时代变迁，也细致描述了其委婉曲折的心路历程，其中对京都风物和沪上词人交游的描写，更具有特殊意义。而在艺术上，罗庄与传统女性婉约词也在离合之间，其合者固可见其词史源流，而离者则融入了罗庄独特的生活背景和性格特征。

罗庄的诗词讲究力度和气魄。如“矫首晴空云翳绝，纸鸢点破蔚蓝天”(《初春》)，矫首的姿态、空阔无云的天穹、极具视觉冲击力的纸鸢，都使得诗歌带着无言的气魄。她在用字上多用有明确裁断的不、休、只、尽、全、最、无端等字词，将诗词平素讲究的模糊隐约之美转变为明确而强力的意绪。如《新秋漫兴》：

天上罗云静不流，齐纨乍却暑全收。清飙掠过垂檐树，叶叶声

[1] 罗庄：《初日楼续稿》识语，见《初日楼稿》，第49页。

声尽作秋。

云静便明确说“不流”，新凉到便说“暑全收”，叶叶声声便是“尽作秋”。罗庄似乎无意去描写介于其间的过渡景象，而是从一种景象大幅度地直接跳跃到另外一种景象。而在使用数字时，罗庄多用千、万等数位较大者。如“愿栽千顷树，遮断春归路”(《菩萨蛮》)、“一夜乡心万斛愁”(《减字木兰花》)、“东风吹不尽，万点正愁人”(《临江仙》)，也与罗庄用字的力量感彼此相合。当然更有被王国维深相赞许为“闺阁而有如许力量”的《金缕曲》结尾“异日壮游探远域，遂乘风破浪宗生志”之句。罗振常称罗庄“所作音调，每多抗激”[1]，这种抗激与其有意展现表达的力度有关。

其实，罗庄是个天生身体孱弱的人。王瑜孙曾经拜访罗府而未曾见到时正“抱病卧床”的罗庄，他形容罗府“一股清淡的药香，扑入鼻帘”，可见其缠绵病榻之形。后来路遇罗庄，“印象中她瘦骨零丁，深度近视，戴着眼镜，很有些‘遗世独立’之概”[2]。经王瑜孙描述，罗庄柔弱多病之形如在眼前。罗庄自己的诗词也多描写难抛病痛之状，如其《踏莎行》所云“经旬病起心情恶。送春无力强凭栏”，生活中的罗庄其实充满着无力感。其《病起二首》即有“病起怯明镜，照来心胆寒”“病起嫌枯坐，朝来步渐强”的落寞与对生命的胆怯感。“痛楚常达旦，那得无烦忧”(《得季妹来书知苦寒病足，寄此慰之》)，这种病痛的折磨，其实也让罗庄“一病减诗才”(《浪淘沙》)，少了一份阅读和创作的激情，也减却了不少诗才。但可能越是弱质的人对力量的向往越加强烈，这使我们看到在罗庄的诗词中，写病状的柔弱、慵懒、无趣与对疏爽的人生感觉和力量的期盼并存，这也是颇为特殊的一种创作现象，尤其在女性作家之中。

注重对“静细”之境的描写，也是罗庄词的一个重要特色。其《渔家傲》上阕云：

[1] 罗振常：《初日楼正稿序》，见《初日楼稿》，第105页。
[2] 王瑜孙：《周子美笃学超百龄》，见《小忍庵丛稿》，2012年自印本，第214页。

木叶声干凉意满，墙头屋角秋零乱。落月穿篱光照眼。清露泫，牵牛花袅青丝蔓。

罗振常批点“落月”三句“静细无伦”。[1]此三句当从晏殊“明月不谙离恨苦，斜光到晓穿朱户”句中化出，但淡化了离恨，而将重点放在对纯粹秋夜景物的描写之中。晏殊主要是从时间角度写了明月从夜幕初降到凌晨拂晓穿越朱户的过程，罗庄则无意突出其漫长的时间过程，而是将视点集中在“落月”时分，从“光照眼”这一颇为强烈的视觉角度，来写如泫然泪下的清露、袅袅娜娜的牵牛花以及四处蔓延着的青丝藤。因为视觉感受强烈，所以眼前的景象也就更为清晰，清晰到甚至连花瓣和枝叶的纹路都宛在目前。落月时分，虫鸣已息，人影尚稀，故其境静；光影照眼，景物毕现，故其景细。以此而言，罗振常“静细无伦”四字，真乃精准之评。类似这样的描写，在罗庄词中颇为常见，如《雨中花》（细雨将寒连夜路）、《壬子中秋日本西京观月》等皆属于此类。

光影是罗庄用力表现的景象之一。“小楼独上，试向晴空明处望”（《减字木兰花》）、“晓日朦胧光乍吐，山川溟漠开烟雾”（《渔家傲》）、“绮陌光浮，争道轻车似水流”（《减字木兰花》）、“小院冷秋光，斜阳黯湛黄”（《唐多令》）、“十二栏杆光渐满，香兽浓喷瑞脑”（《念奴娇》），等等。这些光影变化不仅彰显着自然风物的季节兴替，更寄寓着罗庄心理上的阴晴变化，写来细腻微妙、传神动人。

词本抒情文学，叙事非早期文体本色所在，故如韦庄《荷叶杯》等虽亦叙事宛然，毕竟尚属偶尔为之。两宋“以诗为词”“以赋为词”“以文为词”风气渐盛，诗文赋的叙事功能便也渐多移入词体领域，北宋若周邦彦，南宋若辛弃疾、姜夔等，皆注重通过事之变化带动情之变化。罗庄词的叙事性虽非其创作主流，但在叙事方式上却有一些新的变化值得关注。试看《金缕曲》上阕云：

[1] 罗振常批语，见《初日楼稿》，第46页。

我与君同气。忆儿时、受书一室，咿唔相继。未久分驰南北辙，十载睽违两地。忽尘海，沧桑变易。乱后天涯重聚首，已彬彬、各习成人礼。欣共话，幼年事。

从儿时受书一室到南北分驰，从辛亥革命到天涯重聚，罗庄以顺叙的方式记叙了从当初的咿唔相继到如今的欣话旧事，而"我与君同气"则笼罩着整个的叙事过程，叙事井然而情致流转，实写与虚想结合，这正是罗庄叙事词的重要特征。

罗庄有时还以数阕词组合叙事，各有重点而绾合首尾，合成篇章。《初日楼续稿》有《沁园春》《临江仙》《蝶恋花》三词记罗庄赴海藏楼为郑孝胥母古稀寿庆，因大醉而伏枕三日事。《沁园春》词写当宴因寒而假文渊一裘，结果因醉难自持而"吐漫襟袖"，词中更有"拂拭残妆，摩挲倦眼，扶醉归来已夕阳"之句，可见其醉酒之状。《临江仙》则写座客皆醉，唯有王季淑洒然独醒，只是因口渴而终夜梦索橙橘，故专填一阕，写其"醉乡留韵事，梦里索吴橙"之情形。《蝶恋花》则写"余酲未解，风信催人，强出一看樱花"。三词虽有醉酒吐漫、梦索吴橙、强看樱花叙事重点的不同，但都围绕醉酒之事来写，也写出了罗庄金貂换酒、豪倾四座的不羁性情。戊辰（1928）暮春，罗庄"尽室偕行"游杭州西湖，仿欧阳修《采桑子》咏写颍州西湖例，而成《采桑子》十首，兼写四时之景和游踪变化，移步换景，景中叙事，也带着明显的叙事色彩。

综合上述，罗庄以弱质之身而追求诗词的力度和气魄；注重对静细之境界和光影之变化的描写；在叙事上，则或在顺叙中写出情感宛转之变化，或组合数调，各叙一节而合为一事。凡此，都是罗庄诗艺值得注意之处。

二、《簟纹帘影图》与章太炎诸家题词

罗庄的《初日楼稿》不仅在上海一地赢得声誉，而且因其中《新凉》一诗有"簟纹帘影清于水，不染尘氛只染秋"之句而引发更多反响。据周子美1976年追忆，当《初日楼稿》初行世时，子美友人徐行

可对《秋凉》一诗别具青睐，因请山东诸城徐晓东绘图赠予子美，以表敬慕。徐行可与罗庄也有交谊，今检四卷本《初日楼稿》，即有《百字令》一阕，题曰："徐行可丈得汉镜三，皆吴中人造，属题。"词虽主要写汉镜与吴地吴人因缘，但也在结尾以"主人什袭，宝藏彝器同等"称赏其宝藏风雅之事，而"属题"二字，亦可见作为前辈的徐行可对罗庄词才的倚重之意。徐晓东绘制此图，未留任何款识，可能担心时间长了此图相关信息有丢失之虞，民国20年（1931），周子美请章炳麟特为题识如下：

> 上虞罗孟康女士，少能诗，有口号云："簟纹帘影清于水，不染尘氛只染秋。"诸城徐晓东为绘图，不作款识，犹唐宋旧格也。识之以断后人之疑。辛未仲夏，章炳麟。

章炳麟寥寥数语，将罗庄的诗句、绘图缘起、绘图者名及仿唐宋旧格不留款识等，悉书其上。除了"能诗"一语微露称赏之意，余均淡淡着墨，略述其事而已。此图虽尚难详考其作年，但由章炳麟此题识，至少可确定应绘于1931年仲夏之前，时罗庄尚健在。故后来题词诸家有说"子美取其遗句，托诸丹青"[1]，或说"子美仁兄世大人悼德配孟康夫人而作此图"[2]，并不符合事实。徐晓东既未留款识，谅也未题图名，则《簟纹帘影图》一名或也后来命名。今此图册前的篆体"簟纹帘影图"五字乃宜兴潘嗣曾题于丙子年（1936）冬，或即此图有名之始。周子美初识潘嗣曾时间不详，但在20世纪30年代中期，他们与南社社员如沈尹默、高燮以及刘承幹、夏敬观等交往甚密，赋诗挥毫，擅一时风雅之胜，当日并编《翰墨因缘》一书记其盛事。潘嗣曾被邀题写图名，当缘于这一契机。

按照周子美所述，徐行可是欣赏《秋凉》一诗而起请友人绘图之想，"簟纹帘影"一句乃诗中秀句，故为潘嗣曾书以为名（图名也可能出自罗庄或周子美的意思），而图面所绘固不限于此一句也。录《新凉》

[1] 刘谦：《簟纹帘影图》题词，见《初日楼稿》，第146页。
[2] 刘承幹：《簟纹帘影图》题词，见《初日楼稿》，第145页。

诗如下：

过尽浮云宿雨收，一天凉思逼层楼。簟纹帘影清于水，不染尘氛只染秋。

今观其图，虽也有远山寂寂，但天空只是略余画面，一片纯净，果然过尽浮云。从画面之寂然冷清、水边草木之凌乱偃然，亦可印证确是经历了宿雨，从画幅中间水面饱满而平静的角度而言，此宿雨雨量应相当可观，且切合秋水明澈、不奔流急回的特点，而画幅中间稍见空明，则自是宿雨已“收”。起句总写雨后空廓景象，与夏景已然不同，乃是落实秋之“新”字，故画面左半幅，当是由首句敷写开来。次句从时序来说，写由晨至暮之凉思，直接点出“凉”字，而着一“逼”字，可见其程度非寻常雨后之凉可以比拟，层楼则绘于画幅右侧，掩映于山石树木之间，乃笔墨从远处收缩，转写近景。第三句笔墨再度收缩，写层楼内景而聚焦于簟与帘，竹帘悬垂，一榻横陈，其上则铺有簟席，二物在画面层楼中仅在后侧门中略见端倪，这是因为罗庄本身也未实写二者，而是在虚实之间写出簟之“纹”与帘之“影”，诗人与画师均将实物虚化，实际上是为了更充分地彰显“清”的感觉，这个“清”既是清凉之“清”，也是清雅之“清”，甚至还包含着清高的意思。这“清高”一层的意思需参酌罗庄其他诗词，才能切实地体会出来。如其《三十生日集陶》便有“少无适俗韵，委怀在琴书”之句，《述怀七十韵》也说自己“好尚与俗殊，讥议随时至”，其心性于此可见一斑。而“清于水”乃呼应“宿雨”，对照画幅，由眼前景物直接设喻，自然而妥帖。末句则又从近景宕出，虚写此簟纹帘影清凉、清雅、清高之绝尘格调。“只染秋”尤见“清”秋之独特。由以上简略之分析，徐晓东图景与罗庄诗意总体甚相契合，以新凉写清秋，是他们一致的思路。

今《簟纹帘影图》后附章炳麟、王瑜孙、刘承幹、杨懿涑、张善修、刘谦、金忠谋七家题词，其中王瑜孙1945年、1963年两题，除章炳麟、刘谦两家题词以散体文或略述绘图之缘起，或追思罗庄之才情，余均为诗词，合七绝八首、七律一首、词一阕，共十首，末附周子美跋文一篇。但其中王瑜孙1963年第二次题图，调寄《凤栖梧》一阕，并非专为此图而作，而是因读《初日楼遗稿》而次罗庄原韵者，上阕乃描写图卷，故移书图上。诸家题词除章炳麟题于罗庄生前，余均题于罗庄身后，时间从1945年至1963年，周子美跋文则撰于1976年。题词以1946年为最多，有诗歌五首，其时去罗庄去世才五年，盖周子美思念尤切，欲以此图作为念想之物，故请题为多，并装裱成手卷。题词者以浙人居多，尤多周子美故里南浔人，如刘承幹、王瑜孙、张善修等皆为同邑，或为南社中同仁，如刘谦。

寻绎诸家题词，虽表述重点有异，但大旨不外四点：一、赞美其出众诗才，誉为不栉进士。章太炎称其"能诗"，杨懿涑题诗云："永丰家世溯清芬，四行中圭自不群。"刘承幹除了直接称其"慧而能诗""固不栉进士也"之外，其题诗亦云："诗人情绪总宜秋，锦字深闺妙解愁。终有才华飞动处，芙蓉初日照高楼。"对其才华飞动、妙解情愁颇为赞赏。二、悲叹天妒英才，才女薄命。刘谦曾感叹当时擅胜诗词之女子有如凤毛麟角，更惋惜"如此清才，竟遭天妒"。王瑜孙题诗也有"一自香消魂梦断，簟纹如水只生愁"之句，为之"展卷怃然"。张善修亦云："缣素昔曾传锦句，丹青今作悼亡篇。"等等。皆是叹息罗庄因命薄而未能尽展其才。三、赞美画卷妙传诗情。如王瑜孙《凤栖梧》上阕云："展卷云烟犹满纸。帘影依稀，静听松涛细。漫拭簟纹萦别意，闲翻秋水参三昧。"即是由图读诗而别有会心。金忠谋题诗云："谪降人间不染尘，簟纹如水一灯昏。丹青留得诗情在，展卷如同晤对人。"张善修题诗云："应是天宫谪降仙，故将图画托芳荃。簟纹宛转深情结，帘景依稀旧梦牵。"刘谦也说观图卷中的帘影簟纹，仿佛有"伊人宛在"的感觉。诸家或叙或诗，皆意在表达图意诗情的结合，令人起追忆之思。四、评述诗词风格，界定词史地位。此图虽因诗而作，但罗庄诗词兼胜，词尤擅名一时，故题图也必然涉及对其诗词风格的评述。王瑜孙《凤栖梧》结句云："一卷新词堪永世，丹黄省识深情寄。"对其深情相涌青眼有加。金忠谋不仅在诗中有"清新隽逸媲漱玉，细字冰纨初日楼"之句，而且在诗后小记中说："夫人工诗，善填词，所著《初日楼稿》格韵高绝，深美闳约，堪与易安居士骈肩抗手。"不仅揭示了罗庄诗词清新隽逸、格韵高绝、深美闳约的风格特征，而且认为其在词史上完全具备了抗衡李清照的能力和水平，实际上是将罗庄置于第一流女词人的行列。

值得注意的是，为《簟纹帘影图》题词的其实并不限于题写在图卷上者，有些题词因为种种原因而未能书写上图。如先后两次在图卷上留下笔墨的王瑜孙，与周子美同为南浔人。据王瑜孙《小忍庵诗词稿》，1945年时，王瑜孙所作《题孟康罗夫人簟纹帘影图》似有四首，除了题于画卷的其一、其二两首，还有下面两首：

> 五载光阴指一弹，镜奁空对泪阑干。簟纹帘影浑如旧，一样风光异样看。（其三）

> 远山依旧月如钩，隔院筝声调入秋。好句长留人已杳，一回展卷一回愁。（其四）[1]

这两首未题画卷。王瑜孙题诗跋语有“漫成二绝”一句。晚年追忆此事，王瑜孙也仍说“我亦曾题七绝二首”，文中所列诗也是前二首，未提及后二首。或王瑜孙当时每韵曾作二首，题图则取其善者，毕竟同韵二首，意思也确略有重复，而在编选《小忍庵诗词稿》时则不避其复，悉数收入，亦存其旧也。又据王瑜孙所记，为此图题写诗词者尚有萧山单士釐。[2]今观斯图，未见单士釐诗词墨迹，单士釐曾有《悼初日楼主人罗孟康》五律二首，其一云：

> 尺素无缘达，仙凡遽已分。（闻其疾苦，寄信慰问，未达已逝。）芳徽虽未晤，佳句已传闻。迢递君思我，（与令妹信，常问及我。）迁延我愧君。（《艺文略》及《正始再续》两书均未脱稿。）莫嗟年寿促，千载有诗文。

[1] 王瑜孙：《小忍庵丛稿》，第74—75页。
[2] 王瑜孙：《题画詹言》，见《小忍庵丛稿》，第270页。

另一首也称赞罗庄“家风传累代，才藻擅千秋”。[1]从诗中可知，罗、单二人生前并未谋面，只有文字之交。不知此二诗是为图卷而写，抑或纯写追思？此图不仅在一定程度上承载了民国文坛对罗庄诗词的集体认同，而且因为此前《初日楼稿》即备受沪上朱祖谋、况周颐、王国维、郑孝胥等诗词名家的群相推举，故题词者也多如章炳麟、刘承幹等一时名流俊彦，“韵事流传，于焉千古”[2]。民国文人风雅，于此也可窥见一斑矣。

三、罗庄的学词路径与词学观念

罗庄的填词之所以自成格局，与其独特的读词、习词经历和词学观念密切相关。

读词是作词的前提。况周颐《蕙风词话》曾说：“学填词，先学读词。”又说：“读词之法，取前人名句意境绝佳者，将此意境，缔构于吾想望中。然后澄思渺虑，以吾身入乎其中，而涵泳玩索之。吾性灵与相浃而俱化，乃真实为吾有，而外物不能夺。”又说：“读前人雅词数百阕，令充积吾胸臆，先入而为主。吾性情为词所陶冶，与无情世事，日背道而驰。”[3]可见，读词的意义不仅在从涵玩前人作品中领会创作技巧，而且主要是由此涵养出一种特殊的词人性情气质，这种性情气质可能“与无情世事，日背道而驰”，但为世俗所短处，或正为词人所长处。以此而言，由读词经历，不仅可以勘察词人填词可能的路径，也可见出其词学观念之一斑。

罗庄曾提及其季妹欲向其学词，罗庄特为其选录若干古词书于《初日楼稿》书眉，认为玩索寻味，或可得填词蹊径。[4]此自是罗庄习词之路，故以此传诸季妹。罗庄读过的词集，以南唐北宋词为主，这当然与其“家大人即诏以勿览近代人作”[5]的告诫有关。除了曾经录出王国维

[1] 此二诗转引自《罗雪堂述丛稿》下册，第954页。
[2] 刘谦：《簟纹帘影图》题词，《初日楼稿》，第146页。
[3] 况周颐：《蕙风词话》卷一，见唐圭璋编《词话丛编》第五册，中华书局1986年版，第4415、4411、4410—4411页。
[4] 罗庄：《为季妹录古词于初日楼稿书眉并记一则》，见《初日楼稿》，第54页。
[5] 罗庄：《赵举之词序》，见《初日楼稿》，第57页。

校记的《乐章集》《山谷词》之外，也曾“枕上闲翻《片玉词》”（《浣溪沙》）。对柳永、黄庭坚、周邦彦词应该格外关注过。

欧阳修词也当是罗庄反复涵咏者，她曾作《采桑子》十首，小序云：

> 戊辰春暮，作湖上之游。是役尽室偕行，留连数日，殊惬素心。因仿欧阳公“西湖好”词成短调十阕。地虽不同，景则无殊，故首句皆用原词。醉翁兼咏四时，兹亦仿之。效颦之讥，其曷敢避。[1]

词调、首句、兼写四时之景，此三者均同于欧阳修，当然可见罗庄对欧阳修的追慕之意。罗继祖在此组词后跋云：“此作气韵，厕之《六一词》中，殆不可辨，亦犹两湖风景之无殊也。”[2]虽然欧阳修笔下的颍州西湖与罗庄笔下的杭州西湖并非真的“无殊”，但将这两组词对勘，其“气韵”倒真是彼此相似的。此外如《蝶恋花》（最是东风忙不住）等，也极具六一风神。

作为女词人，罗庄与女性词人自然会心多相通。李清照词便是罗庄所熟读者，故其词也往往得其神似。如其《金缕曲》云：

> 渐觉风霜肃。弄秋光、数行雁归，无边落木。向晓阴晴浑未定，天气乍寒还燠。早开遍，紫萸黄菊。待去登高成雅集，怕西风、吹损双鬟绿。还闭户，倚修竹。　　堪惊去去光阴速。算人生、几逢佳节，赏心娱目。落帽龙山传韵事，此日高风谁属。但举酒，满倾醽醁。喜得幽人词句在，醉淋漓把卷尊前读。千载下，有馀馥。

此词前二韵虽然有柳永、杜甫意趣，但确实更多李清照《醉花阴》（薄雾浓云）、《永遇乐》（落日熔金）等的情怀。故罗庄特地在词前缀小序云：“九日读李易安‘帘卷西风，人比黄花瘦’词句，乘兴赋此。”可见

[1] 罗庄：《初日楼稿》，第80页。
[2] 罗继祖跋语，见《初日楼稿》，第81页。

罗庄在惊去光阴、怕赏佳节的心情上与“幽人词句”的契合之深。此外,《渔家傲》（正是天寒愁日暮）在语言、意象甚至爽气的风格上，都堪称是神追易安的佳作。

罗庄对南唐词的关注明显在对《花间》词之上。她虽然写过两首模仿《花间》的《菩萨蛮》《更漏子》词，而且被其尊人誉为“二首摹《花间》即酷似《花间》,甚奇”[1],但毕竟是偶尔为之。其《菩萨蛮》小序云:“仲妹读《花间集》，谓是编古香秾艳，非今人所能学，其说良是。”她显然认同仲妹对《花间集》“古香秾艳”之评以及难以追慕之意。盖南唐词高明却有迹可循，而《花间集》之神韵则几乎无迹可求。罗庄这一“轻”《花间》而重南唐的思想，是其与王国维的合辙处，也是与况周颐的分别处。

在南唐词人中，入罗庄心境最深的应是李煜。一个非常有力的证据是：罗庄在日本远离了故乡的俶扰后，京都旖旎风景居然让罗庄发现了李煜词境。她说：

> 日本以产樱花著名，山冈之上，随处皆是。每当春季，花皆盛放，轻红浅白，袅娜生姿，视桃李海棠别饶风韵。风和日丽之辰，余尝徘徊其下，如张锦幄。清风时来，落瓣粘襟袖，令人忆李后主词也。[2]

令罗庄追怀的李后主词应该主要是《清平乐》之“砌下落梅如雪乱，拂了一身还满”词句，这种在日本发现的中国词境，当然意味着罗庄对李煜词的熟悉程度及审美偏向。此外，罗庄对秦观、李商隐、李白等诸家诗词涵泳亦多，诗词中化用其句的地方皆有迹可循。

在选本方面，除了前揭其观览《花间集》并偶有仿作外，对《花庵词选》也曾影写一过，濡染匪浅。卷二录其《沁园春》词小序云:“汲古阁影宋本《花庵词选》，大人命影一过，书其后。”此词形象地描写了自己“把卷低哦，阳春雅词”的形态，更写出摹写与吟哦兼具的沉迷之

[1] 罗振常批语，见《初日楼稿》，第31页。
[2] 罗庄:《海东杂记》，见《初日楼稿》，第50页。

状。其词下阕云：

> 窗前闲写乌丝。笑镇日常凭小案低。更贪吟丽句，濡毫又搁，剪馀残烛，映纸频窥。墨染唇脂，香生腕玉，摹出名贤绝妙词。

若非投入了很深的感情，是很难写出自己对此选本的痴迷情形的。

罗庄在诗词方面天赋锐敏而卓异。她从小虽然也遵循传统，从其父受“四子书”，但“心之所好，乘隙辄把一卷，间学为吟咏”[1]。经史是其功课，而诗词才是天性所好。也同样因为这一天赋，诗词也成为罗庄生命中最为挂念的东西，1937年9月，因抗战事起，罗庄避难浙地，无法回沪，“自分无生望，忆上海箧中有未刻诗文词稿，请外子检出保存，将来令奉高侄为编定印行”[2]，可见诗词已经是罗庄生命的一个重要部分了。

罗庄用了不少笔墨描写自己的闺中生活，读诗作词或抄写、修改诗词即是其中的主要部分。“深闺弄笔消长昼，一卷宫词信手钞”（《初夏即事》），这是抄写诗词。“喜得幽人词句在，醉淋漓把卷尊前读。”（《金缕曲》）这是阅读诗词。“忙觅句，流连只恐韶光暮”（《渔家傲》）、“最是一年疏爽日，新词休谱怨清商”（《秋夜》）、“下帷深坐，自把新词和”（《清平乐》），这是创作诗词。“写馀砚墨染衣香。昨宵词稿再商量”（《浣溪沙》），这是修改诗词。诗词成了罗庄的生活，或长昼弄笔，或宵深和词，或翻歌旧曲，或灯前挥毫，生活中平凡之景之事，也因此别有一番诗意诗情。因天赋异禀，故罗庄词心充盈，触目皆成词境。“秋晚山城如画稿。红叶黄花，尽是新词料”（《蝶恋花》），词境如此，词心自然跟着兴起。“小园花事未阑珊，当得词人著意看。”（《代人柬闺友》）此是请人观花之意，故以花事尚盛为邀，其实花事阑珊，词人也同样可以著意看的，只是别有一种怀抱而已。

罗庄填词取径大体在南唐北宋之词，故其词学观念也与此密切相关。约而言之，气息近古与绵密坚凝是罗庄词学宗旨所在。她明确提出“夫词之所难，在气息近古”之说。而“气息”乃可意会而难以言传者，

[1] 罗庄：《初日楼正稿跋》，见《初日楼稿》，第22页。
[2] 罗庄：《丁丑浔溪避兵记》，见《初日楼稿》，第62页。

气息既以“近古”为尚，则以上述分析，此“古”乃主要指南唐北宋之词。那么，“近古”的气息究竟有何特征呢？罗庄说：

> ……再一按拍，则珠圆玉润，有字皆馨，无词不艳。曼声试度，不觉积痗都消，其感人之深，盖可见也。[1]

按照罗庄的自述，所谓气息近古当是指在声调节拍上自然合乎韵律，语言温润艳丽，具有疏瀹五脏、澡雪精神、直抵人心的艺术魅力。字面上馨香四溢、艳丽可观，而内里则包孕着深厚的情感，这是能“感人之深”的本原所在。而能当“珠圆玉润”一词的词人当然是晏殊、欧阳修等北宋前期词人，赵举之的词集正名《和珠玉词》，这大概也是罗庄两度次韵欧阳修《采桑子》组词的原因所在。

具体而言，“气息近古”的内涵至少包括以下三个方面：

（一）自然流美。罗庄曾自称作词“多率意成吟”，无意究心五音六律和清浊之分，而且在观念上认为“善守绳墨者，非可语于自然”，故其为季妹录词以作学词门径，所选亦皆“音调流美”者。[2]在音律与自然的关系上，罗庄反对刻意追琢音律，主张将音律置于自然的审美原则之下，追求音调流美，也即是自然的音调之美。她直言“佳句爱清圆，恰似明珠走玉盘”（《南乡子》），这种“清圆”不仅饶自然之趣，而且其如珠走盘的流美音调，也是甚契罗庄心怀的。

（二）绵密坚凝。这其实是对自然而未加节制，遂趋于流熟的一种反拨。罗庄在《初日楼续稿》跋文中说：

> 《续稿》所作，强半与人赠答，且往往不容思索，迫令口占，境虽较熟，然熟则易流，难得绵密坚凝之作。[3]

即兴赠答，往往无暇深思，很容易出现因为“境熟”而“易流”的情

---

[1] 罗庄：《赵举之词序》，见《初日楼稿》，第57页。
[2] 罗庄：《为季妹录古词于初日楼稿书眉并记一则》，见《初日楼稿》，第54页。
[3] 罗庄：《初日楼稿》，第49页。

况。读上去虽也清朗上口，但意思也浅浮飘散在文字表面，缺乏必要的结构观念和斟酌调整功夫。罗庄认为绵密坚凝才是词之高境，坚凝乃是指词内含聚合的力度，坚者，固也，指意思不流散，不因口占等较为随意的创作方式，而汗漫阑及其他意思；凝者，聚也，即意思凝结在内，而非散浮在言词之上，“坚凝”合指意思集中而内蕴。绵密则是从笔法结构上而言，乃是语言、意象要契合情感的特点，能从不同的方面指向词心所在。绵密是词境的构成特点，而坚凝则是词心的要义所在。

（三）和雅语工。这实际上是罗庄尊人择录罗庄词的一个基本标准，当然也是来自罗庄词的创作实际。罗振常注意到因为传统“穷而后工”的理论，使得词人往往把情感的主体投置在“穷”的方面；事实上，并非抒发“穷”情的诗词就一定是好的诗词，他特别提到自己家境虽然谈不上富有，甚至还有“屡空”的时候，但至少不至于“冻馁”的境地，而罗庄词中却不免有“为赋新词强说愁”的成分，他为此将这一部分带有“为情而造文”的作品删去，“为选其和雅者存之，有时以造语颇工，亦不能尽削”[1]。可见“和雅”与“语工”乃是罗振常选录罗庄词的主要依据。和雅侧重在情感的平和雅致，而语工则侧重在语言的工整及表现力，与其推崇赵举之“有字皆馨”的语言艺术也可对勘。今检罗庄词集，和雅语工也确实堪称罗庄词在情感和艺术的一个显著特色。

综合上述，罗庄的词学观念主要表现在：崇尚南唐北宋词，特别是李煜、晏殊、欧阳修、李清照等人词，主张在气息上心追手摹，古韵悠然，在自然流转的音调中，将深厚之思凝聚于绵密的结构之中，从而形成和雅语工的艺术风貌。这一词学观从总体上与晚清以朱祖谋、况周颐为代表推崇南宋特别是语言瑰丽、意象密集而意脉潜气内转的梦窗词风形成了明显的区别，而与王国维的词学则暗度陈仓，在民国词坛显然带着一定的“异数”特征。

四、罗庄词学与罗振常之关系

罗庄虽然天赋词心，但其尊人罗振常的指引实起了非常重要的作

[1] 罗振常：《初日楼正稿序》，见《初日楼稿》，第105页。

用。其母张筠云："夫子……尝命庄清缮旧稿，时亦命其助校前人之词。故庄于词尤好。"[1]其实，张筠也是谙通诗词之人，著有《练潭书屋诗》。[2]罗庄为父亲缮写词稿、校勘前人词，这些工作都直接引发了罗庄内蕴的天赋才华。1920年，罗振常《徵声集》编竟，不仅曾命罗庄抄写一过，而且曾"询庄以词之旨趣，谨举所知以对，蒙许为可教"[3]，可见罗庄与罗振常在词学旨趣上的契合之深。而且对罗庄也有"能作"之评，也因此才起意将罗庄《初日楼稿》附刻于《徵声集》后。罗振常显然明白罗庄好词与自己的"濡染"有关，他说："予家藏诗甚少，词则名家几无不备，予又多作词，少作诗，亦濡染使然也。"[4]因为见证着罗庄读词作词的过程，而且彼此谈论词学大旨相合，加上罗振常时或"命作一二首"，时或"指示其得失"，[5]故"濡染"之迹确昭昭在焉。

罗振常自称"平生喜蓄词曲"，遇佳刻善本，不惜重资以购置，故家藏词集甚丰，其"词则名家几无不备"之说，并非虚语。[6]其后王国维所藏词曲集也借手罗振玉而大多归入罗振常名下。1916年初，王国维从京都先行回到上海前，为了酬对罗振玉将诸多副本相赠之盛情，遂将词曲书回赠罗振玉。[7]其实罗振玉也不治词曲，王国维回赠此类书籍，或许考虑到大云书库藏书格局的需要，或许考虑到罗振玉虽然不治词曲，但其弟罗振常及侄女罗庄等，却是爱好词曲的，则罗振玉将这批书籍转赠罗振常，也很可能在王国维的预想之中。罗振常得王国维所校订各书，其惊喜亦可想象。兼之罗庄姐妹均雅好诗词，则嘱其研读参考，也是可能的。罗庄辑录王国维《乐章集》《山谷词》的校语并附简略按语，略述王国维据校底本及参校本，而成《人间校词札记》一文，应该正得益于这一机缘。罗庄此文发表虽在1936年初，但将这两种词集的

---

[1] 张筠：《初日楼续稿序》，见《初日楼稿》，第106页。

[2] 单士釐：《清闺秀艺文略》卷二补遗所记："《练潭书屋吟稿》。张承范，安徽桐城人，罗振常室。"《清闺秀艺文略》，稿本，今藏国家图书馆。

[3] 罗庄：《初日楼稿跋》，见《初日楼稿》，第22页。

[4] 罗振常：《初日楼正稿序》，见《初日楼稿》，第105页。

[5] 罗庄：《初日楼稿跋》，见《初日楼稿》，第22、23页。

[6] 罗振常遗著、周子美编订：《善本书所见录》，商务印书馆1958年版，第193页。

[7] 王国维：《丙辰日记》，见谢维扬、房鑫亮主编：《王国维全集》第十五卷，浙江教育出版社、广东教育出版社2010年版，第911页。

校记、跋文录副，则应在1928年7月之前，因为1928年7月，包括这两种校本词集在内的25种词曲集即由日本文求堂经罗振常蟫隐庐购入，由东洋文库收藏，此后罗庄若需录副，显然就不太可能了。所以，罗庄的校勘学功底既得益于罗振常的蟫隐庐刻书活动，[1]也与观摩王国维的校勘实绩有着关系。

在诸种词学实践中，我觉得最值得关注的是罗庄曾应刘承幹约请，在罗振常指导下删订况周颐《历代词人考略》原稿一事。况周颐因家贫不继，遂请朱祖谋荐于刘承幹，愿为代撰《历代词人考略》一书以获取相应报酬。1917年，双方达成协议，此后一直到1926年况周颐去世，此稿仍未完成。[2]刘承幹初拟刊刻此书，因原稿征引文献过于繁多，遂请罗庄删订，以省篇幅。此事久不为世知，2014年2月，笔者在上海图书馆访读刘承幹《求恕斋日记》，始检获此事。《求恕斋日记》庚午年（1930）十一月二十三日、壬申年（1932）十二月二十八日两则日记均关乎此事。前则言致信罗振常，“送去《词人考略》三十一册，嘱其令嫒（即子美夫人）校勘”，后则是收到罗振常交回《词人考略》及条例等，刘承幹支付200大洋以作酬金。在日记中，刘承幹特地说：“因《词人考略》子美夫人担任删订，而子美夫人未敢下笔，请示于其父，故由子经开一条例，命其依此删订，并由子经为之详校。”这两则日记在时间上跨了两年多（25个月零5天），当正是删订所费时日。因着这丰厚的词曲藏书及校勘功夫，罗庄的删订自然可以充分利用家藏词学文献，而且可以得到其父罗振常的直接指导。故罗振常特为撰《删订历代词人考略条例》《第二次删订条例》，罗庄依条例删订，罗振常再为之详校。在删订的两年多时间中，除了1932年6月至8月在淮安老家，同年冬移居苏州，罗庄其余时间都在浙江南浔生活，中间并先后于1931年10月、

[1] 1923年秋，罗振常嘱罗庄以他本即诸词选参校辑补，写为《龙洲词》定本。1925年，朱祖谋在为其《龙洲词》刻本作补遗后记时曾盛称经罗庄校订过的《龙洲词》“斠订精覈，洵为刘词最善之本”，并将此本收录于《彊村丛书》，见朱孝臧辑校《彊村丛书》上，上海书店、江苏广陵古籍刻印社1989年版，第711页；及罗振常：《蟫隐庐龙洲词序》，见马兴荣《龙洲词校笺》附录一，江西人民出版社1999年版，第94页。

[2] 关于此书编纂、删订的详细情况，见彭玉平：《〈历代词人考略〉及相关问题考论》，载《文学遗产》2016年第4期。

1932年12月诞下次子世禄、长女世贞。这意味着罗庄基本上是在孕期修订《考略》一书，其辛劳自可想见。今《初日楼稿》有《鹧鸪天·登嘉业藏书楼》二首，第一首，罗庄尾记曰："盖居此已三阅寒暑，寝馈其间，不问外事，会将引去，殊足惜也。"[1]既是会将引去，则此词当作于1932年冬。词中若"排甲乙，列丹铅。牙签缃帙任频翻"（其一），"钻故纸，垒新巢"（其二），这些频翻缃帙、钻研故纸，寝馈其间，很可能正包括删订《考略》之事在内。

以上这些校勘词集、删订词学著作等工作，不仅提高了罗庄的词集校勘水平，也有力拓宽了罗庄的词学视野。同时，因为这些校勘、删订都是在其尊人指导下进行，故与罗振常的词学观念也因此有了更多融通的契机。

罗振常的词学素受冷落。这除了与罗振常当时基本处于词学体制外的身份特点有关之外，也与其相关词学文献久被尘封、不为人知有关。其实，罗振常不仅著有词集《徵声集》，词学方面也曾编校《南唐二主词汇校》《观堂诗词汇编》等，评点过罗庄的《初日楼稿》和王国维代撰的《人间词乙稿序》，加上其词集各分集序跋、批点等，将这些词学文献综合起来，也可见罗振常词学思想之一斑。

罗振常词学的最突出之点就是对南唐、北宋词的推崇。据今来看，崇尚南唐、北宋与崇尚南宋，或许只是词学路径有异而已，但在罗振常当时，这一词史取向还带有强烈的针砭时弊的意义。在罗振常的词学友人中，与其同里的淮安秦遇赓应该是非常重要的一位。罗振常的《徵声集》不仅请秦遇赓撰序撰跋，而且词集中的批点也多出其手。秦序中更披露了不少他们平时谈词论词的情况，从中也可其相似的词学观念。

秦遇赓对南唐北宋词心驰神往，其《徵声集序》便直言"南唐、北宋知其尚矣"，但他也同时感叹"古今人不能相及"，并将这一疑问质之罗振常。罗振常没有回答秦遇赓的这一问题，但"频年以来，君屡邮予遯渚、饮水、樗州、人间诸词"，这其中的《人间》便是王国维词集

[1] 罗庄：《初日楼稿》，第78页。

《人间词甲稿》《人间词乙稿》的简称，而《饮水词》又是王国维极为推崇的纳兰性德的词集，这可见罗振常对王国维词及词学的充分认同。而秦遇赓在阅读以上诸集以及罗振常的《徵声集》后，即云："乃知古今人不可及，而即今求古，正不必定在乎举世之所推崇也。"所谓举世推崇之词风，也即是以朱祖谋、况周颐等为代表的以南宋词特别是吴文英词为师法典范的民国词风，这种词风从晚清绵延而来，民国时更辐射南北词界。而秦遇赓如此抵触"举世之所推崇"，可见秦遇赓词学与当时主流词风的矛盾甚至对立之处。

秦遇赓对当世词风的抵触，其实也可以理解为对罗振常词学思想的一种积极呼应。秦遇赓在《徵声集序》中曾引用了一节罗振常论词之语，可与此对勘。罗振常云：

> 近世……有志者慨然复古，惩其滑，避其熟，戛戛生造，纤巧则免矣，而晦涩随之。夫纤巧非古人，岂晦涩即是古人？齐则失矣，楚又宁为得乎！大抵古人无意为词，意偶到而辞随之，如风行水上，自然成文，乃臻高妙。今人有意为词，义旨茫昧，而兢兢乎惟辞之求，譬诸无病而吟，纵尽力呼号，亦安得而动人之听哉！

这段文字极具锋芒，其对当时词坛的批评情见乎词。罗振常认为晚清以来词学弊端以纤巧为先，而以晦涩继之，晦涩词风虽针对滑熟之习气，但其途非正，不过从弊端之一极而趋于另一极而已。罗振常的批判矛头与秦遇赓序言中提到的"举世之所推崇"的说法彼此呼应。罗振常的批评锐气还可见其《祭长女庄文》一文："乃举世方沉迷于某派，非秦者去，为客者逐，致阳春之奏反不足与下里同称。"[1]此祭文写于1942年，对勘前秦遇赓序中所引文字，前后相隔二十余年，而罗振常对当世词风的批评则没有丝毫改变。在罗振常、秦遇赓、罗庄的语境中，这个"某派"的指向乃是不言而喻的。

---

[1] 罗庄：《初日楼稿》，第115页。

罗振常对当世词风的这种批评姿态，自然也会影响到罗庄的词学路径和词学发展格局。检点罗振常的词学思想，其实与王国维正有着诸多暗合之处。甚至可以说，在今存王国维词学文字中，也很可能渗透了包括罗振常在内的周边友人的智慧。[1]罗庄词颇多南唐北宋意趣，这是由罗振常导引的学词路径所决定的，也是与王国维词学合流之处。1927年，罗庄《初日楼续稿》编竟，罗振常以“邈园”为名于“长短句”部分留下了六则批点文字，如评《渔家傲》(乍喜新凉停画扇)：“南唐、北宋之音，《阳春》《珠玉》之响。此境殊不易臻。”至其评《减字木兰花》(芙蓉江上)，用语与王国维也如出一辙。其语云：“词或以意胜，或以境胜。此则以境胜者。”[2]凡此，足见罗振常对王国维词论的契合之深。所以无论是罗振常，还是张筠，都对王国维对罗庄的欣赏极为欣慰，根源当在此。

罗振常虽然反对罗庄早年诗词夸大愁情的程度，但他并非反对以词写愁，而是主张将愁情写得真实、贴切而有深度而已。秦遇赓在《徵声集》末总评曰：

> 词之托义，比兴为多，香草美人，言皆有寄，此风骚之遗也。故古人作词皆无题，南唐而后至二晏、屯田、子野、永叔诸家，均存此意。……久怀此意，适读是集，窃叹其有合于古，因附及之。

秦遇赓从罗振常词中读出的“风骚之旨”，尤其是曲写悲情的传统，应该正是罗振常填词的基本方向。罗振常自己也一直强调以词写愁的心路历程。1910年，罗振常《颓檐词》题序言及自己丙午（1906）秋薄游沪滨，奔走四方，“偶为小词，以写烦忧”。他为自己的第一部词集取名“颓檐”，也是从陶渊明“负痾颓檐下，终日无一欣”诗句中来，乃言其多病、贫困及郁郁寡欢之意。1914年，罗振常为《浮海词》题序，此意再次得以强调，他说：

[1] 关于罗振常与王国维的词学关系，见彭玉平：《王国维词学与罗振常、樊炳清之关系》，载《四川大学学报》2013年第3期。

[2] 罗振常批语，《初日楼稿》，第29、32、47页。

> 辛壬之交，……爰随叔兄避地东瀛，睹异国之聿新，伤宗邦之凌替，身世飘零之感，乡关魂梦之思，幽忧无聊，长歌当哭，其间虽以祭扫先茔，一返故园，然见人物山川，都非畴昔，则惨焉伤怀……

辛亥革命之后，罗振常流寓海东，故“幽忧无聊”“惨焉伤怀”倍增。其实，不仅《浮海词》情感基调如此，若其他各集也大率如是。约而言之，用香草美人的比兴手法，将人生所遇所感之深哀巨痛用类似南唐北宋人自然和雅的艺术面貌呈现出来，便是罗振常心中词之高境。

虽然如秦遇赓《徵声集跋》所言，罗振常的填词基本路径是“以阳春、六一之缠绵，写麦秀、黍离之感慨”，但要将这两者完全统一，也殊非易事。毕竟江山社稷支离沦亡之感触及人心的最深处，则和雅工致的艺术风貌，有时确实难以承受这深重的情感。罗振常虽然向往北宋之境，但他深知北宋词人“生当盛世，宜有元音；若仆则叔季鲜民，饱更忧患，宫商雅奏，无复能成，故命曰徵声，从其实也”[1]。这种时代和经历的差异，也使得罗振常的词更多地流露出一种凄苦之音调。与此相适应，罗振常的词便也不能不兼有宋末词人的重拙大特征。如其《一丛花》词云：

> 绿窗窈窕护垂杨，白日照容光。水晶帘下惊鸿影，看朝朝浅露深藏。宝奁香重，剪刀声切，无奈隔红墙。

秦遇赓评“白日”句“重大拙三字兼而有之”。罗振常对况周颐虽怀有种种不满，但居易代之际，其词也可能在不经意间表现出重拙大之意趣。这一方面可以看出重拙大说的影响之广；另一方面也反映了在晚清民国的多事之秋，重拙大词说也确实有着更多的理论生存空间。见诸秦遇赓《徵声集序》援引的一节罗振常论词之语，可以见出罗振常对“重拙大”说的基本态度。罗振常云：

[1] 罗振常：《徵声集自序》，见《徵声集》，辛酉（1921）蟫隐庐排印本。

> 古人之词，风与骚也，有情有境，有辞有义，造语则流而能凝，微而能大，工而能拙。能凝故不浮，能大故不弱，能拙故不雕。后之为词者异是，欲雄则粗犷，欲婉则纤弱，欲密则轻巧，纤巧之词，近世流毒甚矣。

这一节文字略可见出罗振常词学与朱、况词学也有一定的汇合之地，其对拙、大的推崇情见乎词，“重”字虽未见点明，但“凝”字实具“重”意。罗振常语境虽然偏重于“造语”，但实际上是在《风》《骚》结合、情境相关、辞义相生的角度来言说外在的“造语”特征。“凝”与“浮”反，这与况周颐用“沉著”来解释“重”，是“厚之发见乎外者”，毕竟要落实于外在语言的“芬菲铿丽”上，其实是同一理路。[1]可见，从“造语”一端实可并通重拙大三者。罗振常对重拙大的理解与况周颐并无本质上的矛盾，他只是反对因崇尚重拙大而导致出现粗犷、纤弱、轻巧的状况，从而偏离了《风》《骚》艺术精神的正轨。从罗振常强调“有情有境”的结合来看，他其实是尝试对王国维与况周颐词学进行调和的，只是与朱祖谋、况周颐主张全面吸取南宋末年词风不同，他倾向将南宋词的重拙大之“情”与南唐北宋词的自然之“境”结合起来而已。

五、罗庄与沪上词坛

在民国词坛，罗庄词名甚著，不仅在生前即有《初日楼稿》《初日楼续稿》两集问世，而且其诗词清才也久得诗词界耆老赞赏。辛亥事后二年，罗庄随父客寓日本京都，与同样渡海而来的王国维一家比屋而居，彼此诗词吟唱，其乐可知。1913年秋从京都回国后，因罗振常与沪上名流交往甚广，罗庄的诗词才华也因此多有机缘广受赏识。罗庄妹罗守巽曾说：

> 先君好与清末遗老往还，如国学大师王国维、前清进士宿儒沈

---

［1］况周颐：《蕙风词话》卷二，见《词话丛编》，第4447页。

曾植、郑孝胥、叶昌炽、徐乃昌、朱祖谋等，无不相交往。[1]

罗振常亦云：

> 顾海宁王忠悫公尝阅汝之作，诧为女子中所未见。别有不知姓名者著论推崇，则亦非全无知音。果其所刊，不随秦火而毁，决其必传于后。[2]

这里提及的“不知姓名者”或指单士釐（1863—1945），其撰写的《清闺秀艺文略》5卷初稿完成于1929年，此后续有增补，卷二即收有罗庄《初日楼诗文词稿》，并略述其字、籍贯及婚姻情况。除此之外，罗振常对罗庄诗词“必传于后”的自信，还得益于王国维、朱祖谋、况周颐等人的一再揄扬。张筠言之颇为分明：

> ……庄于词尤好，而所作亦工于诗，出语多惊耆宿。海宁王忠悫公尝于亡侄君楚福苌许见所作，谓闺秀安得如许笔力，称异者再。及初稿刊成，况夔笙太守周颐谓其立意新颖，语多未经人道。[3]

从张筠特地强调王国维是从君楚处获见罗庄词，言及况周颐则特地注明“及初稿刊成”，而《初日楼稿》乃1921年夏铸版印行，1921年9月，君楚即在天津病逝。可见王国维对罗庄词的欣赏显然在况周颐之前数年，则在本家族之外，王国维也堪称是最早注意到罗庄词才的人了。王国维称赞其笔力过人，乃闺秀之异数，况周颐则对其立意、创语极为欣赏。周子美亦言其在当日词界之影响云：

> 孟康内子雅擅倚声……早年即有集行世，人多激赏之。时朱彊

[1] 罗守巽：《跋先君邈园公著忠正公史可法别传》，见《丹枫精舍诗文稿》，油印本。
[2] 罗振常：《祭长女庄文》，见《初日楼稿》，第115页。
[3] 张筠：《初日楼续稿序》，见《初日楼稿》，第107页。

> 村、况蕙风两前辈方结词坛于海上，颇喜汲引后进。闻况蕙风甚欲致孟康于女弟子之列。[1]

朱彊村、况蕙风、王国维都是当时沪上的名流，得其一言，尚且匪易，何况得到词坛祭酒的同口称誉！朱祖谋对罗庄的词才，未见具体的评说，但其有所关注或好感，应该是可能的。刘承幹邀约罗庄删订况周颐初撰的《历代词人考略》一书，也很可能有朱祖谋的推荐在内，毕竟朱祖谋为促进此书早日付梓，曾主动答应删订此书，只是因年老而未能践诺而已。[2]但总体而言，朱祖谋、郑孝胥等对罗庄的赏识，或许更多的只是传于众口而已。而况周颐则因读其词而“甚欲”致其于女弟子之列，显然赏识的程度在他人之上。但罗庄最终未能北面师事况周颐，其中罗庄自身的因素恐非主要，其父罗振常的意见才是决定性的。1987年，罗振常二女罗仲安曾追忆说：

> 长姊罗庄擅长宋词，蕙风欲收为学生，先父未同意。观堂亦赏识长姊诗才，并欲为其词集作序，先父十分欣喜，欲命长姊拜观堂为师。[3]

可见罗振常对况周颐的排斥心态，但罗庄拜师王国维之事也未见下文。王国维赏识罗庄并有意为其词集作序应该是确有其事。罗振常三女罗守巽也曾回忆及此，言之更为详尽：

> 观堂对长姊孟康很为赏识……《续稿》正拟请观堂作序，而已即世矣，是姊无幸运也。[4]

---

[1] 周子美：《初日楼遗稿序》，《初日楼稿》，第107—108页。
[2] 关于朱祖谋与况周颐《历代词人考略》一书撰述及修订之因缘，见彭玉平：《〈历代词人考略〉及相关问题考论》，载《文学遗产》2016年第4期。
[3] 转引自陈平原等编：《追忆王国维》（增订本）所录《海东杂记》题注，生活·读书·新知三联书店2009年版，第355页。
[4] 罗守巽：《我所知道的王观堂及其一家》，见《追忆王国维》（增订本），第453—454页。

王国维曾将罗庄之词才媲美谢道韫、李清照。这个评价对于静默而朴实的王国维来说，并不是轻易出口的。大概正是因着这份欣赏，王国维才答应为《初日楼续稿》写序，只是续稿编就，而王国维正处心情委顿之时，并在1927年6月2日投湖自杀，这篇期待中的序言终于未能写成。

辛巳（1941）年孟春，罗庄在重病中，周子美为慰其疾苦，曾为续编诗词稿，并在序中直陈其困惑，因为朱彊村、况蕙风当时为词坛祭酒，其提携后进之雅意也为时所闻，特别是况周颐更希望将罗庄罗致门下，在这种情况下，何以罗庄“集中未见诸老一言弁首”？后自释其惑云：

> 后乃知外舅心井老人恐盛名损福，不欲其有声于时而谢之也。[1]

对照罗振常在《祭长女庄文》及罗仲安所述，罗振常对周子美所说乃门面语，并非真实想法。而且仅是《初日楼稿》出版时罗振常的心思而已，其所“谢”之人应该主要是指况周颐。

何以这么说呢？此观诸刘承幹聘请罗庄删订况周颐原著《历代词人考略》之事，可略见其中原委。刘承幹乃当时富贾，颇有诗才，是沪上诗词雅会的常客，但却明显不属于罗振常话语中的“某派”。刘承幹对罗庄“才华飞动”[2]之诗才赞赏有加，这种赞赏也直接促成了刘承幹将删订《考略》一书的重任交付给罗庄。而在罗庄一方面，情形就比较复杂一些。况周颐乃一代词宗，对罗庄又有特别的垂青，如今要操刀删订这样一位堪称伯乐的词宗之著述，罗庄为此下笔踟蹰，自是可以理解的。但罗庄感到为难的地方，在罗振常看来就自如得多，罗振常与况周颐年辈相近，对况周颐似印象欠佳，今观罗振常为撰删订条例之用语，如“贪多务得”“遗讥大雅”“任情拉扯”“辱没衣冠”“最无意味”等等。[3]用语如此情绪化，已不仅仅是评论《考略》其书，而是由此讥评

[1] 周子美：《初日楼遗稿序》，见《初日楼稿》，第108页。
[2] 罗庄：《初日楼稿》，第144—145页。
[3]《历代词人考略》（下），全国图书馆文献缩微复制中心2003年版，第1545—1547页。

况周颐其人了。以此回顾罗振常拒绝况周颐纳罗庄为徒之事，也就多了一分切实的理解了。

由以上简要之分析，可见作为一个享誉一时的女词人，罗庄背后竟有着如此“高端而豪华”的一组词人群体。而且以罗庄词才、相关词事及家族背景为契机，演绎出颇为错综复杂的词坛故事。质实而言，罗庄诗词确具一种天赋灵光。罗振常说：“诗古文辞，初未讲授，汝乃摸索而自得之，下笔即斐然成章。”[1]张筠也说：“乃他人钻研毕生，或尚未得途径者，庄以随意得之，此固天也，非人也。”[2]这种天赋既难以养成，也无法抑制。所以罗振常说：“读书资由天禀，而好尚随之。”[3]罗庄的诗词天赋因着父母的濡染以及其家族在民国年间的广泛交游，而得以充分发挥，驰誉一时。一个深闺弱质的女词人，其人之境遇、其词之特异，在民国年间，仿佛划过的一道彩虹，虽然短暂，却斑斓纷呈。则由罗庄一人之诗词个案，不仅可见传统闺秀诗词之新变，也可略窥民国词坛生态之一斑。

【作者简介】中山大学中文系教授，博士生导师，教育部长江学者特聘教授。

[1] 罗振常：《祭长女庄文》，见《初日楼稿》，第115页。
[2] 张筠：《初日楼续稿序》，见《初日楼稿》，第107页。
[3] 罗振常：《初日楼正稿序》，见《初日楼稿》，第105页。

香港诗坛三大家
——陈湛铨、饶宗颐、苏文擢

黄坤尧

【摘　要】陈湛铨、饶宗颐、苏文擢三家的诗风及成就，取径不同，成就各异。陈湛铨文武全才，亦儒亦侠，抗心希古，负气仗义，一生以霸儒自居，警恶惩奸，而诗中亦充满杀伐之气。饶宗颐足迹遍寰宇，交游满天下，其诗肆意而发，足以角胜古人，追攀高境，显出深意。苏文擢深明经学及行权之道，表现纯儒气象，其性孤直耿介，一直以圣贤之道相许，弘扬诗教，正本清源，诗风悲壮。其相似之处，一则大抵诗人家学相传，诗才早熟，而三家亦有早年的作品可供印证。二则三家以学问为根柢，所以显得丰腴和博厚，均系学人之诗。三则他们都着重表现理境或理趣，理胜于情，知所节制，表现士君子的志节，气象宏大。

【关键词】陈湛铨　饶宗颐　苏文擢

一、陈湛铨《修竹园诗》

陈湛铨（1916—1986），号青萍，新会人。出于中山大学詹安泰（1902—1967）门下。任教珠海、联合、华侨、经纬、浸会、岭南等书院，复主讲学海书楼及商业电台国学讲座，桃李满门，著述丰盛，传世《修竹园诗》。修竹园在新会外海乡沙澜坊松园里屋后，诗所谓“风竹双榕下，沙澜外海边”是也。园名盖取意于陈子昂《修竹篇》。陈子昂批评齐梁诗风“采丽竞繁，而兴寄都绝”，希望发扬建安风骨的壮美境界，“骨气端翔，音情顿挫，光英朗练，有金石声”，开创一代的诗风。李白、杜甫的出现，固然是天之生才，而前辈启迪之功，亦不可抹。陈湛铨在香港文坛中积极散播诗的种子，而他的怀抱和遭遇，抑郁慷慨，纵横睥睨，似乎也有点陈子昂的影子。《修竹园诗》出入经、史、诸子、《说文》、医方之间，尤深于易理，讥评时事，议论世情，陈子昂诗“念天地之悠悠，独怆然而涕下”的茫茫悲情，自亦感同身受，牢笼今古了。

陈湛铨诗在香港结集者三册，计有《修竹园近诗》（1978、2008）、《修竹园近诗二集》（1983）、《修竹园近诗三集》（1985）。陈湛铨诗风神勇，速度惊人。他可以一口气写几百首，不屑于雕琢字句；然后又戛然停写。古今诗人，罕见其匹。例如《近诗》始于1977年6月生日，终于除夕，半年得诗250首；《二集》始于1978年《戊午开春试笔》，终于《除夕与鸿烈通话后作》，一年得诗1589首；《三集》全是1978年作的咏史诗，除了春初《咏史》《续咏史》各60首外，戊午冬又作《广咏史》837首。一年半时间得诗二千多首，微言大义，发人深省。《新春杂诗》：“预限三千首，存诗四十年。”注云：“前集存诗，自戊寅（1938）二十三岁时始，迄今满四十年，犹未达千四百首，然几于中断者十七八年。若以近七月来之成篇律之，则三千之数，甚易满溢，要不欲其逾限也。”

陈湛铨《修竹园诗前集》四册，收录1938—1976年的作品，得诗约1 400首。此本据传是五兄陈湛燊（1910—1962）的毛笔钞本，尚未梓行，生前秘不肯示人，今当存于后人手上。其后摘录五百余联，辑为《修竹园诗前集摘句图》，附于《修竹园近诗》之后，尝鼎一脔，反映治诗历程，乃题七绝六首，“片言居要足惊心，矜炼风华少日吟”“邱壑求专非上士，感深家国有天民”“只今惟写心中话，那有闲情理旧狂”“燮理阴阳须恰可，老夫真想更无涯”，点出学诗旨趣，不逞丰姿。惟《摘句图》英气勃发，佳句琳琅，似乎跟他晚年的诗论不同。例如：

多难登临天遣恨，万花围客气如潮。（《昆明大观楼》）
山鸟巡檐呼客起，胡尘无势得诗狂。（《闻粤北大捷》）
闭户有时惊啄木，吞声从此当还珠。（《重有感》）
丛菊试花初过雨，回肠沉恨不成潮。（《前题》其二）
人堕晓烟千点里，句成秋雁一声中。（《武江滨晨起独行》）

曲水吐云随屐齿，浮岚筛雨落花洲。(《澄江回忆图为徐学澥作》)

情极欲春双岸树，梦回呵冷一楼云。(《江楼十月》)

沿江一路花争树，过水长云堕有声。(《江楼闻莺》)

诸作情景交融，矜炼风华，修辞立意，皆成典范。《修竹园诗前集》虽秘不示人，而散见者则有《修竹园近年诗》72首、[1]《修竹园诗》64首等。[2]两者重出21首。《越秀山重游偕伍宗法》云：

物情那不辨兴亡，疏落寒花尚敛香。山气陡倾三面秀，天风吹散十年狂。感深今昨艰行坐，人与榕棉各老苍。志士苦心谁解得，固应文字日荒唐。

此诗是1946年回粤赠友之作。首联以寒花喻兴亡之恨。颔联天人谐合，写出狂气。颈联岁月无情，自抒怀抱。末联写功业和理想，荒唐即有鄙薄俗情之意。又《香港探旧不遇》于失落中颇寓不平之憾，颈联霸气横溢，直冲斗牛。诗云：

道左层楼夕照明，呼门深待激春声。昂头未许簪花得，袖手真疑抱梦行。海市沸腾天欲裂，壮心飞动气全横。无穷无尽人间累，分守残经了此生。

陈湛铨诗以明道，早岁逃禅，晚年悟易，一灯独慧，烛照千心。可惜众生昏昏，难填欲海，“遮眼世纷成鬼趣，堆胸王略作师儒”(《师儒》)。他有志挽救沉沦的人间世，发大悲心，行师儒志。《登六榕寺塔最高层》云：

[1] 珠海大学编：《珠海学报》第一集，1948年5月，第177—186页。

[2] 香港联合书院中国文学会编：《联大文学》创刊号，1958年12月，第101—105页。

绝顶浮屠高可攀，飘风忽忽破禅关。望中是物皆何相，乱里矜身不耐闲。日逐野尘非面目，天留吾手写江山。人间功果须真了，旧境灵虚未暇还。

首联绝顶浮屠象征禅境，颔联写世相，颈联言抱负，末联即有渡尽苍生之念。又《丁亥岁阑答寂园绍弼见贻之作》云：

分明道胜意还疑，想入无生更有悲。壁缝着蜗居岂稳，杯心呼影此为谁。瓶花忍冻开难媚，霜月惊风行故迟。亏汝兵馀世间客，资粮摆落只谋诗。

丁亥即1947年。首联亦写道心，引入“无生”之叹。中间两联摹写时局和心境，末联羡慕陈寂（1900—1975）、佟绍弼（1911—1969）能安于诗。陈湛铨诗镕铸经史，掩映道心，以我观物，皆具哲境。同时更表现出儒者的胸怀气象，自臻宏大。40岁生日《六月十七揽揆继五兄作》有句“寸策观生知可大，一肩担道到无边”，寸策即蓍卜，表现出承担的勇气。《尖沙咀夜渡》云：

星火难分山上天，残冬长夜对茫然。惊涛恍在胸中涌，缺月留看劫后圆。默乞春君酬宿约，欲挥风马入无边。如何错踏人间路，更坐黄牛上水船。

首联冬夜星火，意象迷离。颔联惊涛、缺月象征生活苦海。颈联春君、风马不着形相，形容思想出入无边。末联逆水行舟，感慨人事纷繁。诗人之“渡”自是不同凡响了。《夜望》云：

灯火交加雀鼠哗，楼台疏密各谁家。香车骚动群争寂，星汉横流那见涯。善道晦明天上月，倾城荣瘁雨中花。吾生自有无穷在，锦瑟何曾怨岁华。

此诗与《尖沙咀夜渡》作意相似，皆是证道之诗，而悟出“无穷”之理。

陈湛铨文武全才，亦儒亦侠，抗心希古，负气仗义，其诗亦深具霸气。劳天庇（1918—1995）引洪亮吉（北江，1746—1809）语“剑侠入道犹余杀机”喻之，可见凌厉。《霸儒》序云：“余以为在今日横流中，如出周程张朱之醇儒，实不足以兴绝学，要弘吾道，都须霸儒。盖遏恶戡奸，似非天地温厚之仁气所能胜也。”诗云：

修竹园空梦也无，双镫朗照亦何须。旧乡人已成生客，穷海天教出霸儒。星烂月明聊一望，风吹雨打待前驱。虚窗又见微微白，犹执余篇当虎符。

此诗颇能表现读书人的狂想，以诗篇为虎符，警恶惩奸。陈湛铨很敬仰熊十力（1885—1968），《熊十力》云：

归儒熊十力，晚岁有深编。大士真龙象，长风满海天。名高人不死，地极世空传。精一同余论，危微只少偏。

熊十力的大士龙象跟他霸儒的形象比较接近，所以诗中多见溢美之词。末联指出持论互有同异，《尚书·大禹谟》云：“人心惟危，道心惟微；惟精惟一，允执厥中。”这里牵涉经学的大义大法，固不能强同也。《寓楼感兴》反对司马迁“空文”之论，认为圣贤事业必在文辞，通过游夏之徒，垂诸久远，当然最后的发挥还是有待英才的真本领了。诗云：

生小尚勇侠，十八始重书。到今益顽健，使我想当初。时还爱击鞠，奔扑三年馀。自从进南学，鄙事皆平除。经史昌黎集，旧亲新渐疏。诗篇长短句，癖好无人如。圣贤真事业，不在游夏欤。发挥仗本领，文字非空虚。

劳天庇尝评陈湛铨诗“风云气多，儿女情少”，自是霸儒本色，刻意将男欢女爱转化为忠爱之情。其诗有“兰蕙已欣熏杞菊，胭脂何必染英雄”句注云：“天庇欲余诗稍回风华流美，不能受也；譬诸粉泽，惟宜施之妇人女子尔！”又“深参造化余孤枕”句注云：“余与山妻分床而睡已三十四年。”执迷于道，读书养志，诗中的“孤枕”自然更包含广泛的象征意义了。又“久将红艳消残劫，初有情怀似早春”句，虽时移世易，未肯忘诗，生死离合，岂将一一化为异色耶？《二十三日记梦》称梦中与旧情复遇，固未有片言之私，亦不肯遽与同死；醒时起语其妻，复与能履兄通话，承赐警语云：“君今在菩提树下大转法轮，群魔总至，一切当心。”君子克己，严拒情欲之私，义正词严，意境高远。诗云：

昨宵寤寐感无端，不是闲情忆旧欢。除却周秦行纪事，焉登唐汉步虚坛。娇花幽草前时梦，坠月流萤一例看。不到期颐何敢死，世间遗孑太孤寒。

此首可说是陈湛铨一段事涉癫狂的诗案，托意深远。首联说明无端感兴非关闲情引发。颔联鄙视一切小说俗学的浮夸传说。颈联申素志，人间的情爱根本就是微不足道的坠月流萤的小事。“期颐”即百岁，“遗孑”以自喻，生命不甘早死，盖有意于挽救沉沦的人间世，若有所待。

诗人对待少作的态度，人人不同。少作表现稚气，修辞炼字亦有瑕疵；有时又兼带绮怀或艳情，晚年读来难免腼腆。因此诗人编集时或删除少作，或修补少作，亦大可不必。陈湛铨诗仰攀圣域，激励壮怀，海涯长歌，尝有“老夫不有少年狂，何得真光腾万丈”之句。陈氏24岁出诗集，梁育之誉为“不世出之材”；詹安泰称之为“骄纵门生”“可令百辈卷旗降也”。陈湛铨晚年尤津津为弟子乐道之，论云：

因检奋稿，循读一过，都不惬意。初欲有所改定，然情貌纷如，无可措手，姑一仍旧贯，存其本来面目，只删去十之三四，惧囊金之乏耳！心声之发，向不虚云，岂可以今日概当年，老笔换初稚，不惜自选其真，以欺吾来学哉。

少作不止存真，而且青春一去不回，看来更是奢侈品了。陈湛铨诗云："少小叨名已觉颠，何须文字更流传。""少日诗名压广州，藏身深港积千忧。"自负自赏，豪气干云。

陈湛铨1949年盛暑来港。《修竹园近诗二集》有《海涯二十九年长歌》之作，每年一首，历叙往迹。初住九龙城，其一云："衙前并影栖石屋，诗客过我情敦庞。行身海市识者寡，赖有红袖明冬釭。"其六云："木马移居大坳村，锻炼武术樊荒园。刚柔参合究他派，人马肘击研诸昆。"（1953）其后1967年经纬书院停办，住阿皆老街皆宁大厦，有句"移居寓楼气不伸""玄亭不是旧山堆"。扬雄住成都草玄堂，或称玄亭，似寓抑郁不伸之气。又《赋事》云：

> 大磡山村好，来兹风物差。楼台无雅士，道路只飞车。出户尘蒙面，闻声狄乱华。市人焉汝识，老我日高夸。

诗中充满失落感，他讨厌旺角人流车流的乱世景象。20世纪80年代初迁居太古城，看来更是命中无法摆脱的梦魇。作《移居》二首，尚未编入集中。

> 舍却玄亭去，移居太古城。中原时北望，巨海寄馀生。只有平台好，真教万事轻。随宜任妻子，家务不关情。

> 移居非本意，无奈我妻儿。伏枕须迁宅，挥毫更运奇。堂堂奚所用，惘惘复何之。一纪栖身久，临行泪欲垂。

陈湛铨一生似乎都在颠沛迁徙中度过，晚年亦不复安顿。他在旺角一住12年，住惯了也就成为他心灵的玄亭草堂，以前的种种牢愁都化作温馨的画面，竟然要临行泪垂了。不过这两首诗更大的意义在于"中原时北望，江海寄馀生"两句，志士仁人的最大的愿望当然是重返故土，可惜最后还是落空了。太古城的平台上留下的是他余生踉跄的步伐，以及悲凉高亢的诗声。

二、饶宗颐《选堂诗存》

饶宗颐字固庵，号选堂。1917年生于潮安。自小博览群书，才华卓绝，精读《文选》，词采华茂。1932年，饶教授16岁，即以《咏优昙花》诗而负神童之誉，序曰："优昙花，锡兰产。余家植两株，月夜花放，及晨而萎，家人伤之。因取荣悴焉定之理，为以释其意焉。"诗云：

> 异域有奇卉，植兹园池旁。夜来孤月明，吐蕊白如霜。香气生寒水，素影含虚光。如何一夕凋，徂谢亦可伤。岂伊冰玉质，无意狎群芳。遂尔离尘垢，冥然返太苍。
>
> 太苍安可穷，天道邈无极。衰荣理则常，幻化终难测。千载未足修，转瞬讵为逼。达人解其会，葆此恒安息。浊醪且自陶，聊以永兹夕。[1]

这是五言古诗，深得"选体"的神髓。两首之间以"太苍"联贯，乃是修辞手法上的顶真格，曹植《赠白马王彪诗》即用此法，可使诗意蝉联不断，回环映照。饶诗写昙花一现，写出了"选体"古朴高雅的气质，已见入门之正。其一玉质冰姿，虚影含光，短暂的花开花谢，可以免受尘世的玷污，洁来洁去。其二悟得天道荣枯之理，所谓"千载未足修，转瞬讵为逼"，不执着于生命的长短，而重视生命的实质意义，可悟"达人"的境界。咏物诗目标明确，初学者易于掌握，一方面可专注于摹写物态，一方面则藉以带出托意，循序渐进，必有所成。饶宗颐诗一鸣惊人，不同凡响，从而也确立了注入理趣幽敻意远的诗风。

饶宗颐教授以学术鸣世，兴趣广泛，记忆力极佳，语言能力特强，其实他也是一位才华横溢的艺术家。举凡古琴、国画、书法、诗文辞赋等，无一不通晓，无一不精到。这在古代的文士中也并不多见，大抵只

[1] 原刊国立中山大学中文系《文学杂志》第十一期（1933），未见。今据郭伟川（1948— ）编：《饶宗颐的文学与艺术》（天地图书有限公司2000年再版），参第152、188、103页引录。其中"葆"或作"保"；"太苍"两见，曾楚楠（1941— ）均作"大荒"，今据赵松元（1961— ）所引及王素和诗暂订为"太苍"。

有苏轼可以相提并论。在今天国学式微的年代里，这更是了不起的成就。饶教授南天一柱，中国很多种传统国粹都在他身上焕发出最璀璨的光芒。

《选堂诗词集》1978年在香港初版，1993年由台北新文丰出版股份有限公司出版增订本。其前原有十余种单行本，多由名家精抄线装精印，现在全都收在《选堂诗词集》中，阅读也很方便。

《选堂诗词集》共分三部分。选堂诗存有《佛国集》《西海集》《白山集》《黑湖集》《羁旅集》《南海唱和集》《长洲集》《和韩昌黎南山诗》《南征集》《冰炭集》《瑶山集》《题画诗》，共十二种。选堂乐府分《固庵词》《榆城乐章》《晞周集》《栟榈词》，共四种。《选堂诗词续集》汇录20世纪80年代新作，分《苞俊集》《揽辔集》《黄石集》《江南春集》《古村词》《聊复集》，共六种。书末更附新诗《安哥窟哀歌》，这是饶宗颐集中唯一的新诗，其中有句云："离枯旱愈近的灌溉愈难，／对争斗愈强的尘劫愈甚；／去现代愈接近的，／其摧毁愈易，／执权柄愈坚牢的，／其崩溃愈快。／"这是警世之作，奉劝世人以史为鉴，不要迷失于权力之中，自然也深具浓郁的说理意味了。

饶教授平时忙于讲学和研究，诗情不彰，因此写香港人事景物的并不多。可他一到外地，心情轻松，诗意勃发，即不可遏止。饶教授诗词小集特多，反映不同时空下的心路历程，描写异域的山川掌故和人物交往，专门抉发前人诗词中所忽略的题材，雪泥鸿爪，禅境机锋，都能表现出丰富的学养和深沉的睿智。例如《佛国集》序云："一九六三年秋，读书天竺，归途漫游锡兰、缅甸、高棉、暹罗两阅月，山川风土，多法显、玄奘、义净所未经历者，皆足荡胸襟而抒志气。"《西海集》专收1956年旅法、意作，1957年游西德作，1958年重游意大利作，1976年游西班牙、法国中南部之作，多咏西方历史文化。《白山集》写1966年在法国阿尔卑斯山山居之作。《黑湖集》写1966年8月瑞士的山色湖光。《羁旅集》"中间数历扶桑，三莅北美，朋侪唱叹，气类不孤。"《南征集》写1973年在星马峇厘岛的杂咏。《揽辔集小引》云："乡人大埔何如璋于光绪三年使日，著《使东杂咏》。时黄遵宪充其参赞，亦作《日本杂事诗》，传诵中外。惟九州岛、北海道事多未详，拙制可补其不逮云。”诸作补足史乘，纪述风土，诗词中寓有庄严博大的学术使命，其志其遇，自然也就不限于一般抒情写意的境界了。又钱仲联（1908—2003）《选堂诗词续集序》云：“更有进者，《古村词》一帙，以白石空灵瘦劲之笔，状瑞士天外之观，追摄神光，缠绵本事，传掩抑之声，赴坠抗之节，缥缈千生，温凉一念。求之近哲，惟吕碧城《晓珠词》能之。而选堂《贺新郎》用后村韵者，则岸异可与青兕挹拍，又碧城之所未能也。”后村乃刘克庄，青兕即辛弃疾。1979年4月复活节期间，饶宗颐漫游瑞士，越重峦叠嶂而入意大利，得词十三首。战前吕碧城（1883—1943）词以描写阿尔卑斯山风景著名，而饶宗颐以《湘月》写琉森，“冥冥月冷，消魂别有滋味”“寂寞池馆，高花尽吐香未”；又《一丛花・晓发阻雨》云：“湖云袭我裙裾乱”“浪游好在无人识”诸句，山高人远，意境空明，抉发灵山神蕴，自然更不让吕碧城词专美于前了。

饶宗颐诗词中尤多和韵之作，据说是旅途中携带了某一本诗集词集，乃顺势遍和一次，可省检韵书之劳，没有什么深意。但饶教授为什么要带这一本书去呢？旅途上选择不多，这是他的必读之书，里面可能就大有学问了。例如《佛国集》“以和东坡七古为多”。《白山集》序云：“行箧惟携大谢诗，爰依其韵，浃旬之间，得诗三十六首，都为一集。”《长洲集》序云：“案上有《咏怀诗》，乃依韵和之，五日而毕。非敢效其体也。”《晞周集》遍和周邦彦《片玉集》127首，《古村词》多和白石（姜夔），以至其他零碎的和陶（陶潜）、和杜、和韩（韩愈）之作亦多，其实这些都是饶宗颐最仰慕的大师级作品，寓创作于研究之中，更足以细味古人的诗心词法，所以和毕之后往往都会有所论述，独揭千古声律之秘。因此，这可以给我们很好的训示，和韵看起来有很多束缚，智者所不为，但通过工夫的积累，因难见巧，因巧见意，除了模拟和习得之外，如果学得其法，其实也就是练就了十八般武艺，可以给我们驰骋和表现的机会，这是最深入细致的入门之道。苏轼和陶之作，再写胸臆，意义亦在于此。

饶宗颐诗佳作甚多，在《岁华》中，他只选了诗词三首：《大千居士六十寿诗用昌黎南山韵》《莺啼序》《法南猎士谷（Lauscaux）史前洞窟壁画颂并序》，这些都是诗词中大笔淋漓的长篇力作，绝不同于一般短小轻巧的诗词，难度极高，没有广博深厚的学问根基，试问又怎能驾驭作者喷薄奔放的诗情呢？例如韩愈《南山诗》足与杜甫《北征》并称，连用“或”字五十多次，极形容之盛德，一气贯注。饶宗颐在诗前有一篇《引言》，论云：“余读北凉昙无谶译马鸣菩萨之《佛所行赞》（Buddhacarita），其《破魔品》第十三有云：‘师子龙象首，及馀禽兽类。或一身多头，或面各一目。或复众多眼，或大腹长身。……’凡用‘或’三十二字，始恍然于昌黎乃脱胎于此。昌黎辟佛，于释迦之行迹必所留意。此赞译自北凉，为一五言长篇，昌黎当曾寓目，无意中受其影响，取其法以撰《南山诗》，遂开诗界旷古未有之新面目。以辟佛之人，而取资于佛，亦云异矣。”考证韩诗技巧的来源，也是读书有得之证。饶宗颐复云：“记戊戌之岁，曾以半日之力，步《南山诗》全韵，为张大千六十颂寿。伍叔傥见之，语余曰：‘此真咄咄逼人。’”亦可见前辈钦仰之意。《莺啼序·次梦窗韵》既为词中最长的词调，亦是吴文英的名作，饶宗颐选录这一首词，自然也带有跟古人角胜的意味了。至于《法南猎士谷（Lauscaux）史前洞窟壁画颂》一诗多用四言古奥典雅的颂体，各参一联五言、六言的杂言句法，洪荒日月，草莱始辟，跟《诗经》的时代比较接近，加上了序文以工笔叙写细节，“心骇目悸，惊其雄浑崔巍陆离光怪”。值得读者耐心的细读，必悟运思之巧，功力之深，学问之大，意境之奇。这就是诗。

饶宗颐诗深于造境炼意，讲求作品的含蓄寄托，却极少叙写及评论当前现实的社会人事，除了怀人唱和之作，香港的作品并不多见。录《羁旅集》第一首作品《狮子山坐对朝昏，悠然成咏》云：

窥牖狮子山，当头一棒喝。揖我如大宾，见我如拄笏。我行方施施，日来步林樾。郊卉靓吐妍，斑鲜纷清发。晨兴寂无人，鸟啼山欲活。烹茶扪虱坐，面壁书空咄。夜半山雨来，诸峰翠似泼。有时层阴生，云过山竟没。果有负而趋，恍兮极通倪。乃知大无外，何处有凹凸。建以常无有，乾坤此秀骨。供养得朝霞，从之餐野蕨。

狮子山雄赳赳，气昂昂，代表香港人的精神，象征刻苦奋发，不可以屈服。但饶宗颐诗远离现实的人间烟火，却给人耳目一新之感。诗中用了很多道佛的术语典故，例如“当头棒喝”“扪虱清谈”“负山而走”“通傥”“大无”“建之以常无有”“供养”等，目的就是说理，要带出心中的学问境界。此诗写早上登山，先跟山灵打躬作揖。跟着写山中的花鸟，清寂无人。烹茶面壁，可供静赏。又写烟云变幻，有时狮子山会被大力者负之而走，隐遁于无形了。因此，饶宗颐乃悟得宇宙“大无”“常无有”之旨，万化汹蒙，天人和合，泯除了凹凸不平的世相，而狮子山也就幻化成乾坤森张的秀骨，以朝霞野蕨供养永恒的生命，得大解脱，生大智慧。

三、苏文擢《邃加室诗》

苏文擢（1921—1997），广东顺德人，家学相传，文才早慧。早年肄业于无锡国学专科学院，通经史词章之学。壮岁遭时多艰，于役四方。1950年来港后任教中小学，1965年加入联合书院中文系，1985年退休。苏文擢精研经学，重视语文教育，言教身教，为当代通儒。更以古文诗赋鸣世，创作弘富。著有《邃加室诗文集》（1979）、《邃加室诗文续稿》（1984）、《邃加室丛稿》（1987）、《邃加室遗稿》（1998）等。诸书收录赋、颂、箴、骈文、古文、诗词等，荟萃众体，琳琅满目。在举世滔滔的白话横流中，苏文擢独宗文言，明月素心，孤怀独往，为往圣继绝学，为万世开太平，很自然地会从诗文中焕发中华文明精深博大之美。《邃加室诗文集跋》云：“题自应酬，作则期于有我。”明理致用，自是有为而发。

1934年，苏文擢14岁，在上海作《十二月十四夜对月》两首：

十丈红尘地，殷勤寄一枝。年年照人月，夜夜到床时。碧海天容瘦，红云雪意迟。窥窗还复去，中夜欲何之。

水净灵逾洁，星残即若离。光从疏处见，圆到顶头知。隔巷闻更急，中宵入梦迟。恼他撩乱甚，收拾作吟丝。

苏文擢的对月比李白的乡思多一层离乱之感。其一首联揭响入云，20世纪30年代的上海红尘呼之欲出。中间两联工稳，气象雍容。末联掷笔欲叹，自有报国之意。此诗两用“红”字，白璧微瑕。其二前四句摹写天容海色，光景迷离；末四句刻画离乱的心绪，弥漫着大时代的硝烟。同年又有七律《望夫石》云：

汉月胡云万里天，那堪极目到幽燕。风霜味苦凭谁语，草木情深见我怜。影落寒江流不动，心随征雁去无边。却惭织女支机石，相隔银河只一年。

这是当时课业上的咏物之作，表现寄意。首联写时局的阴霾，战云密布，迫在眉睫。颔联对石生怜，生出深刻的同情，物我一体。颈联虚实相生，望夫石的影子屹立不动，但她的精魂却早已飞到丈夫身边，难以阻隔。末联写牛郎织女一年一相见，已经十分幸运了，征人一去不返，而望夫石的痛苦更是绵绵无尽的。这首诗圆转流畅，切于时局。诗人的起步表现不凡，从而也带出了他一生多姿多彩的诗词创作。

苏文擢诗关注时局，气体雄浑。例如1976年世局剧变，吟咏尤多。七律有《一九七六年一月九日有作》《赤帝》《丙辰重九不出有作时北局多变》诸作；七古有《天安门歌》（丙辰四月作），皆有关大陆政局的变化，即事放歌，堪称诗史。五古《拟左思咏史八首》，议论纵横，关怀国是，其一云：

谁凿浑沌窍，刍狗天下民。巧拙各不齐，成败徒纷纷。仁暴托空言，善恶渺何因。惟留一寸心，公道恒在人。邹鲁多圣贤，车马走风尘。祥麟去西郊，龙马绝水滨。善名终不朽，一一流清芬。

起二句说天下龙战，百姓深受其害，即有石破天惊之效。“仁暴”四句纵论是非功过，公道在于人心，历史自会作出公正的评价。“邹鲁”六句喻孔子一生凄惶奔走，希望唤醒人性，重见太平之世，为民请命，用心良苦，寄意高远。

其他的社会题材方面，例如七古《越女谣》写越南难民，有感于苛政猛虎之叹。五古《楼妖吟》小注云："唐开天间长安豪贵竞治宫室，时称木妖。今之以楼地为机巧，以敝本业者，妖又甚焉，作楼妖吟。"批评炒楼之害，可惜大家沉迷于金钱游戏之中，当时没有多少人能够明白。《鹧鸪天·甲子七夕一九八四年八月也》云："鹊桥消息稀微甚，辛苦人间侧耳听。"写尽了中英谈判期间忐忑反复的心境。又如《九七谣》云："去即去矣何多言，不去即留毋自煎。胡为痴索居英权，美加澳纽尤纷然。如蜂一窝蠙奔泉，相惊相诱还相牵。……"《英籍吟七律四章》《香江即事》（新机场财务）《港事鼓子词》评1993年的财政预算案、《地产狂》等，刻画后过渡期的社会怪象，自然也是港人真实的心灵记录了。其后苏文擢体弱多病，出入医院之间，诗作渐少，1997年4月20日逝世，不及见证回归盛典，十分可惜。

苏文擢倡言诗教，晚年指导鸣社的创作，化俗移风，尤为关切。1992年作《诗德四章》，一乐自然，二忧民患，三观变常，四慕俦侣，明确指示诗教的方向。诗人不徒是表现自我，更不只是炫耀词采意象，反而要保持积极健康的心灵，面对整个自然和人世，平等相待，始可言诗。其三观变常云：

> 炎凉无定候，陵谷还沧桑。况此人间世，虎鼠诚荒唐。看朱行成碧，昨绿今已黄。诗人览物心，处变贵观常。君看李杜诗，流为万古光。

这首诗写得十分亲切明白，要遵行实践也毫不困难。只要有一日发心向诗，其实也就是发心向善，关注世情。李杜诗的光辉，可以为证。苏文擢论诗重申孔颖达之说："夫诗者，承也，志也，持也。承莫大乎承君政之善恶（社会性），志莫大乎述一己之情（个性），持莫大乎以理持人之行（思想性）。此诗之特质也。"[1]诗有三义，主要在乎懂得理性与

[1] 苏文擢：《中国文学之特质》，见《邃加室讲论集》，文史哲出版社1985年版，第318页。

节制，善处于变与常之间。而这也是苏文擢诗修辞立诚、堂堂正正的至高境界。

苏文擢论诗亦重理境。《中国文学之特质》认为文学具有事、景、情、理四项要素，写作的层次是："即事而写景，即景以起情，因情以寓理，其层次乃逐步提升。不朽之词，往往四者咸备。"[1] 其中理境具见宇宙人生之庄严妙谛，尤为重要，几乎更是决定诗文作品高下的依据。1986年《落叶诗皆哀伤之辞，佳者意有所寄。予所居门前皆落叶乔木，秋风一起，残黄满地，因以理趣成诗一章》云："落尽龙门百尺桐。好教鸾凤散遥空。忘缘误看新花坠，观化悬知百卉同。留取槎枒春再绿，烧残榾柮火都红。辞枝亦是归根地，遣得荣枯道始通。"此诗亦有落红护花的怀抱。首联写长空叶落，场面壮观。颔联忘缘观化，壮怀激烈，心情迭经起伏。颈联"槎枒"指横枝，"榾柮"即断木，小横枝必有逢春再生的机会，而断木烧起来还是坚贞火红的，这是生命延续的希望。末联荣枯自持，生生不息，天人一体，超越死亡之外。事景情理四者咸备，显出理趣。儒者的大生命永不会消亡，悟境亦高。

四、陈、饶、苏诗旨合论

上文分述陈湛铨、饶宗颐、苏文擢三家的诗风及成就，虽取径不同，成就各异。但三人身为当代著名的诗人，总有些相似的地方。大抵诗人家学相传，诗才早熟，而三家亦有早年的作品可供印证。其次三家以学问为根柢，所以显得丰腴和博厚，都是学人之诗。此外，他们都着重表现理境或理趣，理胜于情，知所节制，表现士君子的志节，气象宏大。至于成就方面，则各有所长。陈湛铨文武全才，亦儒亦侠，抗心希古，负气仗义，一生以霸儒自居，警恶惩奸，而诗中亦充满杀伐之气，堪称詹安泰的"骄纵门生"。饶宗颐足迹遍寰宇，交游满天下，其诗肆意而发，足以角胜古人，追攀高境，显出深意，当今之世，一人而已。苏文擢深明经学及行权之道，表现纯儒气象，半生住在香港，晚年也只有东渡台湾及重返大陆而已，从未出国。苏文擢孤直耿介，一直以圣贤

[1] 苏文擢：《中国文学之特质》，见《邃加室讲论集》，第321页。

之道相许，弘扬诗教，正本清源。在商潮泛滥人欲横流的世态里，具有醍醐灌顶净化人心的功效，使学者明耻尽性知义守礼，从而达成教化的目标，显得悲壮。

【作者简介】香港中文大学教授，博士生导师。

论樊增祥的赠内诗

朱纯正

【摘　要】樊增祥的赠内诗数量多，在时间上有连续性，从而构成了一个自足的体系。以律体居多，语言浅近明白。他善于将日常性的生活场景写入其中，且吸收宫体传统中对女性神态、动作的细部描写。在以情感倾诉为主的同时，强调女性形象立体化的呈现，同时借鉴和承袭了游戏笔法的传统，或于回文、拆字等形式中暗含情思，或以自嘲的方式来表现对妻子的深情，这也是晚清民国的旧体文学中比较突出的现象。

【关键词】樊增祥　赠内诗　艳体诗

樊增祥（1846—1931），号云门，别署樊山，湖北恩施人。在晚清他与王闿运、易顺鼎、陈三立、郑孝胥等人皆有官声，入民国后则纷纷以遗老居之。樊山平生创作颇丰，诗以律体为主，且好叠韵，颇有骋扬词采的倾向。他自称早年学温、李，晚年又学宋人，却因作品多有写及闺房女性，故世人认为其诗软艳，大部分属于才人作品。陈衍也说他"尤自负其艳体之作，谓可方驾冬郎，《疑雨集》不足道也。尝见其案头诗稿，用薄竹纸订一厚本百余叶，细字密圈，极少点窜；不数月又易一本矣。余辑有《师友诗录》，以君诗美且多，难于选择，拟于往来赠答诸作外，专选艳体诗，使后人见之，疑为若何翩翩年少，岂知其清癯一叟，旁无姬侍，且素不作狎斜游者耶"。[1]充分说明时人将艳情作为樊山诗的主流风格。同时代的湖湘诗人易顺鼎，也有许多描写女性的作品，甚至在晚年与樊增祥等人还有所谓的捧伶诗。

在诗类研究中应当注意概念的区分，如艳情诗在细部描写的传统

[1] 陈衍：《石遗室诗话》卷一，人民文学出版社2004年版，第17页。

上与赠内诗有关联，但两者本质上并不相同。赠内诗抒情的对象是确定的，是男性作者的配偶；艳情诗描写的往往是泛化的女性，是模糊的他者形象；赠内作品通常以诗代简，其情感倾诉强于人物描写，展现了琐碎的、日常性的生活场景，将闺阁家庭与外部世界勾连，情感平淡而真实，在用语上也多以浅近化的语词为主；艳情诗语词绮丽，对人物、环境的观望多于对其内心的体察，诗人多有骋扬词采的倾向。

樊山先后有两任妻子，原配彭氏早亡，诗文中少有记录[1]；光绪十年（1884）闰五月，他才续娶祝氏。樊山对她深为赞许，称其“茶琴棋酒米盐薪,雅俗参差备一身”[2]。诗集中现存明确为“赠内”的诗歌最早亦见于本年。难能可贵的是，樊山的这类创作持续了四十多年，几乎涵盖了全部的个体经验，如羁旅宦游之苦与世事浮沉之态；也从多个角度展示了彼此的情感交流状况，如夫妻生活中的日常细节。总之他将闺阁家庭、世局变化同个体的命运轨迹结合起来，情感真实细腻，对妻子多表示赞许与思念之情。相比纯粹写及男欢女爱的艳情作品，他的赠内诗显得尤为动情。不论在数量上还是在艺术方面，这类书写在晚清诗坛上应当都是比较突出的存在。

一、宫体传统与细部描写

赠内诗并非樊山首创，他在很大程度上借鉴了南朝宫体诗的经验，吸收了中晚唐时期同类作品。明确以“赠内”为名的诗，现存最早应是

[1] 按：樊山诗集仅有几处提及原配，如《云门初集上》有诗题为“上妻大父彭崧毓于蕃师”（樊增祥著：《樊樊山诗集》卷一，上海古籍出版社2004年版，第7页。）可知樊山原配为彭氏。又，其《赠内弟念宷》一诗称“已无彩凤双飞翼，空有春蚕未尽丝”（见《樊樊山诗集》卷二，第50页），应是因此时丧偶而感怀。词作《凤凰台上忆吹箫》其序云：“六月既望，为亡妇忌日。自丁卯及今，周十三寒暑矣。”（见《樊樊山诗集》，第497页）。《樊山续集》有诗题为《六月既望作》，其序称“倩卿逝世三十九年矣”，诗云：“当年永夜伴牛衣，今日黄昏对紫微。富贵忍忘贫贱事，回头三十九年非。”（见《樊樊山诗集》，第1329页），可知其原配小名倩卿。此后樊山十七年不娶，其《五十自叙》称：“贫贱糟糠弃所天，玉台狼藉委花钿。楼中箫是无双玉，火里花非并蒂莲。莫诮宣鸿轻简斥，幸无姜豹共愁煎。韶华毕世能多少，禁得寒房十七年。”（见《樊樊山诗集》，第598页），以此说明糟糠之妻早亡，诗后自注云：“甲申，是岁始胶续。”

[2] 见《樊樊山诗集》，第1484页。

秦嘉的五古《赠妇》三首。以其一为例，其词云：

> 人生譬朝露，居世多屯蹇。忧艰常早至，欢会常苦晚。念当奉时役，去尔日遥远。遣车迎子还，空往复空返。省书情凄怆，临食不能饭。独坐空房中，谁与相劝勉。长夜不能眠，伏枕独辗转。忧来如寻环，匪席不可卷。[1]

《玉台新咏》载其诗序云："秦嘉，字士会，陇西人。为郡上掾，其妻徐淑，寝疾还家，不获面别，赠诗云尔。"由此不难看出，赠内诗大都叙述夫妻分别后男性主人公殷切的思念，运用想象、回忆的形式，或假设重逢后的情景，或刻画以及赞美妻子美好的品德；情感的表达也更加含蓄、平淡，因此与一般的赠别怀远诗，和所谓的闺怨诗等同为爱情题材的作品有着明显的不同。此后以"赠内"或"寄内"为名的诗歌基本都遵循这样的通则。到了南朝，宫体诗式的细部描写也逐渐渗透到该类作品中，如对内闱器物、环境描写的重视，以及对人物刻画的强调。徐悱《赠内》其一云：

> 日暮想青阳，蹑履出椒房。网虫生锦荐，游尘掩玉床。不见可怜影，空余黼帐香。彼美情多乐，挟瑟坐高堂。岂忘离忧者，向隅心独伤。聊因一书札，以代九回肠。[2]

萧纲《咏内人昼眠》一诗，其句"簟文生玉腕，香汗浸红纱"，对女性昼眠情状有着体察入微的观望与刻画。该诗"椒房""锦荐""玉床"等对房内陈设予以观望式的描述，说明早期的赠内作品同许多纯粹写闺房香艳的宫体诗一样，以对房内陈设与具体器物的修饰与描述，来展现女性所处环境的典雅；同时她们的神态也成为被观望或想望的对象，如这里的"蹑履""向隅"，分别是对妻子轻盈步态与其伤心情状的想象，在

[1] 徐陵著、吴兆宜笺注：《玉台新咏笺注》卷一，人民文学出版社1979年版，第30页。
[2] 同上书，卷六，第247页。

特定的场景蕴含其细腻而深刻的心理波动。不过这种观望式的描述，笔者认为缺少了一种日常的生活气息，这时的诗人习惯于借助对外物与人物动作的细致观察，来说明人物的心理活动，即情思这一核心内容。

樊增祥一生喜作艳情诗，他说："余三十以前，颇嗜温、李，下逮西昆，即《疑雨集》《香草笺》亦所不薄，闲情绮语，传唱旗亭，化身千亿，寓言十九，别为一册，如古人外集之例，附于诸集之后，曰《染香集》殿焉。"[1]除了早年作有《染香集》，樊山晚年还曾经不满宋人李元膺的《十忆诗》在描写女性神态上"率多平直""顺题平写，无屈曲要眇之致"[2]，故而他和而广之，集诸篇成《十忆集》。所谓"闲情绮语"即南朝宫体以来诗歌的艳情传统，而他批评前人作品平直，俨然有在此传统下自成一家的雄心。夏敬观《忍古楼词话》称"樊山文词艳冶，至老犹然。一时同辈，因亦目为八十岁美女"，沈其光《瓶粟斋诗话》则说"樊山诗酌奇玩华，故是一代才人，顾终不逮温李者何也？流丽而欠端庄，婀娜而乏刚强故也"。樊山写男女情事的作品，部分比较露骨软艳；但多数作品仍然保持了细部描写的传统，如女性神态、动作与心理的描摹，主要以自身的夫妻生活为样本，所以其笔法细腻生动，格调健康。这类创作经验对其赠内诗有直接的影响。

《染香集》中的组诗《个人》[3]，以时间顺序分别描摹男女幽会的几处场景，刻画极其细腻香艳。如"白石金堂静掩扉，香车缓缓未成归。眉娘自比初三月，色子心怜第四绯"，这是写夜间等待女子到来的场景，以"初三月"想象女子的眉妆，以"第四绯"投射男子的内心；而"潜蹑莲踪转绮疏，小屏前后有人无。香泥旧径遗钿翠，浅色春衫涴口朱。十二碧栏交卍字，一双红豆剖珊瑚。东风何限销魂意，总傍梨云第二株"，则为女子到来欢会场景的隐喻。其中"潜蹑莲踪"写出了女子的细心与大胆，"小屏前后有人无"是这种心理的强化，并突出了女子羞涩的一面，还以"香泥旧径"句描摹女子既欣喜又慌张的神情，细腻传神。又如"花前烛下久端相，爱好天然浅淡妆。临欲睡时重照镜，

[1]《樊樊山诗集》，第665页。
[2] 同上书，第1465页。
[3] 同上书，第451—452页。

但经行处定馀香”，则写男子再次对女子的观望，“爱好天然”是女子淡雅、庄重的一面，“重照镜”“定馀香”等动作突出了“女为知己者容”的微妙心理。樊山对女性动作、神态以及心理的描写，仍然以男性观望的视角与态度，但他对事件与细节的把握，在纷繁错杂的绮语中传达出天然、健康的情感。晚年他又执笔写艳情诗，《十忆集》对人物的细部描写更加生动。如“习静耽书出户稀，玉茵温暖绣帘垂。除非鹦鹉呼迎客，才肯抬身隔幔窥”（《忆坐》），写大家闺秀的坐姿，先以“绣帘垂”指出其耽于读书而久坐闺阁，后两句在动景中突出女子爱好雅静和娇羞的一面；又如“贴地宫莲步步金，一钩罗袜在花阴。何须更写凌波照，响屟声来已不禁”（《忆行》），将女子在花间和楼廊里的行走姿态一一展现出来；而“词中与妾相关处，减字偷声出口迟”（《忆歌》），因歌词内容产生共鸣而哽咽不已，这既说明女子歌唱时动情，也写出女子深婉的一面。要之，樊山对于女性的描写，善于从细节入手，崇尚人物情志的表达。

如果说上述作品呈现的是一个泛化的女性形象，那么他的部分作品在内容上则以妻子和家庭生活为原型。如其《无题》诗云：

> 根叶便娟共载归，簸钱堂下惜芳菲。相看不厌红生颊，欲别先愁泪湿衣。避日幽花常掩敛，依人娇鸟怕分飞。清狂不入时人眼，偏被云鬟识紫薇。

> 屟转回廊月上弦，夜寒来伴短檠前。持杯敛笑吹茶沫，掩袖含娇避烛烟。为作衣裳求蜀锦，每谈烟水慕吴船。玉台若遣司书画，明慧宁当减绛仙。[1]

第一首诗以花喻人，以赏花的过程与感受来展开对妻子神态、心理的描写。从尾联来看，其所观咏之物为紫薇。首联说买花归来置于堂前观赏，颔联以“相看不厌”“欲别先愁”等表现在花前聚散时分的一笑一颦，如“红生颊”为彼此初见之时，女子既欢喜又娇羞的情态；“泪湿

[1]《樊樊山诗集》，第454页。

衣”则既是人对花的动情，也是夫妻之间的情笃意真。颈联以幽花独放来说自身襟抱未开、遗世独立的情状，而以娇鸟依人来比喻妻子温柔体贴。尾联称妻子认出此花，意在说明她对于樊山也是精神上的知己。第二首抓住了夜间的几个生活场景，来展现妻子在生活和精神上的姿态。首联写她夜间来探看和陪伴读书的丈夫，以“屧转回廊”展现其步态的轻盈优雅。颔联以妻子奉茶、挑灯这两个动作展现她的体贴与娇羞，她端着茶杯为丈夫吹开茶沫，满心欢喜却以敛笑表示；在为丈夫挑灯时又怕烛烟熏人，只好掩袖避开。樊山捕捉到了这种温情脉脉而又令人怜爱的场面，也暗含了其自身复杂的心绪。颈联写妻子既能缝制衣服，操持家务，同时又保持了为知己者容的优雅。尾联再次强调在对方精神素养上与自己相通的一面。至于其早年赠内之作，仍然突出了细部描写的长处。如其《西山道院有赠》云：

晚霞庭院不知霜，又向花龛礼夜香。选石每来闲处坐，梦云伴道醒时忘。泼茶风致宜浓笑，待月阑干称淡妆。稽首慈云羞不语，阿侯隔岁上金堂。[1]

这是他与妻子夜宿西山道院的场景。首联说在一个晴朗的夜晚，妻子在花龛前烧香。颔联上句说刻经闲来的时候在此停留，等到妻子入睡时则偷看她的样子。颈联以“浓笑”或“淡妆”来分别指出她不同环境下的美好姿态。尾联说儿子将要外任或考取功名，故而妻子向佛稽首许愿。对妻子害病或者怀孕时的状态，樊山也偶有诗写及。如七绝《有赠》云：

朝来选饭每含颦，杏酢梅酸味较亲。手结香兰娇不起，含词微示女医人。

文君新嫁倦梳妆，薄晚帘栊见睡棠。含得玉鱼犹病齿，白瓯重进地黄汤。[2]

[1]《樊樊山诗集》，第454页。
[2] 同上书，第456页。

第一首所写的应该是妻子怀有身孕的状态，前两句写她对待食物上的反应，后两句则说慵困在床上，她悄悄询问女医生，仍然突出其娇羞的神态。第二首说新婚之妇因为病困没有早起梳妆，直到傍晚仍然躺在床上；发现妻子牙疼，作者又重新为其熬制汤药并让她喝下。此外他还有一首《舟夜有寄》，其词云：

> 系缆枫根月正中，锦衾薄薄恨重重。春来江上逢寒食，酒醒天涯又晓钟。红豆生时烦一寄，银屏曲处几相逢。只应明发高楼上，望断青青数朵峰。[1]

船所代表的是一个移动不居的处境，它的出现往往与离别、漂泊相关，当小船与大江、月夜以及节日等意象相结合的时候，相思离愁也往往被宏阔的空间与特殊的节序放大。如《白氏长庆集》卷十四《舟夜寄内》有云："三声猿后垂乡泪，一叶舟中载病身。莫凭水窗南北望，月明月暗总愁人。"[2]对于宦游者来说，父母、妻子就是家的所在。对于夜行船的旅客来讲，无论月圆月缺总会让人伤心，江湖上无边的水面强化离愁别绪。樊山这首《舟夜有寄》同样是对这一主题的吟咏。首联说夜间停船暂时休息，在寒冷的天气中因为思绪重重无法入眠。颔联则指出在旅途中遇到明月和寒食佳节，怀人愁绪聊以醉酒消解，但清晨的钟声显然又惊醒了他的好梦。颈联说相思之情已生发，希望能够与之书信相通，同时回忆起旧日相逢的情境。尾联翻用钱起的旧句，表明欢会之后的人去楼空以及两地相思的无奈与落寞之感。

二、浅近语言与日常性的介入

如果说赠内诗的细部描写延续了宫体传统，那么自中唐以来如元、白等人诗歌语言浅近化的努力，和以宋诗为代表的日常生活的介入，在他给妻子的作品中也有突出的表现。姑且先以白居易、苏辙的赠内作品为例，说明日常性的介入：

[1]《樊樊山诗集》，第450页。
[2] 白居易：《白居易集》，中华书局1979年版，第315页。

白发长兴叹，青蛾亦伴愁。寒衣补灯下，小女戏床头。暗淡屏帏故，凄凉枕席秋。贫中有等级，犹胜嫁黔娄。(《白氏长庆集》卷十七《赠内子》)

薄雪为灯止，和风应节来。出游吾已懒，小酌意难裁。竹径泥方滑，菁畦冻欲开。细君怜老病，加料作新醅。(《栾城集》之《雪后小酌赠内·乙酉正月九日》)

这一类诗描述了近乎平民化的日常生活场景。如白居易诗云“寒衣补灯下，小女戏床头”，妻子在缝补衣服，女儿在一旁嬉闹；又如苏辙的诗，其末句称“加料作新醅”，而不直言相思，完全保留了日常生活的最为普通而真实的细节，与南朝诗歌所写到的女子生活相比，这种场景显然更加具有平民化的性质。虽然两者对女性的活动都采用了一种观看的视角，但这时候的诗人本身也处在或融入于这个生活画面中，情感的抒发可以不再依赖于艳丽的辞藻和对封闭、狭小的生活空间的描写，其浅近的语言表达和日常化的介入确立了赠内诗新的范式。

日常化的介入首先是对家庭生活细节的捕捉。权德舆有诗题为《新月与儿女夜坐听琴举酒》[1]，也围绕听琴饮酒等生活场景，直指“儿女各冠笄，孙孩绕衣襟”的天伦之乐，继而以“方结偕老期，岂惮华发侵”来说明他对妻子的情深意笃。樊樊山借鉴了上述经验，如其《赠妇》诗云：

两衙前后共清言，巾栉依依近十年。只候茶汤常夜半，勾当花事每春前。宫词替写红蛮槅，家信亲裁喜鹊笺。总为阿侯娇索乳，清宵赢得对床眠。[2]

该诗以回忆的形式展开对两人近十年共同生活的追述。特别提到夜半时分夫人为他准备茶汤，一起在春日里赏花。不仅如此，她还能写宫词和

[1] 权德舆撰、郭广伟校点：《权德舆诗文集》，上海古籍出版社2008年版，第170页。
[2]《樊樊山诗集》，第423页。

家书，与樊山在衙邸把话清言。换言之，她既是樊山生活上的助手，他们彼此也达成了精神上的默契。尾联抓住了一个场景，表明在日常琐碎的家务外，妻子还承担了养育子女的责任，她常常因为要夜间哺乳得不到休息。全诗在浅近的语言中洋溢着对妻子的敬意，日常生活场景的介入使得抒情更具真实性，直穿人心。又如《春日赠内二首》云：

> 曈曈度窗日，浥浥对炉薰。泼乳双瓯雪，呵钿满镜云。宫词多上口，朝报每相闻。连理中庭树，花开似为君。

> 偶来窗下听鸣禽，素手煎茶共酌斟。裙色最怜湖上水，钗头不镀倖馀金。罗帷新柳同眠起，晓镜春山自浅深。为爱郎诗好风调，尽将佳句绣吴襟。[1]

该组诗作于樊山续娶祝夫人次年的春节，描述了这一天的生活情形。从五言诗的"泼乳双瓯雪"与七言诗中"裙色最怜湖上水"一联来看，樊山要说明的是，妻子在衣着和器物的选择上偏爱庄重、简约之风，喜欢淡雅、简朴的生活。当然，此联也可以解读为当时的经济条件还不是很充裕，由此暗藏对她持家有度的赞许。诗歌中的生活场景，如五言诗中写到的烹茶、熏香、诵读宫词、读报和看花，七言诗写到的听禽、品茗、画眉、绣诗等，不仅刻画出一个美丽、勤劳、体贴的妻子形象，还指出她身上具有浓厚的文人化趣味，能够成为樊山在生活与精神上的伴侣。在前引的几处诗例里，女性形象随着生活化场景的介入渐渐趋于真实和立体了，并且这种平民化的抒情也更加自然深婉；但大部分作者其实并不在意人物形象的塑造，她们往往是单一和模糊的存在，在功能上通常限于仅仅作为男子倾诉的对象。相较而言，樊山诗对人物形象的挖掘更加深入，如这里提到的文人化趣味的特质。他对家庭生活细节的关注是比较集中的。早年他有一首《抵家》云：

[1]《樊樊山诗集》，第184页。

> 日夕始见塔，到门山月低。老亲起逆我，顾我颜色凄。照以灯烛光，憔悴无容仪。哀乐能伤人，况我常羁栖。譬如归宁女，慰问非一词。黾勉事他人，安及爷娘慈。区区爱怜心，十倍未嫁时。又恐无久淹，还当成别离。甘滑适儿口，寒暖试儿衣。宛宛姊妹行，谁云是男儿。系余事远游，岂曰俦侣稀？至竟骨肉恩，难为朋好移。短褐苟蔽身，菽水甘如饴。吾将掩衡门，又虞猿鹤饥。[1]

诗一开始就以游子的身份来观照母亲、姊妹的言行举止，抓住生活中真实的细节，然后才铺开抵家后的主观感受。首句说夜里才到家，也许平时家里人此时已经睡下，但主人公的到来，仍然让家人惊喜不已，母亲起来迎接，借着烛光上下打量对方。接着说多年的羁旅生活导致自己“颜色凄”“无容仪”，这让她且喜且忧。他还抓住“譬如归宁女，慰问非一词”等细节，生动形象地展现久别后重获亲情的感动；又说“甘滑适儿口，寒暖试儿衣”，记录着母亲对主人公的怜爱，其生活场景温馨感人。通过他的羁旅生活和回家后的生活对照，在早年写及母亲的作品中，可以看到他对女性温情的敬意和眷恋。这种细腻的情感观照还延续到他同妻子的相处之中，樊山一生宦游奔走，有许多作品记录了妻子和家人生活的场景，展现了晚清士大夫柔婉细腻的一面。如其《自叙》云：“忆甲申三月，曾偕朱舍人往游（西山），题诗灵光寺塔之巅。内子时犹未聘，随母烧香，见之。内兄谓之曰：‘汝履危即怯，彼题诗者当如何？’内子微哂曰：‘岳正胆大时亦不知谁何也。’比五月，即来归，偶话其事，余曰：‘胆大者，老奴也。’相与大笑。”[2]其《渡河》诗前小序云：“内子欲偕行，余止之。”[3]《鹧鸪天》词序云：“中秋宿灵石县，秋花满庭，房栊新净。夜与内子待月，漫赋此解。”[4]《春从天上来》词序云：“十月既望，游杜子祠，折黄梅花一枝，归遗细君。”[5]以上记录都可看出他对妻子的怜爱。而《甲辰中秋夜内子偕诸女弟及儿女孙曾辈平台望

[1] 樊增祥：《樊樊山诗集》，第12页。
[2] 同上书，第655页。
[3] 同上书，第1105页。
[4] 同上书，第502页。
[5] 同上书，第503页。

月是夕月明如昼》《十月六日内人辈奉外姑入翠微山》《同闺人过龙王堂饮泉》[1]等作品则记录了他与家人的生活日常。如果说日常性是宋诗的特点，那么在樊山的这类诗歌中，这一性质同样得到了很好的体现。

其日常性还表现为近乎高频率的纪实性写作，即他在路途中多次给妻子赠诗，使之构成一个较为连续的系列。仕途行役，不管是入京还是外调，也无论夫妻是否同行，樊山每到一处基本都有诗相赠。系列化的创作模式，笔者认为一方面他继承了中唐以来权德舆等人的传统[2]；另一方面也是由于节日的自然触动，比如元旦或生日，樊山也有作品相赠。如《雨后发新店赋示内子 · 七月廿五日》[3]：

金粟灯前候晓妆，轻车油壁先朝阳。临流马惜鄣泥锦，薄冷人薰半臂香。屋上鹊声占喜事，柳边虫叶写秋光。远行不用多惆怅，西北浮云即婿乡。元微之诗：嫁得浮云婿，相随即是家。

甲夜惊雷丙夜风，清朝云物倍鲜秾。瀑流喧似弹筝峡，山色明于画扇峰。注牒昨来逢蓟雪，移家今去访秦松。相携玉女莲花顶，好饮丹泉与炼容。

[1]《樊樊山诗集》，第370—371页。

[2]按：权德舆的诗，从题目上亦可以看出该类主题创作的连贯性，如《祇役江西路上以诗代书寄内》《夜泊有怀》《自桐庐如兰溪有寄》《斗子滩》《黄檗馆》《清明日次弋阳》，在京时则有《中书夜直寄赠》《病中寓直代书题寄》《端午日礼部宿斋有衣服彩结之贶以诗还答》《上巳日贡院考杂文不遂赴九华观祓禊之会以二绝句申赠（一作上巳日贡院赠内）》《县君赴兴庆宫朝贺载之奉行册礼因书即事》《元和元年蒙恩封成纪县伯时室中封安喜县君感庆兼怀聊申贺赠》《奉使丰陵职司卤簿通宵涉路因寄内》《太常寺宿斋有寄》《中书宿斋有寄》《中书送敕赐斋馔戏酬》《冬至日宿斋时郡君南内朝谒因寄》《发硖石路上却寄内》《贞元七年蒙恩除太常博士自江东来朝时与郡君同行西岳庙停车祝谒元和八年拜东都留守途次祠下追记前事已二十三年于兹矣时郡君以疾恙续发因代书却寄》（以上诸诗均见于《权德舆诗文集》卷十，上海古籍出版社2008年版，第164—177页）等作品，基本上贯穿了诗人的一生，包容了生活的方方面面，构成了日常书写的一种形式，因此蒋寅说："从主题学上说，权德舆给妻子的这部分诗作，除了悼亡以外，几乎开拓了这个母题全部的情感、生活内涵。"（蒋寅：《镜与灯：古典文学与华夏民族精神》，河北教育出版社2014年版，第291页。）

[3]《樊山山诗集》，第154页。

该诗写于甲申（1884）七月，夫人祝氏来归才数月，樊山此时奉命从京城外调陕西为宜川令，妻子为其送行。二人新婚乍离，这两首诗便是当时的临别赠言。丈夫由于王命在身，不能在京久留，对于新婚乍别的妻子来说，自然多有不舍。所以第一首开篇即言妻子灯前候晓，继而说到为其出门送行。此时车在前马在后，俨然车行迟迟，马踏惜泥。颈联说鹊声奏喜，意在说明外调为荣任，但此番乐景却为哀情所淹没，故而直接写到柳边虫叶的颓败之景。尾联以“西北浮云即婿乡”相慰对方，但其落脚点却在注释“相随即是家”上，突出两地悬隔的现实。第二首末句设想在陕西重逢的场景，与权德舆《祗役江西路上以诗代书寄内》“春江足鱼雁，彼此勤尺素。早晚到中闺，怡然两相顾”[1]有同工之妙。在这次赴陕的路上，樊山还有诗《宿泠口驿赠内》[2]云：

华清残月转西廊，候馆只栖夜未央。衣覆薰炉添夕麝，酒寒杯面落秋霜。一条绣带罗敷水，几掬莲花玉女汤。骊山玉女殿北有莲花汤，华清第一汤也。并是秦中最佳处，莫教红泪湿秋光。

这一系列创作显然具有纪行的性质，他将个人行踪与情思完全向妻子倾诉。“莲花”“玉女”等地名承接《雨后发新店》而来，仍然以重逢之情景来劝慰新婚之妇。此后的《到省之明日奉司牌回渭南任赋示内子》[3]《腊月二日挈眷还鄂赋示闺人一首》[4]《旅中赠内》[5]《天津舟中示内》[6]等诗，既展现了自身宦游不定的情形，也刻画了因相思或重逢引起的心理波动，同时也对妻子的品行多有赞许。

节序最容易牵动个人的情思，所以樊山的许多作品在传统节序或彼此生日的时候写成。如《四月初二内子生日用李郢寄内诗韵为赠・是日

[1] 权德舆撰、郭广伟校点：《权德舆诗文集》，上海古籍出版社2008年版，第164页。
[2]《樊樊山诗集》，第162页。
[3] 同上书，第747页。
[4] 同上书，第234页。
[5] 同上书，第803页。
[6] 同上书，第257页。

喜雨》云：

> 锦堂红烛漾青烟，薄暖轻寒芍药天。玉案对开双陆局，银筝低按十三弦。凝香燕寝才今岁，烧笋行厨忆去年。赢得三农齐下拜，县君生日雨涓涓。[1]

樊山取李郢赠内诗的原韵，且同为内子生日的主题。开头四句为当日生活场景的说明："锦堂"句写屋内摆设，洋溢着喜气；"薄暖"点明暮春天气；颔联则从棋局、琴筝的描写表现夫妇文人化的日常场景。颈联由今追昔，说明妻子新婚不久便追随丈夫前往任所，暗含怜惜之情；尾联则由春雨写及三农，将个人抒情扩展至更为宏阔的视野，表现与民同乐的心怀。其《前年内子三十初度适得钱松壶画册因以为寿顷有人以松壶辋川图卷求售诘朝即余生日内子市之还以寿余似亦有因缘也纪之》[2]一诗，从诗题和诗后小注"君来归时，余以钱玉鱼画册为赠"上，同样表现他对细节的把握。又如《韩城道中四十初度示内》[3]其一：

> 四十年来磨蝎身，观河瘦面未生纹。梅花驿里逢生日，银烛尊前对细君。骨健爱骑沙苑马，官闲频梦华山云。刘纲夫妇同修道，真诰颁来尽紫文。

"磨蝎身宫"源于韩愈、苏轼等人，意在表明自身多方遭难、命运多舛的情形，后来诗家都用此意。他在此显露了对道教的兴趣，如这里提到"刘纲夫妇"与"真诰"，既有修道飞升、摆脱凡物的想象，也借此表明夫妇和谐的状态。他曾说："爱洁贪书皆罪过，娶妻食肉是功名。楼船横海方修贡，郡县新疆久洗兵。仪舌终缨两无用，天教五斗豢先生。"[4]

[1] 按：李郢原作题为《为妻作生日寄意》，诗云："谢家生日好风烟，柳暖花春二月天。金凤对翘双翡翠，蜀琴初上七丝弦。鸳鸯交颈期千岁，琴瑟谐和愿百年。应恨客程归未得，绿窗红泪冷涓涓。"

[2]《樊樊山诗集》，第204页。

[3] 同上书，第174页。

[4] 同上。

这是个人精神收缩的表现，认为主战与主和都无法改变内忧外患的局面，何况许多士人还为名利所困。他还有《京邸生日示内》[1]《内子生日石甫赋诗遣琴夫人来祝亦赋一首》[2]等，表现了在不同环境下对妻子自身和外部局势的言说。民国十二年（1923），樊山翁有癸亥年《内子生日》诗云："凤卜谐来四十秋，清朝绣帨揭秦楼。祝厘娣侄犹莲步（闺襜三四十岁以上者多非天足），较长儿孙有白头。双髻按歌争劝酒，半身带病转添筹（君病半身不遂十年矣）。从从萱草黄金色，五世团圞几世修。"[3]该诗不见于《樊樊山诗集》正文。从上述的贺词来看，彼此相处日久，平淡而真挚的情感最终归于对"五世团圞"的感喟。此外他还有《九日宿新店征歌命酒赋示闺人》[4]等诗应节而作，表现途中的怀人之情。

三、余论

诗歌有时为了增强文字的可读性和趣味性，也采用些游戏技巧，如回文、拆字、代言等，在两性的文字交流中已经相当成熟。南宋人曾丰的《缘督集》卷八有《寄内》云："已复山上山，何当口中口。写兹秋下心，寄我女边帚。"将"出""回""愁""妇"字拆成四句，巧妙地传达了丈夫思归不得的愁绪，达到了意在言外、亦庄亦谐的效果。回文诗作为游戏笔法的一种形式，因难以见工见巧，往往为诗家所青睐。如樊山《秋夕示内》[5]诗云：

> 移巢旧燕似臣羁，倦马东华梦醒迟。离乱避人逢塞雁，病愁怜汝画山眉。词人旧怨秋兰减，月榭新凉夜笛吹。池照影娥青鬓薄，衰容镜北水杨垂。

> 垂杨水北镜容衰，薄鬓青娥影照池。吹笛夜凉新榭月，减兰秋

[1]《樊樊山诗集》，第704页。
[2]同上书，第1815页。
[3]同上书，第2087—2088页。
[4]同上书，第695页。
[5]同上书，第895页。

怨旧人词。眉山画汝怜愁病，雁塞逢人避乱离。迟醒梦华东马倦，羁臣似燕旧巢移。

文字顺序的重置，除了造成音韵错位、行文的摇曳变化之外，也带来了意义的重叠和分化。有些语句读起来比较拗口，意思传递初看也比较模糊，但从对应的倒序的句子来看，语序自然、意义明确，故而两首诗是有机的整体。如“移巢旧燕似臣羁”，倒序为“羁臣似燕旧巢移”，叙述主体从燕转移到了人，从写景变成了抒情，意义更加明确化。又如“离乱避人逢塞雁”，描写在离乱中畏人独行，途中见塞外雁来的凄凉场景；对应的句子则说此时在凄凉的雁门塞外都能够看到人来人往，他们都纷纷躲避离乱到此。这是离乱场景的两个方面，故而两句意义的侧重点有所不同。由此可知语序的调整不仅造成意义的重叠，而且还让诗歌存在多义的可能。该诗收入其《西京酬唱集》，是为庚子避乱到西安后的作品，是他对家国离乱的反复吟唱和强调。他以游戏的笔法书写沉痛的内容，这种形式上的娱乐化和内容的严肃性之间的反差，在表达效果上可以说亦庄亦谐。樊山为他人代赠或自拟之作，颇有骋才和文字游戏的意味。如《三四叠韵代石甫寄内》[1]：

衔书三鸟未能通，依约芳梅似镜容。寂寞秦台双玉管，凄凉湘瑟几青峰。月移带眼缘诗瘦，云拨床头觉酒浓。说与文君浑不信，试从药店验飞龙。

洛浦微波有梦通，玉烟偎暖绣夫容。蛾眉自肖蛾眉月，画扇新图画扇峰。潘令鬓丝今夜白，定王红萼小春浓。彦先赠妇多才思，未要人间陆士龙。

为他人代作赠内诗，目前最早见于陆机、陆云兄弟的作品。陆机《为顾彦先赠妇》二首（见《玉台新咏》卷三），其一有句称“京洛多风尘，

[1]《樊樊山诗集》，第919页。

素衣化为缁”，为描写士人流落京华而消沉倦怠的名句，也是赠内诗中常见的环境背景；陆云亦有《为顾彦先赠妇往返》四首（《玉台新咏》卷四），其一有句称“目想清惠姿，耳存淑媚音。独寐多远念，寤言抚空衿”[1]，则用感官和想象的方式，以顾彦先的口吻，说出自身的孤独并由此突出对妻子的思念。易顺鼎晚年作了许多艳诗，对女性的描写力度不亚于樊樊山，但真正写给妻子的作品却很少。樊山作为易顺鼎的诗友，深知其家庭内幕，故而代他做赠内诗予以调笑。他在第二首的末句反用陆机兄弟故事，告诉琴夫人说易顺鼎本人素有诗才，代言赠内不必倚靠樊山，颇有戏谑的味道。不过两首诗都述说了男子复杂的思绪。第一首诗前三联写由于彼此音书隔绝，因相思以至于消瘦愁苦的状态，末句则以男子的口吻感叹自己的苦心与努力没有得到对方理解与宽容，似乎还有些怨怒甚至自怜的情绪，情感抒发自然，同时又具有戏剧性和幽默感；第二首则由相思转换到梦境，运用了想象的手法。颔联写妻子容貌依旧，彼此却处于一种疏离的状态，如“自”字表明对方的举止是其自身的行为，“画扇”依旧强调了彼此存在的隔阂。从首联妻子为丈夫绣像的想象与颈联借用潘岳鬓白的故事等描写来看，樊山似乎又想说他们虽有隔阂的一面，但在本质上还是两情相通的，因此颈联的对句仍然表达希望修好重逢的愿望。这两首作品描摹人物的情感非常细腻，其所用词藻修饰，软艳近于宫体，这一方面充分表明作者有骋才的倾向；另一方面以丽词来诉说健康自然的夫妇情谊，本身就有亦谐亦庄的效果。更有趣的是，樊山曾以妻子的口吻给自己写了首七绝，并且还回赠了一首：

消瘦维摩病里身，藁砧应是厌京尘。北来无物酬君意，一角西山尚可人。（《病中代内劝为西山之游·庚寅十月》）

郁郁黄尘白日长，入山都学道家装。不须更觅延年药，硐水松风即禁方。[2]（《答内一首》）

---

[1]《玉台新咏笺注》，第107页。
[2]《樊樊山诗集》，第370页。

这一赠一答完全出自己的手笔，可以说是一种文字上的娱乐。第一首诗站在妻子的立场上，揣摩其心理，表现妻子在丈夫生病后对其心理的揣摩与安慰，“藁砧”句以猜测的语气道出了作者久客京华的倦怠，末句则应题劝其作西山之游。在《答内》一诗则已经看到诗人已入山，对西山风物颇为满意。两首诗的立场完全不同，语气与入手的角度更是不一样，从中可见作者对文字的精心布局，在游戏的过程中仍然传递出夫妻之间的真情实意。对于因宦游带来的两地悬隔的艰难处境，他还诉之于《自嘲》一诗：

> 生本烟波旧钓徒，无端尘梦落西都。历三令尹犹寒乞，谓曩宰富平，近宰咸宁、渭南。奉一先生自暖姝。射虎愁逢灞陵尉，解貂难付酒家胡。景宗饮惯黄麞血，新妇帷中耐得无。[1]

前两联在说自己仍然处于宦游之中，认为这样的状态已经违背了初心，并且使得夫妻两地悬隔。颈联上句借李广的典故说自己身在官场难以摆脱，下句说已得恩宠但少有欢乐。尾联用曹景宗典故，表明久为王事奔波而无暇顾及新婚之妇。心中的无奈和愁苦，以及对妻子家人的思念在数行近乎戏谑的文字中表现得淋漓尽致。又如樊山《枕上闻雨再赋》说自己“深衣不入少年场，红烛歌楼久淡忘”，原因在于“补贴平生花萼恨，对床闲话有山妻”[2]，说明妻子的陪伴能够补缺所谓的少年风流，在轻佻的语气中包含对内人的敬爱之心。

除了明确为赠内的作品，《樊樊山诗集》中还有大量回忆性的诗歌，其中有不少篇目也提到过去的夫妻生活。如《杂忆五首》[3]云：

> 昔年索米向长安，惆怅东垆取酒难。犹有鹔鹴裘未典，文君将去御春寒。

[1]《樊樊山诗集》，第581页。
[2] 同上书，第650页。
[3] 同上书，第1087—1088页。

心事灵犀一点通，私书花叶付秋鸿。灯前看了无人见，系着鸳鸯锦带中。

学作官词字未安，波笺欲写颇知难。亦如商略亭台稿，画堵先呈样本看。

封题锦字寄吴绫，世态家常语不胜。纵遇拆书钟士季，岂能诗迷打春灯。

念诗读曲隔花听，两舌同簧界画清。不入西园公子耳，谁知绛树有双声。

组诗开篇回忆旅居北京时遭遇困境，妻子为其排忧解难；接着说彼此心事相通以鱼雁传情。第三首讲妻子学诗作画，并与丈夫共同切磋欣赏。彼此在书信中提到世态家常。最后说妻子念诗唱曲，丈夫隔花赏听，有“曲有误，周郎顾”之妙。组诗《五月初八夜作》同样是对此前夫妻生活的回望。另外，他曾随李慈铭等人学过作词，有《金缕曲》一阕赠内，其词云：

一岁端阳几。又今朝，红榴续命，翠莫添珥。二十年来鸳鸯梦，赢得六珈象揥。看雾夕、芙蕖犹是。命妇花中卿第一，作门楣、女子当如此。莺与燕，尽欢喜。　谢家儿女娇纨绮。对芳筵、沙糖角黍，依然风味。此去西湖朝灵隐，一瓣心香早寄。把彩缕、罗襟牢系。更十三年才耳顺，论风情、尚可称娘子。裙带上，认灵蟢。[1]

词前小序称：“途次遇闰端午，忆甲申岁内子以闰午前一日来归，今二十年矣。赋此示之。”据李慈铭《越缦堂日记》“光绪十年闰五月四日”条

[1]《樊樊山诗集》，第1303页。

记云："为云门议婚祝氏，今日迎娶，往贺。……云门新夫人来见，娟洁如玉茗楼诗格，足称佳耦矣。"[1]由此足以可见樊山等人对祝氏的欣赏与怜爱。"作门楣，女子当如此"，袭用《旅中赠内》"莫嗟怜婿胜怜母，作得门楣似汝难"句。下阕俏皮地说"更十三年才耳顺，论风情、尚可称娘子"，"娘子"一般是青年男子对妻子的称呼，樊山近乎调笑般的语调，透露出彼此自然和美的关系。尾句用权德舆诗的典故，暗示不久就能够团聚，意在安慰对方。

要之，樊山对妻子是情笃意真、老而不衰的，在家庭生活中产生的赠内诗歌，情感真实充沛，有自己的特色，不仅数量多，且在时间上连续，构成了一个自足体系：语言浅近为主，摒去丽词。承袭晚唐诗以及宋诗的传统，摄入日常性的生活场景；在吸收宫体传统中，他既注重对女性神态、动作的细部描写，在遵循以情感倾诉为主体内容的同时又保持女性形象立体化的呈现；他的作品还借鉴和承袭了游戏笔法的传统，在回文、拆字等手法中暗含情思，或以自嘲的方式来表现对妻子的深情，也基本跳出了才学和艳情的论调。在新旧交替时期，他的这类创作在当时诗坛上是比较突出的。

【作者简介】复旦大学中国古代文学研究中心博士研究生。

[1] 李慈铭：《越缦堂日记》，见金梁辑录《近世人物志》，明文书局1985年版，第214页。

左又宜《缀芬阁词》及左宗棠家族女性诗词述介与研究

黄阿莎

【摘　要】 左又宜《缀芬阁词》是左宗棠家族女性诗词创作的重要组成部分，也是晚清湖南女性词坛的代表之作。本文从左又宜生平、词作内容、词旨之美等多方面分析介绍该词集，并兼及对左宗棠家族女性诗词集《慈云阁诗钞》的介绍。

【关键词】 左又宜　《缀芬阁词》《慈云阁诗钞》

> 左芬才调擅湖南，词谱宫商字字谙。端为苦吟餐减饭，一生愁绪似春蚕。[龙绂年（毅甫）《题〈缀芬阁词〉》][1]

左又宜（1875—1911），字鹿孙，湖南湘阴人，左宗棠孙女，夏敬观继室。[2]她擅湘绣，工诗词，有《缀芬阁词》存世。[3]词集由夏敬观于1913年主持刊印，词集书名由彊村老人朱祖谋题签，前有诸宗元作序、陈诗题诗及陈三立所写《夏君继室左淑人墓志铭》，集中共收词64首。近人钱仲联《近百年词坛点将录》云："左夫人挺秀湘西……慢词声韵幽美，能得白石、草窗神理。"[4]本文拟对左又宜《缀芬阁词》进行介

[1] 龙绂年：《题〈缀芬阁词〉》，见《夏剑丞友朋书札》。《夏剑丞友朋书札》，不分卷，上海图书馆藏本。

[2] 左又宜生平参考：寻霖：《湘人著述表》，岳麓书社2010年版；马兴荣主编：《中国词学大辞典》，浙江教育出版社1996年版。

[3] 左又宜：《缀芬阁词》一卷，民国二年（1913年）刻本，国家图书馆藏。该词集见曹辛华主编《民国词集丛刊》（第二卷），国家图书馆出版社2016年版，第195—256页。

[4] 钱仲联：《近百年词坛点将录》，见《当代学者自选文库·钱仲联卷》，安徽教育出版社1999年版，第709页。

绍与研究，并述及左宗棠家族女性文学创作情况。

一、微物深情：左又宜生平与《缀芬阁词》内容略述

左又宜之父为左宗棠三子左孝勋，孝勋字子建，娶憩亭公之女夏氏，育有2子4女。左又宜早年生活从陈三立所撰《夏君继室左淑人墓志铭》中可见出点滴："(左淑人)秉质冲懿，娴蹈轨训，受群经章句，类晓大谊，旁涉艺文，吐辞妍妙，太傅（引者注：指左宗棠）特钟爱之。太傅勋笼区夏，门无羡财，子建府君复耿介自晦，庭庑萧然，淑人布裳齑食，井臼操作，比于寒女。寻遭父丧，母夏夫人哀悲寝疾，候伺汤熨，辄失餐寐。一夕焚香祈祷，合目见佛，母疾遂瘥，族党交颂焉。"可见虽出身名门，左又宜过的却是清贫朴素的生活，又极为孝顺。此外，左又宜擅长刺绣，据载："淑人幼工刺绣，凡山川、卉木、虫鱼、禽兽、人鬼、物怪之属，脱手缣幅，巧合天制。"[1]

光绪二十八年（1902），左又宜嫁给江西新建夏敬观为继室。敬观字吷庵，为晚清词坛名家，兼擅经学、史学、音韵学等，尤擅词学，叶恭焯推举其为"词坛尊宿，合继王、朱。"[2]王、朱，分指晚清词学四大家之王鹏运与朱祖谋，龙榆生则推举其为"晚近词坛之领袖作家"之一[3]。夏敬观既为词坛名家，左又宜又雅好词作，婚后二人时有词作唱和、互寄词作等雅事，故友人诸宗元将他们夫妇的结合视为晚清词坛上的一段佳话，云："夫扶妻齐，嘉偶曰妃，心同志壹，世已相尚。若闺襜之中，文艺为娱，求诸晚近，盖有难焉……近岁来吴中，与吷庵相聚，时时得诵其夫人之单词片阕，辄复嗟叹。初谓房闼燕婉，文采辉微，仅得窥于往籍，今乃于吷庵夫妇见之。"[4]左又宜集中寄给吷庵及与吷庵唱和的词作共六首，而夏敬观自订《吷庵词》集中殿尾之作，便是丁未年（1907）除夕因庭梅盛开而夫妻唱和的《暗香》《疏影》二词，可见二

[1] 陈三立：《夏君继室左淑人墓志铭》，见左又宜《缀芬阁词》。
[2] 叶恭绰选辑、傅宇斌点校：《广箧中词》，人民文学出版社2011年版，第392页。
[3] 龙榆生：《晚近词风之转变》，见《龙榆生词学论文集》，上海古籍出版社2009年版，第419页。
[4] 诸宗元序，见左又宜《缀芬阁词》。

人的知音相赏。这种“伙伴式婚姻”[1]所产生的珠联璧合不仅体现在词的唱和中，亦体现在其他形式中。据陈三立所撰《夏君继室左淑人墓志铭》:“淑人……有所刺《三村桃花图》，缀夏君《蓦山溪》词其上，传视仕女,莫不惊叹。”[2]辛亥年（1911）11月20日[3],左又宜因病在上海去世。

《缀芬阁词》出自深闺，故大多婉约细腻。词作内容大致可分为咏物抒怀、思乡念远等，以下分别介绍。咏物词在《缀芬阁词》中比例最大[4]，她所倾心相赏的，多为细微之物，如花卉、鸟声、柳絮、冰花，词有《临江仙·白荷》《苏幕遮·鸟声》《苏幕遮·卖花声》《金缕曲·冰花》等。所咏虽细微，却能在咏物之中，融入一己情怀寄托，因此别具一格。如这首《金缕曲·冰花》，词云：

> 镂就玲珑叶。纵东风、吹花有信，不教披拂。几夜银塘寒威迸，偏耸嶙峋瘦骨。似玉树、琪葩森列。更向月中频窥影，问前因空色谁生灭。如有恨，自凝结。　　琉璃世界琼瑶戛。怪浮沤，无端幻此，甚时销没。碎蕊两三还拈取，贮向玉壶自澈。好共与梅魂幽绝。姑射仙人今何在，对婵娟千里肌如雪。闲指点、信孤洁。

此词写冰花种种玲珑情态，起笔精致，视冰花如镂金刻玉，又以东风吹拂花信，反衬冰花绽于冬季，不待东风的特性。“嶙峋瘦骨”“琪葩森列”进一步写冰花的层次叠起与千姿百态。自“更向月中频窥影”渐将冰花赋予性情:“如有恨，自凝结。”下阕转笔写冰花瞬时消融的幻化感，更以幽绝“梅魂”“姑射仙人”写出对冰花赏爱的原因，正是:“闲指点、信孤洁。”这种赏爱也体现在她书写梅花的作品中。

左又宜很喜欢梅花，集中咏梅之作极多。她雪后要特意去访梅，有:《南歌子·寻梅》；寻梅之后，又有咏梅:《探春慢·腊梅》；她隐然

---

［1］该定义来自［美］高彦颐:《闺塾师：明末清初江南的才女文化》，江苏人民出版社2005年版，第180页。

［2］陈三立:《夏君继室左淑人墓志铭》，见左又宜《缀芬阁词》。

［3］此时间根据陈三立:《夏君继室左淑人墓志铭》，见左又宜《缀芬阁词》。

［4］《缀芬阁词》共64首，其中咏物词16首。

以梅自比，如《一斛珠》："绮窗月透，一枝梅影如侬瘦。"又如《醉花阴》："一种孤芳，还与君相共。"孤芳自赏，是她欣赏梅花的地方，也是她一己性情的流露。丁未年除夕，左又宜与夏敬观各有两首咏梅之作问世，可视为夫妻咏梅之双璧。其一曰《暗香·除夕庭梅盛开，置酒花下，以风琴谱白石〈暗香〉〈疏影〉词，声韵幽美，因与吷庵各和之》，其二曰《疏影》。录后者如下：

> 苔盆种玉。倚绣屏婀娜，深夜无宿。碧袖天寒，朔管频吹，凄风弄响帘竹。薰笼纸帐烘才暖，但笑索、枝南枝北。想姹红、悉待春来，让却此花开独。　　同向灯筵送岁，醉颜对镜浅，杯映眉绿。末世悲歌，及早收身，可有孤山林屋。宵残蜡剩匆匆去，瞬息奏、落梅酣曲。恐渐携、卧陌长瓶，酒渍扫香裙幅。

这首词是步姜夔咏梅名作《疏影》韵所作，虽与白石咏梅词旨归不同，但托物喻志的手法是一致的。乍看只是写赏梅乐事，然细加咀嚼则不难体会，岁末独开的梅花寄托了词人与丈夫相期"孤山林屋"的心意。起笔写梅之秀色，接以"碧袖天寒"，用杜甫《佳人》："天寒翠袖薄，日暮倚修竹。"由花及人，皆娉婷可怜。"想姹红"三句，又以人之心意推想花之品性。"此花开独"，正是惜花原因所在，也暗含幽独心意。换头"同向灯筵送岁"，点明夫妻相伴赏梅情境。"末世"三句，暗写时世感慨。"孤山林屋"，用林逋孤山"梅妻鹤子"事典，"宵残"至结尾，写在梅香中听曲醉酒之雅事。这首词写于1907年，正值清末乱世，夏敬观彼时身为清廷官员，故左夫人词中有"及早收身"之语。通篇之意，既写梅花，亦寄寓与相期素心无负。南宋的张炎曾在《词源》中有"咏物"一节，说："诗难于咏物，词为尤难。"认为最上乘的咏物之作，是"所咏了然在目，且不留滞于物。"左又宜的咏物词，层层赋笔，婉转摹情，既得所咏之物的神理，又融入身世之感，可谓闺中咏物词的上乘之作。

左又宜生长在湖南，与夏敬观成婚后，随夫多寓居于吴中一带，对家乡湖南的眷念成为《缀芬阁词》集中一个重要的主题。有首《浪淘沙》写乡愁，词云：

何处望乡关，烟锁回阑。流光一失去无还。千里辞家头易白，遮莫春残。　　两载失承欢，江路漫漫。聊凭雁足寄修翰。安得乘风生彩翼，飞到湘南。

此词抒情自然，婉转真切，写出了游子对家乡亲人的思念、对时光流逝的感慨与思家而不得归的叹息。“乡关”即是“湘南”，首尾呼应；“流光一失”与“江路漫漫”，既分写时光之逝与流水之远，又同归于流逝而不可追。乡愁、头白、春残、思亲，种种情绪交织，回阑、江路、雁足、彩翼，景与情融。她是至孝之人，偏又与父母长久分离，所以结尾有奇妙的幻想：“安得乘风生彩翼，飞到湘南。”另一首《庆春泽》，将这份乡愁铺叙得更为细腻深浓：

霜月凝晖，风灯晕影，偏惊长夜如年。梦断家山，迢迢水驿三千。波鱼云雁浑无准，漫思量，尺素遥传。念湘流，日夜东来，尽绕楼前。　　乡愁脉脉知何似，叹蛛丝宛转，方寸长牵。极目高阑，白云亲舍谁边。鸟啼只傍吴坊树，正四更城柝催眠。料江头，寸草心枯，还锁秋烟。

此词作于居吴期间。上片写客地长夜如年，撩乱梦中思乡情绪，两度写及流水：“梦断家山，迢迢水驿三千。”又有：“念湘流，日夜东来，尽绕楼前。”湘流即湘江，湖南的四大河流之一，也是穿过长沙城的河流之一。左又宜与夏敬观当年在长沙成婚，婚后不久便离开长沙前往吴中一带。也许他们当年走的便是水路，所以左又宜的乡愁之作常寄情于流水。词中下片譬喻巧妙，将乡愁比作“蛛丝宛转，方寸长牵”。黄庭坚曾以“心似蛛丝游碧落”（《弈棋二首》其一）形容弈棋时的心灵状态，此处化用之以摹写乡愁，亦可谓纤细入微。

夫妻之间的赠答与寄意之作，构成《缀芬阁词》的另一个重要内容。左又宜嫁给夏敬观之后，虽家境清贫，却能“为妇如为女，奉姑宜室，恂恂愉愉，匪懈益虔”。[1]更重要的是，二人均雅好词作，这使得他们在精神世界能互为知己："夏君时服官江南，颇疲政役。然卓荦自憙，纵览坟籍，不废声诗。淑人亦夙擅吟弄，尤耽倚声，黝壁膏檠，对榻冥索。神开灵伏，精魂回移，迭不觉邂逅何所。"[2]《缀芬阁词》中寄给夏敬观的词作可谓首首佳作，如这首《虞美人·寄吷庵徐州道上》：

宵长漏永灯初灺，积雪明鸳瓦。月波寒侵小庭心，睡鸭香销还自拥重衾。　邮签细数程过半，肠逐车轮转。残淮残汴易生愁，为恐朔风吹霰白君头。

上阕只是写景，然情感已融入景中：漏声、灯灰、积雪、鸳瓦、寒月、香炉、重衾，无一物不孤寂清寒，无一物不衬托出景中之人的孤独清冷。下阕以一个细节点出闺中人的深情："邮签细数程过半，肠逐车轮转。"游子在外，闺中人所依凭想象的，不过是收到的书信，这书信不但要细读，且要凭这书信"邮签细数"，借以推测游子行程所至，推测仍不够，恨不能"肠逐车轮转"，这是魂魄与君同往的痴想。"残淮残汴易生愁"，借指时局乱象，而"为恐朔风吹霰白君头"的结句，更是无理的想象，然而朔风、白头与上阕的积雪、月波呼应，又是应景而生，无理中又有连贯。此词极为含蓄深婉，不说现实困扰使君白头，偏说朔风吹霰白头；不说时光易逝，己身易老，偏说惟恐对方易白头；不说相思使人无寐，偏只说宵长漏永，香销后仍自拥重衾。这种深情与隐忍并存的词作，传递出她对丈夫的真情，同时也吻合儒家"怨而不怒"的诗教传统。又有一首《浪淘沙·寄吷庵金陵》："楼外雨潇潇，寒透疏寮。玉缸与我两无聊。自是离人愁不寐，休怨长宵。　望远更魂销，双桨迢迢。青溪柳色白门潮。为语东风须著力，早送归桡。"情深语淡，明白如画。将思念与牵挂，娓娓道来，颇得漱玉神韵。

《缀芬阁词》中有不少与夏敬观的唱和之作，有一组《渔家傲》的唱和之作，很能见出夫妻二人互为知己的相许。左又宜去世二十余年

[1] 陈三立：《夏君继室左淑人墓志铭》，见《缀芬阁词》。
[2] 同上书。

后，夏敬观编撰《忍古楼词话》时仍有追忆之笔：

（又宜）尝赋《渔父词》戏予，调寄《渔家傲》。词云："渔父生涯眠起早，空江一棹苍苍晓。汀岸蒙茸新长草。行处好，啸声惊起回环鸟。　　年少烟波鸥鹭渺，五湖倏忽扁舟老。酹酒鸣榔天一笑。鳌也钓，醉馀不畏蛟龙恼。"予答以《渔妇词》云："渔妇柳阴炊饭早，一轮赤日沧浪晓。双桨拨开汀岸草。沙际好，榜歌惊起鸳鸯鸟。　　四顾茫茫天渺渺，航头航尾烟波老。蓬发不梳君莫笑。终日钓，澄江何处容烦恼。"

随后夏敬观以沉痛之笔写道："今淑人殁已二十三年矣。江湖满地，无钓游所，徒有前尘影事，未能忘情耳。"[1]

二、幽芬雅韵：《缀芬阁词》的词旨之美

词发展到晚清，词坛多尊奉常州词派"比兴寄托"说，又精讲声律，其末流往往"真性已漓""专务挦扯字句，以资涂饰"[2]。左又宜的词作却独立于常州词派的末流之外，以一闺阁女性之手，保持了词的本色。前人评秦观词云："他人之词词才也，少游词心也。"[3]女词人左又宜便同样拥有一颗善感词心，所以才能写出这样细腻的词句："残月横窗帘似水。人在天涯，秋在虫声里。一院暝烟飞不起，临风戏掷相思子。"（《蝶恋花》）对于时光的流逝，她也有深情流连："漏沉沉，香袅袅，廊转花深，帘幕风来小。试拍红牙歌水调，尺半湘筠，吹弄霜天晓。　　醉颜酡，明镜照。过尽韶光，事事输年少。来日白头昨翠葆，自后思量，更说而今好。"（《苏幕遮》）对于自然万物，她总有一种相亲，如在玄武湖夜游，见水中荷花，便有："荷花似与人相识，隔水数枝无语。"（《摸鱼儿·玄武湖夜游》）立秋夜里，对着月亮，她有一种幻想："人间

[1] 夏敬观：《忍古楼词话》，见唐圭璋主编《词话丛编》，中华书局1986年版，第4781页。
[2] 龙榆生：《晚近词风之转变》，见《龙榆生词学论文集》，第420页。
[3] 乔笙巢评语，见陈廷焯《白雨斋词话》，第237页。

百唤伊谁应。想嫦娥沉醉未曾醒。辗转愁思玉绳低，素光无定。今宵拚，与汝同游幻境。”（《月上海棠·立秋夜对月》）春季花朝，她会为花祝寿：“年年此际春饶，花月下、金樽酒浇。邀月长空，祝花生日，且尽今宵。”（《柳梢青》）看见下雨，她替花忧愁：“阿侬自有怜花癖，为替花愁眠不得。忍寒燕剪掠波还，零落香泥多带湿。”（《玉楼春》）

她以女性特有的敏锐灵秀，观察世间万物的细微变化，又以其深厚的文学修养，将心中深情，付之于词。以上所举诸词，皆流丽婉约，秀韵珊珊。在用笔上，淡雅超逸，不艰涩粗疏；在意境上，轻灵妍美，是很本色当行的词作，这和北宋词人如晏幾道、秦观“淡语皆有味，浅语皆有致”[1]的风格是很相近的。夏敬观在《风雨龙吟室词序》中云：“词旨之美，在其人之胸臆吐属，与夫情感优尚。”左又宜词作之美与夏敬观推崇的词学观是一致的。

然而若认为她只关注细微之物，词风仅限于婉约细腻，也未免只视其一端，左又宜亦有词风俊朗的词作。从这首《金缕曲》可窥视其不俗的襟抱，词云：

> 莫放双丸逐。尽销磨，楼前烟水，槛边花木。龙脑一炉茶一碗，涤尽平生尘俗。分领略、人间清福。漫问禁烟明日事，且瞢腾、闲展《离骚》读。众醉也，醒还独。　　幽兰并蒂宜空谷。有奇葩，与君相赏，其人如玉。我已布衣椎髻惯，未羡膏粱牢肉。向缥缈飞阑东曲。幽径云停门不键，戛琅玕几树森森竹。盎春雨，长新绿。

这首词用典颇多：“逐双丸”用《西京杂记》事典：“韩嫣好弹，常以金为丸，所失者日有十馀。长安为之语曰：‘苦饥寒，逐金丸。’”“众醉也，醒还独。”语出《楚辞·渔父》：“举世皆浊我独清，众人皆醉我独醒。”下阕“其人如玉”化用《诗经·小雅·白驹》：“皎皎白驹，在彼空谷。生刍一束，其人如玉。”“我已布衣椎髻惯，未羡膏粱牢肉。”

[1] 冯梦华：《蒿庵论词》，见唐圭璋主编《词话丛编》，中华书局1986年版，第3586页。

直陈心意，是甘于清贫俭朴、不羡荣华的意思。“布衣椎髻”语出《后汉书·梁鸿传》:“(梁鸿妻孟光)乃更为椎髻，著布衣，操作而前。”膏粱、牢肉，都指精美的食物，分别语出《国语》:“夫膏粱之性难正也。”《礼记》:“夕深衣，祭牢肉。”虽然典故极多，该词却并不曲折隐幽，而是气势饱满，自然流畅，这种风格又与夏敬观在《遯庵乐府续集序》中所推许的“学人之词”的风格接近。夏敬观曾云:“予尝谓词人易致，学人难致。学人兼词人尤难致。有词人之词,有学人之词。”[1]所谓“学人兼词人”，就是既有“淹贯群籍”的学力，又有词人的性情，“二者相济相因而不相扞格，词境之至极者也。”[2]左又宜以清丽之笔，辅以思致，这是她词集中的别调，也足可见她词风的丰富。

在一首题友人诗集的词中，左又宜写道:“笔落珠圆，吟成绮灿，一种幽芬气。”(《念奴娇·题丹徒包兰瑛女士锦霞阁诗集》)这句评论恰可视为左又宜自己词风的概括。重新凝视这本词集，我们能体会到晚清女性词中那特有的香草芬芳。正如这首词中所描述过的世界：

> 蜜炬熏炉细细烧，不似春宵，还似寒宵。薄烟深院杏花梢，难道明朝，便是花朝。　　苔上残红点点飘，香满帘腰，绿满裙腰。邻娃莫去踏春郊，镜里容销，梦里魂销。(《一剪梅》)

三、家学渊源：左宗棠家族女性文学传统略述

陈诗《〈缀芬阁词〉题词》云:“湘阴昔鼎盛，诗礼庇厥族。孙谋诒婉娩，式叶镜台卜。”[3]诗句道出湘阴左氏诗礼传家的传统，左又宜妙擅词翰，确有家学渊源。据夏敬观《忍古楼词话》云:“予继室左淑人，讳又宜，字幼联，湘阴太傅文襄公(引者注：指左宗棠)之女孙，子建府君之长女也。文襄娶於湘潭周氏，讳诒端，字筠心。母王氏，能诗。文襄为刊《慈云阁诗钞》，序称之为慈云老人。《慈云阁诗钞》者，汇刊慈

[1] 夏敬观:《忍古楼文》，上海图书馆藏稿本，不分卷，第五册。
[2] 同上书。
[3] 左又宜:《缀芬阁词》。

云老人以下诸女子所著诗也。……淑人能诗词，盖承诸家学。”[1]夏氏所举《慈云阁诗钞》，为左氏家族及妻家女性诗词的合集，由左宗棠及其子左孝威于同治十二年（1873）刊刻，收录左宗棠的妻母王氏（慈云老人），左宗棠的妻子周诒端，周诒端的妹妹周诒蘩，慈云老人的孙女周翼杶、周翼杓，以及左宗棠的女儿左孝瑜、左孝琪、左孝琳、左孝瑸诸女性的诗作。诗词共十二卷，分别为：慈云老人《慈云阁遗稿》一卷，周诒端《饰性斋遗稿》一卷，周诒蘩《静一斋诗草》二卷及《静一斋诗余》一卷，周翼杶《冷香斋诗草》一卷及《冷香斋诗余》一卷，周翼杓《藕香斋诗草》一卷，左孝瑜《小石屋诗草》一卷，左孝琪《猗兰室诗草》一卷，左孝琳《琼华阁诗草》一卷，左孝瑸《淡如斋遗诗》一卷，以下略述之。

王慈云（1790—1864），湖南湘潭人，晚年自号慈云老人。其夫为周系舆，字衡在，号立斋，诰赠奉直大夫。据左宗棠《慈云阁诗钞序》记载，慈云老人诗“少作为多”，在丈夫周系舆英年早逝之后，她便极少作诗，“惟课女及诸孙读书史，及女工杂作而已。”左宗棠在序中记录了岳母王氏教导子女及儿孙辈的往事：慈云老人不但“以诗课两女”，而且在左宗棠和周诒端移居柳庄后，“外姑（引者注：慈云老人）念女及诸外孙甚，时携孙女翼杶来柳庄，暇以诗课诸孙。每夜列坐，诵声彻户”。慈云老人的性情、学识与诗教家风，深刻地影响了这个闺阁群体。《慈云阁遗稿》存诗不多，但自有一种浑厚沉着之气。诗歌多描写四时景物，但并不泥于伤春悲秋，而是自然圆融，平静自足。如《野望》：“川原时极目，野兴自纷纷。碧树忽黄叶，青山犹白云。渔人归夕径，稚子候斜曛。不尽长吟趣，遥空过雁群。”

周诒端（1812—1870），字筠心，适左宗棠，诗集名《饰性斋遗稿》，存诗139首。集中除个人写景抒怀之作外，有大量与左宗棠唱和、赠答、相关的诗歌，有助于后人了解左宗棠与周筠心之间的精神世界。左宗棠年轻时因家贫而无以自立，不得不入赘周家，周夫人非但不介意，反而处处以大志劝勉丈夫。当左宗棠北上应考，她以诗励志：“澄清

[1] 夏敬观：《忍古楼词话》，见唐圭璋主编《词话丛编》，中华书局1986年版，第4781页。

舒素志，揽辔不须叹。”（《送外北上》其二）当左宗棠客中沮丧，她劝勉道：“虞卿尚有居穷乐，庞统知非作令才。岁晏未归愁雨雪，心闲何处不蓬莱。”（《得外都中书却寄》）当左宗棠科举落榜欲归乡务农，她通达地写道：“树艺养蚕皆远略，由来王道本农桑。”（《和季高夫子自题小像四首》）她始终鼓励他、辅佐他：“书生报国心长在，未应渔樵了此生。”（《秋夜偶书寄外》）终其一生，她践行妇德，淑慎甘贫，使左宗棠可以集中精力外出征战为国效力，而不为家事所累，保留下来的这些诗作有力地证明周夫人对于左宗棠一生勋业的支持与贡献。

周诒蘩（1816—？），字茹馨，适张声玠，其诗词集名为《静一斋诗草》及《静一斋诗馀》。在《慈云阁诗钞》所录的9位女性诗人中，周诒蘩是存诗、词最多的一位，其中诗歌逾300篇，词逾百篇，诗词内容，以怀人、念远、自伤为多。集中较有特色之作如14首《饲蚕诗》，该组诗从蚕事之初开始，写及修室、收蚕卵、采桑、试丝、结茧、纺线、制衣等诸多农事，语本质朴，别具一格，《静一斋诗余》则多为咏物与抒怀之作。周诒蘩的诗风早期偏于清丽秀婉，中晚年因经历困厄，故其诗风转为凄婉哀绝，其词风以婉约见长，不出传统闺阁词范围。

周翼杶（1835—？），字德媗，适长沙徐树录。诗集名《冷香斋诗草》，词集名《冷香斋诗馀》，其中诗词共百余首。周翼杶的诗词中，多为亲友之间的赠答，另有一部分为悼亡夫子之作，其情惨切，其辞哀恸。词中多写景抒怀，格调偏于清冷。周翼枃（生卒年不详），字敬媎，所著为《藕香斋诗草》一卷，诗歌多写景或怀人之作，笔触细腻，情思婉约。

左孝瑜（1833—1894），字慎娟，适安化陶澍之子陶桄，著《小石屋诗草》一卷，均为赠别或思念亲人之作。左孝琪（1834—1873），字静斋，著《猗兰室诗草》一卷，左孝琪因病终身未嫁，故其诗作内容不出闺门。左孝琳（1837—？），字湘娵，适湘潭黎福昌，著《琼华阁诗草》一卷。左孝瑸（1837—1870），字少华，适湘潭周翼标，著《淡如斋遗诗》一卷。

清代陈芸《小黛轩论诗诗》云：“左家娇女起慈云，冷藕双香亦不群。饰性渊深静一雅，猗兰小石莫纷纭”。[1]该诗提及《慈云阁诗钞》中九位女诗人中的七位，并认为左氏家族的女性诗歌成就得力于慈云老人的教育。民国出版的《闺秀词话》则就周诒蘩的咏史词评论道："诸作均开阖动荡，绝不粘滞，足见功力之深。"[2]就写作内容与总体风格而言，《慈云阁诗钞》十一种，虽不出闺阁女性诗人传统书写范围，但以其咏史诗的明智、抒怀诗的真挚、咏物诗的细腻、赠答诗的流畅，足以在晚清闺秀诗坛中立足。同时《慈云阁诗钞》所囊括的左氏家族及其妻家女性群体，与湘阴李氏家族女性群体、湘潭郭氏家族女性群体、湘乡曾氏家族女性群体，共同构成清代中后期湖南女性文学的版图。研究左宗棠家族女性文学创作，研究清代湖南女性文学创作，《慈云阁诗钞》都是不可忽略的内容。

左家闺秀文学一脉相传，至左又宜为第四代。如前所述，左又宜擅写咏物之作，其中又尤喜咏梅，这种文学审美趣味既与她个人的性情有关，也与左氏家族的文学传统有关。《慈云阁诗钞》中，咏物诗占的比重很大，提及梅花的诗句极多。左又宜的祖母周筠心曾有《咏梅和韵寄季高夫子》，季高即左宗棠，诗云："岁晚流光易，孤芳意独新。一枝临水静，千里寄情真。"又有《瓶梅》："一枝萧散一枝长，坐对罗浮素女妆。尽日依依人共淡，深宵默默月笼香。高怀冷落疏还密，瘦骨槎枒老更芳。好灌清泉勤护惜，微吟短咏待评量。"左又宜的姑母左孝琪有《奉和茹馨姨母咏院中花木·腊梅》，诗云："设色剧怜金在冶，此心常抱玉无瑕。却嫌秾艳争春景，别有幽香胜雪花。"孝琪曾以梅入画，寄给其妹孝瑸，二人还就此事有赠答诗歌。将《缀芬阁词》置于《慈云阁诗钞》的脉络之中进行阅读，有助于后人理解左氏家族女性的文化空间。这种对同一种文学意象的选择，审美趣味的相似，以及隐藏在这种审美趣味之后的素心相通，都可视为家族女性所共享的精神世界的延续。

左又宜是湖南湘阴人，旧属楚地，故她喜读《楚辞》，多次在词中提及，如之前提过的《金缕曲》，又如《满庭芳》中有："仙源，何

---

[1] 陈芸：《小黛轩论诗诗》卷上，宣统三年（1911）年刻本。
[2] 雷瑊、雷瑨：《闺秀词话》卷二，民国五年（1916）扫印山房石印本。

处是？黄冠白袷，酒畔逃秦。更滋兰九畹，为返骚魂。”她也自称“楚客”，咏菊的《齐天乐》中写菊花，有：“翛然远谷，伴楚客狂吟，乱头簪簇。”对楚地文化精神的终身秉持，是她思想与才华的另一种源泉。身为左宗棠的孙女，左又宜《缀芬阁词》是左氏家族女性文学创作的重要组成部分；身为近代词学大家夏敬观的妻子，《缀芬阁词》可以丰富今人对夏敬观词学观点与词作创作的了解；对于《缀芬阁词》的关注，也有助于我们研究包括张默君、刘鉴、陈庆元、杨庄等女词人在内的湖湘晚近词坛，而湖湘晚近词坛，又是近代词坛不可忽视的重要构成。正因此，《缀芬阁词》中的世界不应被今人遗忘。

【作者简介】 哈尔滨工业大学（深圳）人文与社会科学学院助理教授。

倦鹤词的精神内涵及其时代气息

戴伊璇　朱惠国

【摘　要】 陈匪石的词作受晚清常州派的影响，追求浑厚的艺术效果，具有含蓄、婉曲的特点。但透过词的意象，依然可以从其国运之忧、报国之志、飘零之感与思乡归隐之念几个方面看到蕴含其中的时代气息。因此可以这样说，《倦鹤近体乐府》不仅是陈匪石个人的一生情感记录，也是当时一代进步文人的情感生活的真实写照，从一个侧面表达了当时中国的时代气息。

【关键词】 陈匪石　《倦鹤近体乐府》　时代气息

陈匪石（1884—1959）[1]，本名陈世宜，字小树，号倦鹤，江苏江宁（即今南京市）人。晚近重要词人、词学家，作有《倦鹤近体乐府》五卷、续集一卷，另有《宋词举》《声执》等词学研究著作多种。与晚近所有词家一样，陈匪石经历了中国社会巨大变化，包括清朝消亡、民国初社会动荡、抗日战争以及随后的内战等等，加上他阅历丰富，对社会也较多关注，因此词中往往反映了社会的普遍情绪，呈现出浓郁的时代气息。但由于他的词学师承以及当时的词学风尚，其词总体受到后期常州派的影响，追求浑厚的艺术境界，因此这种时代气息在表达上比较含蓄委婉，别具特色。

陈匪石学生李敦勤在《倦鹤近体乐府》跋尾中曾对其师承有明确提示，以为“学于张仲炘，远承张惠言、周济之绪论，近被王鹏运、郑文焯、朱孝臧之熏陶”。[2]按张仲炘（1857—1913），字慕京，号次珊，又

[1] 关于陈匪石生年的不同说法，详见戴伊璇《陈匪石及其〈倦鹤近体乐府〉研究》第一章。

[2] 李敦勤：《倦鹤近体乐府跋》，见《陈匪石先生遗稿》，黄山书社2012年版，第111页。

号瞻园。湖北江夏（武汉）人。官至江南道监察御史，江苏尊经书院山长等。张氏与“晚清四大家”的朱祖谋、王鹏运、郑文焯等交往甚密，词学主张也比较相近。其词讲究音律词藻，情思婉转，脉络井然。陈匪石学词之路即是从进入尊经书院跟随张次珊起步的。陈匪石对其师感情颇深，以后在文中屡屡提到。由于张仲炘的缘由，陈匪石学词之始便受到常州派的熏染，以后又亲自接触朱彊村本人，受到其影响。从李敦勤的言论以及陈匪石的学词路径看，他无论直接师承，还是远绍近染，均为常州派词家。可以这么说，陈匪石与常州派的词学谱系是一脉相承的。

从实际创作看，陈匪石受周济的影响颇深，作词“欲以南宋之面，北宋之骨，融合为一”[1]，具体的方法则是“兼采柳永、贺铸、苏轼、秦观、姜夔、吴文英、王沂孙之长，而折衷于周邦彦”。[2]此处南宋之面，北宋之骨的表述，有较为丰厚的含义，但撮其要，即是兼采南北词家之长，最后旨归于北宋周邦彦的浑厚。陈匪石认为：“清真包括一切，绝后空前，实奄有南宋各家之长。姜、史、吴、王、张诸人，固皆得清真之一体，自名其家；至稼轩之豪迈，亦何尝不从清真出？则至变者宜莫如美成。”[3]这与周济在《宋四家词筏》提倡的由南而北的学词路径一致，所谓“要之以清真，圭方璧圆，琢磨谢巧，夜光照乘，前后举澈，能事毕矣”。[4]但问题是，除了周邦彦，陈匪石对其余的南北宋诸家如何对待呢？与其他晚近词家一样，陈匪石比较喜欢和宋代名家之作，根据我们对《倦鹤近体乐府》的统计，在总共二百多首词作中，除了14首和清真之作，最多的是和梦窗之作，共有9首，其余则依次是和东山词5首（包括1首拟东山之作）、和柳永词3首、和小山、白石、梅溪词各一首。可见，他更注重梦窗，用力颇深。这一方面固然是受时代的影响，尤其是彊村的影响；另一方面也和陈匪石自己的词学观念有关，他认为

[1] 李敦勤：《倦鹤近体乐府跋》，见《陈匪石先生遗稿》，黄山书社2012年版，第111页。
[2] 同上。
[3] 陈匪石：《旧时月色斋词谭》，见《宋词举（外三种）》，江苏古籍出版社2002年版，第212页。
[4] 周济：《宋四家词筏序》，《止庵遗集》宣统乙酉盛氏刻本。

“词之为事，条理密、消息微”。[1]喜爱梦窗，并以清真的浑厚为最高目标，其结果就是导致倦鹤词在表达上的含蓄与婉曲。而这种风格在一定程度上会对他词中的时代气息有所遮蔽。

有鉴于此，本文通过对《倦鹤近体乐府》的梳理，并结合陈匪石的生平情况和词学观念，发掘其中的时代气息，并阐发其形成原因与表达特点。我们认为，《倦鹤近体乐府》中的社会时代气息固然有多方面表现，但比较有价值的则主要体现在几个方面。

一、动荡时局下的冷眼与热肠

陈匪石的一生大多在动荡不安的时局中度过，早年是辛亥革命与军阀割据混战，中年又经历了颠沛流离的抗日战争，加上他青年时代的记者生涯，以笔为枪已经成为他的一种习惯，因此即使是要眇宜修的词中，也总是紧跟政局现状，写出他隐隐的担忧，并从中透露出非常浓烈的时代气息。如1913年11月25日发表于《生活日报》艺文版上的《贺新凉·吊史阁部墓》一阕：

> 廿四桥边路。黯魂销疏烟淡月，岭梅千树。汉代衣冠今在否，付与寒蛩自语。更几辈芜城能赋。一水弯环山下过，共江流呜咽声如诉。禾黍恨，一抔土。　　残旗旧日临江浒。痛南都、松楸不老，河山非故。石上遗书琳琅字，万古云霄一羽。问华屋生存何处。《燕子》《春灯》歌舞歇，废园亭门掩风和雨。争似此，百灵护。

1913年是民国初极为动荡的一年，二次革命失败，国民党四分五裂，袁世凯出任第一任正式大总统，而这位总统一上台，便解散国民党，同时为了得到外国的承认，还将西藏和外蒙古拱手让人。11月5日与沙俄签订的《中俄声明文件》，承认外蒙古自治权和沙俄在外蒙古的特权，此事一石激起千层浪，各大进步报刊竞相撰文痛批此卖国之举，

[1] 陈匪石：《倦鹤近体乐府后记》，见《陈匪石先生遗稿》，黄山书社2012年版，第110页。

中围酒店
ZHONGWEI HOTEL
订房卡
0314-7905555
13343388858
围场县凤凰路湖泗汰桥北

中围酒店

ZHONGWEI HOTEL

0314-7905555

13343388858

围场县凤凰路湖泗汏桥北

陈匪石也不例外，借悼念明末的抗清名将史可法，写下心中的愤懑，一句“松楸不老，河山非故”写出对领土流失的痛心，而末句更是借着赞扬民族英雄来反讽当局政府的无能与软弱。

又如1916年他初到北京时写下的《徵招·天宁寺登高，循银湾而返》一阕，便云“眼底惯逢迎，卢沟外、滔滔乱流东逝”。此词作于1916年秋，正值袁世凯去世，黎元洪继任大总统，中国正式进入军阀割据混战的时代，“滔滔乱流”确是当时朝野内暗流汹涌的写照。

《倦鹤近体乐府》总共五卷，在卷一、卷二收录的早期词作中，类似《甘州》“望长安浮云千态，幻海波、愁蔽晚山青”、《过秦楼》“但阑干尽处，弥望烟尘未洗”、《霓裳中序第一》“冷眼看，长安似弈”等句子，透露的都是一种对乱象的描写和隐忧。其中比较有代表性的如《甘州·裂帛湖秋词和梦窗》：

殢重阴、到处乱鸦啼，长空翳明星。倚吴根残画，荒波故苑，斜日孤城。咫尺楼台涌现，蜃气海波腥。片叶飘红尽，流怨声声。

终古铜仙无语，问露华秋重，尘梦谁醒。有沿堤衰柳，留眼向人青。浸回漪、西山愁黛，拥石鳞寒雨泣前汀。重回首，指东华路，歌舞升平。

词开篇即描绘乌云蔽空、乱鸦啼叫的阴郁之景，暗指当时的政治黑暗。接下来写眼前实景，裂帛湖在北京玉泉山东面，是皇家御苑之一，然而也是一派荒凉凋敝之象。“咫尺楼台涌现，蜃气海波腥”，或是指当时各地军阀山头林立，彼此之间混战不休，给百姓带来了沉重的负担，才会“流怨声声”。上片全写破败之景，下片笔锋一转，写“铜仙”、写“尘梦”，则暗讥野心家们沉醉于争权夺利的游戏，却不知人事有代谢是亘古不变的。“西山愁黛”之语，在《徵招·天宁寺登高，循银湾而返》一阕中也有，原句是“万古此西山，拥愁鬟如睡”，两者都是将北京西山比作蹙眉含愁的美人，至于为何含愁则不言自明，“如睡”二字更让人想到“沉睡的雄狮”这个比喻。“石鳞”是以汉代昆明池中石鲸代指裂帛湖中的雕刻物，一方面也是怀古伤今之语，而“西山愁黛，拥石鳞寒雨泣前汀”更是与下一句“重回首，指东华路，歌舞升平”相对比，青山石雕等无情之物尚知为眼前的萧条国势落泪，而东华门里的官僚们却只惦记着歌舞升平。

类似词作在陈匪石前期词作有不少，都从一个侧面表现社会现实以及作者的忧虑。陈匪石抗战爆发后旅居重庆时期的词作，则更为集中地表现了他对国家命运的关注。战争初期，作者在国民政府经济部任参事，因为战火蔓延至南京，不得不随机关一同西迁，“由宁至汉辗转宜昌，过三峡至万县，最后到重庆”[1]，与部分同事一起寄居在重庆郊区的华岩寺。虽然生活动荡不安，但陈匪石词的创作却进入一个高峰期，写了不少思念故乡，盼望早日收复国土的篇章。这部分词作被编入《倦鹤近体乐府》第四卷《麻鞋集》。该集共收词65首，据作者卷末小记，前60首迄于1944年，后5首则作于1945年。集名“麻鞋”二字，出于杜甫《述怀》诗中“麻鞋见天子，衣袖露两肘”之句，而这也正是作者七年间颠沛流离生活的真实写照。

集中有《卜算子慢 · 沤梦、半樱各有追忆卢沟晓月之作，余赋此》一阕，追忆卢沟晓月，感叹卢沟桥事变一夜之间带来的巨大灾难，词曰：

> 高秋角断，遥夜剑寒，极目野桥灯火。月影微茫，瘦马去程曾过。真个。湿征衫、老泪风前堕。问绛帻晨鸡，甚日浮烟障雾啼破。　　好景轻抛弹。剩捧露金舟，别愁无那。隔岸西山，隐隐黛眉双锁。谁可。寄相思、试托聊城笴。听残筑、临流醉击，又哀音难和。

卢沟晓月本为燕京著名八景之一，但经历了“卢沟桥事变”，这一景色已被赋予新的含义。从词题看，邓邦述、林鹍翔等人均写过追忆卢沟晓月的词，陈匪石则借此题材抒发浓郁的家国之感。他在同时期《声声慢 · 履川、凫公见过，并招大壮饮村肆》一词中也用了卢沟晓月的

[1] 陈芸：《先父陈匪石生平二三事》，见《宋词举（外三种）》，江苏古籍出版社2002年版，第269页。

意象，借以抒发“十年事叹，卢沟月暗，钟阜云埋”的感伤。而作于1941年的《蓦山溪·双十闻捷》[1]一阕，则表达听闻前线打胜仗的喜悦之情：

> 隔城箫鼓，喧破愁霏晚。卅载话前游，拥黄鹤、玉梯天半。河山两戒，休作画图看。曾几夕、月华清，留照金尊满。　好风吹送，帆影随湘转。千里指江陵，浪花中、峡云初展。青春白首，有梦早还乡，佳丽地，涴尘腥、灯火谁家院。

1941年秋天，中国军队对据守宜昌的日军进行大规模反攻，虽然未能立刻收复宜昌，但是重创日军，鼓舞了士气，并为以后的战役提供了经验。陈匪石在重庆听到捷报后写下的这阕词正和杜甫的《闻官军收河南河北》一样，充满了喜悦之情，恨不得立刻“青春作伴好还乡”。词用“河山两戒，休作画图看”这样振奋的语句表达自己激动的心情。可见作者一人的喜忧都牵系在国家的命运上。

陈匪石这一时期的词作还有一个特点，就是将忧国之思与自己个人的情感融合在一起，往往在抒发个人情感的过程中，表达出对国家命运的忧虑。如《玉楼春·和小山》一词，上片用“流光不肯欺明镜。昔日朱颜今雪鬓”两句抒发其岁月不居、英雄迟暮的伤感，下片则笔锋一转，由“登楼送目平芜尽”转出“咫尺山河谁与问”的浩叹，最后“琵琶只有四条弦，传得空中多少恨”两句作结，显得尤为沉痛。他更多的词作则将思乡与忧国融合在一起，一方面是“国破山河在”的悲壮，另一方面则是“思乡泪满巾”的伤感，两种情感常常相互交织，不分彼此，如《烛影摇红·江南梅》一词，作者一面想念故乡的梅花“红萼宜簪尚未”，一面又感叹“华表千年，重寻何计”，将思乡与忧国二者有机地融合起来。这样的作品在《麻鞋集》较多，如《好事近·泊渝州》：

[1] 此词刊载于《中国文学》1944年第一卷第二期时，小序云“双十闻宜昌之捷”。

片屿带双流，喷起一声长笛。高下楼台灯火，炫檀栾金碧。吴船万里载愁来，东望阵云黑。多谢雾中玄豹，借一枝栖息。

词从舟泊渝州的眼前景象写到万里吴船，想到家乡，但吴船载来的只是一片愁绪。家乡东望，黑云弥漫，词境亦虚亦实，将思乡与忧国之情融为一体。又如《念奴娇·巴山坐雨，久不得舍弟书》：

夜来风雨，信天涯、一样清明寒食。冶翠娇红浑见惯，梦里乡愁如织。塚卧狐狸，灰飞蝴蝶，到处残鹃泣。空城潮打，东边淮月无色。　　篱落一树荆花，移栽何地，荏苒春消息。万里麻鞋三尺剑，吟望低垂头白。峡束滩危，城攲楼迥，雾满江南北。哀猿断续，为余啼破空寂。

词写异地清明的故乡之思和漂泊之感，从中融入对国家命运的感伤，婉转精警，蕴含丰厚。词用“天涯”“清明”点出节令和地点，紧接着“梦里乡愁”四字点出题意。“冢卧狐狸，灰飞蝴蝶，到处残鹃泣”是清明时节故园凄景，哀婉动人。“空城”两句化用刘禹锡《金陵五题》句意，营造一种故国故乡物是人非的氛围。“篱落一树荆花”三句仍是南宋词人笔法，“万里麻鞋三尺剑，吟望低垂头白”则带出老杜形象。作者甚至用老杜自创的词汇“峡束”[1],更增添了一丝悲痛的情绪在其中。结句“哀猿断续，为余啼破空寂”，用“猿鸣三声泪沾裳”之典，声色结合，尤其凄凉。类似的词作还有《大酺·重九》。该词与《念奴娇·巴山坐雨》一样，也是由节令引发。词由重阳的菊花、茱萸入笔，写“客衣尘黦”“天涯音信绝”的乡愁和“惊寒南来雁，话伤心不尽，汉关秦月”忧思，结句“舟转何计，东望吴江烟阔。岸猿替人哽咽”，选用意象和构思与《念奴娇》均相近，表明家国之感在他这时期的词作中十分强烈，难以遏制。

[1]“峡束”一词，形容峡谷的狭窄，好似被束起来的样子，最早出现在杜甫《秋日夔府咏怀奉寄郑监李宾客一百韵》:“峡束沧江起，岩排石树圆。”

二、断角声中的剑气与素心

陈匪石一生经历大致可分为四个时期：一是从课艺神童到新学教师的青少年阶段，大约22岁（1906）以前；二是以法律和新闻为武器，投身革命与政界的青壮年阶段，从22岁东渡日本学习法律至抗战爆发；三是战时流亡重庆时期，从抗战爆发后直到抗战胜利为止；四是以整理词集、著述词论为主的最后时光，从1945年抗战胜利后东归南京故里，到1959年去世为止。应该说，他关注国家命运、报效国家的志向始终贯穿了四个时期，但由于年龄、职业以及国家政治形势的变化，其政治热情也有所不同，大体而言，第二、第三时期，尤其是第二时期表现得比较强烈，这在他的词作中也有所反映。

1906年，陈匪石向亲友借贷，自费去日本留学，研习法律。同一时期胸怀大志东渡日本的年轻人很多，陈匪石在东京结识了黄兴，受到孙中山资产阶级革命思想的感召，加入同盟会，并结识了他最早的志同道合的伙伴，如戴季陶等人。1908年，陈匪石学成归国，在江苏法政学堂任教，在此期间加入了后来最大的革命文学团体——南社，认识了志同道合的爱国友人，如南社的发起人陈去病、高旭、叶楚伧等人，这些人后来都成为他的终生挚友。南社同仁都是反清的志士，辛亥革命时，陈匪石与他们曾共谋江苏独立之事。辛亥革命成功后，陈匪石并没有像其他人一样，谋取一官半职，反而只身下南洋，开始投身于他前半生最重要的新闻记者事业。1913年3月，袁世凯窃国，宋教仁被暗杀，国内情况急转直下。陈匪石于当年春天回国，受戴季陶的邀请，任上海《民权报》与《生活日报》记者。此后辗转各处从事“反袁”的宣传工作。陈匪石名字中的“匪石”即来自“反袁”时期他的笔名，因为他曾撰文批判袁世凯，落笔慷慨激昂，并因此遭到通缉，幸躲过一劫。“匪石”二字取自《诗经·邶风·柏舟》的“我心匪石，不可转也；我心匪席，不可卷也”之句，以示自己意志不可动摇。

1927年陈匪石南归上海，先出任持志大学中文系教授，随后于次年回到南京，开始了为期17年的国民政府任职生涯。先任职江苏省建设厅秘书，1928年6月16日起任工商部参事，1931年5月2日起任实业部参事，再到商标局局长，直到抗战爆发。

作为一个有志文人，对于个人理想的追求贯穿着他的整部词集，但又和大多数同时代人一样，对理想的追求往往被残酷的现实所打击，更多的时候是时而热血时而消沉的起伏，这种“上下而求索”的心态自始至终浸透他的一生。《倦鹤近体乐府》全卷第一阕就说自己“剩箫心剑魄，西风凄对”[1]，少年侠士的英气即便是“西风”也很难遮掩。卷一中与“剑”相关的意象时常出现，《龙山会·水堂与傅君剑话旧》说自己“倚天长剑在”，《兰陵王·送人之槟榔屿，和清真》则说“清樽对、豪气半消，霜匣孤鸣剑三尺”[2]，以此表现他胸怀大志的激进青年形象。陈匪石并未明说过自己的志向是什么，但是可以想见他和当时的爱国文人们一样，希望中国能改变积弱的面貌，希望国民有个崭新的未来，他曾在《生活日报》1913年12月24日的《小生活》专栏里撰写过这么一则小文：

> 小凤病一星期，闻今日已见减轻，大约数日以后可以饮酒赋诗，复其狂奴故态了。倦鹤以朋友之私，不禁为之欣喜。倦鹤心中还有一个中华民国，其感情比小凤更挚，也是有病，且比小凤之病不知重了若干倍。小凤之病可以渐渐减轻，不知中华民国的病何时可以减轻。但愿他与小凤一样便好。

对国家的感情如此真挚，令人动容，他一介文人，除了爱国宣传、献言建策、针砭时弊之外，似乎也别无所长，但是一腔热血又使得他“信人间、还有歧路”。所谓“歧路”，应是他始终在寻找让中国改头换貌的方法和途径。当时他在南洋办报，而国内的革命果实被袁世凯窃取，形势并不好，但他在词中写到“任孤鸾跕影，占断隔溪尘雾”。他在南洋办报时期，为南洋华侨发声，写下《论政府待华侨之法》《侨事

[1] 陈匪石：《西河·姑苏怀古，和清真》，《倦鹤近体乐府》卷一，见《陈匪石先生遗稿》，黄山书社2012年版。下引陈匪石词，版本同此。

[2] 此词曾刊载于《生活日报》1913年12月25日，刊载时此句为“予怀渺、心重语长，对酒频看剑三尺”。

通论》等长篇文章，关心自己的同胞，想方设法呼吁提高华侨待遇，他曾在南洋写下《齐天乐·椰》一首，虽然咏椰，但也是自比，说“倚百尺孤根，翠披霜溜。不解飘零，素心留证万年后”。可以看出他坚信自己的所作所为虽然微小，且流荡在外的生活很辛苦，但是一定会对革命有所助益。

这种高昂的革命热情，一度陪伴他到了北京，虽然1916年之后，南社日趋庞大，内部也渐渐出现分化与矛盾，但是这些并未对陈匪石的一腔热血造成太大影响，他在北京的头几年里还赋词云：“翻叹平生为谁，怀远愁深，游仙词费。但阑干尽处，弥望烟尘未洗。”[1]拳拳爱国之心溢于言表。但这种心情直到1923年曹锟贿选事件后，悄然发生了变化。1923年10月5日，曹锟以贿买的手段控制国会，当上了大总统，很快，南社主持人柳亚子于13日发表《致高旭电》一文，严厉谴责高旭参与贿选的行为，之后陈去病等人发表声明宣布开除高旭等参与贿选的十九人的社员资格，南社成员就此分道扬镳。陈匪石在重九那天（10月18日）独游北海公园，写下一阕《紫萸香慢》，其中担忧京城时局“竞波兼天涌，地接云阴”。也感叹旧日好友的所作所为让人寒心，词里云“侵寻。往事烟沉。篱菊采与谁簪。”此后又有《霓裳中序第一》说：“冷眼看，长安似弈。”他此时的心境已经和早年的热血激昂完全不同了，这一年邵瑞彭也在贿选事件后逃回浙江老家，并公开贿选真相，陈匪石在写给邵瑞彭的词中云：“因念大隐，魏阙江湖，钓徒烟波，新试蓑笠。动星辰、羊裘五月，招迎应有富春客。”[2]虽然是称赞邵瑞彭洁身自好，不入政治污流的举动，其中未尝没有隐含自己的想法。几乎和贿选事件同时，他辞去了在北京所有的记者工作，在李根源的介绍下做了一名普通的政府职员，此后柳亚子再组新南社他也没有参加，而之后的诗词文章里也再没有出现过旧友高旭的身影，仿佛一夜之间和鱼龙混杂的南社断了联系，又像是对其失望太深而不愿再搅和在一滩泥水里。

1923年之后的词作里，一度难觅他的热情，写下的多是“待栗里

[1] 陈匪石：《过秦楼》。
[2] 陈匪石：《秋霁·寄次公淳安》。

人归，重卧窗北。当门五柳垂丝直”[1]。又或是“�回水陌。迎面初阳，频年未归客”[2]。这样感慨自己长年羁旅的思乡之句，和早年那个壮志青年判若两人，似乎一心沉溺在眼前的无奈生活里。但是1932年冬，满洲里沦陷，东三省几乎整个落入日寇手中，他又写下《解连环·雪中，和梦窗》：

> 素尘冰结。乍人踪径灭，夜光无极。谩画景、收入诗囊，似驴背灞桥，惯餐寒色。万里归鸿，盼不到、尺书天北。但声声断角，隐隐乱峰，有人愁忆。　　华年未甘枉掷。指关榆瘁叶，连阵云白。引梦魂、飞度辽西，正铁马怒驰，遍地磷碧。醉拂吴钩，誓独挽、银河残汐。破穷阴、唱筹到晓，店鸡唤得。

此词全用稼轩笔法，与1923年以后的伤春悲秋之感截然不同，一腔热血尚在，“引梦魂、飞度辽西，正铁马怒驰，遍地磷碧。醉拂吴钩，誓独挽、银河残汐”几句就能看出他渴望为国戎马的热忱，那个十年来看似冷眼旁观的陈匪石，其实并没有忘记他的理想，只是没有被激发罢了。

抗战全面打响后的词作更是如此，《芳草渡》中“蜃楼海澨，算只有怨风啼雨。启剑匣、报晓荒鸡听取”等，用“剑在匣中”比喻自己隐于胸中的志向，不惧风雨、壮志未酬、还欲提剑报国的慷慨志节不待言说，与其早年投身革命宣传时的“仗剑行侠”完全是一脉相承。在卷四的避乱词中，更多的是对战火纷飞的描写以及早日收复国土的愿景，还有自己欲举身报国的壮志。如《好事近》中“东望阵云黑”写东部惨遭战火、《卜算子慢》中“听残筑、临流醉击，又哀音难和”则写自己愿意像率师北伐、“击楫中流”的祖逖一样报效祖国。

三、鲈鲙之念与故园心事

陈匪石生在南京长在南京，对故乡的感情非常深厚，他笔下的故乡

[1] 陈匪石：《兰陵王·柳》。
[2] 陈匪石：《惜红衣·晓行江湾》。

缭绕着江南的烟雨迷蒙和吴侬软语，而他除了在1928年至1938年这十年是安居于南京的之外，几乎都羁旅在外，因此游子思乡之情是贯穿了几乎整部词集的，总是在不经意的时候流露出一丝淡淡的乡愁，和景物或者是其他思绪交织在一起。青年时期在槟榔屿写下的《娵隅集》四首中就有两首写到家山之思，如《法曲献仙音》写他登白鹤山极乐寺时所望所感，就有"冉冉鹤南飞，念家山、知在何许"的词句。此后更为集中的思乡之情都出现在他寓居北京与重庆两地时的作品当中。

陈匪石的思乡之笔中比较大的特点在于，他回忆里的故乡，多半带着春天的气息。南京并非一个四季皆如春的城市，但是作者笔下的家乡，总是和春天的景象联系在一起。如《过秦楼》"回首载酒江南，鹎鵊声中，袷衣初试"、《看花回·和清真》"春回故国，开尽千花休劝折"等句子，都是想象春天时节的家乡，直到晚年欲归南京而不得写下的《踏青游》里，仍然是"但梦里、长堤秉简，临水南陌，探芳盈路"。他还尤其爱用"陌上花开缓缓归"的典故，卷二《琵琶仙》"春信远、归程暗省，盼陌头缓缓花发"、卷四《塞翁吟》"许十里、烟堤梦到，等闲对、荞麦摇春，冷落吴宫。南熏未转，缓缓花开，谁问归骢"，都含着一种留恋江南故土的春光与花信，想与之多缠绵一会儿的心情。

当然，陈匪石所处的特定时代和他独特的人生经历，使他的思乡之情必然带有独特的个性色彩，其中最为明显的一点就是他的思乡与家国之忧和身世飘零之感紧密地联系在一起，如他的《徵招·天宁寺登高，循银湾而返》一首：

扬鞭却指银湾路，荷香旧沾衣袂。雁背是斜阳，换西风人世。客尘浑未洗。正回首、白云无际。帽影欹寒，角声催晚，满襟诗思。　　眼底惯逢迎，卢沟外、滔滔乱流东逝。万古此西山，拥愁鬟如睡。菊丛今日泪。漫枨触、故园心事。楚天远，脉脉秋魂，被暮鸦呼起。

词固然抒发"漫枨触、故园心事"的乡愁，但引发乡愁的除了游子的“客尘”外，“卢沟外、滔滔乱流东逝”的现实也是“角声催晚，满襟诗思”的重要因素，因此作者不仅抒发思乡之情，更多的是表现对现实的忧虑与感伤。也正是在这一点上，词非常切合杜甫“丛菊两开他日泪，孤舟一系故园心”的诗意。这样的思乡之作在《倦鹤近体乐府》还有一些，不再一一例举。从表达手法上看，陈匪石除了在登高，或者在春秋特殊时令，如清明等会引发乡思之情外，在送别友朋时也会在离别的惆怅中揉入乡思之情，如《换巢鸾凤·送疚斋翁之广州》一首。词是送人，选用“重门天许闭春寒。问谁与、消茶馀酒阑”“花满。归缓缓”等意象表达惜别之情与盼友人早归的期望，但同时又选用“晓烟新候火，夜月旧家山”“多事海风，吹梦天涯远”等意象表达思乡情绪，一方面是代行者设想，另一方面也融入自己的情感。尤其值得注意的是，词还用“平生感，渐揽镜、鬓霜愁看”“故国乌衣，帝乡玄圃，沾泪征衫休澣”等词语表达了身世之感。正因为此，结拍“琵琶声，座中人、一饷肠断”借白居易《琵琶行》之典的感伤情绪显得尤其动人。

除了比较直接地抒发乡思之情外，陈匪石有时还通过咏物来间接地表达思乡之情，如他的《兰陵王·柳》：

> 倚空碧。金缕毵毵弄色。东城树、曾记手栽，宿雨朝烟过寒食。飞花旧巷陌。谁忆尘梁燕迹。青芜地、如对故人，离合频年未头白。　单衣又寒恻。看远岸嘶骢，前渡浮鹢。桃花流水春归急。愁弱絮飘堕，化萍无影，闻歌江上付太息。甚杯酒消得。
> 脉脉。意犹昔。待栗里人归，重卧窗北。当门五柳垂丝直。任朔雁秋老，暮鹃春泣。龙池无梦，但醉里，听夜笛。

此阕虽是模仿美成之作，又有不一样的新意。作者上片提笔即点出所咏主题是水畔柳，然后三拍突然不接着描绘柳树姿态，而直奔本篇思乡的主题，回忆旧时故园情景，“寒食”点明时节，“东城树”和“飞花”又紧扣柳树来写，看似无关其实并不离题，末句写柳色的同时又引出了人。中段顺势拉回眼前，写水边怀旧之人的形象，“流水”“弱絮”“化萍”“江上”又回到所咏之“水畔柳”上，末句却仍是写人举杯消愁之貌，至于消的是什么愁，前文已经铺垫到位，无需赘言。末片“脉脉”二字，既写情绪，又暗指流水。接着用陶渊明归故里的典故，叙心志的同时不忘用“五柳”点题。最后回到当下暮春之景，末六字仍紧相呼应借酒消乡愁的人物形象。通篇息息相通，却起伏有致，不单一咏柳，也不一味思乡，是“曲直相应”的佳作。

陈匪石的乡愁与身世之感相关，并与归隐之念糅杂在一起。联系陈匪石的生平看，他空有报国之志，但是却一生未得用武之地，使得他在中年以后的词里时时流露白驹过隙、时不我待的感叹，也带着“老冉冉其将至兮”的忧愁。这一点又是随着年龄的增长而不断发生变化的，我们可以将他同题材的词作相比较，便非常明显了。1916年，作者32岁生日时曾填过一阕生日词，收录于卷一：

甘州·丙辰春禊，是日余初度

洗淞波、醉眼向天涯，东风驻吟魂。正珠帘飘雾，钿车散曲，丛卉当门。记省承平旧事，花艳洛江滨。一片笙歌暖，容与闲身。

忽忽流光如梦，问燕归莺乳，换几番春。任饧箫催彻，青柳倦窥人。试轻衫、湔兰初罢，泫泪红、吹淡欲无痕。劳生恨，已消除未，把酒重论。

可以看出，尚有“笙歌暖”可以“容与闲身”，虽然“劳生恨”还未消除，但是仍有劲头再“把酒重论”，总还是透着一股青年人的倔强在其中。

南社解体之后，他的笔下渐渐流露出倦意，他的思乡之情日益浓烈，还与归隐之志相连，如《兰陵王·柳》云“待栗里人归，重卧窗北。当门五柳垂丝直”，就是想象自己如果回到家乡，就学陶渊明归隐田园。又《紫萸香慢·癸亥重九独游琼岛》说：“倚风独思鲈鲙，正红树，遍江浔，”是用张季鹰“思鲈”的典故，而莼菜和鲈鱼都是江南的代表性产物，也借此抒发了自己对家乡的深深思念。

而待他真正回到家乡南京，“少小离家老大回”的感伤又回到心头，他既感叹自己是“频年未归客”[1]，又“帐布帆重到，枫叶荻花非昔”[2]，这种物是人非之感在南京十年的这一卷中频繁出现，他一方面觉得“缥缈高丘途迥”[3]，自己的理想遥不可及；另一方面又人到中年，“凄凉暮笳声变”[4]。到卷三的《朝中措 · 红桥雨中，和六一》[5]一阕中，虽然还能“香浮玉蕊，波泛金钟”，举杯赏花，聊以消除“清愁”，但末尾已然是“曲水又逢元巳，衰颜我已成翁”的感慨了。

而抗战旅居重庆的十年也是如此，抗战前期他仍是“老骥伏枥，志在千里”，而后期战争拉锯，失地收复也看不到希望，他又变得意兴阑珊，最后一阕生日词作于陈匪石60岁那年：

鹧鸪天 · 癸未元巳，风雨中卧病花岩僧舍

曲水无觞堞隐笳。鸣禽高树恋春华。一周甲子闲中过，两戒河山梦里赊。　笺墨燥，篆香斜。枕囊药裹在天涯。闭门风雨馀寒峭，生意墙阴荠菜花。

全词都是一个老人对于生命流逝的感叹，连借酒消愁都懒得了，至于理想抱负更是梦中的虚无，剩得失意的老病之身，只愿闭门消得余生，种种愁绪都涌上字句之间，甚至显得有些萎靡。此后抗日战争结束，内战开始，他的报国热情又一下子在混乱的政局中失了方向，他在1948年所作的《戊子五月一日作》诗中云：“漫郎呼已廿年馀，残稿犹存叔夜书。终以不堪成不辱，北窗长日树扶疏。”此诗是写给谁的已经不可考，陈匪石此时经历了早年同伴戴季陶在广州的自杀，词学挚友乔大壮自沉等等，身边那些曾想在政治漩涡里展现自己抱负的同仁，大多已经离他而去，花甲之年的他所求的也不过是“以不堪成不辱”而已，此种衰惫之态又与他晚年频繁出现的“但求北窗下卧”的隐居念头联系

[1] 陈匪石：《惜红衣 · 晓行江湾》。
[2] 同上。
[3] 陈匪石：《内家娇 · 怀次公大梁》。
[4] 同上。
[5] 此首《朝中措》录于卷三卷末，考其时间，应作于1936年至1938年之间，作者大约52岁至54岁之间。

在一起，前面分析倦鹤词中的乡愁时也提到过他的归隐之思，时光流逝的无情和英雄白首的沉痛交织在一起，使他一方面感叹“浮生百年如过客”[1],另一方面也想在“归田园居”中找到一份平静。最有代表性的当属下面这阕《归去来·请老后作》：

> 衰鬓攲冠慵整。残梦春婆醒。松菊相依来时径。看云起，四边静。　　杯底香醪冷。馀情寄、琴音诗兴。驹光过隙宫槐影。风和雨，几回听。

首句写自己老来沧桑之态与懒理世事之意，次句用苏轼“春梦婆”的典故，意为往昔名利富贵不过一场春梦，自己已然看透。“松菊相依来时径”是化用陶渊明的诗句，也是卷五集名的出处。上阕末句意指当时虽然仍动荡不安，但是自己已经拥有“坐看风起云涌”的那份宁静心情了。下阕写天下无不散之筵席，人走茶凉后，闲情皆寄托于“琴音诗兴”，所以他晚年的作品中对时事关注甚少，心态也显得更为通达。收尾则是回首一生的时间流逝，如驹光过隙，而自己如树，已经“宫槐影西”，末句大有看淡人生风雨之意，又或者说风雨对于这棵历经世间百态的老树来说也不算什么了。

但是笔者要强调的是，陈匪石之所以有身世之感，之所以看淡世情，全是因为他是一个理想主义者，才会有“虚负凌云万丈才，一生襟抱未曾开”的失望，晚年的笔调虽然心灰意冷，却也有“窥帘半额高丘女，宛转修蛇感岁华”[2]这样的句子，陈匪石的词中出现过好几次“高丘”的典故，是他所追求的那缥缈理想的代名词，从早年到晚年，他都没有心甘情愿放弃过这个理想，总还是惦记着那一点无法实现的抱负，到老都还是“白头吟望苦低垂”[3]。

总而言之，陈匪石的词作虽然受到晚清常州派的影响，追求浑厚的艺术效果，具有含蓄、婉曲的特点，但如果透过词的意象，依然可以从

[1] 陈匪石《临江仙引》:“浮生百年如过客，忘忧几度微醺。”
[2] 陈匪石:《鹧鸪天》。
[3] 同上。

国运之忧、报国之志、身世飘零之感与思乡归隐之念几个方面看到其中的时代气息。因此可以这样说，《倦鹤近体乐府》不仅是陈匪石个人的一生情感记录，也是当时一代进步文人的情感生活的真实写照，从一个侧面表达当时中国的时代气息。

【作者简介】戴伊璇，华东师范大学中文系博士研究生；朱惠国，华东师范大学中文系教授，博士生导师。

从《登杭州南高峰》到《迟桂花》
——郁达夫旧体诗与小说创作关系一例

张　芬

【摘　要】 本文主要探讨郁达夫的一首旧体诗《登杭州南高峰》的创作过程，主要将之放置在作者同一时期的其他文体写作（日记、书信、翻译、小说）序列中，结合郁达夫的个人气质和文学风格，与其名作《迟桂花》的创作过程、素材和内在意蕴进行比对，从而揭示《登杭州南高峰》所未能直接展示的现代意蕴。这或能给新文学家的旧体诗词研究提供带有某种创作语言上的整体性的视角。

【关键词】 郁达夫　旧体诗　现代体验　《登杭州南高峰》《迟桂花》

20世纪30年代，吴世昌（《诗与声音》）、梁宗岱（《论诗》）、叶公超（《音节与意义》《论新诗》）、废名（《论新诗及其他》）等，已在承认新体诗歌的合法性的基础上进行文体内在的审美规律上的探讨。相应地，郭沫若、闻一多等人也在创作上进行新诗规律的探索之路。而有些新文学作家则是在对新诗浅尝辄止之后，彻底转入具有更广阔内容的白话小说文体；有的则选择沐浴在古典诗歌的传统氛围，继续进行与新文学活动并行不悖的旧体诗歌书写。大致而言，郁达夫算是后者。

郁达夫一方面是“创造社”的领军人物，另一方面又是彻底的旧体诗词作者。翻开他的诗集，仅可看到寥寥可数的几首新诗，表达着生活中一鳞半爪的内在愁绪。显然，他习惯于用旧体诗的“骸骨”来表达自己的内在的诗情。拿和他相对熟悉的鲁迅来说，他们早年的旧体诗写作轨迹几乎类似。鲁迅少年时期也写过表达兄弟之情的

《别诸弟》[1]，但他开始新文学的翻译和写作后，自觉地规避了旧体诗的公众性。和他的小说、杂文、散文（诗）甚至新诗的“敲边鼓”的尝试相比，旧体诗的写作并不构成外在于自己私人生活的文学创作。即便后来写得相当具有“文学实绩”的七律“运交华盖欲何求”，也被自称是“打油”的“自嘲”诗。[2]夏济安认为这是“有时他还是让自己完全屈服于旧诗，屈服于它的朦胧晦涩，屈服于它的传统的重压”的表现。[3]虽然，这里所认为的采用旧形式就是“屈服于朦胧晦涩”的说法值得商榷（如《怀旧》即为鲁迅用旧的形式反省旧的内容的一种尝试，远谈不上某种“屈服”），但其旧体诗歌文体确乎担起了他深邃而痛苦的内面的某种“安慰”。

但在看待旧体诗词的态度上，与大多数新文学家相比，郁达夫则明显不同。他早年的旧体诗词的阅读和写作，一直在时间上保持着和他白话文写作平行的态势。留日期间，他的旧体诗写作一开始便展现出成熟的水准，18岁便写出如《过小金井川看樱，值微雨，醉后作》[4]之类的佳作。可见他在操练旧体诗语言时的高度自如。这自然和他一直以来的旧体诗词创作训练是分不开的。留日期间，他在《新爱知新闻》等日中刊物上发表了大量的旧体诗作。日本汉学家服部担风还在1915年对他的《日本谣》等旧体诗给予了很高的赞誉。[5]从16岁杭州求学时算起，

[1] 周树人1900年4月14日《别诸弟》（三首）:（一）谋生无奈日奔驰，有弟偏教各别离。最是令人凄绝处，孤檠长夜雨来时。（二）还家未久又离家，日暮新愁分外加。夹道万株杨柳树，望中都化断肠花。（三）从来一别又经年，万里长风送客船，我有一言应记取，文章得失不由天。见《鲁迅全集》第八卷《集外集拾遗补编》，人民文学出版社2005年版，第531页。

[2] 1932年10月，郁达夫与王映霞宴请鲁迅和许广平诸人，即席开有关“华盖运”的玩笑，后鲁迅作《自嘲》诗书赠柳亚子。

[3] 夏济安:《鲁迅作品的黑暗面》，乐黛云译，见《国外鲁迅研究论集》（1960—1980年），北京大学出版社1981年版，第369页。

[4] “寻春携酒过城西，二月垂杨叶未齐。细雨成尘催小草，落花如雪锁长堤。社前新酿家家熟，陌上重楼处处迷。我亦随人难独醒，且傍锦瑟醉如泥。”见《郁达夫诗词笺注》，上海古籍出版社2013年版，第13页。

[5] 服部担风说:“郁达夫君留学吾邦犹未出一二年，而此方文物事情，几乎无不精通焉。自非才识轶群，断断不能。日本谣诸作，奇想妙喻，信手拈出。绝无矮人观场之憾，转有长爪爬痒之快。一唱三叹，舌挢不下。”见《郁达夫诗词笺注》，上海古籍出版社2013年版，第49页。又见郁峻峰:《郁达夫与服部担风》，载《新文学史料》1998年第3期，第123页。

他的旧体诗写作历时30余年，面世总量近600首[1]。可见，在郁达夫这里，旧体诗至少具有和白话文体同等的地位。

郁达夫自觉写作旧体诗，同时也并不明显地将之与新文学写作划清界限。他的新文学创作也伴随着旧体诗写作，俄而在前，忽焉在后，给人一种水乳交融的感觉，以至于许多读者认为他的"新文学"和旧体诗一样，是旧的士大夫文人的颓废美学。这里的问题在于，他的旧体诗是不是就像朱文华所说的是一种多不可取法的"旧式情调"呢？[2]钱理群曾经分析过"五四"以来新文学作家在不同的情境和心境下，直到30年代也并没有放弃旧体诗写作的文坛状况。[3]。从此一"情景"或者"语境"论出发，笔者将以《登杭州南高峰》创作为例，分析郁达夫创作前后与诸文体（如日记、书信、游记、小说）的关联，从而试图确认旧体诗写作在他的写作序列中所承担的作用。暂且搁置近些年近较为热闹的"入史"问题，或许我们仍可重思，在现代作家的写作空间里，新旧文体与新旧理念之间，到底是否存在一种判然两若的关系？

一

相较其他新文学作家，郁达夫的旧文学修养在特定的氛围中形成。他生于新旧交替时期，这使得郁达夫直面时代风云变幻，写作中带有一种将自身命运的悲苦之感和家国情怀相结合的特点。自早年起，他就对文天祥、吴梅村、谢皋羽、汪水云、恽南田、蒋春霖等人充满了敬佩之情，"署名曲阜鲁阳生孔氏编定的《普天忠愤集》，甲午前后的章奏议论，诗词赋颂等慷慨激昂的文章，收集得很多"[4]，甚至在日记中常有自恨未能报国牺牲的苦闷心境。并且，他将这种情感落脚在所阅读的唐宋

[1] 刘斐：《郁达夫旧体诗研究》，广西师范大学2014年硕士论文。

[2]《风骚余韵论》称郁达夫的作品随陆机"诗缘情而绮靡"一派，其"旧式情调"有消极影响，并不可取。朱文华：《风骚余韵论——中国现代文学背景下的旧体诗》，复旦大学出版社1998年版。

[3] 钱理群：《论现代新诗与现代旧体诗的关系》，载《诗探索》1999年。

[4] 郁达夫：《自传：孤独者》，见《郁达夫全集》第四卷，浙江大学出版社2007年版，第285页。

文学及家国之乱时的遗民文学[1]，尤其是清代那些哀而伤、绮而丽的诗歌[2]。他甚至曾经自陈所受诗歌传统轨迹："是始终以渔洋山人的神韵，晚唐与元诗的艳丽，六朝的潇洒为三一律。"[3]郁达夫能很好地将个人的心绪容纳在旧的形式之中，早年那些用典娴熟的诗里充满了忧伤迷离、感时伤世的况味。刘海粟说他的旧体诗"深情而熟练"[4]。特别是留日之后，伴随着更为丰富的心绪，他的诗也冲破了晚清"遗民"之感，而进入一种带有"世界性"的现代身份中去。

郁达夫留日期间的新诗也是浅尝辄止，那首著名的新诗《最后的慰安也被夺去》（1921）带有他个人强烈的情绪烙印。他将噢哈娜的"死"和自己的伤感、失恋、家国之痛结合在一起："见她的面于我犹如得救，/在寂寞虽堪，绝望的时候，/想倦了我的将来，/想倦了故国的沦亡今后。"[5]诗文中的病态之美，会让人想起后来的《沉沦》。但是从整体上说，他很快又不自觉地滑入和他最为亲密也熟练的旧体诗的写作中。

与新文化运动中大多"旗手""主将"们对待旧体诗的态度不同，

---

[1] 通读他的日记、书信、散文，可以看到他购买和阅读的和古典诗词相关的作品很多。诸如《古唐诗合解》《全唐诗话》《带经堂诗话》《瓯北诗话》《沧浪诗话》《白香词谱》《两当轩集》《唐宋诗文醇》《宋遗民录》《清朝十名家集》《浣鞠录》《国朝诗征》《竹斋诗集》《唐诗鼓吹》《湖墅诗钞》《湖墅杂诗》《诗法度针》《词苑丛谈》《百名家诗钞》《闽中十子诗钞》《赏雨茅屋诗钞》《黄鹄山人诗钞》《闽中诗录》《研雅堂诗》《赖古堂诗集》《留春草堂诗钞》《继雅堂诗集》《乐志堂诗文略》《清诗话》《岵云楼诗文集》《宋四灵诗选》《绿筠书屋诗钞》《瓶庵居士诗钞》《近代诗钞》《秦汉三国晋南北朝八代诗全集》《念宛斋诗集》等等。

[2] 于听《说郁达夫〈自传〉》："清代大部分的诗人对作者以后的诗歌创作都有过影响，而影响最早的是吴梅村。"见《千秋饮恨：郁达夫年谱长编》，四川人民出版社1996年版，第127页。

[3] 郁达夫《序〈不惊人草〉》（1939年3月）："至于我自己对于今体诗的见解，说出来恐怕更要招人唾骂。我是始终以渔洋山人的神韵，晚唐与元诗的艳丽，六朝的潇洒为三一律。自家虽然做不好，但怪嗜与痂癖，总是偏重在这些地方。因此有时虽也颇爱西昆，但有时总独重香奁。明前后七才子的模仿盛唐，公安竟陵的不怪奇而直承白苏李贺孟郊一派时的好句，虽然也很喜欢，但总觉得不如晚唐元季的诗来得更有回味，而萧先生的今体诗，却都半是近似宋人的。"见《郁达夫全集》第十一卷《文论下》，浙江大学出版社2007年版，第351页。

[4] 刘海粟：《郁达夫传序》，见《中外郁达夫研究文选》上册，浙江大学出版社2006年版，第217页。

[5] 郁达夫：《诗词卷·新诗歌词》，见《郁达夫全集》第七卷，浙江大学出版社2007年版，第257页。

郁达夫十分平和、客观地在自己的诗歌论文中讨论旧体诗和新诗。在《诗论》（1925年5月）一文中，他很自然地将英文诗与中国古典诗歌在形式和内容上形成的统一性进行整体比较。除了内容情感上的比对之外，在形式上以西方诗歌中的“抑扬”格和中国诗歌中的“平仄”起伏作对比[1]，并且在格律诗上比对西方格律（变化多端）与中国古典诗歌中的律诗。到了自由诗兴盛之后，郁达夫又分析了自由诗的产生，从法国波德莱尔的意象派，到意大利Marinetti的未来派，再到德国表现派。他引用了德国的利曼（Riemann）的《自歌德至表现派》（Von Goethe zum Expressioaismus，1922）中的话说：“永远的成就，总还有待于将来哩。”并且说：“在青黄不接，新旧混杂的现代中国的诗坛上，我们所敢直说的，也不过是利曼一样的话罢了。”[2]这基本上体现了郁达夫对当时中国旧体诗和新诗两种文体的执中态度。

1934年10月，郁达夫对面向大众的新诗的写作问题提出了新的见解。他认为新体诗是“散文”，是“自由诗”，是面向新的时代和新的大众的诗歌。他说“以成绩来讲，中国新文学里面，自然新诗的成绩比较差些。可是新的感情，新的对象，新的建设和事物，当然要新的诗人才歌唱得出”，并且，他反对新体诗的过分讲求格律，“因为既把中国古代的格律死则打破了之后，重新去弄些新的枷锁来带上，实无异于出了中国牢后，再去坐西牢；一样的是牢狱，我并不觉得西牢会比中国牢好些”。他觉得包括格律化在内的形式美旧体诗本身就能够承担，没有必要再将新诗这种“散文”文体从西方诗歌中习得内在审美的模式和规律进行变革。这似乎也是对30年代在知识分子文人群体中掀起的新体诗的格律运动所抱有的警惕态度。他说：“至于新诗的将来呢，我以为一定很有希望，但须向粗大的方向走，不要向纤丽的方面钻才对。亚伦坡的鬼气阴森的诗律，原是可爱的，但霍脱曼的大道之歌，对于新解放的民族，一定更能给与些鼓励和刺激。”[3]可见，他认为从表达内容上来说，

[1] 参见《郁达夫全集》第十卷《文论上》，浙江大学出版社2007年版，第184页。
[2] 同上书，第211页。
[3] 郁达夫：《郁达夫全集》第十一卷《文论下》，浙江大学出版社2007年版，第138页。

新诗比旧诗更能容纳时代。一切究源于“时代意识”，古人的那种“香象渡河，羚羊挂角”的意境不好寻到，“诗人的气禀，原各不同，但时代与环境的影响，怎么也逃不出的”。[1]但他并没有主张放弃旧体诗的创作，而是根据客观环境的变化，认为旧体诗的创作，应该另辟蹊径，“所以我觉得今人要做旧诗，只能在说理的一方面，使词一方面，排韵炼句一方面，胜过前人，在意境这一方面，是怎么也追不上汉魏六朝的”。[2]可见，相比较20年代的古典诗歌态度，他此时开始关注旧体诗写作的时代背景。

而就他自己创作而言，旧体诗仍然是他一如既往的“方便法门”，他将旧体诗和“语体诗”在源头和体式上截然分开，到了30年代谈到了旧体诗在时代性上的不足，但从创作的角度，他并没有因此改变旧体诗的写作。尽管，我们在他的旧体诗中的确看到了某种在“新思想新事物”表达上无法突破的局限。在20年代中期“国学昌明”之时，他说：

> 不过我想这一种骸骨的迷恋，和我的骸骨迷恋，是居于相反的地位。我只怕现代的国故整理太把近代人的“易厌”的“好奇”的心理看重了。……我只希望新文学和国故，不要成为长柄短柄的扇子，尖头圆头的靴鞋。[3]

或许正是这篇文章让人肯定郁达夫是一个自己都承认的旧式文人。而有意思的是，他又是一个在文学上十分“易厌”和“好奇”之人，但显然这是从晚清文学和他个人秉性中吸收的“好奇”与“易厌”互相变奏的“国学”中的审美特质，而并非指当时国学研究的风潮中总是如“尖头”“圆头”的皮鞋时尚的一时头脑发热。[4]

[1] 郁达夫：《郁达夫全集》第十一卷《文论下》，浙江大学出版社2007年版，第139页。

[2] 同上书，第140页。

[3] 郁达夫：《骸骨迷恋者的独语》，见《郁达夫全集》第三卷《散文》，浙江大学出版社2007年版，第111页。

[4] 相反，他对20年代伴随着“古史辨”运动的国学研究热中看似科学的考究风潮，表示一种因为对古典文化精神内在的迷恋出发，而导致的怀疑。

二

在现代文学史上，大概没有哪一个作家像郁达夫这样将主观体验如此直接地渗透到他的文体之中，显示出一种纯粹的浪漫主义特质。他的语言有着令人震惊的一致的清澈和沉溺。由此，与其按照文体去理解郁达夫，不如先从他的任一种文本深处弄懂他的精神质地，然后再去理解其他文字。他通过文字纾解内在的颓废游荡的自我，同时又通过产生的这种文字来对自我加以确认。他很轻易就可把自己的经验直接文学化，但又容易厌倦它，在这种反复运动中形成一种独特的诗意。他在《云里一鳞》中说："述吾人之思想，表吾人之喜怒，足以撼动天地，震醒聋聩者，统名之曰：'诗'。诗者思也，大者诗乎，亦大者思乎！"[1]这种从大语言的概念上强调内在诗性和思想之间的关系的思考，是他对于"诗"的更为本质的理解。

然而，对于郁达夫来说，无论是新体、旧体诗及其理论的运动如何发生，他的旧体诗写作仍不会为之裹挟，而是根据个人内在的需要而保持稳定的创作个性。我们看他的日记、书信、散文、小说都具有强烈的个人色彩。并且，他自觉地将这些全部作为纯粹的文学来看待，似乎并不在乎它们之间是否需要更为严密而委曲的转化。20年代，他撰《日记文学》（1927年6月14日）一文，就强调日记作为一种文学的"合法性"。[2]然后他类举作家亚米爱儿（Henri Frederic Amiel 1821-1881）的日记，"日日在自己解剖自己，日日在批评文化，日日在穷究哲理"，"实在是少见的"。[3]"然而他的内心的苦闷，自己解剖的精细，批评的眼光的周密"，"虽则处在一八四六年前后的革命世纪里头，但他的孤独，他的无聊，却比任何时代的人还要厉害。"郁达夫似乎感同身受地

---

[1] 郁达夫：《郁达夫全集》第六卷《书信》，浙江大学出版社2007年版，第18页。

[2] "由我个人的嗜好来讲，我在暇时翻阅旁人的著作的时候，最喜欢读的，是他的日记，其次是他的书简，最后才读他的散文或韵文的作品。以己度人，类推起来，我想无论哪一个文艺爱好者，大约是人同此心，心同此理的。"见《郁达夫全集》第十卷《文论上》，浙江大学出版社2007年版，第287—288页。

[3] 郁达夫：《郁达夫全集》第十卷《文论上》，浙江大学出版社2007年版，第289页。

引用了Amiel的苦痛，“我的幻想太发达了，思想太精细了，自觉太英敏了，总之是我的性格不强的缘故，所以弄得现实的生活，实际的生活，与我两不相入。”[1]（1851年4月6日）继而又说：“读他的日记，觉得比读有始有终，变化莫测的小说，还要有趣，所以我说，日记文学，是文学里的一个核心，是正统文学以外的一个宝藏。至于考据学者，文化史学者，传记作者的对于日记的应该尊重爱惜，更是当然的事情，此地可以不必再说。”[2]然后他又说：“就是以日记体写下来的文章，除有始有终的记事文之外，更可以作小品文，感想文，批评文之类，它的范围很广很自由的。”可见他在写作上肯定了由日记游走于诸种文体的自由属性。

有意思的是，郁达夫沉溺在自我情绪中的坦诚书写，不仅仅表现在日记体中，同时还表现在书信、散文乃至带有日本“私小说”特质的创作中。当然这除了他本人作为一个行走的“情绪载体”的书写宿命之外，还受时代创作和阅读氛围的影响。这里面不仅有当时的“亚米爱儿”日记文学，还有他所钦佩的卢骚、尼采，以及自创造社而来的浪漫派文学。郁达夫的小说创作高潮是1922年到1928年。他一方面接受18、19世纪欧洲浪漫主义的影响，甚至把“自己喜爱的西方文学作品既‘引证’又注入他自己作品的形式和内容之中”[3]；另一方面受日本“私小说”尤其受他曾经崇拜的日本作家佐藤春夫的影响。[4]使得郁达夫原本清澈而沉溺的语言风格，变得更加“合法”，更加彻底和自我暴露。

与此相应的是，郁达夫的日记、书信和小说写作上存在着精神质地上的一致性，以至于阅读他的小说常常感受到每个人物都是和主人公关系密切或者直接是他自己的化身。且由于自觉的旧体诗写作习惯，他常常先是用这种短小凝练的形式表达，而后将其转化为其他文体。例

---

[1] 郁达夫：《郁达夫全集》第十卷《文论上》，浙江大学出版社2007年版，第290页。
[2] 同上书，第292页。
[3] 李欧梵：《引来的浪漫主义：重读郁达夫〈沉沦〉中的三篇小说》，载《江苏大学学报》（社科版）2006年。
[4]《海上通信》：“在日本现代小说家中，我所最崇拜的是佐藤春夫…他的作品中的第一篇，当然要推他的出世作《病了的蔷薇》，即《田园的忧郁》了……我每想学到他的地步，但是终于画虎不成。”载《创造周刊》1923年第24期。

如1917年5月31日写的《相思树三首》，是作者当时拟写作的一篇小说，“据作者当天的日记记载”，这三首是小说中的诗。[1]又如，《金丝雀》诗，是1919年6月2日作者婚前自日本名古屋给妻孙荃的信中说：“古诗五篇，系三年前作，见小说《金丝雀》（小说作于1915—1916年间，已经散佚）。这几首诗，正可以说出我的目下的心事来。”[2]郁达夫娴熟的诗词写作往往成为他据此衍化为整篇的小说的情绪出发点或者创作提纲。曾有研究者表明，郁达夫这种将旧体诗融入小说中的写法，是其“感伤型文本的一种经常构成方式”，甚至处理了“中西文化的调和”“传统与现代的对接”[3]。除了和小说的互相阐释之外，我们能够在他的“日记文学”中找到他进行诗词或小说创作的“原材料”。例如《赠隆儿二首》并附记也是先有日记（1917年6月11日），而后作诗。[4]除了这种自我经验的自如地文体转化外，郁达夫在一些历史小说中也引用大量的旧体诗，例如小说《采石矶》[5]即是引用杜甫、黄仲则等人的诗作以古化古表达忧思。可见，不同于鲁迅视日记作为记账、书信作为正当的往来、小说作为独立的自觉的文学创作，郁达夫的日记、书信都有着强烈的自剖的特点。同时也往往成为他诗词、小说创作的原材料，甚至本身就包含着这些文体的片段。而且，他的创作，或是先有诗，或是先有文，或是先有小说，互相解释和阐发。

三

1932年10月5日，鲁迅在日记中说，“达夫赏饭”。席上诸人曾记

[1] 参见《郁达夫全集》第七卷《诗词》，浙江大学出版社2007年版，第46页。
[2] 同上书，第21页。
[3] 俞超：《郁达夫小说中诗词文本的互文性及其文化意义》，载《青岛大学师范学院学报》2005年第4期。
[4] “……念隆子不置。……发垂垂及颊际，衣睡服，晨妆尚未毕也。……归家后如醉如痴，觉一日心忐忑不能定。……私怨隆儿何以不以家系、学籍事问予，……总为女儿含羞，不易动问故耳……坐立不安，觉总有一物横亘胸中，吞之不得，吐之又不能，似火中蚁，似圈中虎。……已为Venus所缚矣！……予上无依闾之父母，下午待哺之妻孥，一身尽瘁，为国而已。倘为国死，予之愿也。功业之成与不成，何暇计及哉！……”见《郁达夫全集》第五卷《日记》，浙江大学出版社2007年版，第5页。
[5] 参见《郁达夫全集》第一卷《小说上》，浙江大学出版社2007年版，第229页。

载过这个轻松自在的场景。鲁迅几天后据此所写的《自嘲》诗也几乎暗示了这是他们共同相对较为轻松、颓荡、自在的人生阶段[1]。相比于鲁迅的沉着、冷静、理性，郁达夫更像是一个现代游荡者，我们能够在他的书信、日记、散文中看到他居无定所，经常往来于妓院、澡堂、旅馆、理发店、书店、剧院等等，伴随当下即时地描写自己的心境和体验，只是他写的不是波德莱尔般的现代诗，而是首先在现代都市（上海）的夹缝中找到切合他心境的熟悉的旧语言（旧体诗）。而且，这时候他的写作和旅游文化、报业等大众媒体结合，诸如后来的围绕着江浙一带旅行的《浙东景物记》即是此一环境和他主体体验结合的产物。1932年10月6日，郁达夫乘火车去杭州“为疗养肺病及完成长篇小说《蜃楼》等作品的创作，住湖滨沧州宾馆”[2]，他从小就有肺病，少年时期就曾在故乡富阳养病中靠读书写旧体诗以自遣，而杭州正是和故乡相似，却又比故乡更显得精致富丽方便的令他亲近的地方。来杭第二天，他兀自远足，闻到了“暗而艳”的桂花，尤令他难以忘怀的是，车上一个酷似他的女友映霞的十七八岁的女孩。[3]接着，他脑海里产生了“九月秋迟桂始花”的句子。10月8日，他在奎元馆吃面的时候，终于写成了《登杭州南高峰》：

病肺年来惯出家，老龙井上煮桑芽。五更衾薄寒难耐，九月秋迟桂始花。香暗时挑闺里梦，眼明不吃雨前茶。题诗报与朝云道，

[1] 王景山：《〈自嘲〉诗本事新解》，载《鲁迅研究月刊》1999年第12期。

[2] 郭文友：《千秋饮恨：郁达夫年谱长编》，四川人民出版社1996年版，第1057页。

[3] “……早餐后，就由清波门坐船至赤山埠，翻石屋岭，出满觉陇，在石屋洞大仁寺内，遇见了弘道小学学生的旅行团。中有一位十七八岁的女人，大约是教员之一，相貌有点像霞，对她看了几眼，她倒似乎有些害起羞来了。……上翁家山，在老龙井旁喝茶三碗，买龙井茶叶，桑芽等两元，只一小包而已。又上南高峰走了一圈，下来出四眼井，坐黄包车回旅馆，人疲乏极了，但余兴尚未衰也。……自南山跑回家来，洗面时忽鼻头皮痛，在太阳里晒了半天，皮层似乎破了。天气真好，若再如此的晴天继续半月，则《蜃楼》一定可以写成。……在南高峰的深山里，一个人徘徊于樵径石磊间时，忽而一阵香气吹来，有点使人兴奋，似乎要触发性欲的样子……。今天的一天漫步，倒可以写一篇短篇。”见《郁达夫全集》第五卷《日记》，浙江大学出版社2007年版，第318—319页。

玉局参禅正兴赊。

根据书信，名《登杭州南高峰》，后给映霞寄去，改作《寄映霞》，“朝云”改作“映霞”。（查给映霞书信并无此诗，想是在书信中附赠。亦寄柳亚子。）然后，在10月9日的日记里就有：“饭后过城站，买莫友芝《郘亭诗钞》一部，《屑玉丛谈》三集四集各一部，系《申报》馆铅印本。……钱将用尽了，明日起，大约可以动手写点东西，先想写一篇短篇，名《迟桂花》。”[1]三日之间，就有了日记、旧体诗和《迟桂花》的灵感。他在7日日记中说：

> 此番带来的书，以关于德国哲学家Nietzsche者较多，因这一位薄命天才的身世真有点可敬佩的地方，故而想仔细研究他一番，以他来做主人公而写一篇小说。但临行时，前在武昌大学教书时的同学刘氏，曾以继续翻译卢骚事为请，故而卢骚的《漫步者的沉思》，也想继续翻译下去。总之，此来是以养病为第一目标，而创作次之，至于翻译，则又是次而又次者也。……桂花香气，亦何尝不暗而艳，顺口得诗一句，叫做“九月秋迟桂始花”，秋迟或作山深，但没有上一句。“五更衾薄寒难耐”，或可对对，这是今晨的实事，今晚上当去延益里取一条被来。[2]

或许是受“卢骚”的影响，郁达夫在本日日记中说，“今天的一天的漫步，倒可以写一篇短篇”。[3]到了第二天，他晚上还依然在阅读卢骚的《漫步》[4]。终于，先前的阅读尼采、卢骚所得的写作小说的愿望，受到了这次游历杭州的激发，落脚到了这首由经验所习得的旧体诗上。而后，从小说灵感的产生，到写成，约半月的时间。（10月20日写讫。）

而在此期间，他身体一直较为虚弱，未完成续作的《蜃楼》里病

---

[1] 郁达夫：《郁达夫全集》第五卷《日记》，浙江大学出版社2007年版，第328页。
[2] 同上书，第318页。
[3] 同上书，第319页。
[4] 同上书，第320页。

态人的故事的情调一直延伸到了这段时间。10月10日，他在日记中说，“很想拼命的写，可这几日来，身体实在太弱了，我正在怕，怕吐血病，又将重发，昨今两天已在痰里见过两次红了。”[1]病肺的气质又和他的阅读经验结合在一起。“《迟桂花》的内容，写出来怕将与《幸福的摆》[2]有点气味相通，我也想在这篇小说里写出一个病肺者的性格来。……”[3]同样是共同的病态与情欲交杂的素材，但郁达夫似乎对这部花了很大气力写的小说相当自信，即将完成之际，在和王映霞的书信中，他反复强调这部作品是一部“做得很好”[4]的“杰作”[5]。

从世界文学观之，作家的疾病与文学往往存在密切的关联，而某个特殊的地域往往成为此种关联之中介。美国作家苏珊·桑塔格曾在《疾病的隐喻》中专门对肺结核疾病与文学家的关系进行了文学史式的梳理[6]。正如雅尔塔之于契诃夫、意大利之于劳伦斯，20世纪的中国大都市也进入了文学中的旅行和疾病的现代情境之中。杭州也成为郁达夫疾病与文学关系的重要媒介。由此，郁达夫将19世纪末20世纪初危机中的士大夫颓唐心理和西方世纪末“零余人”心境[7]结合了起来。而从这个意义上讲，他的诗中的第一句：“病肺年来惯出家”，便具有了更深刻

[1]《千秋饮恨：郁达夫年谱长编》，四川人民出版社1996年版，第1059页。

[2]《幸福的摆》，德国作家R.林道著，小说讲述了一对多年不见的大学老友海尔曼·法勃里修斯和亨利·华伦从书信往来到重逢探讨人生的故事。小说翻译于1928年，很显然在作品结构上，《迟桂花》中的“我”和老友翁则生是受到《幸福的摆》的启发。见《郁达夫全集》第十二卷《译文》，浙江大学出版社2007年版，第46页。

[3]郁达夫：《郁达夫全集》第五卷《日记》，浙江大学出版社2007年版，第321页。

[4]1932年10月20日致王映霞：“这一忽《迟桂花》正写好，共五十三张，两万一千字……《迟桂花》我自以为做得很好，不知世评如何耳。”见《郁达夫全集》第六卷《书信》，浙江大学出版社2007年版，第198页。

[5]10月19日致王映霞：“……那一篇《迟桂花》怕要两万多字才写得完，大约后日可以寄出……这一篇《迟桂花》也是杰作，你看了便晓得。”见《郁达夫全集》第六卷《书信》，浙江大学出版社2007年版，第196页。

[6]苏珊·桑塔格：《疾病的隐喻》，程巍译，上海译文出版社2003年版。

[7]《独孤者——自传之六》：“在这一个世纪末的过渡时代里，来得特别多，特别的杂，伊孛生的问题剧，爱伦凯的恋爱与结婚，自然主义派文人的丑恶暴露论，富于刺激性的社会主义两性观，凡这些问题，一时竟如潮水似地杀到了东京，而我这一个灵魂洁白、生性孤傲，感性脆弱，主意不坚的异乡游子，便成了这洪潮上的泡沫，两重三重地受到了推挤，涡旋，淹没与消沉。”见《郁达夫全集》第四卷，浙江大学出版社2007年版，第306页。

的意义。

而除了他翻译的德国小说《幸福的摆》之外，郁达夫本次“病肺”旅行阅读的卢骚、尼采指的是距此两年所做的翻译工作。1930年1月他翻译了“超人尼采给Madame O. Luise的七封信”，他说，他们在巴黎偶尔相见，尼采就给这位夫人写信，他的妹妹评价说：“这是一种多么纤丽婉转的柔情啊！”[1] 1930—1931年间，他还翻译了卢骚的三次《漫步》，“全书共有‘十次漫步’，十节断片，若时间和人事许可的话，当逐节地翻译下去，否则殊未敢必。”（1930年11月6日）[2] 现将其三次“漫步”的译文摘取如下：

> 假如，因对于我的内部倾向的考察，而将这些内部倾向理一理整齐，……并且虽则我在这世上已经是无用之人了，可是我的晚年也得因此而不致于完全成为空费。我在我的每日闲步的中间，每有快乐的默想涌上心来，但可惜这些记忆是就要消失的。我现在想将这些今后还能来我心头的默想录下：每次将它们来重读的时候，向来一定总能给我以新的快乐无疑。……（第一漫步）
>
> 我看到了自己的已在凋落期中的洁白无辜坎坷不幸的一生；灵魂里虽还是充满着泼剌的情感，精神上虽还有鲜花装载在那里，可是忧患频来，悲怀难遣，我的一生也已经是甘苦到行将萎谢的地步了。影单形只，为众所弃，我已经感到了令人起栗的初冰的寒冷。我的日就衰落的想象，也已经不能从心所欲地来创制些人物以慰我的孤苦了。（第二漫步）
>
> 我觉得在各方面都受着打击，于无数的凌辱与无限制的轻侮之中，实际上的确是时时有不安与疑惑的时间来摇动我的希望搅乱我的安静的。（第三漫步）

[1] 载1930年1月16日《北新月刊》第四卷第一、二特大号，见《郁达夫全集》第十二卷《翻译》，浙江大学出版社2007年版，第458页。

[2]《一个孤独漫步者的沉思》，见《郁达夫全集》第十二卷《翻译》，浙江大学出版社2007年版，第460页。

很显然，这种情绪、直觉、感情的外露的“自我剖析”十分贴合郁达夫的语言风格。实际上他正是通过翻译这样相同气味的作品，进一步来确认自己的对人生的体验和感受。而他这时期翻译的尼采也确乎是较为特殊的书信。正如我们在郁达夫的文字中看到的，无论是《自传》中儿童时期的保姆“翠花”，还是诗歌中的“噢哈娜”，甚至旧体诗词中的许多篇寄赠妻、嫂之诗，以及此处转译过来的“O.Luise夫人”，他的翻译即是体己，由中可见他的寂寞与文学、女性之间的密切关系。

小说《迟桂花》一开始仿照1928年翻译的《幸福的摆》中的“同学模式”：得了肺病的老同学翁则生，多年后写信邀请“我”来参加他在杭州老家的婚礼，接着就有了“我”的杭州之行，而后，“我”在翁家认识了老同学的新寡被驱逐的妹妹莲，在一次外出“漫步”中，妹妹的天然的青春和美丽打动了“我”，引得我的“性欲”，但在天真自然的氛围中，“我”复归于精神的纯洁，认“莲”做妹妹。婚礼结束，“我”与他们愉快地告别，并开始新的生活。整部小说写得细腻、清丽，温和中有一种淡淡的忧伤，又夹杂着困苦之外的希望。（有研究者称之为郁达夫对“欲望叙述”的“现代转换”的普遍叙述理路[1]。）从以上的情节中，可以看出，应和着自己的文学经验和心境，《迟桂花》是作者在10月7日日记、8日旧体诗之外衍生的创作。小说中的“我”和“翁则生”，不过是郁达夫的一体两面：有肺病的翁则生既是“我”，“我”又是有妹妹和母亲的“翁则生”。而“莲”，既是郁达夫当日在路上看到的十七八岁的少女，又是他在杭州日思夜想的爱人王映霞。很显然，故事中的“寻找翁家山”和远足，正是郁达夫将那两天“漫步”杭州所见的经验，渲染到了小说中，营造了一种特别的诗意。这一显著的个人印记和散漫的写法，使得它更像抒情的散文体。

由此，我们再回头去看《登杭州南高峰》这首诗，如前，“病肺年来惯出家”是一种具有现代文学特质的个体书写，“老龙井上煮桑芽”“五更衾薄寒难耐”则是日记中主观体验，而“九月秋迟桂始花”则点出这部小说的主题，即在病苦交加中，人到中年淡淡的颓废、忧伤

[1] 席建彬：《论郁达夫小说的欲望叙述理路及文学史意义》，载《文学评论》2010年第2期。

和希望交杂的心境。就像九月最后开的这一拨香味耐久的迟到桂花，人生似乎一切都晚了，一切似乎又都还来得及。“香暗”一联借指迟桂花，“眼明”一联，或是因为白天所见女子令人眼前一亮，而不用喝令人明目的雨前茶。后两联，则“堕入”了郁达夫一直以来讴歌的女性主题，从用典上看起来较为简单而落于俗套，正如其诗论中提及的“表达新思想新事物”的“并不能畅达”。但若联系郁达夫的前后创作可知，这里“朝云”或“映霞”是他重要的“文学缪斯”，没有她们，郁达夫便“百计思量没个为欢处”，因为有，所以“兴正赊”的意味便悠远了下去。由此，《登杭州南高峰》反过来成为郁达夫后来创作《迟桂花》的很好的情感基调。后者又为前者作了很好的注解。刘海粟认为郁达夫“是个杰出的抒情诗人，散文和小说不过是诗歌的扩散”[1]，似乎正可以解释《从杭州南高峰》到《迟桂花》的“扩散”过程。可见，对待个人经验，郁达夫使用的不是考订之法，而是艺术家或诗人的眼睛。同时，他又很好地融汇了日本自然主义文学、欧美主情一派，如卢骚之抒情的浪漫，以及存在主义者尼采之主体意志，这些也都共同促成他包括旧体诗的写作基因。这恰恰说明，旧体诗词在进入现代以后并非单纯陷入“格格不入”的局面。

有意思的是，鲁迅在1933年12月30日为郁达夫及王映霞书写的条幅《阻郁达夫移家杭州》[2]中就有对他的这种品性的旁敲侧击，于杭州而言，所谓“平楚日和憎健翮，小山香满蔽高岑”，在特殊的年代，其“和”与“香”的风物恰恰显示了对其内心锐气的消磨。然而，即便是郁达夫不在4月的春日间移家杭州，其沉迷于“香暗”与“红腻”的内在气质，亦显出宿命般的色彩。

四

我们知道，在现代文学中，文体并不完全可看作现代性的标识。例如，鲁迅就曾经在早期《新青年》时批评过以旧思想写新诗的做法，胡

[1]《郁达夫传·序》，见郁云《郁达夫传》，福建人民出版社1984年版，第4页。

[2] 李文伯：《鲁迅诗〈阻郁达夫移家杭州〉诠释辨义》，载《杭州大学学报》1979年第3期。

适、周作人、沈尹默、刘半农等人都写过这样的作品。与之相对，还有以新思想放在旧形式之中的创作。此种创作在现代旧体诗词史中俯拾即是。鲁迅的旧体诗就是一个很好的例子，他的文字直接介入现实，思考自身，具有强烈的批判精神。有意思的是，如果孤立地拎出来现代作家们的旧体诗，就常常会丧失这些作品中隐藏着的更丰富的现代特质，尤其是对郁达夫这样的不分文体地直观地处理个人经验的作家来说。

既然各个文体内在精神上存在一致性，在新旧文体之间似乎就存在着一种现代性的模糊地带。这种地带是基于中国文化的内在情感需要，而非单纯的新旧更替的运动需要。在这一点上，郁达夫尤其胜任这样的角色。现代文学研究者刘纳曾说，“郁达夫具有大大超过常人的吸聚痛苦的精神特性”，“这种特性加上他偏爱从个体生活经验和情感体验出发的写作方式”,“曾经促成郁达夫‘五四’时期艺术才情的迸发”[1]。很显然，他的旧体诗，也一并被裹挟在这种“‘五四’时期艺术才情”之中。郁达夫的创造社伙伴郭沫若曾说他的“诗词实在比他的小说或者散文还要好”[2]，同时又说，“他的英文，德文都很好。中国文学地根底也很深，在预备班时代他已经很会做一手好的旧诗。我们感受着他是一位才士。他也喜欢读欧美的文学书，特别是小说，在我们的朋友中没有谁比他读得更丰富的”[3]。有意思的是，虽然郁达夫各文体在内在精神气质上具有强烈的一致性，但相比较其旧体诗含蓄蕴藉的文体形式，郁达夫的小说的确细腻坦白甚至解放到了有些啰嗦的地步。吴晓东在《郁达夫与中国现代“风景的发现”》将郁达夫的“风景”主题进行现代性的发掘：“郁达夫在把中国风景与西方风景进行对比的同时，多少印证了西方现代性在郁达夫留学和写作时代的强势影响。”[4]他的旧体诗也是一方面很好地继承了旧文学中的“风景”（包括意象、内蕴）的书写，另一方面，

[1] 刘纳：《郁达夫——我国新文学的开拓者》，见《中外郁达夫研究文选》（上），浙江大学出版社2006年版，第211页。

[2] 郭沫若：《郁达夫诗词抄 · 序》，见陈子善、王自立编《郁达夫研究资料》，花城出版社1985年版，第162页。

[3] 郭沫若：《论郁达夫》《郁达夫研究资料》，见陈子善、王自立编《郁达夫研究资料》，花城出版社1985年版，第162页。

[4]《郁达夫与中国现代“风景的发现”》，载《中国现代文学研究丛刊》2012年第10期。

它又自洽融会到了作为现代文学的文本之中。从《登南高峰》到《迟桂花》的写作，均体现了这种特质。同时，这种过渡也揭示了郁达夫小说写作的秘密，即现代性中所包孕着的顽固的传统“风景”和雅致意蕴。

而和鲁迅一样，郁达夫30年代受语言大众化的影响，在新体诗歌方面走向了短暂的自由的“语体”甚至歌谣式的写作风格。但在旧体诗写作上，他很显然是仍旧喜欢操弄着看来“复古”的路数，他既没有为了启蒙而大众化，也没有趋新于国学热而去“疑古”。他的旧体诗写作，伴随着他的现代生活体验，与他的别的文体同呼吸、共命运，一样的精神之地，一样的时间，一样的空间，成为另外一种独特的只属于郁达夫的现代姿态。

【作者简介】中华诗词研究院学术部研究人员。

痴情与故梦
——席慕蓉诗歌对古典传统的承继与新变

薄　艺

【摘　要】席慕蓉是台湾著名的诗人、画家和散文家，也是一位蒙古族作家。她的诗歌有着浓郁的古典情思和鲜明的古典特质，席慕蓉用现代女性的生命精神融汇古典素材，不仅体现于对古典诗歌意象、诗句的借用和化用上，也体现在融合性的对古典诗歌的意境、内容、情感和价值持守的化用和承继中。同时，在席慕蓉诗歌的韵律、技法等方面，也可见出古典诗歌传统明显的影响力。本文不仅结合席慕蓉具体的诗歌作品做深入细致的分析，也在她的散文著作中努力发掘诗人对于自己接受古典诗歌文化滋养的回忆与记录，从而探究席慕蓉诗歌对古典传统的承继与新变。

【关键词】席慕蓉　现代诗歌　古今演变　女性话语　韵律

即使是粗粗翻阅席慕蓉诗集的读者亦不难发现，她的诗行中渗透着浓郁却又轻灵的古典意象、古典意蕴、古典意境和古典美学。作为一个女性诗人，她的情感表达和个性书写极少出现当代女性容易表现出的女权主义话语姿态，而更多是对古典传统话语方式的依循，持守着女性温润柔美的精神家园。

席慕蓉诗歌中的许多意象、意蕴和意境都承袭、化用自《古诗十九首》、古乐府诗和为人熟知的经典诗词。她曾在《写生者》中这样描述自己对《古诗十九首》的痴迷喜爱："年少的时候，初读《古诗十九首》，才知道世间竟然会有这样惊心动魄、直逼胸臆的文字。也才初次醒觉，那些平日散散漫漫摆在生活各个平淡角落里的文字，如果精选之后再架拢起来，竟然会有这样强猛的力量！”[1]而阅读席慕蓉的诗，也能感受到她与《古诗十九首》一脉相承的美学情趣：平淡自然的语句书写隐微的哀愁，连缀具有美感和象征意义的意象，表达异地相契、异时可通的情感与哲思，干净质朴，又动人心弦。

在她的《子夜变歌·附记》里，也道出了自己与古典诗歌的不解情缘："近日在灯下细读《乐府》，在南朝数十首《子夜歌》里，原来颇有几首是在十几岁时就开始铭记在心的。那时候上虞君质老师‘艺术概论’的课写读书报告，我选的题目是《古诗十九首》，煞有介事地在书里翻来翻去。家住在山上，有一条长长的两旁种满了尤加利树的山路，早上有雾，晚上有月影，所有的诗句都是在上学下学的路上轻轻背诵，轻轻记起来的。重读之际，恍如与旧日时光重新相见，不禁微笑轻轻落泪。”[2]作者从学生时代起，就熟读了《乐府》《古诗十九首》，这些古典诗歌在她的生命中细细涵养，在语言、意蕴、境界、情思与事理上都对席慕蓉有无声的浸润和深刻的影响。

张晓风的散文《江河》中曾经提起，大四的时候，国画大师溥心畬来上课，他问："有谁做了诗了？有谁填了词了？”他可以跟别人谈五代官制，可以跟别人谈四书五经谈诗词，偏偏就是不肯谈画。每次他问到诗词的时候，同学就把席慕蓉推出来，班上只有她对诗词有兴趣，溥老师因此对她很另眼相看，还写了一个“璞”字送给她。从中也不难见出席慕蓉对古典诗词的喜爱及与古典诗词的深刻渊源。

也有研究者认为，“席慕蓉的诗歌八九十年代影响最大，她的思想意境、诗歌的蕴意自然也脱离不了社会背景。当时‘新古典主义’诗歌效应广泛影响，席慕蓉的诗歌创作都带着深厚的东方古典韵味。”[3]20世纪80年代以来，台湾的工商产业迅速发展，给社会带来经济富裕的同时，也使得人与人间的关系日益冷漠，许多现代派的诗人敏锐地觉察到这种变化，开始更多地关注对个体内心的聆听与观照，在诗歌创作的路径上走向了“新古典主义”，或是开掘并发扬中国传统诗歌中的书写

[1] 席慕蓉：《写生者》，中国友谊出版公司1990年版，第156页。
[2] 席慕蓉：《在黑暗的河流上》，南海出版公司2003年版，第201页。
[3] 赵雯雯：《席慕蓉诗歌韵律及其影响研究》，重庆师范大学2013年硕士学位论文。

方式，或是努力从中国古典美学中寻找与现实语境相融通的契合点。席慕蓉在这一时期创作了大量现代诗歌，自然难以跳脱诗坛思潮的浸染和影响。

在本篇文章中，主要从四个层次对席慕蓉诗歌中的古典情怀和女性话语方式进行讨论：1. 意象方面对古典诗词意象的继承和发展；2. 意蕴方面对古典诗词情思与故事的化用和演绎；3. 意境方面对古典诗词境界韵味的再现与新内涵的赋予；4. 韵律方面受到的古典诗歌韵式的影响。

一、取象：古典情怀观照下的意象书写

席慕蓉整体的诗歌意境是温柔恬淡而富于古典气质的，她对于意象的选择也倾向于一种古典美学的迁延。意象相比较于物象而言，是一种融合了意趣和内涵的相对独立的客体，它在有限的诗歌表达内拓展出更有张力的表现空间。美学大师朱光潜认为："诗以具体的意象表现具体的情趣。具体的意象必是一个活跃的情境，使人置身其中，便自然而然地要发生那种具体的情趣。"[1]

下面就席慕蓉诗中常用的几类意象作出分析，并探寻其中的古典意味与传统继承。

1. 莲、荷类意象

席慕蓉诗歌中有丰富的"莲""荷"意象，而这两种意象在中国古典诗歌中也有着悠久的创作传统和丰富的创作成果，并以此形成了意象的内涵。据研究者余婷婷统计："早在两千多年以前，莲就在《诗经》中绽放了'山有扶苏，隰有荷华''波泽之陂，有蒲与荷'之奇葩。自《诗经》以下，历朝历代咏莲荷之诗俯拾皆是。《楚辞》中有11首写到莲花，汉代诗歌中有4首写荷花。到了魏晋南北朝，写到莲花的诗渐增，大约有250首，其中直接吟咏莲花的诗大约有30首。在唐诗中，咏莲诗大约有2 000首，约占全唐诗的6%。"[2]

---

[1] 朱光潜：《诗的意象与情趣》，见《朱光潜全集》第九卷，安徽教育出版社1993年版，第372页。

[2] 余婷婷：《浅析席慕蓉抒情诗的几种意象》，载《世界华文文学论坛》2006年第4期。

席慕蓉笔下的“莲”“荷”意象不仅出现在她的诗歌中，也出现在她的散文作品里，如：《荷花七则》《愿望》《花之音》《荷田手记》《睡莲》等。她曾在《时间草原》序《初心》里谈到：“‘天真无邪’如夏日初发的芙蓉，可贵的就是那瞬间的饱满与洁净，但是人生能有几次那样的幸福？只要不断成长着的人，心中就会不断染上尘埃。读诗、写诗，其实就是个体在无可奈何的沉沦中对洁净饱满的‘初心’的渴望。”[1]这段文字中，席慕蓉将芙蓉对应于天真无邪、洁净饱满、不染尘埃的初心的渴望，这种特质的赋予与中国古典诗歌中的“莲荷”形象一脉相承，弘执恭、王维、周敦颐、杨万里等人笔下的莲荷意象，都带有这种天真无邪，洁净纯美的特质。再看席慕蓉笔下的“莲荷”，如《莲的心事》：

我/是一朵盛开的夏荷/多希望/你能看见现在的我

风霜还不曾来侵蚀/秋雨还未滴落/青涩的季节又已离我远去/我已亭亭不忧　亦不惧

现在　正是/最美丽的时刻/重门却已深锁/在芬芳的笑靥之后/谁人知我莲的心事/无缘的你啊/不是来得太早　就是/太迟

诗中抒写的是一种令人遗憾的生命时序，“盛开的夏荷”象征已然亭亭长成，自信成熟的女子，以夏荷的美丽比拟女子青春正盛时的容颜，在古典诗歌中亦不少见，如王安石的“亭亭风露拥川坻，天放娇娆岂自知。一舸超然他日事，故应将尔当西施”，赋予了荷花人格化的“佳人”品性。

又如席慕蓉的《夏日午后》的前两节：

想你　和那一个/夏日的午后/想你从林深处缓缓走来/是我含笑的出水的莲

是我的　最最温柔/最易疼痛的那一部分/是我的　圣洁遥远/

[1] 席慕蓉：《时间草原》，上海文艺出版社1997年版，第2页。

最不可碰触的华年

作者将“你”比喻为“我含笑的出水的莲”，而他们共有的特质是：最温柔也最易疼痛，圣洁遥远，不可触碰。这符合于作者心中“莲荷”所象征的“初心”，是一种洁净饱满，纯真无邪，不染尘埃的形象。作者在诗中加入这一意象，极具画面感，使得读者对情境的构想宛如一幅淡雅自然的宋画，古典意趣盎然。

席慕蓉笔下的莲荷意象还零散地出现于其他的诗句中，如《距离》中的：

可是有的时候/严厉的你也会忽然忘记/也会回头来殷殷询问/荷花的消息和那年的/山月的踪迹

《艺术家》中的：

你已用泪洗净我的笔/好让我在今夜画出满池的烟雨/而在心中那个芬芳的角落/你为我雕出一朵永不凋谢的荷

《一个画荷的下午》中的：

在那个七月的午后/在新雨的荷前/如果/如果你没有回头

这些诗句中的莲荷形象多象征在感情中的“初心”情怀和单纯美好的期待，而作者或将“荷花”与“山月”组合（《距离》），或将“满池的烟雨”与“一朵永不凋谢的荷”组合（《艺术家》），或将“七月的午后”与“新雨的荷前”组合（《一个画荷的下午》），种种勾画里无不让人将思绪、将想象投射于古典意境下的幽水芙蓉图。诗情画意、情景交融正是中国古代诗歌的重要抒情策略。一切景语皆情语，而作者也从那种恬淡自持，“卷舒开合任天真”的莲荷之美中，完成了对古典情怀的自觉抒写，对古典美学神韵的回归，使诗歌充盈着一种不同于现代喧嚣的纯净质感和传统价值。

莲、荷意象也因其柔美、洁净的特质而与女性的话语姿态或柔美的诗歌情境紧密相连。在席慕蓉的诗歌中，莲、荷意象或作为女子内心对纯净美好的爱情的象征，或与亭亭玉立、鲜妍动人的青春女子类比，或渲染淡雅隽永的诗歌意境，都与柔软细腻的女性姿态、单纯而美好的女性情感憧憬紧密相连，从而为她柔美细致又略带忧愁的女性话语姿态创生出相宜的象征与氛围。

2. 月意象

在古典诗歌中，“月”意象常与乡愁、与离情、与思念紧密相连，不管是李白脍炙人口的“床前明月光，疑是地上霜。举头望明月，低头思故乡”，还是苏轼在思念远方亲人时写下的“明月几时有，把酒问青天”，或是张若虚在《春江花月夜》里“可怜楼上月徘徊，应照离人妆镜台。玉户帘中卷不去，捣衣砧上拂还来”的如水月色，都是引起人思心与愁绪的宇宙清辉。

在席慕蓉的诗歌中，月意象也主要与家乡、乡愁相关联，而她独特的蒙古族身份，又将一种草原风情带入乡愁抒写中，诗歌呈现出古今交融，共性与个性、继承与独创为一体之两面的风貌特质。

例如《长城谣》：

> 尽管城上城下争战了一部历史/尽管夺了焉支又还了焉支/多少个隘口有多少次悲欢啊/你永远是个无情的建筑/蹲踞在荒莽的山巅/冷眼看人间恩怨
>
> 为什么唱你时总不能成声/写你不能成篇/而一提起你便有烈火焚起/火中有你万里的躯体/有你千年的面容/有你的云　你的树　你的风
>
> 敕勒川　阴山下/今宵月色应如水/而黄河今夜仍然要从你身旁流过/流进我不眠的梦中

作者在诗中面对长城抒发了自己对历史苍茫的慨叹，对自己长城脚下的故乡的思念。“敕勒川　阴山下/今宵月色应如水”，而草原的风，如水的月，将一同随黄河流进作者不眠的梦中，恒久的怀想中。首句借用了北朝乐府民歌《敕勒歌》中的“敕勒川，阴山下”一句。千古月色与千古长城相映照，与乡愁乡心相映照，读者跟随作者历史回溯的脚步，进入了一幅塞外乡思图。

这样的例子还如《乡愁》中的：

故乡的歌是一支清远的笛/总在有月亮的晚上响起

“歌”“笛”与“月”这三个远古的思乡意象相应而生，既是温厚古远的传统乡愁抒写范式，又是轻柔灵动的女性心曲的诗意表达。

又如《隐痛》中的：

于是/月亮出来的时候/只好揣想你/微笑的模样/却绝不敢绝不敢/揣想　它　如何照我/塞外家乡

另外，席慕蓉也用“月”意象表达人情或世事的迁异与离合，如《重逢》中的前两节：

灯火正辉煌　而你我/却都已憔悴　在相视的刹那/有谁听见　心的破碎

那样多的事情都已过去/那样多的夜晚都已过去/而今宵　只有月色/只有月色能如当初一样美丽

《诗经 · 周南》中也有一首叫《日月》的诗：“日居月诸，照临下土。乃如之人兮，逝不古处？胡能有定？宁不我顾。”写的是一个女子的丈夫变心的行为，用日月轮回照耀大地而无定处作比兴。而在苏轼著名的《水调歌头》中，也用月色变化中恒久的美丽与昭示出的人情世事的变更和遗憾相对照，揭示出一个永恒的规律：“人有悲欢离合，月有阴晴圆缺。此事古难全。”这与席慕蓉诗歌中人情离合的遗憾、今昔对照中的悲慨是异曲而同调的。

席慕蓉诗歌中的如水月色，不管是对远方家乡的思念，还是对已逝爱情的追怀，无不从女性的视角出发给予抒写。月意象褪去了冷冽、孤高、清寂、悲苦的传统内涵色彩，而把与女性关系甚密的爱情、乡思、怀人、怀旧等情味融于诗中。以月意象为一个出口，继承和传达的是柔美典雅，哀而不怨的古典话语方式。

二、借意：古典情怀观照下的意蕴承袭

席慕蓉的诗歌中，有不少对古典诗歌意蕴承袭借用的创作方法；这既不同于对古典诗歌中微观意象的撷取运用，又不同于对古典诗词宏观意境的糅合化用。笔者在这一部分指的“借意”，是指在古典诗歌本身的意蕴范围内的发挥与阐释，通常表现为对古典诗句的化用，具体过程中可以拆散、拼接、重组，但是仍不出于古典诗歌意蕴的范围。这与高度凝练的意象不同，也与化有于无，为我所用的意境不同，意蕴的借用往往不会跳脱于原本诗句意义的内涵，并且使读者易于识别诗句的渊源出处，在阅读过程中自然能唤起古典情思的记忆，而融汇于当下的诗境，增强诗意的表达效果。

在席慕蓉诗歌中的借意表达，几乎无一例外，借鉴和因循的都是女性的口吻和心声，或是低吟相思与闲愁，满溢缱绻情怀的春日少女，或是勇敢追逐爱情，飞蛾扑火般奋不顾身的打浆越女，或是初次经历了“欢负情”的子夜变歌的失落女孩，都是以女性的口吻、女性的情感、女性的故事来抒发古今共有，异地相契，异时可通的女性生命话语。

这样的例子在席慕蓉的诗集中不在少数，例如《古相思曲》：

古相思曲

只缘感君一回顾，使我思君暮与朝。

——古乐府

在那样古老的岁月里/也曾有过同样的故事/那弹箜篌的女子也是十六岁吗/还是说　今夜的我/就是那个女子

就是几千年来弹着箜篌等待着的/那一个温柔谦卑的灵魂/就是在莺花浪漫时蹉跎着哭泣着的/那同一个人

那么　就算我流泪了也别笑我软弱/多少个朝代的女子唱着同样的歌/在开满了玉兰的树下曾有过/多少次的别离/而在这温暖的春夜里啊/有多少美丽的声音曾唱过古相思曲

这首诗用古乐府诗的“只缘感君一回顾，使我思君暮与朝”作副标题，以此句意蕴为中心，续写了少女温柔浪漫又带有哀愁的恋曲和心声，勾画出一个情窦初开，羞涩喜悦，默默等待的少女形象。而席诗中的“箜篌”“莺花”“玉兰”“春夜”“古相思曲”这些古典意象，也对古诗句意蕴的发挥和演绎起到了很好的作用。“在那样古老的岁月里/也曾有过同样的故事”“还是说今夜的我/就是那个女子”“多少个朝代的女子唱着同样的歌”，这些诗句意欲表达的，是古今相通的女子的温柔心曲，对爱情、知己的企盼、痴慕和等待，是较为成功的对古典诗句意蕴的借用和演绎。

与此相类的诗歌还如《子夜变歌》：

子夜变歌

人传欢负情，我自未尝见。
三更开门去，始知子夜变。

——古乐府

终于明白所有的盼望与希冀/不过是一场寂寂散去的夜戏/此刻再来向你描述/我如何自疼痛的苏醒里成长/想必也是多馀

当然　在最后　可以把一切/都归罪给我那轻信的心/还有那整个天空的灼灼星群/他们不该也陪我等待/并且如我一样确信你会前来/如我一样逐渐迟疑逐渐萎谢/才惊觉朝雾掩涌时光移换/所谓幸福啊/早已悄然裂成片断

从此去精致与华美都是浪费/这园中爱的盛筵将永不重回/料峭的风里　只剩下/一袭被泪水漂白洗净的衣裳/紧紧裹住我赤裸炽热的悲伤

只想把这段没有结局的故事/写成一首没有结局的诗/烦劳星群再去转告/那千年之后随我脚步的女子/诗里深藏着的低徊与爱/

在芬芳的夏夜里啊/只有她们只有她们才能明白

古乐府的这首诗与席慕蓉的《子夜变歌》都是以女性口吻写的“欢负情”的故事，古乐府短短20字，将一个女子从盼望确信，到失落痛苦的情感过程展现出来，用最洗练的笔触写出了一个天真女子经历的感情变异。这一过程被席慕蓉用更细腻的目光和更透彻的文字一一描述，加入了对人物所处情境的想象（“整个天空的灼灼星群”“朝雾掩涌时光移换”），加入了对情绪或事件的比喻与氛围的象征（“一场寂寂散去的夜戏”“爱的盛筵”“料峭的风”“被泪水漂白洗净的衣裳”“没有结局的诗”），也加入了更为动人的细节，使得《子夜变歌》具有了更饱满而富于表现力和感染力的形态，虽然借用了古乐府的诗歌意蕴，但将古今共通的人间情味表达得细腻可感，把一个女子由对爱情的美好期待与想象，到最终失望失落，认清自己终被背弃的命运这一悲伤痛苦的心理过程写得如同亲历其中，其温度与疼痛都透过书页传递出来，使人落泪。

这样的例子还如席慕蓉著名的《在黑暗的河流上》，全诗分节引用《越人歌》的原句，步步构写，句句延伸：

在黑暗的河流上

——读《越人歌》之后

灯火灿烂　是怎样美丽的夜晚/你微笑前来缓缓指引我渡向彼岸/（今夕何夕兮　中搴洲流/今日何日兮　得与王子同舟）

那满涨的潮汐/是我胸怀中满涨起来的爱意/怎样美丽而又慌乱的夜晚啊/请原谅我不得不用歌声/向俯视着我的星空轻轻呼唤

星群聚集的天空　总不如/坐在船首的你光华夺目/我几乎要错认也可以拥有靠近的幸福/从卑微的角落远远仰望/水波荡漾　无人能解我的悲伤/（蒙羞被好兮　不訾羞耻/心几烦而不绝兮　得知王子）

所有的生命在陷身之前/不是不知道应该闪避应该逃离/可是在这样美丽的夜晚里啊/藏着一种渴望却绝不容许

只求　只求能得到你目光流转处/一瞬间的爱怜　从心到肌肤/

我是飞蛾奔向炙热的火焰/燃烧之后　必成灰烬/但是如果不肯燃烧往后/我又能剩下些什么呢　除了一颗/逐渐粗糙　逐渐碎裂/逐渐在尘埃中失去了光泽的心

我于是扑向烈火/扑向命运在暗处布下的诱惑/用我清越的歌　用我真挚的诗/用一个自小温顺羞怯的女子/一生中所能/为你准备的极致/在传说里他们喜欢加上美满的结局/只有我才知道　隔着雾湿的芦苇/我是怎样目送着你渐渐远去/（山有木兮木有枝　心悦君兮君不知）

当灯火逐盏熄灭　歌声停歇/在黑暗的河流上被你所遗落了的一切/终于　只能成为/星空下被多少人静静传诵着的/你的昔日
我的昨夜

作者在这首诗的《附记》中写道："《越人歌》相传是中国第一首译诗。鄂君子皙泛舟河中，打浆的越女爱慕他，用越语唱了一首歌，鄂君请人用楚语译出，就是这一首美丽的情诗。有人说鄂君在听懂了这首歌，明白了越女的心之后，就微笑着把她带回去了。但是，在黑暗的河流上，我们所知道的结局不是这样。"

席慕蓉的《在黑暗的河流上》是对《越人歌》结局的改写，但是越女与鄂君的相遇、越女的情感变化，无不是根据《越人歌》中的原句演绎而成，作者甚至直接将原句以加括号的方式摘录于诗歌的每一小节后，而摘录的句子所对应的内容正是本小节诗歌叙述的内容。这应是席慕蓉诗歌中最明显的对古典诗歌意蕴的借用，而打浆的越女那种外表温顺羞怯，内心却热烈勇敢的追求爱情的形象，也符合席慕蓉爱情诗中塑造的女子的生命姿态。但是，她将结局由喜剧性改为了悲剧性的。在这首诗的《附记》中我们可以了解到，席慕蓉所读到的《越人歌》的结局是有情人相携而去，但在她的诗中，越女只能目送着心上人渐渐远去，曾经清越的歌，曾经动人的诗，曾经美丽的心曲和可能发生的爱情故事，都成为被鄂君"所遗落了的一切"，这是作者对喜闻乐见的团圆结局的质疑，也是她对绝对的炽烈纯粹的爱情的质疑和悲观态度，而全诗在哀伤落寞的氛围中收束，亦增强了悲感的诗意美。

另外，其他类型的“借意”还如诗歌《囚》：

流血的创口/总有复合的盼望/而在心中永不肯痊愈的/是那不流血的创伤

多情应笑我　千年来/早生的岂只是华发/岁月已洒下天罗地网/无法逃脱的/是你的痛苦　和/我的忧伤

“多情应笑我，早生华发”本出自苏轼的《念奴娇·赤壁怀古》，苏轼以此两句和“人生如梦，一樽还酹江月”抒发了自己对时光韶华、对自我的个性情感以及世事浮沉如梦的感慨。而席慕蓉的《囚》表达的则是一种感情的永久的遗憾和创痛，是命运的无奈和残酷，这与《念奴娇·赤壁怀古》是相通的，是多情善感的诗人对韶华远逝，生命离合的感慨，今古两种声音在时空中交汇，使诗意与诗情在一脉相承和转折引申中达到和音。

还如《悟》：

那女子涉江采下芙蓉/也不过是昨日的事/而江上千载的白云/也不过　只留下了/几首佚名的诗

那么　我今天的经历/又有些什么不同/曾让我那样流泪的爱情/在回首时　也不过/恍如一梦

这首诗中有对两句古诗的意蕴的借用：一为《古诗十九首》中的“涉江采芙蓉，兰泽多芳草”，一为唐代诗人崔颢《黄鹤楼》中的“黄鹤一去不复返，白云千载空悠悠”，但结合诗歌整体的艺术氛围，似乎还受到了崔颢《黄鹤楼》最后一句的影响：“日暮乡关何处是？烟波江上使人愁。”作者在诗歌《悟》中所要表达的自己对生命对爱情的领悟，其实正是与古诗中的故事和人物相通的情感和经历。千古一梦，昨日的诗篇何尝不是今日的心语，对爱情有着美好憧憬又承担着离别忧愁的那位“涉江采芙蓉”的少女，何尝又不是我呢？由以上几首诗歌的分析我们不难发现，席慕蓉对古典诗句的借用要表达的多是异地相契，异时可通的人类永恒的、普适的价值和情感；也在对古诗意蕴的借用中，在有限的诗歌表达里，唤起人们固有的诗歌记忆，进入更良好的诗歌接受状态，渲染出古典意蕴美，增强诗意。

对《古诗十九首》中《涉江采芙蓉》一首诗意的借用是席慕蓉常用的创作方式，除了以上所举《悟》，还有《历史博物馆》中的：

那时候　所有的故事/都开始在一条芳香的河边/涉江而过芙蓉千朵/诗也简单　心也简单

这一节显然也是化用了“涉江采芙蓉，兰泽多芳草”一句的诗意，但是没有后面的悲伤别离，仅用这一读者熟悉于心的诗意画面，渲染干净纯朴的美好氛围。

又如短诗《出岫的忧愁》：

骤雨之后/就像云的出岫　你一定要原谅/一定要原谅啊　一个女子的/无端的忧愁

诗中以“云的出岫”比拟女子“无端的忧愁”，应化用自陶渊明《归去来兮辞》中的“云无心以出岫”，多愁善感的女子的愁绪也像漫溢山谷的云烟，没有端绪就逸出，如无心出岫的白云。这不仅仅是意象的借用，而是对满含古典韵味的细腻景致的巧妙化用，比喻精当，诗意浓厚。

又如《中年的短诗》之三：

茫然四顾/仿佛　总是一场/赶不上的赶不上的热闹/轮到我上场的时候　总是/灯火阑珊　人群尽散/而我也已经忘了/所有的歌和所有的舞步/茫然四顾

作者描绘的场景极易让人想起辛弃疾的《青玉案》：

东风夜放花千树。更吹落、星如雨。宝马雕车香满路。凤箫声动，玉壶光转，一夜鱼龙舞。　　蛾儿雪柳黄金缕。笑语盈盈暗香去。众里寻他千百度。蓦然回首，那人却在，灯火阑珊处。[1]

作者较为明显的借用虽只有“灯火阑珊”一语，但是整个诗歌的语境与氛围，同《青玉案》如出一辙，《青玉案》中对繁华欢闹场景的描绘，在席慕蓉诗中用“赶不上的赶不上的热闹”“所有的歌和所有的舞步”代替，“人群”与“众里”意义相近，“茫然四顾”与“蓦然回首”相对而言，两者表达的主旨虽不相同，但是那种人群喧嚣的热闹氛围后，灯火阑珊的清寂角落里，茫然着寻找，落寞里自守的黯然情怀与前后氛围的鲜明对比却是共通的。

在另一些诗里，这种借用更为明显，例如《历史博物馆》中第三小节的一段：

归路难求　且在月明的夜里/含泪为你斟上一杯葡萄美酒/然后再急拨琵琶　催你上马/知道再相遇又已是一世/那时候　曾经水草丰美的世界/早已进入神话　只剩下/枯萎的红柳和白杨　万里黄沙

不难看出，这一节诗句的意蕴化用自唐代诗人王翰的《凉州词二首·其一》：

葡萄美酒夜光杯，欲饮琵琶马上催。醉卧沙场君莫笑，古来征战几人回。[2]

这首诗本是鼓舞将士出征的号角，却在席慕蓉笔下化为一个女子婉转的心曲，不舍又决绝地送丈夫出征的故事，原本豪迈刚健的诗风在席慕蓉如水的女性柔情下变得深情而美丽，在对盛唐边塞战争背景下同一情景

[1] 辛弃疾著、谢永芳编：《辛弃疾诗词全集》，崇文书局2016年版，第214—216页。
[2] 曹寅等编：《全唐诗》（上），上海古籍出版社1986年版，第366页。

的演绎中，席慕蓉以其独特的笔调写出了别样的韵味，自我的感悟。古今诗情是分离的，又是承继的。

另外还如《树的画像》中的：

> 当迎风的笑靥已不再芬芳/温柔的话语都已沉寂/当　星星的瞳子渐冷渐暗/而千山万径都绝灭了踪迹/我只是　一棵孤独的树/在抗拒着秋的来临

其中的“千山万径都绝灭了踪迹”一句显然化用自柳宗元《江雪》中的“千山鸟飞绝，万径人踪灭”，而席诗中孤绝独立，傲然持守的“树”的形象，也与《江雪》中清寂静默，孤标傲世的情境相融通。

还如《暮色》中的：

> 回顾所来径啊/苍苍横着的翠微

此句化用自李白《下终南山过解斯山人宿置酒》中的“却顾所来径，苍苍横翠微”，古今诗意皆在暮色中发生，融合于当下，灵动悠远，意趣盎然。

三、化境：古典情怀观照下的意境之美

席慕蓉诗歌中最为巧妙的对古典诗歌中诗意与美学的化用是句句皆有出处，又句句不落痕迹。这体现在对古典诗词意境的糅合与化用上，亦可算是一种改编式的继承。旧曲填新词，不仅表达出一种异地相契、异时可通的千古情思，也把诗人的古典情怀与现代感知融为一体，巧妙地从不同角度开掘和阐发新的诗意，是较为成功的“化境”实践。

这里举出席慕蓉的《悲喜剧》与温庭筠的《望江南》相对照，席诗与温词都是以女性的故事、心声和感情为表达内容，借以一观诗人对古典诗词意境的化用之法。席慕蓉的《悲喜剧》全诗为：

> 长久的等待又算得了什么呢/假如　过尽千帆之后/你终于出

现/（总会有那么一刻的吧）

当千帆过尽　你翩然来临/斜晖中你的笑容　那样真实/又那样的不可置信/白苹洲啊　白苹洲/我只剩下一颗悲喜不分的心

才发现原来所有的昨日/都是一种不可少的安排/都只为了好在此刻/让你温柔怜惜地拥我入怀/（我也许会流泪　也许不会）

当千帆过尽/你翩然来临/我将藏起所有的酸辛　只是/在白苹洲上啊　白苹洲上/那如云雾般依旧漂浮着的/是我一丝淡淡的哀伤

再看温庭筠的《望江南》:

梳洗罢，独倚望江楼。过尽千帆皆不是，斜晖脉脉水悠悠。肠断白苹洲。[1]

温庭筠的《望江南》仅有三句，但通过对思妇动作情态、视域所及、整体环境的极精简又极有韵味的描写，最后情景交融，把少妇苦苦期待归人的过程：由热切到企盼再到失落最后怅惘忧愁的情绪描写得细腻可感，同远行之人的步履相关切的意象诸如江、水、斜晖、千帆，相互融合，表达出了有温度的千古情思，款款深情，低徊不尽。明沈际飞于《草堂诗馀别集》中评曰:“痴迷，摇荡，惊悸，惑溺，尽此二十馀字。”

再看席慕蓉的《悲喜剧》，一方面打破温庭筠词中人物较为完整的情绪过程，只将笔墨集中于表现女子苦苦期待、想象、失落复而进入更加绵长的期待这一环节，但是却将《望江南》中所有的意象都组织重构，灵活地幻化出一种新的对恋人的“哀而不怨，忧而不伤”的柔情，更将《望江南》中那种情灵摇荡、低徊不尽，柔情脉脉又黯然销魂的情景交融的意境之美再现了出来。

相比于温庭筠《望江南》中的“旁观者”视角，席慕蓉在更长的篇幅里以更加细腻的笔触用第一人称的叙述者口吻诉说了自己的幽微之情，将一个女子柔情满满又小心翼翼的盼望表达了出来，“假如　过尽

[1] 潘君昭等编:《唐宋词鉴赏辞典》(唐、五代、北宋卷)，上海辞书出版社1988年版，第62—63页。

千帆之后/你终于出现”，巧妙地把一切的盼望和确信放入一种虚拟的情境中书写，使得现实的苦楚与美好的心愿对比更加强烈，将女性纯真坚守，刚柔相济的心灵姿态展现得淋漓尽致，这种姿态亦是古典的，不同于现代女性的独立果断和更为强硬的女权主义表达。

与温庭筠的《望江南》不同的是，席慕蓉在《悲喜剧》中还加入了女子的想象：对于苦苦的等待和煎熬之后，有情人终相团聚，细诉衷肠的情境。《望江南》虽有情景交融的“移情”写法，却始终在现实的逻辑中抒发，而席慕蓉的《悲喜剧》中加入了对等待结局的喜剧性想象，千帆望尽，千帆过尽，恋人的笑容终于在最后的夕阳中温柔绽放。“白苹洲啊　白苹洲/我只剩下一颗悲喜不分的心”，“悲喜不分”是准确恰切的对女子此刻心情的描述，悲的是漫长等待后的苦楚，喜的是长久分离终于团聚的欢欣，恋人能够“温柔怜惜地拥我入怀”，绵绵哀愁是在为最后的柔情与怜爱作铺垫，埋伏笔，所以女子在那样喜悦的想象中终于释怀。

但是想象中的快乐美好终于远去，现实依旧令人哀伤。席慕蓉笔下女子的哀怨忧愁宛如白苹洲上散不开的云雾，但笔力却不及温飞卿“肠断白苹洲”那般透彻，始终温婉柔和地抒发自己的愁绪。当有一天爱人终于“翩然来临”，女子的姿态将会是“藏起所有的酸辛”，相比于《望江南》中的少妇柔弱被动的姿态，席慕蓉诗中的女性多了一种温柔持守中的坚韧与担当，生命中所有的辛苦悲伤与欢欣喜悦我都接受，都承担，只要爱的守望依然能够有回响，浮生一世，价值和意义就得以安放。最后席慕蓉只以充满象征意义和暗示意味的意境勾画来揭示出女子继续等待的命运。

《悲喜剧》中有对温庭筠词句的直接化用，唤起读者心中熟悉的古典记忆，构写的是一幅千古相通的“江楼思妇”图，但不同的是，席慕蓉诗中加入了喜剧性的想象，也加入了等待的女子内心的自语，笔触更为细腻地写出了悲喜交织、亦信亦疑中的温柔期待，将这样一种女性姿态放入历史纵深感之中，转换叙述者视角，以主观叙述的身份在诗句中发声，在假定的时空里唱出现代人自己的心曲。《悲喜剧》在《望江南》悲剧美的基础上加入喜剧的幻想，融悲与喜、古与今、幻想与现实于一体。

《悲喜剧》继承了《望江南》的古典意境，又挖掘了其中潜在的诗意，演绎为现代人的故事。其中贯穿着的，正是那种异地相契，异时可通的意境之美。

四、韵律：古典情怀观照下的用韵之法

席慕蓉的诗歌具有朗朗上口的韵律美，或连续用韵，或隔行用韵，或灵活用韵，都将语言的音韵美感与诗歌本身的诗意诗境结合，呈现出圆融一体的特征。席慕蓉诗歌的韵律不同于铿锵有力、掷地有声的豪放派，而表现为一种圆润柔和、温婉雅致的蕴藉之美。[1]

古典诗歌中用韵大多依据韵书，韵、节奏、平仄构成中国诗歌韵律的三要素。平仄在新诗中的运用并没有太大规律，在本章节中，主要讨论席慕蓉诗歌中的韵和节奏如何继承学习中国古典诗歌的韵律表达方式。诗歌的押韵方式有很多种，有连句韵、间句韵、一章一韵、一章易韵、隔韵、隔数句遥韵、隔章尾句遥韵等，而这些押韵方法大部分在《诗经》中就已被运用。[2]

席慕蓉的诗歌中，大致可以归纳出以下几种用韵方法：

1. 连句用韵

连句用韵的诗歌形式最早应源于柏梁体，后亦被历代诗人沿用。清代赵翼《陔馀丛考·柏梁体》上说："汉武宴柏梁台赋诗，人各一句，句皆用韵，后人遂以每句用韵者为柏梁体。然《柏梁》以前如汉高《大风歌》、荆卿《易水歌》……可见此体已久有之，不自《柏梁》始也。但联句之每句用韵者，乃为柏梁体耳。"[3]这段文字不仅指出了柏梁体"每句用韵"的核心特点，也指出了这种诗体的起源和悠久

[1] 在《席慕蓉诗歌语言的音韵美》一文中，学者温瑜认为"不同的韵有不同的风格色彩，是生成不同表现风格的手段"。她根据洪亮级和柔和级的分类方法将席慕蓉的诗歌韵部分别进行了数字统计，认为极大多使用的是柔和级韵，造就了她诗歌委婉缠绵的音韵之美。学者刘娜在《席慕蓉诗歌浅论》中对以上两点都有涉及，从四个方面研究席慕蓉诗歌的音韵方面的特点：节奏与顿式的灵动跳跃；多用复沓形式以增强诗的节奏感；用韵上多用换韵，很少一韵到底；多用虚词等。

[2] 朱光潜：《诗论》，北京出版社2000年版，第233页。

[3] 赵翼：《陔馀丛考》，中华书局2016年版，第617页。

历史。

诗人杜甫也曾用这种每句用韵的形式创作了《饮中八仙歌》，通篇押“一先”韵，创作难度较大。而通观现当代诗歌，由于篇幅变长，句式组合的自由度提升，因而通篇用韵极为少见，但在某一段或某一章节中，连句用韵的情况却不在少数。在席慕蓉的诗歌中，连句用韵的章节或段落可以举出不少例子，如《晓镜》中间一节：

我以为/只要绝口不**提**/只要让日子继续地过**去**/你就终**于**/终于会变成一个古老的秘**密**

这一节连句押韵，不仅读来有自然的音韵美感，而且将诗人忧愁怅惘的情思表达得更加深切动人。这无不得益于古典诗歌的感染和启发。这样的例子还如《诗的成因》最后一节：

日落之后/我才开始不断地回**想**/回想在所有溪流**旁**的/淡淡的阳**光**/和淡淡的花**香**

还如《别后》的最后一节：

在高高的天空上/每一朵飞驰的云都可能是回顾的**你**/正在向峡谷最深的暗影**里**/搜寻　我的踪**迹**

2. 隔行用韵

隔行用韵的情况又分为两种，一为中隔一行不用韵，其余各句皆用韵，即“BBCB”；一为有规律地隔行用韵，即“ABCB”。这也应可视为对中国古典诗歌，尤其是律诗的用韵方式的学习、继承和创新，使之更加灵活，适应于当代诗歌的表达需要。“BBCB”的用韵方式在席慕蓉诗歌中例子不在少数，如《回首》的第一章节：

一直在盼望着一段美丽的爱/所以我毫不犹疑地将你舍**弃**/流

浪的途中我不断寻觅/却没料到　回首之**时**/年轻的你　从未稍**离**

这段诗句的后四句，隔第三句外，均押韵，相比于句句押韵，更加具有错落有致的美感。

还如《祈祷词》中的第一节：

我知道这世界不是绝对的**好**/我也知道它有离别　有衰**老**/然而我只有一次的机会/上主啊　请俯听我的祈**祷**

还如《历史博物馆》中的一节：

既然我该循路前去迎**你**/请让我们在水草丰美的地方定**居**/我会学着在甲骨上卜凶吉/并且把爱与信仰　都烧进/有着水纹云纹的彩陶**里**

这一节隔“并且把爱与信仰　都烧进”一句，其余各句押韵。还如《渡口》的最后一节：

是那样万般无奈的凝视/渡口旁找不到一朵可以相送的**花**/就把祝福别在襟上**吧**/而明日/明日又隔天**涯**

还如《尘缘》中：

明知道总有一日/所有的悲欢都将离我而**去**/我仍然竭力地搜**集**/搜集那些美丽的纠缠着的/值得为她活了一次的记**忆**

有时在现代诗歌中，分句较为灵活，可能在隔单行用韵的情况中产生隔两行用韵的情况，但其表达效果与隔单行用韵相通，如《楼兰新娘》中：

我的爱人　曾含泪/将我埋**葬**/用珠玉　用乳**香**/将我光滑的身躯包裹/再用颤抖的手　将乌羽/插在我如缎的发**上**

隔单行或两行押韵的诗歌书写方式，可以使诗意在一个停顿、一个回复中，在下一句的押韵里得到更好的抒发，获得一种欲扬先抑、欲诉还休的诗歌营构之美。

"ABCB（DB）"的诗歌用韵方式在席慕蓉诗中也有不少例子，如《历史博物馆》中的：

可是　究竟在哪里有了差**错**/为什么　在千世的轮回里/我总是与盼望着的时刻擦肩而**过**/风沙来前　我为你/曾经那样深深埋下的线**索**

这一节为席慕蓉诗中典型的"ABCBDB"的用韵方式，这种方式相较于前一种而言，用韵的排列更加整齐而有规律，使读者在一顿一韵的阅读过程中有音韵此响彼和的朗读期待。类似的例子还如《历史博物馆》中的：

去又复返　仿佛/总有潮音在暗夜里呼唤/胸臆间满是不可解的温柔需**求**/用五色丝线绣不完的春日/越离越远　云层越积越**厚**/我斑驳的心啊/在传说与传说之间缓缓游**走**

还如《生别离》中的：

悲莫悲兮　生别**离**/而在他年　在/无法预知的重逢**里**/我将再也不能/再也不能　再/如今夜这般的美**丽**

还如《树的画像》中：

当迎风的笑靥已不再芬**芳**/温柔的话语都已沉**寂**/当星星的瞳子渐冷渐**暗**/而千山万径都绝灭了踪**迹**

这一节的押韵方式属于隔行押韵中较为特殊的“ABAB”型。而“ABCBDB”型的典型例子还如《回首》中的：

从未稍离的你在我心中/春天来时便反复地吟**唱**/那滨江路上的灰沙炎日/那丽水街前一地的月**光**/那清晨园中为谁摘下的茉莉/那渡船头上风里翻飞的裙**裳**

3. 同节换韵

同节换韵即指在诗的同一小节中，前半部分和后半部分均押韵，但韵脚改换，即“AABB”式结构。席慕蓉诗歌中亦有这样的例子，如《回首》的最后一节：

在风里翻飞　然后纷纷坠**落**/岁月深埋在土中便成琥**珀**/在灰色的黎明前我怅然回顾/亲爱的朋友啊/难道鸟必要自焚才能成为凤**凰**/难道青春必要愚昧/爱　必得忧**伤**

还如《青春之一》中的两节：

无论我如何地去追**索**/年轻的你只如云影掠**过**/而你微笑的面容极浅极**淡**/逐渐隐没在日落后的群**岚**。

遂翻开那发黄的扉**页**/命运将它装订得极为拙**劣**/含着泪　我一读再**读**/却不得不承认/青春是一本太仓促的**书**

还如《铜版画》中的第一节：

若夏日能重回山**间**/若上苍容许我们再一次的相**见**/那么让羊齿的叶子再**绿**/再绿　让溪水奔流/年华再如**玉**

同节换韵的情况中，随着韵的转换，往往产生诗意的转折或递进，因此，诗意与韵的灵活转变，使得诗歌的同一小节的前后两部分呈现出相离又相合的特点，在短短的一节中有了诗意和情思的起承转合，显得饱满丰盈，灵动而有韵致。

4. 节末押韵

节末押韵的方式即指在整首诗中，仅在每一节的节末押韵，这样的诗通常篇幅较短，虽然韵脚相隔较远，但押韵的效果依然存在。如席慕蓉的《乡愁》：

故乡的歌是一支清远的**笛**/总在有月亮的晚上响**起**/
故乡的面貌却是一种模糊的怅惘/仿佛雾里的挥手别**离**/
离别后/乡愁是一棵没有年轮的树/永不老**去**

全诗分为三节，每节节末押韵，但因篇幅紧凑，读来依旧朗朗上口，具有乐感美，又增强了诗意美。这样的例子还如《结局》：

当春天再来的时候/遗忘了的野百合花/仍然会在同一个山谷里生长/在羊齿的浓荫处/仍然会有昔日的馨**香**
可是　没有人/没有人会记得我们/和我们曾有过的欢乐与悲**伤**
而时光越去越远　终于/只剩下几首佚名的诗　和/一抹/淡淡的　斜**阳**

通过以上归纳与分析，我们不难发现，在席慕蓉诗歌中有着高密度的用韵现象和丰富变化、灵活调整的用韵样式。这不仅使诗歌的阅读过程更具有乐感美，而且使得作者对诗歌意脉的营构（转折、递进、往复、欲扬先抑）和个性情感的表达更有节奏，也与诗歌本身的韵律美相辅相成。仔细阅读席慕蓉的运用各种押韵样式的诗歌不难发现，作者在有意识地调整诗歌音步，或分行调整保持每行音步相近，或使诗歌双节对称以保持对应行音步相近，使得诗歌具有别致的结构美、建筑美，这亦有利于丰富的用韵方式发挥作用。而这无不得益于古典诗歌美学的熏陶和浸染，也是当代作家将“新古典主义”应用于诗歌创作实践的可贵努力。

五、结语

席慕蓉对古典诗歌文化的因循和借鉴中，其立意的确定、境界的化用，与自我本身的女性话语表达圆融为一体，展现了不同阶段、不同心境、不同故事中的女性温柔、细密、曲折、执着的内心世界表达。因而，她的诗作整体呈现为柔婉灵动，情深意真，忧而不怨，境界圆融和美的风格特征。在意象、意蕴、意境上，都带有古今相承的女性特质和女性话语方式。意象上，作者着意选择带有柔美婉约的审美特质的意象，如莲、荷、月等，并挖掘其中符契于自身女性话语表达的内涵特质。意蕴上，席慕蓉所借鉴和承袭的意蕴多是古诗词中女性自我表达的深婉心曲，或是炽烈真挚的恋歌，或是欢而负情的惊变，或是纯美羞涩的期待，都传达出古典女性柔美婉约的如水姿态，迥异于当代女性独立而鲜明的女权主义话语表达，即使是鼓舞将士的豪放战歌，也在席慕蓉笔下被改写为女子眷恋不舍又大义决然地送夫出征的凄美动人的一曲琵琶（席慕蓉在《历史博物馆》中对王翰《凉州词二首·其一》的改写，见上文分析）。意境上，席慕蓉承袭婉约词的幽婉清灵的审美境界，借助其中本身具有的丰富的男女相思、女性守望的内涵，进一步增加曲折动人的女性心理细节、情感体验和内心话语过程，演绎出跨越古今而异地相契、异时可通的女性故事，女性心曲。

席慕蓉结合个我细腻丰富的女性情感体验，将扎实的古典文学修养融汇于诗情的表达，强烈的女性意识与个性，使其诗歌的立意广泛借鉴了古典诗词中温软而幽美的女性话语方式，又以更为柔细、更为灵动、更加婉曲可感、引人共鸣的文笔娓娓道来，是古意，亦是今情，亘古不变的，是其中温暖而真实的人性，是生命的力与美相碰撞的回响，是女性的爱愿与性灵的一曲温婉清越的歌。

【作者简介】复旦大学古籍整理研究所硕士研究生。

诗史言说与叙事传统

董乃斌

【摘　要】解释“诗史”“史诗”的涵义，探讨“诗史”的源头和成立的理由，并将诗史言说与叙事传统联系起来考察，勾勒中国诗歌叙事传统的主要特征和内涵，寓有以古鉴今的意图。

【关键词】史诗　诗史　诗史言说　叙事传统

关于“诗史”的言说，在中国诗歌史和诗学史上，可谓触目皆是。直至今日，对于“诗史”的言说仍然非常多。[1]

“诗史”，从字面看，可以是诗歌史的简称；也可以成为对某首诗、某些诗或某个人的诗的评价，一种肯定性的，甚至是崇高的评价。把“诗史”二字颠倒过来，便是“史诗”。史诗（epic）是一个外来词，本指诗歌的一种品类，是古代描写传说或历史中英雄事迹的长篇叙事诗，如众所周知的希腊史诗《伊利亚特》《奥德赛》等。此词传入中国，曾经引发中国有无史诗的疑问和讨论，但后来更经常被用为形容和借喻，用以肯定赞美那些规模宏大、内容丰富或思想比较复杂深刻的文学作品，其使用范围并不限于诗歌，而是可用于各种文体。诗史，史诗，虽是同样两个字的颠倒，却各具意义，然而作为文学评价术语，它们又有某种相同相通之处，大抵都是指那种在思想、艺术乃至体量规模上达

[1] 历代与当代言及“诗史”或讨论“诗史”问题的论著（包括博硕士论文）数量很多。英年早逝的学者张晖的《中国“诗史”传统》对此作了系统梳理。此书由生活·读书·新知三联书店于2012年出版，是《三联·哈佛燕京学术丛书》的一种。

到相当高度、基本上值得肯定的作品，而且事实上还往往都是叙事性作品。

不过，本文并不是要来做诗史和史诗的比较，本文着重要谈的是关于诗史言说与叙事传统的问题。

一

诗史二字组联成词，一般以为起于晚唐孟棨的《本事诗》，或更早一点的沈约《宋书·谢灵运传》。[1]

其实，诗史二字何时相连，有偶然性也有必然性。现存的文献似乎显示，孟棨之前还没人纪录过“诗史”二字。然而焉知在他之前就真的无人言说过？或者早于他的文字纪录在历史的长河中不幸遗失了？[2]对于“诗史”，实在没有必要胶柱鼓瑟地考证谁是最初的提出者，即没有必要纠缠于它产生的偶然性，与其如此，不如更多地关注其产生的必然性。

原来，在中国，诗与史从一开始就曾经是彼此不分的一回事，是处于你中有我、我中有你，甚至你就是我，我就是你的状态。在中国的文化史、文学史上，有相当长一段时间，诗（文）和史是浑然不分的；分开，是历史发展到一定阶段才发生的事。而且，即使到有人认识到文史应该分家，并从各方面努力使它们得以分开，虽取得一些效果却很难彻底实现文史分离的时候，甚至直到今天，文（也包括诗）史不分或浑然难分，依然是一个大问题。文与史似乎总有一部分是双祧的，是兼体的。不仅在中国是如此，在外国，也是如此。所谓文和史，都是人类智力创造物，二者本有许多内在的同一性。所以文史难分很可能是一个将要伴随人类存在之始终、人类自身所不可能完全解决的大问题。

既然诗与史有过一段浑然不分的经历，“诗史”或“史诗”便是一

[1] 参见张晖《中国“诗史”传统》引言及第一章，生活·读书·新知三联书店2012年版。孟棨《本事诗》:“杜（甫）逢禄山之难，流离陇蜀，毕陈于诗，推见至隐，殆无遗事，故当时号为‘诗史’。”沈约《宋书·谢灵运传》史臣曰：“至于先士茂制……并直举胸情，非傍诗史。”

[2] 方孝岳《中国文学批评》认为孟棨《本事诗》所记“诗史”“本是当时流俗随便称赞的话，不足为典要”。生活·读书·新知三联书店1986年版，第188页。

种历史事实，一种客观存在，一种无法漠视的现象，那就早晚会在人的思维、语言和文字中反映和表现出来。“诗史”这个词迟早是一定会在中国出现的，只不过在现存哪个朝代的文献中发现这个词，却有些偶然性而已。

中国人确实很早就发现并论说了诗史关系的密切——因为，在上古，文字产生之前，它们本是二位一体的。产生于公元前四世纪左右（战国后期）的《孟子》，其《离娄下》有云：

> 孟子曰：王者之迹熄而《诗》亡，《诗》亡然后《春秋》作。晋之《乘》，楚之《梼杌》，鲁之《春秋》，一也。其事则齐桓、晋文，其文则史。孔子曰：“其义则丘窃取之矣。”

这是一句众所周知的名言。对这句话，历来有不同的理解和解释。下面的论述主要依据杨伯峻先生《孟子译注》中的说法。他对这段话的译文如下：

> 孟子说：“圣王采诗的事情废止了，《诗》也就没有了；《诗》没有了，孔子便创作了《春秋》。（各国都有叫做‘春秋’的史书，）晋国的又叫做《乘》，楚国的又叫做《梼杌》，鲁国的仍叫做《春秋》，都是一样的：所记载的事情不过如齐桓公、晋文公之类，所用的笔法不过一般史书的笔法。（至于孔子的《春秋》就不然，）他说：‘《诗》三百篇上寓褒善贬恶的大义，我在《春秋》上便借用了。’”

杨先生在译述中添加了自己的理解，从而使经典的意思较为显豁。孟子并没有说“王者之迹熄而诗亡”的“诗”是《诗经》，但杨先生明确地认为，这里应该是指《诗经》。这是一。第二，孟子也没有说“诗亡然后《春秋》作”是指孔子“创作《春秋》”，但杨先生把这一点明确了。第三，杨先生还进一步指出，孔子的《春秋》借用了《诗三百》寓褒善贬恶的大义，这也是孟子没有明说的，而杨先生的话使我们自然想到，这实际上是在暗示孔子的“春秋笔法”乃源自《诗经》的美刺讽谏，也就是说，在这个“大义”上，孔子《春秋》与《诗经》有着深刻的渊源关系。杨先生是个严谨的学者，他在译解《孟子》这段话时，特意增词以解，一定是为了更好地阐明孟子本有却因语简而可能引起后人歧解的意思。而我也相信，且从至今的许多文章也能够证实，杨先生的译解确是代表了古今学界的主流看法。[1]

从孟子原话和杨先生的解说，我们可以获得几点比较重要的认识。

第一，孟子所言涉及了我们所关注的诗史关系，且具体是指《诗三百》与史的关系，即后人所谓《诗经》与历史的关系。我们要谈“诗史”，谈诗与史的关系，如果不追溯得更早，起码也应从这里开始。

第二，《诗三百》（应该还包括《诗经》成书时被删落以致后来逐步被遗忘的那些诗）都曾经是一种史述。在那时，诗与史是一回事，我就是你，你就是我。那时，诗与史的区别不在其内容，而在其表达，主要是在于记述的重点和语言（文字）的色彩有所不同。诗记政治大事，也记生活琐事，诗的语言（文字）允许夸张华丽，史文则更强调直笔和朴实（虽实际上仍难免形容和夸张），“其文则史”，这个“文”是和诗同时而相对地存在着的。诗与史，无论作为文体还是学科，在后世是被分开了，但“诗史”一词却仍把二者联为一体，这时“诗史”则是指文学性的诗歌与历史性的史述两种不同性质的文体发生了密切关系，“诗史”也好，“史诗”也好，其词的重心都是在于“诗”，主要是指那种具有浓厚史性质地的诗歌（或其他文学作品）。诗史或史诗都是指文学作品（而非历史著作）；而所谓“史性”，其内涵与实质，无非是以接近实录的态度和直笔的手法表现和记叙现实、时事、新闻——从一般社会问题到政治、军事、经济、文化，直至改朝换代、政权更替那样的重大事

[1] 讨论孟子这段话含意的论文，至今不断，见解各有侧重，均有参考价值。我浏览有限，不能一一引用。印象比较深的如刘怀荣《孟子“迹熄〈诗〉亡”说学术价值重估》（《齐鲁学刊》1996年第1期）、马银琴《孟子“诗亡然后春秋作”重诂》（《上海师范大学学报》2000年第3期）、魏衍华《孟子“诗亡然后春秋作”发微》（《理论学刊》2010年第4期）等。台湾清华大学教授蔡英俊《“诗史”概念再界定——兼论中国古典诗中“叙事”的问题》（2006）对此亦有专论，基本同意杨伯峻观点。

件等。

第三，其实，在《诗经》尚未成书之前，各国就已经存在“史”，晋之《乘》，楚之《梼杌》，鲁之《春秋》。那时诗、史一家，那时的诗也就是史，就是史料，所以那时不需要“诗史”这个名称，而已存在“诗史”的现象或曰事实，既有其实，则“诗史”之名，便随时可以出现，至于究竟何时出现，何时被记录于文字，记录下来会不会丢失等则有偶然性。

第四，《诗三百》有比兴隐喻、美刺讽谏，与之同时存在的各国春秋“其文则史”，似乎在表述上还没有那么多花样而比较质朴简陋。孔子的贡献是把诗的表现手法借用到史的写作中，使一字褒贬这种“春秋笔法”成了著史的“大义”，对后代产生了巨大影响。而诗与史分家的种子，也在一开始就埋下了；诗与史从最初的根本不分到渐渐各有特色，有所区分，到基本分开了却又藕断丝连，保持难分难解的状态，在新的背景和不同层次上出现新的你中有我我中有你情景，这个漫长而几乎无止境的过程，也就启动了。

要说明当孔孟之时，诗史不分实为一家，不须远求，就在《孟子》书中，便可以看到他把《诗经》原文当作史料运用的例证。《梁惠王上》记载孟子和梁惠王关于“贤者之乐”的对话。王“立于沼上，顾鸿雁麋鹿”，问孟子曰：“贤者亦乐此乎？”孟子巧妙地将话题引到贤不贤不在于是否因拥有池沼鸿雁而乐或不乐，关键是能否与民同乐。他指出，能够与民同乐，那么即使役使百姓修建池沼，百姓也会乐意，君王也才快乐；如果相反，百姓就会诅咒反对，君王拥有池沼鸿雁也不可能得到快乐。为了证明自己的论断，孟子引用了正反两条史料。正面的是《诗经·大雅·灵台》的“经始灵台，经之营之。庶民攻之，不日成之。经始勿亟，庶民子来。王在灵囿，麀鹿攸伏。麀鹿濯濯，白鸟鹤鹤（翯翯）。王在灵沼，于牣鱼跃”。用周文王修灵囿百姓踊跃从事的例子来阐说“古之人与民偕乐，故能乐也”的道理。反面例子则是夏桀，引用《尚书·汤誓》“时日害（曷）丧，予与女偕亡”发出“民欲与之偕亡，虽有台池鸟兽，岂能独乐哉”的警告。孟子在这里，完全是把《灵台》诗的描述当作史实看待的。在他看来，《灵台》就是《诗》亡而《春秋》

作之前的历史记述。所以此节引用的文字较多，是12句，48字，而不像在其他地方引《诗经》往往仅是两句8个字而已。[1]

这样的例子，《孟子》书中还有多处。如与梁惠王谈到“文王之勇”，引用《诗经·大雅·皇矣》:“王赫斯怒，爰整其旅，以遏（按）徂莒（旅），以笃于周祜，以对于天下。”这是《皇矣》篇描写“密人不恭，敢距大邦”，周文王兴师问罪的一节。又如在回答齐宣王自称“好货”“好色”时，引用《大雅·公刘》和《绵》，说明只要是“与百姓同之”，好货好色都不成问题：

昔者公刘好货，诗（《公刘》）云:“……乃积乃仓，乃裹糇粮，于橐于囊，思戢用光，弓矢斯张，干戈戚扬，爰方启行。”故居者有积仓，行者有橐囊也，然后可以爰方启行。王如好货，与百姓同之，于王何有？

昔者太王好色，爱厥妃。诗（《绵》）云:“古公亶父，来朝走马，率西水浒，至于岐下，爰及姜女，聿来胥宇。”当是时也，内无怨女，外无旷夫。王如好色，与百姓同之，于王何有？[2]

这显然是把《公刘》和《绵》的诗文当作了叙述先王事迹的历史记载来使用的。

再如《滕文公上》记述滕文公向孟子问“为国”，孟子引《豳风·七月》“昼尔于茅，宵尔索绹，亟其乘屋，其始播百穀”教以“民事不可缓”之理，接着引《小雅·大田》论历代田税制度的不同与优劣，最后引用“周虽旧邦，其命维新”（《大雅·文王》）的话，鼓励滕文公以周文王为榜样既继承传统不违旧制，又努力创造新气象。

《孟子》又一处用《诗经》史料为借鉴论述现实政治的例子，是孟

[1] 即使仅引用二句八字，也是在运用史料，如“周虽旧邦，其命维新”；但引得多，史料意义更明显。

[2] 以上二例均见《孟子·梁惠王下》。杨伯峻：《孟子译注》，中华书局1980年版，第31页，第36—37页。

子引用《大雅·文王》篇“商之孙子，其丽不亿。上帝既命，侯于周服。侯服于周，天命靡常。殷士肤敏，祼将于京”来阐释服从天命与实施仁政的关系。《文王》的诗意是时运一过，殷商后代即使优秀也只能臣服于周。无论大国小国，只有实施仁政才能获得天佑，而不实施仁政，就犹如《大雅·桑柔》所云“谁能执热，逝不以濯”——大热天却偏不肯冲凉，完全是悖时而行，必然事与愿违。

从孟子对《诗经》的引用看，他的确是把《诗经》当作无可怀疑的可靠历史文献来利用的。在他的心目中，《诗》也就是“史”，二者是可以通用的。从《孟子》可以看出，除《诗经》外，当时已有史书，这种史书孟子称之为“传”，但《孟子》引传显然少于引《诗》。[1]也有的时候，孟子对他游说的君王论史，并不说明出处或根据，如他两次同梁惠王谈到“大王居邠”因狄人相侵而迁至岐下之事，所述与《大雅·绵》一致，也与后来的司马迁《史记》相合，但比《绵》的叙述具体详细。孟子的历史知识是从哪里来的呢？估计离不开当时已经存在的史籍。当然，生活于《诗》亡《春秋》兴之际，史书还不很发达，阅读也可能颇为不便，故他在论述问题时，还是更习惯于从《诗经》摄取资料。

二

现在，我们可以更好地理解闻一多在《歌与诗》一文中对“《诗》即是史”的阐释了。

《歌与诗》，据当初《闻一多全集》的编者注释，“这是计划中的一部《中国上古文学史讲稿》的一章”，[2]讲的是中国文学的源头。文末署“二十八年六月一日”。那么，应该是抗战期间在西南联大任教时所作。此文不长，却包含了有关诗史问题的重要论述。

[1]《孟子·梁惠王下》：齐宣王问："文王之囿方七十里，有诸？”另一处，又问："汤放桀，武王伐纣，有诸？”两次孟子皆对曰："于传有之。”这里的“传”就是当时的史籍，诸如晋之《乘》，楚之《梼杌》，鲁之《春秋》之类（参杨伯峻《孟子译注》）。

[2]《闻一多全集》，上海开明书店1948年版，生活·读书·新知三联书店1982年据以重印。

该文共三节。第一节论歌，其末尾说："以上我们反复的说明了感叹字确乎是歌的核心与原动力，而感叹字本身则是情绪的发泄，那么歌的本质是抒情的，也就是必然的结论了。"[1]

第二节论诗，从考订"诗"字本义入手，汉人将诗训为志，闻一多也认为诗与志"原来是一个字"，而"志"则有记忆、纪录、怀抱三义。他接着说："无文字时专凭记忆，文字产生以后，则用文字记载以代记忆，故记忆之记又孳乳为记载之记。记忆谓之志，记载亦谓之志。古时几乎一切文字记载皆谓之志。""一切记载既皆谓之志，而韵文产生又必早于散文，那么最初的志（记载）就没有不是诗（韵语）的了。"于是引出歌以抒情为本质，诗以叙事为本质，指出歌与诗具有抒情与叙事的对垒性特点。"对垒性"这三个字把抒情、叙事的关系和性质鲜明而准确地标示出来，正如闻一多所说："诗与歌根本不同之点，这来就完全明白了。"[2]随后引孟子"王者之迹熄而《诗》亡"这段名言和《诗大序》来说明古代"诗即史"，说明国史与诗（以变风变雅代表）的密切关系。"古代诗所管领的乃是后世史的疆域""原来诗本是记事的，也是一种史""诗即史，当然史官也就是'诗人'""'繁于文采'正是诗的荣誉，这里（指《论语》《仪礼》《韩非子》等书对史文的批评）却算作史的罪名，这又分明坐实了诗史之间不可分离的关系"，都是本节中的重要论断。

闻一多的论证，在我们看来，还可以导出如下的观点：当歌、诗尚在二分的时候，歌主抒情，诗主叙事，但诗歌早晚是要合流的，抒情与叙事的对垒性也就早晚要化合为诗歌特质的统一性。而且进一步从根本上讲，诗歌中不会有毫无感情色彩的叙事，也不会有绝对无事、无来由的抒情，抒情叙事虽可分剖解析，却实难截然割裂。既然如此，一部诗歌史当然只能从头就由抒情和叙事两大传统来贯穿，而不可能是任何单一传统的贯穿史。

---

[1] 刘熙载《艺概·诗概》论诗可分为歌、诵两种，"诵显而歌微，故长篇诵，短篇歌，叙事诵，抒情歌"。可以参看。

[2] 抒情和叙事是文学表现手法上的"对垒"，其余种种修辞手段皆隶属其下，为其服务，"对垒"不等于没有互渗和交叉，抒叙有时不易分清，但不易并非不能，更非完全、绝对不能，基本还是可以分清的。

果然，闻一多在第三节中作出了更精彩的论述：

> 诗与歌合流真是一件大事。它的结果乃是《三百篇》的诞生。一部最脍炙人口的《国风》与《小雅》，也是《三百篇》的最精彩部分，便是诗歌合作中最美满的成绩。一种如《氓》《谷风》等，以一个故事为蓝本，叙述方法也多少保存着故事的时间连续性，可说是史传的手法，一种如《斯干》《小戎》《大田》《无羊》等，平面式的纪物，与《顾命》《考工记》《内则》等性质相近，这些都是“诗”从它老家（史）带来的贡献。然而很明显的，上述各诗并非史传或史志，因为其中的“事”是经过“情”的泡制然后再写下来的。这情的部分便是“歌”的贡献。由《击鼓》《绿衣》以至《蒹葭》《月出》，是“事”的色彩由显而隐，“情”的韵味由短而长。那正象征歌的成分在比例上的递增。再进一步，“情”的成分愈加膨胀，而“事”则暗淡到不合再称为“事”，只可称为“境”，那便到达《十九首》以后的阶段，而不足以代表《三百篇》了。同样，在相反的方向，《孔雀东南飞》也与《三百篇》不同，因为这里只忙着讲故事，是又回到前面诗的第二阶段去了，全不像《三百篇》主要作品之“事”“情”配合得恰到好处。总之，歌诗的平等合作，“情”“事”的平均发展是诗第三阶段的进展，也正是《三百篇》的特质。

这里最有价值，对我们的研究启发和支持最大最强的，是闻一多按照叙事、抒情成分的比重多寡将《诗经》作品做了举例性的排队，从《氓》《谷风》到《斯干》《小戎》《大田》《无羊》，再到《击鼓》《绿衣》以至《蒹葭》《月出》，是叙事性递减而抒情色彩渐增的队列，再往后，叙事性再减，抒情色彩愈浓，就会发展到《十九首》的境界。而在另一端，则是叙事性继续增强，直到“忙着讲故事”的《孔雀东南飞》模式。闻先生的这个队列法，与我们所拟试用的诗歌抒叙光谱分析法，虽在具体答案上可能有所差异，但在基本思路、分析的原则和标准方面，却是非常一致的。即都认为诗歌内容的抒情、叙事是可以分析甚至某种程度量化（哪怕是比较模糊）的，量化了以后是可以进行比较的，比较的结果又是可以按抒叙比重的多少轻重而加以排列的，而这种排列则有助于对诗歌作品之美学特征、性质功能乃至意义价值的分析。对我们的思考和研究，闻先生是不折不扣地导夫先路。

闻先生重视诗的史性（记忆、纪录），但也没有忘记诗歌的抒情性。他认为，“诗言志”“诗传意”“诗缘情”，志、意、情实是一回事，而“‘诗言志’的定义，无论以志为意或为情，这观念只有歌与诗合流才能产生。”“《三百篇》时代的诗，……是志情事并重的”，后来人的观念中却“把事完全排出诗外”以至“诗后来专在《十九首》式的‘羌无故实’空空洞洞的抒情诗道上发展，而叙事诗几乎完全绝迹了，这定义（指‘诗言志’）恐怕不能不负一部分责任。”闻先生把《诗经》诸作视为抒叙良好结合的典范，又认为出现《十九首》式的抒情诗，一部分的原因是因为在诗中排除“事”而过偏地强调情志意（“诗言志”）的缘故。

从主张抒叙结合的传统出发，闻一多先生对“诗言志”这个中国诗歌的开山纲领提出了批评，可谓洞若观火，即在今天看来，仍然振聋发聩。闻先生的敏锐与无畏，真是令我们钦佩之至。[1]关于“诗言志”说的内涵、实质、局限、在诗歌史上正负两方面的影响等问题，实在值得深细论之。本文不能展开，只就我们的论题先做些小小补充。

我们以为，可以把《诗经》时代视为抒情叙事两大传统的发端，以屈原《离骚》《天问》为代表的楚辞，抒叙融合，和谐共存，继承并发扬了两大传统；但两大传统的发展并不平衡，有互动也有互竞，也就不完全同步，不妨说《十九首》是代表抒情传统发展的一个里程碑，或者说《十九首》的出现代表了早期的一个阶段而已。《十九首》抒情成分重，至于“羌无故实”“空空洞洞”的评价，肯定会有不同意见。实

[1] 事实上，认为“如果说中国文学抒情传统从整体而言就是一个抒情传统，大体不算夸张”的陈世骧先生，也曾明确指出“抒情精神（lyricism）成就了中国文学的荣耀，也造成它的局限。”（据陈世骧《论中国抒情传统》，陈国球译文）虽然陈先生没有具体说明那局限究竟是什么，但闻先生对某些抒情诗走上“羌无故实空空洞洞”之道的批评，或许可与陈先生的话参看，而令我们悟出些什么吧。

际上,《十九首》的出现,原因也颇复杂。还应该看到,闻先生的批评,不仅是对《十九首》,主要还是对后世某些"《十九首》式"的诗歌(其特点就是羌无故实、空空洞洞),这批评无疑是有的放矢的。而汉末出现《十九首》这样的作品,固然可能与受"诗言志"纲领的引导与制约有关,但也是文人自我意识觉醒的结果,是所谓文学觉醒的标志之一(在文体上与史学分家),与古来浑然一体的文史(诗和史)在发展过程中各自趋于独立的内在要求有关。而且,《十九首》虽总体抒情色彩浓重,然而真正可算"纯抒情"的,却只是极个别的(如其十五《生年不满百》)大部分都还是抒叙结合的产物,对它们仍能进行叙事分析,在上节所言的抒叙队列中,它们多数仍将排在当中,而并不尽在单纯抒情一端。一味强调抒情,企图完全割断与"事"的联系,走到极端,的确会造成"羌无故实空空洞洞的抒情诗",闻先生的这一批评尖利而深刻,几乎适用于整个诗歌史,对此我们深有同感。比起后代等而下之(因空洞抒情而至于自说自话无病呻吟)之作,被历代文人激赏的《古诗十九首》应该还算是比较好的早期文人诗。[1]

三

历代人们对"诗史"的内涵作过许多探讨,有过多方面的解说。张晖《中国"诗史"传统》一书在缕述了自宋至清的众多诗史言说后,在最后一章将其列为十七种说法,然后指出:"综观历代的'诗史'说,其间贯彻着一个最为基本的核心精神,那就是强调诗歌对现实生活的纪录和描写。"又说:"宋代的'诗史'说虽然繁杂,……实际上都指向同一个基本的文学理念:即诗歌的内容须记载、反映外在的客观世界。"应该说,张晖的这个概括是中肯的、实事求是的。他甚至已经论述到:"强调诗歌记载现实生活的'诗史'说,起源于晚唐,到明代就基本稳定下来,成为中国传统诗学中一贯要求诗歌描写现实、反映现实、记载现

[1]《古诗十九首》表现了较强的自我生命意识和追求个体自由的精神,标志着文人主体意识的觉醒和文学的自觉,其诗抒情色彩浓郁,不少受陈世骧观点影响的台湾学者甚至认为,中国抒情传统并不是从《诗经》开始,而应该从《古诗十九首》出现算起。

实的一种具有代表性的理论述（诉）求。”这里除了“起源于晚唐”的说法略显拘泥外，其他内容所概括的实际内容，已足以形成与“情志说”“抒情传统”相对垒的另一个传统，即叙事传统了——事实上，张晖也把自己的书名为《中国“诗史”传统》，用了比“理论诉求”更准确的“传统”二字。而“诗史传统”的核心、实质和要害，不就是叙事吗？所谓诗史传统，换言之，不就是叙事传统吗？抽掉叙事，哪里还有什么诗史传统？可惜的是，也许是“抒情传统”说势力实在太强大，或者还有别的什么原因，他虽然已经接近于发现并几乎道出与之“对垒”的叙事传统，甚至道出诗史传统即叙事传统，此传统恰与抒情传统“对垒”（即抗衡而互动）等等——这些观点几乎已到口边，呼之欲出，却终于未敢大胆突破框框，进行属于自己的理论创新，而是不无勉强地坚持拿抒情传统来统率中国文学，把明明与之对垒抗衡的叙事传统硬是置于低一个层次的地位。[1]

其实，诗史言说虽然纷繁，但在众多说法中，最有价值、能对诸说起到提纲挈领作用的，乃是叙事说。

史的本质是叙事，是记录（且世上没有毫无感情色彩的叙事）；诗的本质是抒情，是言志（且世上也没有全不涉事的抒情）；而诗史的本质便是富于感情色彩地叙事。诗在孔子《春秋》式史书出现之前，本就承担了叙事纪事的职责，诗曾经就是史。以诗的形式记载的历史（称之为史诗也罢，诗史也罢），无疑须具有“史性”，但毕竟与史书不同，它必然是带感情色彩的，不但记什么不记什么、何事用浓墨何事用淡笔甚至略去，都是有意选择的，而且其表述必有倾向，在一字半字之微中透露爱憎，寓含褒贬，显示美刺，而且表达方式往往含蓄用晦，变化莫测，时而直赋，时而比兴，隐喻有之，影射有之，这就是史诗或诗史作者的叙事干预，也就是其文学性之妙用和所在。诗史是史性和文学性的精巧结合或深度融合。后世人们往往就是通过诗史的文学性去探索其隐含的史性，“知人论世”“以诗证史（或补史）”“诗史互证”的由来和可行性就在这里——当然，胶柱鼓瑟或钻牛角尖现象在所难免，不妨付之

[1] 因思考抒情传统是否唯一而想到叙事传统问题，台湾学者实以着先鞭，但往往仍将叙事传统置于抒情传统之下，如前举蔡英俊文即有此倾向，或可参看。

一笑，但严肃有效的诗史考证仍不可小觑。

正式的史书出现了，成熟了，诗的职责开始发生变化。《诗经》史诗，尽管不合西方标准，但有中国特色，是对“诗史”存在的最好证明。[1] 后世历代堪称诗史的作品，乃是由《诗经》史诗孳乳而生的，楚辞，汉诗，汉乐府，魏晋文人诗，南北朝乐府诗与文人诗，乃至唐宋元明清和近现代的文人诗和民间诗歌中，都有堪称史诗和诗史的好作品。杜甫则是一位杰出的代表，一个里程碑式的人物。他被当时人称为“诗史”从而被《本事诗》记录下来，自有其必然性，也有其偶然性，中国的“诗史”之史，却并不是从他才产生或开启的。上面提及的历代诗歌中，凡堪称诗史的作品，也都能发现从《诗经》史诗而来的遗传因子。“诗史”之史的确是从《诗经》史诗以来一脉相承的历史，这历史贯穿着叙事传统，也与抒情传统密切相关。叙事传统和抒情传统是共生并存、互动互竞的“对垒”关系，而不是一个涵盖（或覆盖）另一个的关系。

在“诗史”之史上，杜甫因其创作特色与成就而居于独特的高峰地位。

《诗经》史诗之后，《诗》亡而《春秋》作的历史趋势之下，文史浑然不分的局面开始发生变化，文史要求剖分和各自独立，成为一种时代的潮流。发展到南朝齐梁，以《昭明文选》为代表和无声的宣言，实际上宣示了文学对史学的分离。《文选》拒收史传之文，只收史书中少量“事出于沉思，义归乎翰藻”[2] 的《序》《赞》，就是明证。而后，史论家刘知幾则强烈要求区分文史，反对文对史的渗透，宣布自己“耻以

[1] 清人将《诗经》许多篇章评为“诗史”，如方玉润《诗经原始》认为《丘中》《墓门》《采芑》《十月之交》《渐渐之石》皆属“诗史”，虽属“追认”，但方氏在总说《王风》十篇时特地声明：“此册诗皆乱离后作，故其音怨以怒，而又哀思无已……后世杜甫遭天宝大乱，故其中有《无家别》《垂老别》《哀江头》《哀王孙》等篇，与此先后如出一辙。杜作人称‘诗史’，而此册实开其先。读《王风》者，能无俯仰慨叹于其际哉！”至少说明“诗史”早就存在的事实。“诗史”此物存在在前，其名出现在后，世上万物无不先有“实”后有“名”，而不是相反。

[2] 萧统：《文选序》。

文士得名，期以述者自命”，[1]文人舞文弄墨，他不屑为，他愿做的是直笔实录的史家“述者”。史家是需要代表儒家正统和主流意识来执笔发言的，他们往往自觉地掌握和行使“史权”，[2]而诗歌的写作则被视为个人的事。文史分家促使文人主体意识日益增强，促使文学自觉的步伐加快，其具体表现便集中在作者个人的意向、情志、怀抱和心理状态渴望得到更自由无忌的表达乃至宣泄上。“诗言志”“诗缘情”“诗是抒情之具”的认识和言论，影响因而逐步扩大，逐步笼罩乃至统治了诗文创作的整个语境，而诗歌应该纪事述史、关怀外部世界的一面，则被逐步淡化、挤压、削弱乃至消解异化。

杜甫的功绩正在于以优异的创作实绩对抗了这个语境，扭转了积习甚深的诗坛风气，从而使诗歌重新回到抒情与叙事双线交融并进的健康道路上去。具体来说，是在安史之乱造成的国破家难的特殊历史条件下，以其一系列史性（以写实真切为特征）和文学性（形象感染力）都很强的作品，使诗歌的叙事功能，诗歌的史性内涵，得到全面的发扬和提升，显示出巨大的思想力和美学能量，使诗歌关怀现实、纪录历史的职能重新获得人们的注意和重视，使千百年来几乎渐被遗忘的《诗经》史诗叙事传统，重新成为人们关注和热爱的对象，不但使这一传统得以延续，而且其正面影响贯穿一千多年，至今未衰。杜甫所接续和弘扬的《诗经》史诗和乐府民歌的精神，也就是中国诗歌抒情和叙事并列共存互动的优秀传统。这个传统的要点主要是以下几个方面：

一、关注国族大事，以国族的安危利害作为考虑和关切的首要问题。杜甫在安史之乱中的名篇“三吏”“三别”，有对普通百姓苦难的深刻同情，也有对政府和官吏的严厉批判，但说到终了，还是鼓励百姓子弟当兵赴战而不仅作消极的抱怨泄愤。如《新安吏》，前面已对县府抽选未成年的“中男”上前线发出“莫自使眼枯，收汝泪纵横。眼枯即见

---

[1] 刘知幾：《史通·自叙》，见浦起龙《史通通释》卷十，上海古籍出版社2009年版。

[2] 唐韦安石览史官朱敬则所书史稿，叹曰：“董狐何以加！世人不知史官权重宰相，宰相但能制生人，史官兼制生死，古之圣君贤臣所以畏惧者也。”（《新唐书·朱敬则传》）孙德谦《辨〈史记〉体例》：“孔子之作《春秋》贬天子，退诸侯，讨大夫，以达王事。修史之权可谓大矣。”

骨，天地终无情”的控诉之语，但权衡大局后，为了平定叛乱，仍压下心头的怨愤，劝慰被抓的壮丁及其家人：“送行勿泣血，仆射如父兄。”《新婚别》则借新妇之口，勉励上前线的丈夫：“勿为新婚念，努力事戎行！”其实，她明知丈夫此去，吉凶难卜，“人事多错迕，与君永相望”，分手恐怕就是永别。诗歌所表现的这种矛盾的心态，体现了杜甫既富正义感，又具大局观的精神高度。这也正是中国诗歌叙事传统的一个重要方面。不因大局之需而无视政府的丑行恶道，也不因对政府的不满而放弃国民的责任，这就是杜甫诗所显示的意义。

二、不废个人为中心的抒情咏怀，但将家庭的悲欢离合、个人的喜怒哀乐与国族安危大事紧密结合，把小家的聚散苦乐放在大家乃至国家安危存亡的背景之下，形成崇高而感人的家国情怀。杜甫这方面脍炙人口的作品最多，如五古《北征》《羌村三首》，五律《春望》，又如被誉为“生平第一首快诗”的七律《闻官军收河南河北》等，均是史性很强的叙事与写怀言志的抒情很和谐的融合，标志着被称为“诗史”的杜甫作品在思想和艺术上能够登临怎样的高峰，也标志着诗歌叙事传统具有怎样的亲和力和情感容量。

三、有明确的彰善瘅恶意识，爱憎分明，褒贬有力，赞美英雄仁人，讽刺丑恶宵小。诗具美刺，曾对史述产生过重要影响。孔子《春秋》能使乱臣贼子惧的“一字褒贬”法，就是从《诗经》的比兴美刺学过去的，而“彰善瘅恶，树之风声”的史学宗旨和撰写原则又长期反哺诗人，使中国诗歌，特别是那些贯彻了诗史意识和诗教精神的叙事性诗歌，大多是有为而作，有的放矢，对培育民族正气和儒家伦理精神发挥了巨大的作用。

四、表述朴实简洁，但不废反复歌唱，也不废议论抒情。史述对文字的要求是简洁，刘知幾《史通》从史家立场出发，对史述的叙事提出了明确要求，那就是信实简要，文约事丰。“夫国史之美者，以叙事为工，以简要为主。简之时义大矣哉！”如何才能简要？他提出了省句、省字、点烦、用晦等法[1]，并亲自做了“点烦”趋简的示范。一方面是

[1] 刘知幾：《史通 · 叙事》。

这种理论的影响；另一方面也是诗歌文体自身的要求，诗歌自然不能像文章那样细致状写、任意挥洒，而必须用有限的语词（律诗还须合律）来描述或概括历史现象，而这种简约的叙述还必须蕴含作者想诉说或想宣泄的深意。应该说，中国诗歌叙事传统的这一要求相当高而苛刻，但也正是这种要求造就了中国诗歌内涵的深刻和艺术的优美。

五、风格温柔敦厚，符合“诗教”的原则，具体而言，是美刺褒贬均需合度有节，而不过分。这不但是中国诗歌的传统，也是儒家社会伦理的重要内容之一，实际上全面渗透贯彻在古今中国人的生活之中。这里不仅有掌握“度”的难题，实际上还存在着深刻的自相矛盾。刘知幾主张史必实录、痛恶曲笔，同时却又认可“避讳”:“史氏有事涉君亲，必言多隐讳，虽直道不足，而名教存焉。”“盖子为父隐，直在其中，《论语》之顺也;略外别内，掩恶扬善,《春秋》之义也。”[1]显然，当求真与避讳冲突时，让步的便只能是求真，否则便违背诗教了。上面提到刘知幾提倡史述含蓄用晦，也与此有关。

除上述外，中国诗歌叙事传统，即诗史传统，当然还有其他种种内容，但这五点似乎比较明显而重要。仅就此五点而言，这个传统自有许多值得肯定和继承的正面精神，如热爱国族而勇于奉献，甚至勇于舍弃个人的精神，其基本面无疑值得发扬光大；但即使正面之中亦不是不含负面，因顾全大局而不得不对官府吏员的凶残暴行有所容忍，便是正面中所含的负面因素，而且在正面行为中剔除和避免这样的负面因素还相当困难。至于诗风的温柔敦厚，固是中国诗歌的美学特征之一，也是中国人素质和品格的一种优美之点，有其值得肯定的一面，但也应结合历史和时代背景对之做具体分析，充分看到其负面作用和影响，尤其是当其在国势孱弱的情景下与虚伪软弱、自欺欺人相混的时候。

传统是一种客观的历史存在，传统一定会以这样那样的方式参与到我们今人的生活之中。对于传统，既不可能视若无睹，拒绝与它打交道，又不应盲目信从，被它牵着鼻子走。我们若想自由自主地生活，就不能不充分地认识传统，理性地分析传统，并自觉辩证地对待传统。莫

[1] 刘知幾:《史通·曲笔》。

忘传统，更莫忘时代。

诗史传统的力量是很强大的。尤其是每逢国难当头之际或社会多事之秋，诗史必然增多。宋亡、元亡、明亡、清亡之际，都是诗史盛产的时代。就是在平时，也会有传统观念浓厚又具备创作旧体诗能力的人，以“留得诗篇自纪年”的态度来写作，也就是有意识地创作个人诗史。自从杜甫的诗史地位获得时人赞誉和史书载录，“诗史”已成为一个诗（文）人，一部诗集或一部文稿所能够获得的崇高评价。杜甫之后赢得过这个称号或以诗史命名自己著作的大有人在。诗史意识深入人心，在有些以诗文创作为业者的心中，更成为一种挥之不去的情结。他们的一生努力，无非渴望写出诗史式的作品。如果自己的创作果被誉为诗史，这大概就是对他们的最高嘉奖。至于“以诗证史”或“诗史互证”，不过是从诗史关系中衍生出来的一种文史研究方法，大概只能算是诗史言说的副产品，固然会得出许多有趣的结论，但却不能也不必过于胶柱鼓瑟地看待。

对诗史的仰望，大可不必过于殷切神秘。一部杜诗，固然堪称诗史，一部《全唐诗》岂不是更宏伟的诗史吗？今日我们的诗歌创作，就单篇而言，能称诗史或史诗者似乎不多，但合起来看，不也在汇成我们时代的诗史吗？或者也可以说，对于新的无比宏伟的时代诗史，每一个诗作者不是都承担了一份责任，也可能作出一份贡献吗？一首或几首小诗，当然称不上史诗或诗史，但万千首小诗合在一起，却未必不能成为时代的史诗或诗史。这就是我们需要把诗史和史诗问题研究讨论清楚的理由，也是我把这篇卑之无甚高论的小文拿出来抛砖引玉的原因。

【作者简介】 上海大学文学院教授，博士生导师。

诗词创作的叙事理路

张海鸥

【摘　要】经典叙事学和认知叙事学注重作者—作品—读者之间叙说与阐释的关系，这对探讨诗词叙事艺术很有启迪。本文借鉴这种理念，研究诗词的认知视角与叙事倾向、作者创作过程和读者阐释过程的叙事预设（假定聚集）、诗词起承转合的结构与阅读的严谨感和整饬感、对仗结构与均衡感和稳定感、列锦叠加铺叙结构与阅读的丰富细密感、对比或转折与阅读的审美惊奇感，以及在所指与能指关系之转义性基础上形成的独特诗法：隐喻、典故、反讽等。上述一切形成叙事引导，使诗词具有阐释的可能性。

【关键词】诗词创作　叙事预设　可能性

人类一切言说都与事实相关，诗词也不例外。所有诗词，无论长篇短制，无论偏重抒情言志还是阐发义理，无论写人还是写景，事都是必有的元素。董乃斌《中国文学叙事传统研究》认为中国文学史上一直存在着与抒情传统并行的叙事传统，就算被认为以抒情为主的诗词，也与叙事密不可分。笔者赞同此意。例如王之涣《登鹳雀楼》，题目就是叙事，四句诗将观察者置于宇宙时空中，在简洁明快的思忖中，直截了当地抽绎出事中之理——站得高看得远。白居易《忆江南》，直接用词牌名提点叙事——回忆江南往事，作者曾在那里熟谙风景人文，往事历历在心。短篇如此，长例就无须胪列了。

但诗词的篇幅比史传、小说、戏剧短小，因而叙事方式独特。除了少数长篇叙事诗外，多数因体量限制，不容易原原本本地完整叙事，也不容易按时间顺序次第叙事，因而诗词往往疏离本事，直指情、志、理、趣，将事件背景化、片断化、隐喻化，从而引导阅读联想、叙事阐释。事的元素在诗词言说中或隐或显，或顺序或曲折，但无论如何，任何一首诗词都存在叙事的理路。

“理路”具体所指包括诗词创作的思绪和思路、视线与向度选择、叙事预设、结构方式与叙说次第、意象置放与逻辑关系、叙事导向与阐释空间等等。思维的理路复杂微妙，可意会却难以言说。然而科学研究正是要化隐为显，从纷繁中寻绎头绪，从难以言说中探求规律。

本文借鉴叙事学的研究理念研究中国传统诗词。叙事学流行半个多世纪以来，已被称为“经典叙事学”。近几年又有学者将“认知叙事学”译介到中国，带来更加丰富新颖的研究理念和方法，如申丹《叙事结构与认知过程——认知叙事评析》《20世纪90年代以来叙事理论的新发展》；又如张万敏的博士学位论文《认知叙事学研究》介绍这个学科基本情况，并尝试对认知叙事学作比较精准的概说：

> 认知叙事学关注作品的阐释和接受过程，它将注意力从经典叙事学的文本研究转向文本与读者之间的关系研究，即在文本线索的作用下，对读者认知过程和阐释心理过程的研究。此外，认知叙事学还关注作品的设计和创作过程以及故事世界中人物的认知和心理等。

张万敏是对经典叙事学和认知叙事学（包括心理叙事学）作了充分研究的，从他对罗兰·巴尔特、戴维·赫尔曼等众多外国学者的介绍可知，认知叙事学是在经典叙事学的基础上，进一步结合心理学等相关学科的研究理念和方法，加强了对作品接受者的研究，将创作与阅读两端的心理联通考察，寻绎叙述与阐释过程中的各种思维痕迹。

中国学者在小说研究领域早已引入叙事学理念，比如许建平《明清小说意象叙事层次分析》借鉴罗兰·巴尔特《叙事作品结构分析导论》的叙事层次理念，将小说叙事分为意象层（分造意和补意两类）、叙述层（包括微意图元、意图元序列、人生意图元序列和叙述者意图元四个序列）、意图层（包括内意图和外意图两类）。

笔者认为小说叙事层次理念也适合诗词叙事研究：意象层即诗词的

意象系列，叙述层即诗词的结构和修辞，意图层即阐释导向。

叙事学着眼于“叙”与“事”的研究，深合人类存在与表述之原理，适用于诗词研究。认知叙事学更将认知科学和心理学的许多理念与叙事学结合，把创作过程和阅读阐释过程的认知心理活动视为密切联系的完整过程，这就愈加适合诗词研究。比如其“视角”“叙述者”“假定聚焦”“可能性”“叙述结构”等概念和方法，就能为本文开启一些颇有新意的研究思路。西方学者长于分析，但本文并不尝试照搬某种分析模式或分析案例，也避免强拉硬扯地套用概念术语，而是根据汉语诗词的体性，借鉴认知叙事学的一些理念，探索诗词创作与阅读过程中思维和叙事的一些规律。

一、视角选择与叙事预设

诗词是美文，要想给人看，就须力求高雅优美，选择最好的视角，预设尽可能精彩的心情和故事，构成最具可能性的阅读引导。

1. 认知视角和叙述倾向

这是经典叙事学和认知叙事学的重要理念。创作诗词首先要确定写什么，这需要对所写目标有尽可能多的认知，在认知基础上选择一个叙说视角和倾向。比如白居易写《长恨歌》，他对李杨旧事已有比较充分的认知，但无意于政治批判或道德批判，只选择爱情叙说的视角和讴歌的倾向。短诗固然不如长诗叙事丰富，但自有其独特的叙事性，如柳宗元写《江雪》，须对江、雪、人、钓等生活元素有深切的认知，并且对隐逸文化传统深有会心，在此基础上他确定了清高幽寂的情调，选择绝（断绝尘俗）、灭（消除欲望）、孤（孤芳自赏）、独（遗世独立）四个心灵视角，叙说一种超凡脱俗的生存状态和精神境界。

倾向和视角选择与作者的天分、修养、观念、识见、经验等因素密切相关。比如面对同一时代同一社会，是歌颂还是批判？是审美还是揭丑？是惩恶还是扬善？是赞同还是讽刺？倾向取决于观念和修养，倾向影响观察视角，影响审美表达。比如面对晚清帝国的灭亡和共和制兴起，革命诗家和保皇诗家的倾向选择和视角选择大不一样。又如2008年汶川地震那样比较单一的灾难，不同人的认知视角和倾向选择也是千差万别，这里就无须举例了。

2. 作者叙事预设

认知视角和叙述倾向确定后，诗词创作进入叙事预设阶段。

叙事预设是笔者提出的诗学概念，它不是预想事情的发生，而是预设作品的叙说。作者从创作一开始，就潜在地想让读者知道什么、怎样知道，因此既预设故事，又预设自己（即叙述者），并且预设结构，形成叙说引导，他要通过各种预设引导读者按自己预设的方向去阅读阐释。

叙事预设基于认知之真实或可能，选事或拟事入诗，按既定视角和倾向，为这首诗词设定叙事元素，或为背景，或为情节，或为次第。

叙事预设与张万敏介绍的认知叙事学中的许多理念相合，如戴维·赫尔曼“假定聚集”“可能性”，又如特纳说“将源故事投射到目标故事以使得我们可以理解世界”。特纳的“目标故事”就是叙事预设。又如莱恩所谓“可能世界”“虚构性与叙事性”等。叙事预设是创作心理程序，为了精准说明这种程序，笔者以自己的近作为例——《减字木兰花·好望角》：

天涯守望，一角罡风千古浪。帆影幢幢，世事长如两大洋。　　浮沉谁主，谁享甘怡谁历苦。夜夜灯光，总为船人照远航。

身处南非好望角，我选择了一个富于时空张力的视角——守望与远航。因此并未描写海阔天空的自然景观，而是着意于人类的远航行为。这首先要对好望角曾经的故事有些认知，不需要很具体的时间、人物、事件和细节，但需要符合大致的历史和可能。在我的认知和联想中，有最早抵达此地的葡萄牙船队，有根本未曾到此的郑和船队，有19世纪西欧列强的船队，我还联想了更多航海故事，甚至一些海难事件。但这些都无须一一确认，重要的是“远航”和“守望”这两个诗词意象到底可以勾连起多少人类故事。拙词次第出现“帆影”“浮沉”“甘苦”“灯光”等意象，完成对读者引导性的叙事预设，使读者可以联想人类各种远航，想象其中的诱惑与艰辛、漂泊和守望、寻梦和风险、和平与战争、东西方文明之差异、宇宙间的无常与恒久等等。在这样的叙事预设中，作者引导读者站在超越时空的全能视角，想象人类航行故事的漫长历史和无限可能。

李白《蜀道难》的叙事预设也耐人寻味。为了凸显“蜀道之难”，作者借用了若干历史或神话传说以及看似实景的描述，其实都属于艺术创作的叙事预设，在这种预设中，李白走没走过那条蜀道，以及那蜀道具体的是什么样子都不太重要，重要的是想象的可能性。

叙事预设与认知密切相关，但诗词认知与历史认知有所不同。后者追求尽可能贴近真实的发生，前者还包括发生的可能。诗词的认知和叙事预设可分为：对已然的认知和叙说，对或然与必然的拟想和叙说预设，个体叙事预设和普世叙事预设。历史事实是基本的、重要的，但诗词的叙事预设可以不止于此，还有可能性介入。

诗词叙事预设基于人类思维和生活的不确定性和可能性。不确定就是可能，现代经济学家将这个概念称为支撑经济学大厦的“一个坚固的基础”。美国学者阿尔钦（Armen Alchian，1914—2013）的论文《不确定性，进化与经济理论（Uncertainty，Evolution and Economic Theory）》发表在1950年的《政治经济学期刊（Journal of Political Economy）》，其后60多年间，是“经济学论文中被引用次数最多的两三篇之一”。

历史哲学也十分重视可能性，认为历史研究更多是对可能性的探寻，因为真实的发生在成为口述或记忆时就有可能性参与了。

可能性和不确定性在叙事学中同样重要。戴维·赫尔曼《故事逻辑：叙事的问题及可能性》一书主要就是研究叙述者如何根据逻辑可能来“假定聚焦”，从而“建构和理解世界”。他说的故事逻辑，“既指故事本身所具有的逻辑，又指故事以逻辑的形式而存在。但是叙事也以自身构成逻辑。”

在诗词叙事预设中，历史真实服从逻辑真实，即真实的可能。当然，逻辑真实必须最大程度地接近历史真实或历史的可能，必须是那个人在那个时间那个地方那种处境下的真实或可能。因此陶渊明和范成大，李清照和沈祖棻，其人其诗都不容混淆，“人约黄昏后”的作者到底是欧阳修还是朱淑真，最好搞搞清楚。

可见创作活动是先凭认知经验或可能性进行叙事预设，然后用诗词语汇构建叙事结构和次第，诗化叙事，引导自己和读者进入预设的场景、事件或情境。

诗词叙事预设允许虚构但不允许虚伪，允许具备可能性、合理性的想象却不允许荒谬的瞎说。比如现代人作诗词需要回避那些已经过时不可能再有的东西，像“妾”“奴”、城市里纵马驰驴、闹市间持刀仗剑、“吾皇”与“微臣”之类。2008年汶川地震后那首《江城子 · 废墟下的自述》备受讥讽，主要是因为虚伪矫情，“纵做鬼，也幸福”“亲历死也足”是违反人性的，“只盼坟前有屏幕，看奥运，同欢呼”是虚假想象。“老干体”诗词这些年渐成贬义，与其常以虚饰掩盖真实、观念陈腐有很大关系。

3. 读者叙事预设

张万敏《认知叙事学研究》说认知叙事学“将注意力从文本转向了读者，有利于揭示读者与文本在意义产生过程中的互动……揭示以往被忽略的读者思维活动”。该书还用两章的篇幅详介加拿大学者鲍特鲁西和迪克森的《心理叙事学》，其核心概念是“文本特征”“读者建构”。

“读者建构”这个理念与本文“读者叙事预设”概念契合。读者面对作者的叙事预设，须进行真实或可能的再建构，才能实现阅读阐释。

瑞士《叙事前沿》丛书的编委玛丽-劳尔 · 莱恩提出的“认知地图”理论也可以支持“读者叙事预设”说。“认知地图”就是“读者用来重构叙事空间的心理地图”，它关注“读者是如何为叙事作品中所提及的人物、物体、地点以及宗教之间的关系建构空间心理模型的”。法国结构主义叙事学家托多罗夫认为：“在文学方面，我们所要研究的从来不是原始的事实或事件，而是以某种方式被描写的事实或事件。”克罗齐“一切历史都是当代史”的经典名言，其实也可以用来支持本文“读者叙事预设”理念。

杨义《中国叙事学》认为作者和读者都存在着“伪托或依托的现象”，“即以设身处地、感同身受的态度，对所拟写对象的境遇、心情，去进行近似的再演，其中关乎个人发自于内心的认同和转化过程。”董乃斌在《古典诗词研究的叙事视角》一文中说：诗词之事可能在诗内、诗外、诗内外。读者试图找到并解释这些事。

阅读者按照作品的叙事引导，首先要对与作者和作品相关的历史真实有一定认知，进而对作者的叙事预设进行认知想象。这个过程有对作者预设的依从性，也有读者的主体性预设（建构）参与。

这时进入读者认知视野的作者，并不完全是历史上原本的真人，而是叙事学所称的“叙述者”。这个叙述者是作者创作时预设的自我形象，比如陶渊明预设的“心远”者，杜牧预设的“落魄”者，晏幾道预设的“拚却醉颜红”者，李清照预设的“人比黄花瘦”者。读者由对叙述者的理解进而接近原本作者，认知越多就越容易尽可能准确地理解作品的叙事预设。比如理解李煜的“几多愁”，读者需要对李后主“四十年来家国”和“一旦归为臣虏”的经历有所认知和想象，从而产生“理解之同情”。又如阅读李清照的各种“愁”，读者需要对其生平有或多或少的了解，进而进行可能性想象。一般阅读所需要的认知未必全面深细，只需对作品中叙事预设的主要元素有必要认知即可。那些叙事元素也许是真实的，也许是可能的，但都是作者写作时有意的预设。比如元稹《莺莺传》中那几首作为重要情节的约会诗，是否真实发生并不重要，重要的是读者按照作者的叙事预设继续走进故事。研究者会考究作者的预设与史实的关系，一般读者可以不去考究，小说归小说，诗词归诗词。再如辛弃疾《鹧鸪天》（壮岁旌旗），前四句回忆壮岁战场经历，后四句感慨英雄失路。后人对作者的生平阅读与此基本一致，然而从艺术叙事的意义上看，将其理解为作者的叙事预设，反而比确认其历史真实性更重要。

当然，读者只知作品而不知作者不知本事的阅读也是常见的；但那样的阅读可能比较隔，比较浅，甚至误读误解。

阅读活动中的“理解之同情”与一般的阅读共鸣对走近史实的要求不一样，前者需要深入细致准确，后者在普通的阅读感知和联想中即可发生。

叙事预设的观点与艺术真实（不是历史真实）的理念相互支持。这样再读元稹的“曾经沧海”诗，并读陈寅恪《元白诗笺证稿》对元稹

"巧婚""续弦"的考证，就不会觉得作者虚伪或者矫情，就会相信作者叙说的是真情实感，包括他那一系列悼亡诗，都具有普世的艺术真实性。作者的创作预设和读者的阅读预设共同指向深情和真情，在艺术审美活动中共同忽略真人元稹的爱情是否专一。

二、叙事结构与阅读美感

作者的叙事预设如何构成具体微妙的诗词言说呢？如何给读者带来认知美感和情怀感动呢？必须求诸结构和修辞。诗词的结构和脉络千变万化，技巧和手法具体微妙，如羚羊挂角，看似无迹可求。然而认知叙事学关于作者、读者、认知、叙事的理念，启发笔者从作者如何叙说乃至希望读者如何感知的思路切入，进行如下探讨。

不妨先从不太成功的方面探讨一下作者与读者认知叙事的隔阂。隔阂是千差万别的具体现象，概括思之，越优秀的作者和作品，读者越容易感知并愿意感知；反之，越低劣的作者和作品越不容易拥有读者，那通常是不管读者感受，只顾自说自话。兹以"鲁迅诗歌奖"为例。"鲁迅文学奖"是政府对文学作品的最高奖赏，按文体分几类，理论上说应该代表各种文学体裁在当时的最高水平。但这几届诗歌奖频惹"众怒"，引起铺天盖地的批评，显然是作者的认知和叙说与读者的审美接受出现了巨大隔阂，比如"生态诗人"将小男孩手淫的情景写得虽然真实细致符合人性，但欠缺诗意的美感，并且触犯了一个重要的人类共识和诗学观念：人类的一些隐私部位和隐私行为需要遮掩，不宜公示，尤其不宜用诗歌言说。又如"羊羔体"对"我一直喜欢徐帆"的叙说也可能真实，作者自己一定是觉得很真很美很陶醉，但那种絮絮叨叨的叙说不像诗歌，缺乏诗的体式、含蓄、美感，触犯了人们对诗文体的共识。又如第一个凭旧体诗词获得"鲁奖"者写邓稼先的诗是抨击者必批之诗："炎黄子孙奔八亿，不蒸馒头争口气。罗布泊中放炮仗，要陪美苏玩博戏。"流畅真实有趣，但问题出在哪儿呢？大概是语太俗意太白太像顺口溜吧，触犯了人们对诗美风格形成的共识，所以被戏称"新闻体"。

这些作者有一个共同的问题，就是只顾自己叙说，力求创新有趣，但忽略了读者的感受，甚至或多或少触犯了人类长期形成的诗美共识。

写诗如果只给自己看，当然可以随便自言自语，但若想给人看，就得为读者着想，打起精神想方设法照顾读者的认知感受，尽最大努力给读者以诗意美感。这当然很有难度，但却正是作家和学者最该用心探讨之处。

认知叙事学特别关注读者的认知感受，的确更容易触及诗词美学许多精微深细的规律性。诗词叙事主要通过结构和修辞来完成，与小说戏曲特别注重人物、情节等因素有异。以下先从结构中寻绎作者构思、表现以及期待读者感知的思维纹路。

1. 整饬均衡之感——起承转合的结构、对仗对称的句法

结构是存在的空间和次序。诗词的结构与小说戏剧散文不同，小说戏剧讲究开端、高潮、结局，散文或论说文讲究入题、展开、收束，古代论说文甚至从宋代到明清形成了“八股”结构法。诗词较短，比如一首律诗，两句一个节奏，八句内须完成叙说，通常是起承转合四段式或起承合三段式。前四句和后四句的格律基本重复，叙说功能也隐然有分工，常见前四句写景，后四句抒情言志的模式就与四—四两段的结构有关。每两句之间，往往有对称关系。一句之内，也可能有对称关系，诗学术语是“对仗”。这些貌似“死板”的结构方式，营造出独特的严谨整饬、均衡稳重的诗意美感。

比如杜甫《登高》是标准的起承转合四段式，第五句从写景转向抒情。除中间两联标准对仗外，首、尾两联也增加了对仗元素，用“风急天高”对“渚清沙白”，用“艰难”对“潦倒”。再细看每句之内，也多有对仗：“风急”对“天高”，“渚清”对“沙白”，“艰难”对“苦恨”。他是刻意追求均衡和整饬，避免倾斜失衡。

《鹧鸪天》词牌是七律的变体，结构通常也用起承转合方式，如苏轼“林断山明竹隐墙”一首，前两句就加强均衡整饬的对称因素，“林断”对“山明”，“乱蝉”对“衰草”，三四句从杜甫对仗句化出，尤其工巧均衡。四联之间起承转合次第清晰，前四句侧重写眼中景，后四句侧重写景中人和心中事，将一段傍晚散步的小心情写得次第清晰，严谨整饬，力道均衡，意思稳重。

阅读诗词的审美感受，是人类特有的精神现象。中华传统诗词整饬

严谨、均衡稳重的格律形式，深深契合人类喜欢整洁对称平稳均衡的思维习惯和审美天性，所以它虽然貌似“死板”，却魅力无限、生命不衰。

但是诗词对仗为何严禁“合掌”呢？表面看合掌之对也是整饬均衡的，但内涵却失衡了，两句重复同一内涵，不但平衡不成立，而且浪费了结构空间。比如笔者曾写过一首《绿岛怀古》，颔联是“徘徊思汉室，惆怅觅王宫”。当时就发现“汉室”对“王宫”严重合掌，但久思未得良策。后来才想到应是“惆怅觅蓑翁”，内涵就均衡稳重了。

由此想到诗词格律的五大要素——篇制、句式、平仄、对仗、押韵，经历数千年孕育而定型，是汉语智慧对文字声韵、语言结构、思维表述、诵读效果等多种关系长期忖度的诗化结晶。格律诗词整饬均衡的形式是与其他文体（包括自由体诗词）第一显著的区别。有格律的形式与有层次的诗意均衡布局，给阅读者提供整饬的美感、有规则的思维范式和记诵的便利，从而使创作与诵读、欣赏与记忆有纹路可循。

2. 丰富斑斓之感——列锦和铺叙

诗词的结构并不都是起承转合形式。最不讲究起承转合的是列锦式，如杜甫《饮中八仙歌》。列锦就是并列或排比，称列锦是强调诗词的并列要尽可能美丽斑斓丰富多彩。

并列排比是很简单的表述方式，比如官员讲话喜欢排比，说得简单听得容易。但在诗词中，如果简单用之，比如每段都用“我愿意……”或“生活是……”之类同一句式领起同一结构，重复多次，读者就觉得太“小儿科”！曾有人问我：“为什么我的诗总没人理啊？”他是真不明白：在这个自媒体时代，写也容易排列也容易发表也容易，但是被屏蔽更容易。你一味用排比并列结构自说自话，朋友就会对你那些整整齐齐的文字整齐屏蔽之。

那么诗词的高级列锦式是什么样呢？杜甫《饮中八仙歌》虽然八人并列，但每人各有特点和亮点，多一个人多一句诗就多一份内涵多一份美感，丰富斑斓，赏心悦目。李商隐《锦瑟》也是极好的范例，中间四句是列锦结构，每句一个隐喻，侧重提示生命之美的不同内涵和品质：庄生侧重理想与超然，望帝侧重无常与悲壮，沧海侧重有距离的凄婉，蓝田侧重诱惑与珍惜，一切都可望而不可即，优美的憧憬在无奈中幻灭，有情被无情吞噬，希望被无望替代，美极伤极。读者无法确认一个个人生故事，却可以想象各种美丽和感伤。这“一弦一柱”的思与忆，用一一转换的视角，层层叠加的内涵，形成列锦式结构。在朦胧的意识流动中，彻底消解了时间和空间次第，只是强调曾经的美丽与当下的虚无。

再如杜甫《绝句》“两个黄鹂……”也是典型的列锦式，视角转换，从枝头到天空，从窗口到门前，自然物象和人事意象在千秋时间和万里空间中并列叠加，篇幅虽短，却有丰富斑斓的美感。

词的铺叙也是利用视角转换、内涵叠加的原理形成并列排比的展开方式，比如柳永《望海潮》用“繁华”领起，随着视角转换，一一排列出山水城市、雅风美俗、富庶祥和、官民同乐等内涵。又如周邦彦《兰陵王·柳》，多次转换时空视阈，构成曲折丰富的离别故事和心情铺叙。

看来简单无聊死板拼凑的并列排比和丰富斑斓的列锦叙说，根本区别不是结构形式，而是有没有令读者赏心悦目击节赞叹的思想、情趣、意象、语词、秀句。

如此看来，张若虚《春江花月夜》正是高级形态的列锦结构，是很微妙的视角转换式叙说。前十句写景，先宏观，再想象，再俯视，叙说人在无限空间中的美感想象。第十句“孤月”引出以下六句“更夐绝的宇宙意识”——发生与存续、无常与永恒、守望与可能，人类与宇宙的各种关系在时空中并存，只有并列对照关系，没有因果、递进、转折。最后十八句抒写离愁别绪，将人类相爱与离别的故事娓娓道来，层层铺叙，恰如美丽的锦绣上铺展着丰富斑斓的故事。作者有意无意地模糊了叙说者的身份、时间、空间，也模糊了故事细节，只是随着意绪的流动，一一言说着无论谁家无论何处都可能发生的事情，这些事情并无严密的次第关系和因果关系，只是并列地存在着。但仔细揣摩，又会发现作者思维和叙说的纹路绵密细腻、清晰微妙、流畅却不平滑。

3. 丝丝入扣的细密流畅之感——进层、联珠（顶真）

许多堪称经典的佳作，往往有层层进深式的叙说。比如曹操《短歌行》，求贤若渴的心事并不复杂，但一层层推心置腹的叙说却步步贴近读者的情怀。其篇章结构中隐约着丝丝入扣的心绪线索：前八句提出

“人生几何”的忧思和“何以解忧”的困惑，巧用双重对比——心事多而生命短，忧思多而排解难。那么忧思什么呢？以下八句解释之，思贤求贤礼贤而已。然而到底怎样才能得到贤才呢？再用八句将求贤之意置于长久而广远的时空中反复咏叹，强调“忧从中来，不可断绝”。最后八句叙说双方契合之意——贤才和求贤者都需要心之归宿。又如李清照《声声慢》之次第叠加式叙说，将作者引入无边无际无所不在无休无止无可奈何的感伤之中。

次第叙说有时需要增加流畅连贯的美感，所以诗词中时而会用联珠（顶真）、回环等修辞手法，如“芙蓉帐暖度春宵。春宵苦短日高起”“东望都门信马归。归来池院皆依旧……”之类。回环句如“君问归期未有期”“相见时难别亦难”之类。这都是比较讨巧却容易流于顺滑的思维和叙说技巧，比如拙作《九寨行》开头有几句：“是谁祖辈居九寨，眠山宿水红尘外。却教红尘代代人，魂牵梦绕寻九寨。千里万里九寨行，行行沐浴九寨风。九寨风情染霜月，月华如水照长亭。”不论优劣，绝不可多，多则容易泛滥平滑。

4. 审美惊奇之感——对比、转折

对比是存在的形式和内容，也是思维的方式和内涵。对比叙事给读者提供认知反差，从而加强叙说的冲击力、感染力。人类各种表达都常用对比方式，诗词的对比自有特点，由于篇制较短，又常用对仗、对称句式，所以诗词的对比通常是在同一时空中近距离直接推出，或“短兵相接”，或“急转直下”。比如杜甫用“朱门酒肉臭”对比“路有冻死骨”，强调贫富差别。《醉时歌》用“诸公衮衮”对比“广文……独冷”，抒发怀才不遇之感。陆游《关山月》将主战与主和双方置于重重对比中，形成叠加式感染力。古诗词常见以自然永恒对比人生无常，以无情之物对比有情之人，如刘希夷之“花相似”与“人不同”，晏幾道之“落花人独立，微雨燕双飞”。这些都是“短兵相接”式的对比。

“急转直下”的对比需要篇章结构配合，如杜甫《赠卫八处士》，以各种离合对比衬托相见之欢，却在结尾急转直下，忽然推出生离往往就是死别那样惊心动魄的茫然之感。李贺《将进酒》也是在充分渲染乐生哲学之后，忽然跌出“酒不到刘伶坟上土”一句死亡哲学，惊心动魄又发人深省。越优秀的作家越善用对比，其对比又特别追求优雅优美的品味。

转折也是增强冲击力和感染力的有效手法，是对比的曲折化和延展化。作者故意曲曲折折，在抑与扬、悲与喜、绝望与希望、赞成与反对、美丑善恶正误真假虚实等各种悖反关系中巧妙地营造审美惊奇之感，比如陆游“山重水复疑无路，柳暗花明又一村”属于简单转折。王昌龄《闺怨》前两句先说“闺中少妇不知愁”，三四句忽然转折出“悔”的意思，不只是叙说婚恋离别的青春故事，更是揭示一种生命哲学和价值选择。

审美惊奇感实际上是一种新鲜感。林庚先生说：“唐诗直到现在都还能使我们读来感到新鲜”，“我把它称为新鲜的认识感。”他以孟浩然《春晓》诗为例，说这首诗“启示你对世界有一个新的认识，好就好在它有新鲜感”。仔细想来，林先生激赏的新鲜感，实与转折相关：春眠本不觉晓，却被鸟声唤醒。正陶醉于鸟鸣花香生意盎然的新鲜感中，忽然又想起夜来风雨中春花落了几许呢？这是叙事表层的转折。深一层是情感的转折：新鲜生动的惊喜中却有无可奈何的生命飘零之感。二十个字的转折叙事中嵌着一条喜悦又伤感的曲折纹路：惊喜——惊奇——惊叹——无奈。

比较复杂的转折往往不是一次性完成式，而是从结构到内容回环往复，构成多重转折叙说。如姜夔《暗香》用“旧时月色”领起怀旧叙说，再转到当下，强调岁月中衰老的无奈，再从江国寂寞转入怀旧，再转回当下之孤独伤感，又转念旧时，最后留一缕期待。作者的思绪在时空中穿越，多重转折与多重心事契合，思绪转换的纹路是：往事虽美却已成追忆，年华虽老却难忘旧情，旧情已了却仍可期待。李白《行路难》也是多重转折：酒菜虽好却无心品尝，因为自己的人生之路如此艰难。既然艰难，姑且耐心等待吧，但希望安在呢？虽然迷惘困惑，但自信“长风破浪会有时”。多重转折叙说，回肠荡气，淋漓尽致，大大增强了表现力和感染力。

结构缘于关系，又表现关系。心情意绪和事物的关系千变万化，结构方式当然也灵活多变。以上仅言诗词之常见，并非全部也不可能穷尽全部。

三、叙事引导与阐释空间

结构叙说构成显在纹路，略可言说；修辞叙说的纹路则比较隐约，更难言说。这里着重分析隐喻、典故、反讽等修辞手法，其艺术原理是在所指与能指之间谋求阐释的可能。

中国传统诗歌讲究赋、比、兴，都是叙事引导方式。以赋为主的表达，直接将读者引入现场，比如《诗 · 邶风 · 静女》、汉乐府《陌上桑》之类。虽然赋是“敷陈其事而直言之者也”，但也须具备引导阅读阐释的可能性。比如崔颢《长干行》:“君家何处住？妾住在横塘。停船暂借问，或恐是同乡。”“家临九江水，来去九江侧。同是长干人，生小不相识。”看似简单的叙谈何以成为人们乐于咏唱的经典呢？奥妙在于：那其实是很诗意的言说，隐喻着人类相逢与远方的各种可能。

与赋相比，比、兴、象征、隐喻的表现方式更具含蓄之美，更能给读者营造想象和阐释的可能。这四个概念或中或西，或古或今，相似而有别，各成一法。其共通之理是以“象”征“事”。这是诗词写作的“命门”，是诗词文体区别于小说散文等其他文体最具标志性的言说特征。以象征事是人类诗学的共识，特伦斯 · 霍克斯《论隐喻》一书将西方诗学关于“隐喻”的论述收集梳理得比较清晰完备，其核心观点就是“没有隐喻就没有诗”。荣格说“人类及其制造象征的嗜好，潜意识地把客观对象或形式改变为象征”。黑格尔说“具有心灵意蕴的现实自然形式在事实上应该了解为具有一般意义的象征性……是它们所表现的那种内在心灵因素的一种外现”。卡西尔说“人是象征的动物”。美国解构主义的先锋人物保罗 · 德曼在《隐喻认识论》一书中提出修辞学本质上是认识论的观点，他认为隐喻是一种修辞方式，具有认知功能而不仅仅局限于美学功能。何跞《〈红楼梦〉叙事中的诗词运用》提出“诗形的游离存在带来阐释空间的拓展”。舒红霞《论宋代女性诗词的对话情境与叙事艺术》提出诗词叙事具有虚拟性、模糊性、虚幻性、拟人化等特征。

以象征事的“象”是所指，“事”是能指，诗之作与读都是在二者之间谋求最合理的阐释可能。本文在叙事预设部分阐述的“不确定性”和“可能性”即以此为理。诗词以象征事，在较短的篇幅中营造理解和阐释的更多空间，具体表现为运用意象营造意境，对读者进行象喻式叙说而不是科学叙说，给读者提供各种阐释的可能。林庚先生称之为“暗示性”，他说诗“必须有暗示性。一首诗之所以成为好诗，就在于它不仅有跨度，而且有暗示。有暗示，读者自然也就跟着来了”。读者的阐释就是跟着作者预设的“象”去“征”事，这正是认知叙事学特别关注的表达与接受的问题。

比如李商隐作《无题》诗，他必定清楚地知道自己的认知和心事，却故意隐约具体信息，采用一些片断的细节和隐喻的意象，构成诗意的叙事预设，暗示读者不仅想象他的爱情故事，还能自然联想普世的爱情故事。他刻意隐晦的个人隐私对于后世读者来说，也许是永难考索的无奈，但这并不妨碍人们按照他的预设和暗示去联想或想象爱情的那种可能。

苏轼《和子由渑池怀旧》用“雪泥鸿爪”的象喻，表述儒、道、释三家哲学的精义：自由、进取、随缘。后四句貌似具体叙说，实际也是象喻，“老僧……新塔”象征无常，“崎岖……蹇驴”象征世事艰辛。他告诉弟弟其实也是提醒自己：人生无常而且充满艰辛，但须不断进取，又须通达随缘，又须自由自持。

贺铸《青玉案》叙述“闲愁”使用了三种象喻，引发读者各种联想：那些不太容易具体言说的愁，纷繁无绪，无边无际，无休无止地弥漫在个体人生和人类生存的时空中，那既是作者的各种可能，更是人类的各种可能。沈祖棻先生讲解此词及李清照《武陵春》“载不动许多愁”，曾引用罗大经《鹤林玉露》所列古人以各种艺术具象比喻抽象的愁，将愁表现得有深度有长度有重量有形状，每种象喻侧重揭示愁的各种难以描述的性质和状态，具有丰富的可解释性。她的名句“有斜阳处有春愁”，引导人联想当时的国运和人生，“斜阳”所喻和“春愁”所指，具有极大的象征性。

用典也是引导阐释的重要方式。典故是人类文化共同的财富，是经过历史提纯的文化符号，通常都具有比较单纯的导向。比如“尾生抱柱”不是讲“死心眼儿”的故事，而是对诚信的讴歌，引导人理解“诚信高于生命”的理念。李白用“鲁仲连”典故，强调卓越的才能、潇洒的风度、超然的精神境界。

用典的原理是共识和引导：用具有共识性的意象作比况式叙说，建构阐释的可能。因此知晓度越高的典故，越适合用作共享引导。但知晓度与文化同质性正相关，一国一族一地甚至文化修养程度，都是影响知晓和共识的因素，所以用典必须考虑读者。典故当然具有修饰功能，能使诗词显得渊雅，但若只追求这个功能，忘记其叙事引导功能，那就是舍本求末、炫耀唬人了。因此诗词用典一要力避生僻，不宜为装饰和炫耀而刻意堆砌；二要尽量用得贴切恰当自然，不能怀着“众人不懂方见我之高深”的心态去故意卖弄，以艰深文浅陋。

用典故引发想象，有具体和模糊之分。比如李白《南陵别儿童入京》用“汉家愚妇轻买臣”隐喻自己的故事，引发的想象和阐释比较具体；辛弃疾《摸鱼儿》用“玉环飞燕”典故引发的叙事联想则比较模糊。

典故的指向性很重要，比如元稹“除却巫山不是云”的典故指向性感与美丽，苏轼《江城子》“何日遣冯唐”的典故指向蹉跎和际遇，辛弃疾屡用“李广”典故，引导读者想象英雄失路、怀才不遇之类悲情故事。

人们常说用典之高境是如盐入水，令读者即便不详知典故也能明白作者的意思。这说法有一定道理但很模糊。比如辛弃疾说“想当年金戈铁马，气吞万里如虎”“凭谁问，廉颇老矣，尚能饭否”，确实用得自然易懂，读者即便不详刘裕和廉颇故事，也能明白作者用意。但仔细分析起来，全词的结构和整体叙事最为重要，作者一层层营造了国事维艰而“英雄无觅”的语境，每个典故都成了“有机构成”的元素：国家需要英雄，英雄尚可效命，然而“凭谁问”呢？个人怀才不遇倒也罢了，江山社稷怎么办呢？全词八个典故有的需要解释，有的即便不详细解释也能大致理解并引起联想。看来选什么典故重要，怎样用也重要。

反讽也是引导叙事的重要手法。关于“反讽叙事”，中国学者译介、研究、借鉴者颇多。西方文艺学、符号学、叙事学等理论所谓“反讽”，不只是汉语通常说的讽刺，其更全面的意思是言非所指，也就是语言表象与作者要表述的内涵相反，但作者却能用这种表象将读者的想象和阐释引向自己的真意，可以简称为反向引导。比如董迎春《话语转义与当下的反讽叙事——以20世纪80年代伊沙诗歌为例》介绍了西方学者关于“反讽”的一些论说，如维柯的“话语转义”、海登·怀特的后现代历史叙事学等，然后据此概括说：反讽是话语转义的较高形式，是话语与表意之间同一性中断，是凭反思造成真理的假道理，是正话反说。董认为伊沙诗歌反讽叙事体现出一种批判立场，通过语言的裂变与实践去瓦解先前的诗歌观念和文化立场，满足了20世纪80年代文化对宏大叙事和虚假崇高的颠覆与拆解。

又如方英《论叙事反讽》在述评西方多种叙事理论的基础上，提出叙事反讽概念：反讽的本质在于否定性。叙事反讽既凸显作者的主体性，又召唤读者的多重判断。该文比较清晰地解释了几种主要的叙事反讽情况：苏格拉底反讽的特征是佯装无知以否定对手的“有知”，从而揭示人类生存之悖谬，否定人性的自负。言语反讽是实际意义对字面意义的否定。情境反讽强调事件与情境之间的矛盾。事件反讽特指期望与结果相反。戏剧反讽凸显剧中人物的无知。宇宙反讽则强调无处不在的无法解决的矛盾和荒谬。

又如佘向军《论复调与反讽叙事》认为“反讽指非直陈式的暗含否定和嘲讽意味的叙述”。

借鉴反讽理论观照中国诗词，可知反讽也是重要的叙事引导手法，诗词的反讽有多种类型。由于传统诗教“温柔敦厚”“怨而不怒”的理念根深蒂固，还有史传“春秋笔法”的影响，所以古诗词中的讽刺性往往比较委婉温和，如杜甫《丽人行》极写杨氏兄妹的美艳得意、风光无限，讽诫之意含蓄隐约。他的《赠花卿》“此曲只应天上有，人间能得几回闻”到底有无讽诫之意，读者不能确定。李商隐《贾生》“可怜夜半虚前席，不问苍生问鬼神”，感叹中含有不赞成之意。刘禹锡两游玄都观的两首七绝，是著名的微讽之作，其实也不过是用自己的经历说明仕途莫测、世事无常、“刘郎”依然安好而已。

又如“乌台诗案”认定苏轼有讥讽变法言论。有些诗的确是反讽的，如《山村五绝》其三："老翁七十自腰镰，惭愧春山笋蕨甜。岂是闻韵解忘味，迩来三月食无盐。"苏轼承认是讽刺盐法。其四："杖藜裹饭去匆匆，过眼青钱转手空。赢得儿童语音好，一年强半在城中。"苏轼承认是讽刺青苗法。他的学生好友黄庭坚就曾按传统诗教理念批评道："东坡文章妙天下，其短处在好骂，慎勿袭其轨也。"

倒是现代诗词出现了较多讽刺风格，甚至形成了"聂绀弩体"，那是因为非常的政治生态扭曲了话语生态，从而成全了聂诗蔚然成"体"。

叙事学的反讽，并不只是讽刺，而是包括所有言在此而意在彼的表达。比如生活中常见貌似调侃实为赞许，或貌似赞美实含微讽，貌似反对实为支持，貌似同意实为否定。这些言此意彼声东击西的表达艺术，将接收人引向与语言本义不一致甚至相反的方面。在诗词中，反讽与委婉相近，都是启发想象，但反讽是反向启发。如李白"对影成三人""相看两不厌，唯有敬亭山"，是以相知相得叙说极端的孤独，孟浩然"江清月近人"是用亲近温馨写疏远冷清。

反讽叙事的理论依据是"话语转义"。比、兴、象征、隐喻都是"话语转义"，但与反讽"转义"的方向不同，前者是顺向转义，即在象与征之间寻找一致关系，寻找相似点，正如亚里士多德所说："灵巧地使用隐喻的能力意味着对相似性的一种领悟。"反讽却是反向转义，是用特殊的结构关系营造一种语境，将接受者导向反面阐释。作者使用反讽表达，却一定不希望接受者误解自己的真意，他只是机智巧妙地绕个弯子，让对方的思维在困惑和好奇中忽然转折，获得恍然大悟的快感。这需要较高的智慧和幽默，也需要接受者能会其意。如果别人不解其反讽，其反讽就不成立了。

比如当下中国叙事诗学借鉴"话语转义""解构""反讽"等概念，探讨诗歌的讽刺、影射、反语、解构，具体解释起来，主要是以平凡蔑视矫情的高雅，以卑微蔑视虚伪的高尚，以真"流氓"蔑视伪君子，以真实的"下半身"蔑视虚饰的高大上。自20世纪90年代以来中国文学创作和评论中的"解构"，本质上就是真实对虚伪的抗争，因为虚伪或夸饰一直比较强势，比较"主流"，文学看不过去却又无奈，只好解构它，从而呼唤人性之真。

结语

诗词的叙事引导功能不应该是封闭式一次性的，而应该是开放式无限性的。叙事预设提供各种可能，进行创作预设或阅读阐释。

【作者简介】中山大学中文系教授，博士生导师。

诗词对日常生活的“直接插入”及其意义

陈友康

【摘　要】文化自觉、文化自信落实于诗词一道，就是诗词自觉和诗词自信。诗词自觉建基于对诗词特性的“自知之明”。“直接插入生活”，偏重于书写个人实际、具体的生活内容，雅化日常生活，就是古典诗词的显著特性和传统。表现日常生活，书写个人生活经历及体验，发掘日常生活本身的价值和美，依然是现代诗词的突出特征。诗词“直接插入生活”，使诗词与人生高度交融和伴生，获得内生性而有旺盛生命力；使“日常生活审美化”，实现“诗意栖居”；让诗词作为“民族文化基因”得以有效遗传。现代诗词写作大量是民间的、日常的、经验性的，只有确立“直接插入生活”的正当性和价值，民间性、日常化写作才有底气。解决诗词内容普泛化、写作日常化带来的随意性和平庸化问题，要辩证对待诗词日常性与超越性的关系。

【关键词】现代诗词　诗词自觉　插入生活　内生原因　文化基因　诗意栖居

在“现代”文学语境中，写诗被称为“创作”，“创作”往往以“虚构”为中心，无中生有，它要在世俗世界之外“意创”一个心灵宇宙，实现精神超升。这种理论突出了诗歌写作作为一种创造性精神活动，须严肃庄重、精思熟虑的一面。但此种理论给人的印象是，似乎诗只在生活之外，在远处、高处，在不可企及的彼岸或永远回不到的过去。写诗成了“诗人”的专利，诗人是天才，是“精神迷狂者”，“诗人命名神圣”（海德格尔），普通人不具备这种资格，非请莫入。这种理论不能完全解释中国诗词写作，实际上还造成诗与日常生活的疏离，造成诗歌价值之“虚悬”，造成诗之影响空间的缩小和功能的衰减。

中国古典诗词既有文以载道、“文章者经国之大业”的传统，要求诗歌表现重大主题、重大事件和重要人物，表现主流意识形态，润色鸿业，从而发挥治国安邦的政治功能，这是“高大上”的一面；也有不离平常日用的特征，它“直接插入生活”“接地气”。这一特征一方面使诗无所不在，自由随意；另一方面美化日常生活，使平凡的生活变得高雅有趣，实现“日常生活审美化”和“诗意地栖居”。这是中华诗词生命力旺盛、影响巨大的内在原因，也是旧体诗词在饱经质疑、批判、否定之后能够卷土重来，实现历史性复苏的重要原因。

因此，探讨诗词对日常生活的“直接插入”，亦即诗词的日常性，对深入认识现代诗词的特点、价值和功能，重建诗词自觉和自信，促进诗词发展就有积极意义。

一、“直接插入”日常生活是古典诗词的突出特征和传统

提出诗词“插入生活”这一命题，受到已故书法家、布衣学者、民国时期“国大代表”周善甫的启发。周善甫不认同在西方影响下形成的新文学观，而坚持传统的“文章”观。1989年，他发表《论“文”》长文，指出：

> 大抵旧中国之称为“文章”者，几乎全是理性的经世之篇。包括如学术论著、法律章程、公务文件、私人信函、指导评论、抒怀志感的诗词、序铭庆吊的辞章等，直接充作生活和思想的手段，并谋藉以产生具体的社会效益与影响者。
>
> 而西方之称为“文学”者，在英语为literature，其广义也与我们所称的“文章、文献、作品……”差不多。但其现代常用义却专指描述生活和思想的文艺作品。日本人就此义译为“文学”，我们又从日本引进了这个词。具体是指小说、剧本（含影、视脚本）和诗篇、歌词而言，大抵全是不直接插入生活的意创之作。[1]

[1] 周善甫：《论“文”》，见《大道之行：周善甫国学论著》，中华书局2010年版，第388页。

其中的某些看法或可商量，但他论述中西文学之不同确有灼见。中国传统“文章”的特点是范围广，“直接充作生活和思想的手段”，经世作用强，社会效用明显。而原产西方、经日本翻译并被中国接受的“文学”偏于虚构，“意创”；强调非实用性，“不直接插入生活”。这是一个新颖别致的见解，为我们观察、评估中国文学的特点提供了独特的视角。[1]“直接插入生活”是一个形象的说法，意在强调文学“直接充作生活和思想的手段”，就在日常生活之中，写日常生活，服务于日常生活。

所谓诗词“插入生活”，包含两方面内容，一方面，就内容和写作方式言，诗词写作就是日常生活的一部分，诗词作品是日常生活的自然产物，以表现日常生活为普遍性内容，写作一般随意轻松；另一方面，就功能言，它应用于日常生活，参与日常生活，质言之，即诗词的日常性。写作者在日常生活中有所遇、所见、所闻、所感，以诗词的形式表现出来，它是当下的、现场的和具体的，“逼近具体生活的事相”。譬如，古诗中友朋之间的赠答诗多如牛毛，这类诗是友朋日常交游的产物，它又进入实际生活，参与友情的建构。普通人的生日对社会而言无甚意义，诗词却热衷于写生日诗，“插入生活”。作者的“初度”诗、亲朋的“祝嘏”诗（庆寿诗）在诗词集中屡见不鲜。它跟社会无关，却让个人生活温暖，让相关的人受到教益。诗词在日常生活中有广泛应用，它作为一种艺术元素、文化符号出现于生活的方方面面。

“插入生活”的写作不是写作者一本正经在日常生活之外挖空心思的刻意“创作”，即通过虚构创造人物、故事、场景来表现情志，反映社会和人生。当然，“创作”自有其正当性和必要性，西方那些“大诗”，如莎士比亚的戏剧、弥尔顿“乐园”系列、歌德《浮士德》、丁尼生的叙事诗等都是精心“意创”的，中国传世诗词也多离不开精心构思打磨。这里并不是要质疑、否定它，而仅仅是指出吾国诗词写作与现代定义的“创作”确实有明显差异，它偏于写“实”，写“常”，直面日常

[1] 参见陈友康：《仁智气象：周善甫评传》，中华书局2015年版，第212—218页；《白话文不是文体发展的终点——周善甫的文学观述评》，载《曲靖师范学院学报》2015年第1期。

生活，表达个人体验，与人的生存状态息息相通。它的日常性使诗词与人生相伴而生，与社会相伴而行，写作者众，阅读者多，使中国成为一个“诗的国度”。以诗人和作品之多、诗对社会影响之大而论，世界上确乎没有哪个国家堪与中国比肩。这是建立在诗词的日常性之上的。

从写作主体看，中国古代有成千上万诗人，但几乎没有一个职业“诗人”。李白，唐玄宗要他做职业诗人，“供奉翰林”，专门写诗，但他不愿干。中国最伟大的诗人杜甫也不是。洪业说：“杜甫的绝大多数诗篇都有着社会背景。它们包含了重大的社会信息。杜甫生平的雄心是要通过施展政治才能以效力国家。……他对于自己的诗才极其自信，也为自己的诗作感到骄傲。但是对他而言，诗歌仅仅是一种个人天职，而非社会职业。作为一名职业诗人远非杜甫的理想——在中国，并没有这样的职业。只是在近些年，随着商业性新闻事业的兴起，诗歌才成为可以出售的商品。”“他是孝子，是慈父，是慷慨的兄长，是忠诚的丈夫，是可信的朋友，是守职的官员，是心系家邦的国民。”[1]差不多所有的中国古代诗人都是在这五伦关系——君臣、父子、夫妇、兄弟、朋友中确定自己的角色，展开自己的诗歌，只不过并不是每个人都像杜甫那样称职，可以用那些美好的形容词来描述他们。五伦之外，还有天人关系，即人和自然的关系，大多数诗人都是自然的赞化者（“赞天地之化育”）、欣赏者、表达者，是以山水诗蔚为大观。

指出这一点是想说明，诗词写作对于古代诗词家而言，都是业余爱好，是工作之外的“馀事”，诗词作品多是事功的“馀绪”，是生活的副产品，与日常生活密不可分。比如，表现人与自然关系的山水诗是古典诗词一大类型，而山水诗词多是诗人游山玩水的产物，很少有诗词家为了“创作”而刻意去跋山涉水，即他不是以“诗人”的身份进入自然。“登山则情满于山，观海则意溢于海”，有此“情”此“意”，付诸笔墨，诗词就水到渠成了。再如爱情诗，中国古代诗人几乎没有谁纯粹为了“创作”而去思考、表达爱情，写出反映“人类爱情”这一抽象理念的作品，爱情诗多是写作者的具体生活记录。古典诗词爱情诗的常见类型

[1] 洪业著、曾祥波译：《杜甫：中国最伟大的诗人》，上海古籍出版社2011年版，第6、252页。

“赠内”絮叨的多是家常。钱锺书说宋代爱情“迁移”到词里，“写爱情的少得可怜”，爱情诗只有陆游的几首可观，[1]而陆游的爱情诗写的是他与唐琬的悲欢离合。以“艳科”著称的词亦然，李煜、柳永（他写的是“公然走私的爱情”）、苏轼、李清照、纳兰性德的情词脍炙人口，而莫不以个人生活为根基。诗词写作不是特定的职业行为，这就意味着，任何人都可以成为诗词的写作者，“尽天下之人皆能读古人之诗而能诗”（叶燮《原诗》内篇下）。中国古代诗词家遍布各个阶层、各种职业，由此形成一个举世莫比的庞大诗人群，其源盖出于此。

写作主体的多元化，带来诗词反映生活的多样性，诗词内容和风格的丰富性。不同主体从各自角度、立场写作，诗词反映的社会面会更广泛，表现的人生体验会更全面，人生观、价值观会更均衡。官员诗词有庙堂气、学人诗词有书卷气、隐士诗词有江湖气、僧道诗词有蔬笋气。这些“气”在古代诗文评中，除“书卷气”外，往往是当作负面词语使用的。但换个角度看，这正是不同写作主体包括写作群体各自的特点，正是诗词多样性或丰富性的体现。它们让诗词多姿多彩，为社会提供了多样精神资源，有助于人们精神世界的互补平衡。朝廷大佬、封疆大吏多歌功颂德之作，不失为大雅正声；失意之士常有“江湖枯槁”之语，反映人生另一面相。只看前者，国家始终歌舞升平，人生不免得意忘形；只看后者，社会永远阴暗一片，人生就是苦海深渊，各有所偏。合而观之，可能更近真实，这就是“互补平衡”。

从内容来看，绝大多数诗词文本书写日常生活，高度感性化。翻开古人诗词集，以日常生活为题材的作品比比皆是。亲人的相亲相爱、友朋的相遇相别、宴饮聚会、品茗听琴、诗词唱酬、读书治学、穿衣照镜、睡觉做梦、卜居乔迁、生日祝寿，身体病痛，游山玩水、赏花看草，生活中的小欢喜小烦恼，大快乐大忧愁，喜怒哀乐、酸甜苦辣，等等，连篇累牍。宋诗追求平淡的美学风格，描写平凡、琐细的日常生活的诗更多。洎乎此，诗词与日常生活互嵌互动进一步强化，很多时候，二者之间并没有明显的界限。因此，诗词就在生活中，就在身边，无非

[1] 钱锺书：《宋诗选注》，人民文学出版社1982年版，第9—10页。

所历所遇、所见所闻、所思所想而已。一门心思进行形而上思考，正襟危坐“创作”“伟大作品”“不朽之作”的情形是很少的，而且古人认定的“伟大”“不朽”也不脱离人伦日用，就在日常生活书写中体现和升华。陶渊明、李白、杜甫、王维、白居易、苏轼、陆游、杨万里、袁枚等，莫不如此。

古代大量脍炙人口的诗词也是书写日常生活的。杜甫诗《望岳》是经过泰山的所见所感。《赠卫八处士》写乱世中与友人相遇，内容是日常化的。《堂成》写草堂建成的喜悦。《江村》写在草堂的悠闲生活。《江畔独步寻花七绝句》不过是散步看花的素描。即使是《自京赴奉先县咏怀五百字》《北征》这样精心结撰的煌煌大篇，有家国命运的思考、社会正义的诉求等宏大内涵，但也是建立在自身经历的叙写基础之上，不离“日常”。苏轼词《水调歌头·丙辰中秋》是“欢饮达旦”的产物，“怀子由”的意涵不离人伦。《定风波》是“沙湖道中遇雨”之所得。《饮湖上初晴后雨》是游西湖的即兴之作。这类例子，真的应了“不胜枚举”这个用得俗滥的词。

已如前述，诗词“插入生活”，包括功能上的实用性，它作为艺术元素、文化符号广泛进入日常生活领域。按照泰西的诗歌观和新诗的纯文学观，诗是情感性、精神性、艺术性的，实用性不在考量之列。中国诗词自然有情感性、精神性、艺术性诉求，但客观上它又有实用功能。中国人把诗词与书法、绘画结合，用来装点日常生活。诗词在中国随处可见，遍及通都大邑和穷乡僻壤，公园、庙宇、街市、亭台楼阁、山川崖壁、生活器具、公务空间、私人宅第，等等，都有诗词的应用。这也是它“插入生活”、美化生活、发挥社会影响的显著表征。在西方，很少看到这样的情形。它使诗词得到更为广泛的传播，雅俗共赏，有益教化，社会效用大为彰显。

揭出古典诗词的日常性特征，有两个意图，一是要重估古典诗词中表现日常生活的文本。很长一个时期，由于我们认定诗词的价值决定于它所表现的宏大的社会历史内容特别是政治性内容，研究、宣传的关注点就是那些社会性、历史性、政治性强的文本，大量表现日常生活的文本被忽视、淡化，研究者呈现的诗词之美也就单调干瘪，令人乏味乃至厌恶。杜甫本来可亲可敬，其诗博大丰美，写夫妻情、父子情、朋友情、山水情、花草情的文本很多很美，结果研究者只注重“君臣”一伦，津津乐道的是所谓“诗史”，“诗史成见，塞心梗腹，以为诗道之尊，端仗史势，附和时局，牵合朝政；一切以齐众殊，谓唱叹之永言，莫不寓美刺之微词。远犬吠声，短狐射影，此又学士所乐道优为”[1]，于是杜诗就成了历史的注脚，成了某些政治观念的佐证。“诗史”性作品被喋喋不休，充斥各种选本，而大量表现日常生活之美、可亲可爱的文本就被边缘化了，导致杜甫及其诗歌形象在文学公共空间中的单面化、刻板化，拉远了他和接受者的距离。[2]其实，人就生活在“日常”当中，诗词之美在“日常”中开显，它才是鲜活的。因此，对轻视、忽视表现日常生活的诗词的做法，“非慎思明辩者所敢附和也”。在重视诗词之社会性、历史性、政治性的同时，把书写日常生活之美的文本也充分呈示出来，诗词之美才能“充其极”。

二是为当代诗词非职业化、日常化书写提供理论支持。长期以来，当代诗歌研究对象、写入诗歌史和文学史的诗人只是职业诗人或擅长宏大叙事的政治诗人，这预设的前提是非职业诗人、日常生活书写的诗人不得大雅之林。而现代诗词写作大量是民间的、日常的、经验性的。这不是毛病，而是中国诗词写作的常态和传统，是一种文化基因。只有确立这种写作的正当性和价值，民间性、日常化写作才有底气，才能保障诗词写作拥有自由、宽阔的空间，涌现更多写作者和作品，从而推动中华诗词进一步繁荣。

二、现代诗词“直接插入”日常生活的表现

现代诗词（指新文学背景下的旧体诗词，包括当代）是古典诗词的继承和发展，在日常生活书写方面也大体不出古人范围，只是生活的具体内容有了很大变化，生活观念也有了显著不同。观察现代诗词日常生活书写的内容，它“插入”生活的情形，不外人伦、社会、自然三大

---

[1] 钱锺书：《管锥编》第四册，中华书局1979年版，第1390页。
[2] 参见陈韫潇：《当代文学公共空间中的杜甫形象问题》，载《杜甫研究学刊》2013年第1期。

类型。

文学是人学，人是在各种社会关系包括人与人的关系中生活的。人与人的关系古人归纳为五伦，除君臣关系不属于日常生活以外，其他四伦即父子、夫妇、兄弟、朋友有强烈的日常性。“人与人之间这五种关系，乃是人生正常永久的关系。”[1]人的日常生活就在四伦中进行，人生的趣味、快乐、意义多在四伦中获得，“人伦尽处天心见”（陈述元《寄怀家兄云章》）。人生的烦恼、痛苦也与四伦关联密切。因此，人伦关系成了诗词中最为常见的内容。潘伯鹰论诗说：“诗人者何？人之能诗者也，非人伦之外，别有诗人，亦不能于人伦之外，以觅其诗。故论世以知人，考言以验事，昭昭乎若日月之丽于天，虽单辞片语，无所遁于善读者之目焉，其为质之不可枉也若是。故其感人也，如琥珀之拾芥，如激电之发雷，虽杼轴于一心，而鼓舞于万族。”[2]

父子一伦以现代眼光观之，即长辈和晚辈的关系，诗词中常见的是祖、父、子三代关系。父子关系核心意涵是父慈子孝，它包含上下辈各自的伦理责任，也包含彼此间的爱。表现晚辈孝心的作品属于前者，当然，孝也是一种爱，不过它强调了责任。长辈对晚辈的关怀、教诲偏于纯粹的爱，相关诗词和蔼慈祥。书写这些内容的诗词很多，因为真实可感，切近人心，更容易产生共鸣。沈祖棻长篇五古《早早诗》写外孙女娇稚之态，天真烂漫，最是生动别致，成就不在左思《娇女诗》、李商隐《娇儿诗》之下。潘伯鹰《诸儿喧哗作剧》以幽默文笔写儿女打闹场面，表现孩子的顽劣、乖巧，极其形象生动，而父亲之爱、天伦之乐洋溢其间。杜甫骄傲地宣称“诗是吾家事”，意谓他们家有写诗的传统，他作诗是本分，我们可以作别解说，写“家事”是诗的本分。

陈述元是老辈学者和诗人，出生诗书之家。父陈天倪历主东北大学、湖南大学、中山大学、无锡国学专修学校教席，为国学名家及诗词作手。陈述元承其家学，十二三岁即能诗，学诗之初得到朱彊村、况蕙风指点。先就学华中大学，抗战事起转西南联合大学。性格有湘人之

[1] 贺麟：《五伦观念的新检讨》，见《文化与人生》，商务印书馆1988年版。
[2] 许伯建：《潘伯鹰先生小传》，见潘伯鹰著、刘梦芙点校《玄隐庐诗》，黄山书社2009年版，第1页。

倔强洒落，而深于情，诗词本色当行，民国时即印有《两间庐诗》，诗词为刘宗向、沈钧儒、周谷城、夏承焘等所激赏。刘梦芙《五四以来词坛点将录》将其点为“地捷星花项虎龚旺”，并有评述云：“述元先生为湘中名宿陈天倪哲嗣，历任昆明工学院、云南民族学院教授，治中西之学，腹笥渊宏。其《两间庐诗》奥衍奇崛，戛戛独造，在今日除二三耆彦外，实罕其匹，惜僻处南隅，所知者鲜。词不多作，集中惟存十馀阕，笔力苍坚，意境沉厚，合学人之词与词人之词为一手。焦桐乍奏，满壑松风，举世庸音，为之一洗矣。”[1]其写父子情、母子情的诗词沉挚渊深。《苏幕遮》云：

> 母怀宽，天地隘。天地难容，尚有娘怀在。娘去儿留谁忍此？哭断寒云，望断寒云外。　　卖娘裘，偿酒债。只为儿穷，更奈儿无赖。娘骨早寒儿骨贱。风雪多情，盖也由他盖。[2]

此词写于1961年，是挽悼母亲之作，表现了他对母亲逝世的悲痛，至情至性。陈述元曾任“一二·九”运动武汉学联主席，是学运领袖，两次被捕系狱，但在反右中被划为“右派”，是“贱民”，所以有“儿骨贱”之语。在千夫所指、“天地难容”的严寒中，母亲依然以宽广的胸怀接纳、包容他。开头四句既是写实，也超越个人遭遇而表现出母爱的博大无私。把母亲的胸怀与天地对比，得出母怀比天地更宽广的结论。古今似乎还没有谁把母爱之伟大写得如此透彻动人，正所谓“焦桐乍奏，满壑松风，举世庸音，为之一洗矣”。

陈贻焮《梅棣盦诗词》有“真性情真面目”（葛晓音序），其中写长辈与晚辈亲情的诗，满怀慈祥，既有亘古不移的挚爱，又有鲜明的时代特点，格调俊爽，意新语工，别出新姿。《送小女友庄参军》《正解鸡待烹，忽来电话，知友庄已抵北京站，因携山果，望我骑车往迎。归途兴

[1] 刘梦芙：《五四以来词坛点将录》，载张伯伟、蒋寅主编《中国诗学》总第十辑，人民文学出版社2005年版，第170页。

[2] 陈述元著、蔡川右注：《两间庐诗注》，云南教育出版社1990年版，第125页。

起，吟成一律以志欣喜》是其中代表：

不拟左思娇女诗，临行旋课木兰辞。平居总觉孩提态，握别才惊少女姿。非是从军怜老父，只缘爱国似男儿。十年自信耶娘在，出郭相迎奏凯时。[1]

正煮只鸡候客子，忽传车已抵燕京。急催汝母堆盘备，还待阿爷转毂迎。未及絮谈询进益，赶忙招呼见情亲。半年初迈长征步，顾盼之间像老兵。

鼓励女儿从军，效力国家，是爱国情。看到女儿在不知不觉中成长，在部队锻炼中进步，备感欣慰。女儿回家，父母热切期待，准备饭菜慰劳，父亲亲自骑单车到车站接，见面“赶忙招呼”等细节，充满生活气息，把“情亲”写得真挚深切。“平居总觉孩提态，握别才惊少女姿”写出天下父亲的共同心理，独具丰神。

当代诗家中，厉以宁也善于写亲情，此类诗词数量多，事细情深，满蕴温馨。1962年，作者长女厉放三岁半，出麻疹并发肺炎，高烧不退。其夫人何玉春从外地连夜赶回北京照看孩子。《南乡子·记厉放麻疹并发肺炎，何玉春连夜自鞍山赶回北京》记其事：

急电促回京，仆仆风尘两地行。未进家门先缓步，轻轻，小女今宵怕受惊。　　淡月照中庭，最贵人间母子情。彻夜披衣床角坐，天明，再测高烧可退清。[2]

词作表现了深厚的母爱。这是文学作品的常见主题，但用白描手法，刻画“未进家门先缓步”“彻夜披衣床角坐”“再测高烧可退清”等细节，把母爱表现得真实、细腻。作品描写的内容是高度生活化的，语言也是高度口语化的，而感情浓郁，是“一语天然万古新，豪华落尽见

[1] 华锺彦主编：《五四以来诗词选》，河南大学出版社1987年版，第14页。
[2] 厉以宁：《厉以宁诗词选集》，商务印书馆2008年版，第112页。

真醇”的佳作。

夫妇一伦对人生、社会都至为重要，书写夫妇关系的诗就是爱情诗。中国的爱情诗不像西方情诗那样罗曼蒂克，它注重在平凡的日常生活中展现相爱双方的互敬互爱。俗云“爱情是文学的永恒主题”，诗词也“插入”现代爱情生活中，书写爱情的诗词遍布各种诗词集。俞平伯与许宝驯“琴瑟和鸣，神仙眷属”，其诗词表现夫妻情的一往情深，长篇歌行《重圆花烛歌》写夫妻患难与共，名重一时。沈祖棻与程千帆伉俪兼知己，绝似李易安赵明诚，集中怀恋唱酬之作，相濡以沫之情，情深意挚。苏步青留学东瀛时，与日本女子松本米子相爱，米子随他回中国，爱情终身不渝。苏步青有《悼念亡妻米子》《江城子·米妹逝世将满一周年，赋此志哀。用东坡韵》等多首悼亡诗词，如泣如诉，感人至深。[1]顾毓琇诗词曲数量达7 000多首，写与夫人王婉靖感情生活的亦不少，“有他的诗在，温暖就在”[2]。钱锺书《槐聚诗存》中有对杨绛的深情倾述。陈贻焮《梅棣盦诗词》之《无题》《满庭芳·暖室评花》《沁园春·新雨初来》《念奴娇·风吹雨歇》写伉俪情深，缠绵悱恻。“思随草色依裙绿，欲化星光伴月明”一联，思致缠绵，造语工巧，为诗家所激赏。

厉以宁写他和夫人何玉春共同生活的作品，早年的相识相知相恋，轻盈明快；后来共同承担苦难，相濡以沫，而一以贯之的是至情至性。《浣溪沙·为何玉春题照》（1957）：

> 谁解春游少女心，迷人黄蝶最知音，翩翩引路小河滨。　　先摘蔷薇红辫结，再临流水整纱巾，笑声惊散细鱼群。[3]

少女的美丽快乐跃然纸上、幸福洋溢于字里行间，把初恋的甜蜜和羞涩表现得惟妙惟肖，读整首诗的感觉就是春光灿烂。

莫砺锋《结婚三十周年赠内十首》是作者送给妻子的结婚30周年

[1] 参见陈友康：《漫夸桃李遍天下，更有光风润大千——论苏步青诗词》，《现代诗词的价值和命运》，华中师范大学出版社2016年版。

[2] 顾宜凡：《顾毓琇诞辰112周年：有他的诗在，温暖就在》，载《中华读书报》2015年1月26日。

[3] 厉以宁：《厉以宁诗词选集》，商务印书馆2008年版，第69页。

纪念礼物，被网络称为“南大情书”“当代最美情书”。作者说这30多年的婚姻生活“很平常，也很琐碎，就像千家万户一样”;“我们都当过知青，能吃苦，都喜爱粗茶淡饭的简朴生活”。诗云：

前缘休说三生石，不是冤家不聚头。淮北江南行欲遍，却来白下结绸缪。

崎岖世路叹零丁，蛟失沧波鹤剪翎。久惯人间多白眼，逢君始见两眸青。

钟山苍翠秦淮碧，暇日寻幽携手行。细语温存惊我耳，刚肠忽觉有柔情。

家无四壁愧黔娄，搜索空囊鬼亦愁。岂有瑶环定情物？嫁衣犹仗孟光筹。

秋霜春雨夏惊雷，黄卷青灯岁月催。长夜感君相伴坐，剪刀唧唧把衣裁。

我居西海君东海，寄雁传书隔月回。平日龃龉夺门去，此时翻愿梦中来。

昔年陇亩度生涯，此日书灯映绛纱。无限烟云都经眼，诗书说罢话桑麻。

君轻富贵若浮尘，我亦人间澹荡身。淡饭粗茶皆有味，轻裘肥马是何人。

青丝忍看染秋霜，自嫁梁鸿日夜忙。衣食渐丰人渐老，十年汤药侍高堂。

苍颜白发两相怜，共话平生叹逝川。我向天公祈后死，伴君垂老坐炉前。[1]

自注说："内人陶友红，1968年初中毕业于南京师大附中，到溧阳农村插队务农，七年后招工到南京第一服装厂。1977年高考进入南京师范大学中文系，毕业后分配至江苏省委宣传部文艺处，2000年提前退休，照料其母多年（瘫痪在床）。我1979年考上南大研究生，1981年两人相识，1982年结婚。当时我靠助学金为生，一无所有，结婚时两人所穿新衣均由她操办。婚后多年全家的衣服都由她亲手缝制。第6首所写乃1986年至1987年我在美国访学时情事。"可见诗写的都是实情。张海鸥评曰："这是中国特殊年代婚姻生活之缩影，清贫到骨。在清贫的时代背景中，写出恩爱夫妻间特别的柔软温馨，写尽夫妻同甘共苦之细事。每首诗都用对比转折之法，炉火纯青，平凡中见深情，用柴米油盐的琐细生活写出人生之大爱、夫妻之深情、人类之温暖。"[2]因此，誉之为"当代最美情书"，它当之无愧。

兄弟一伦，指涉的是直系或旁系家族内的平辈关系，包括兄弟姐妹、表兄弟姐妹等。兄弟姐妹的思想、生活、学业、喜乐烦恼，为诗词家挂怀；彼此间的关怀、勖勉给人生慰藉，也给诗词增添热度和亮度。

刘永济为晚清直隶总督、云贵总督刘长佑嫡孙，气质高贵，学术上一代大家，诗词写作亦极用心，学术诗词两造均臻一流。其诗词"叙天伦，慨身世，朋旧往还，山川游赏，其内涵之广狭虽殊，而均足以见诗人观察之锐敏与情思之深挚"。[3]他写夫妻情、兄弟情等"叙天伦"的诗词"出肺腑之奥"，"情思深至"。诗词集中与弟刘永湘赠答之作甚多。《浣溪沙》有长题："老翁馋口，辄思乡味，湘弟既以湘中饼饵见饷，复寄我小词，有'锻猪入馔，尺鲤烹鲜'之问，戏答一阕"：

---

[1] 莫砺锋：《结婚三十周年赠内十首》，载《中国韵文学刊》2013年第1期。

[2] 张海鸥：《久惯人间多白眼，逢君始见两眸青——荐莫砺锋诗》，载《诗词家》2015年第6期。

[3] 缪钺：《刘弘度（永济）〈云巢诗存〉序》，刘永济《诵帚词集　云巢诗存》，中华书局2010年版，第145页。

千里分甘梦与牵，远胜说饼咽空涎。含饴翁媪俱欣然。　　安得闻韶忘肉美？不劳弹铗叹鱼鲜。直须鼓腹乐丰年。[1]

写的是一件生活小事，但兄弟深情就在琐琐中传出。写得风趣，欢愉之情得到强化。刘永湘（1889—1971）曾任湖南大学、湖南师范学院国文系教授，雅擅诗词，为20世纪40年代麓山诗社健将，与胞兄永济，诸耆旧如杨树达、曹典球、王啸苏、徐桢立、李肖聃、李剑农等多唱和过从之乐，有《寸心集·快心居词稿》。

潘伯鹰为人重节概，自信“丈夫堂堂有不朽，声名官职何关身”，冥心孤往尽瘁于诗词。他强调“非人伦之外，别有诗人，亦不能于人伦之外，以觅其诗”，故其写人伦的诗既多且好。潘受称其诗“思深、意远、境高、语妙”[2]，写人伦的自不例外。1932年，他因为在东北大学任教时“议论英迈凌厉，无所避就”，为人构陷，在北京突然被逮捕，解送沈阳，关押于宪兵司令部。其妻弟何理之“追至沈阳”探望，他作《妻弟何理之于余被逮之次夕追至沈阳一见而别感赋》，追忆他们在一起的快乐时光；感叹自己“奇祸来不测”，使母亲妻子“中宵肠寸断，呼天馀战慄”。逆境之中，亲人的关怀给他极大慰藉，他感谢妻弟的高情厚谊，说“与君为兄弟，亲爱如一日”“千里慰南冠，恩义坚金石”。表示自己“黄金不改坚，白玉不改洁。烈火与青蝇，岂足伤一屑”。意致深厚，悱恻芬芳。

朋友一伦对人生不可或缺。清道光诗人陈伟勋《朋友》说：“五伦有朋友，人世不寂寞。……可与事功同，可以身家托。”[3]是以书写朋友关系的文本在古典诗词中蔚为大宗。“建安、黄初之诗，乃有献酬、纪行、颂德诸体，遂开后世种种应酬等类。”（叶燮《原诗》内篇上）自此以后，差不多每个诗人诗集中交游赠答之作都连篇累牍，而赠答之作大部分是写朋友情。现代诗词也不例外。《吴宓诗集》中与吴芳吉、陈寅

[1] 刘永济：《诵帚词集　云巢诗存》，中华书局2010年版，第125页。
[2] 潘受：《序》，见潘伯鹰著、刘梦芙点校《玄隐庐诗》，黄山书社2009年版，第2页。
[3] 陈伟勋：《酌雅诗话》上编，见张国庆选编《云南古代诗文论著辑要》，中华书局2001年版，第90页。

恪、刘永济、萧公权、缪钺等的赠答诗目不暇接。钱锺书不喜交游，但“知希则贵”，对心志相投者必以肺腑相对，故《槐聚诗存》中多与冒效鲁、徐燕谋唱和之作。沈祖棻《涉江诗稿》中大量是文革动乱中怀念友人、赠答唱酬之作，关爱友朋，慰藉劝勉，温馨感人。潘伯鹰《玄隐庐诗》赠答酬唱对象多是现代文化名流，表现师友间的风仪气节。缪钺《冰茧庵诗词》中与叶嘉莹唱和诸作，论交论学；赠学生景蜀慧诸作，关怀激励，均词旨温润，悦人心目。景蜀慧在老师熏陶下，兰心蕙质，学术之外，倾心诗词，为当代名家，接续了缪彦威学术诗词两造绝诣的学统。

老舍是新文学大师，也是旧体诗的行家，他的旧体诗个性鲜明。他待人诚恳厚道，朋友多，他写朋友情的诗多而好。如《久许冰心、文藻兄登山奉访，疏懒至今，犹未践诺，昨为小诗致歉》：

> 中年喜到故人家，挥汗频频索好茶。且共儿童争饼饵，暂忘兵火贵桑麻。酒多即醉临窗卧，诗短偏邀逐句夸。欲去还留伤小别，门前指点月钩斜。[1]

此诗作于1942年抗战时期，老舍和冰心、吴文藻夫妇避难重庆。他们是好朋友，时有来往，喝酒品茶，议论时局，谈诗论文，极有情味。在战争年代，这样的友谊尤能给人更多的温馨和慰藉。“频频索好茶”“酒多即卧”写出双方的友谊已经到了亲密无间、忘形尔汝的程度。“且共儿童争饵饼”“诗短偏邀逐句夸”写出作者的天真顽皮，尾联表现双方的依依不舍和主人对客人的关心，而内在的依然是朋友间的真情和深情。情韵悠扬，幽默风趣，最是高境。

老辈人文社会科学家乃至自然科学家传统文脉未断，登高能赋，诗词赠答作为学人雅趣弥漫于他们的交往中。由于社会环境变迁和传统的衰弱，从事国学研究的学人失去了这种基本功，曾经蔚为大观的学人之诗似有中断之虞。可喜的是，在传统文化包括诗词复兴的背景下，又有

[1] 张桂兴：《老舍旧体诗辑注》，中国国际广播出版社2000年版，第98页。

一批古典文学专家写作诗词。陈永正、钟振振、莫砺锋、曹旭、李舜华、许总、景蜀慧、张海鸥、钱志熙、周裕锴、尚永亮、张宏生等都振铎上庠，为当前古典文学研究中坚，学术一造，卓然名家，而钟情诗词写作，出手不凡。他们有望接续传统，崇雅开新，让学人之诗“老树春深更著花”，不至于在民国成长的学人完全退场之后成为绝响。在他们影响下的一些学界新进（博士硕士）亦有此好。

在他们的诗词中，友情书写占有一定比重。如尚永亮有《别友人》《旅途得曹旭兄岁末感事诗匆和原玉兼以抒怀》《与啸龙兄荆楚一别垂二十载即将再聚诗以志喜》《乙未秋离杭别友口占数绝记事志感》等，均情深意切，沁人心脾。《乙酉夏留别特里尔友人》：

> 暮色苍茫立小楼，晚风拂面夏如秋。千年古堡凌霄汉，十万人家枕碧流。异域霜寒侵远客，新知义重破离愁。雪泥鸿爪无堪赠，长忆天南海北头。

张海鸥评曰：“朴实亲切，温馨宜人。首联俊爽，颔联美丽，颈联义重，尾联情深，将德国特里尔大学写得令人神往。”[1]

古人说的朋友一伦，还包括师生关系。对老师而言，“得天下英才而教育之，大乐也”。对学生而言，有老师的教诲，才能成人成才。师生情是亘古以来最重要最纯洁的感情之一，诗词当然不会缺席，它也“插入”师生关系之中。书写师生关系的文本多表现师长的风范、学养和爱心，学生的品德、才华与勤奋，以及师生间的纯洁感情和教学相长，敦品励学，往往温馨动人。施议对挽悼夏承焘、吴世昌、唐圭璋、沈轶刘、周谷城、程千帆、施蛰存诸作，元气淋漓，纯雅典重，不减古人高处。

吴宓终身从事教育，培养俊杰无数。他爱学生，学生也敬爱他。师生间多有诗词唱酬。“自古师门各有情，谁能缱绻似先生？”抗战时期，农历己卯年（1938），吴宓在西南联大过生日，学生们知道后表示要写

[1] 张海鸥：《寒光日夜冲天起，碧透幽篁几万竿——评荐尚永亮诗词》，载《诗词家》2015年第5期。

诗祝寿，吴宓为之感动，先写了《己卯生日珏良等将为诗以祝，先此赋谢》：

> 乱离疾病尚嘉辰，交契忘年语笑亲。晚托后生师已渺，时当巨劫地非沦。如君才调皆英俊，愧我行愚自苦辛。并世论人无一是，只从诗卷见情真。

第三句自注："1926年中秋，黄晦闻师（节）诗：'晚托后生余客老，乱思来日岁连年。'上句用陆机《叹逝赋》'托末契于后生，余将老而为客'。黄师于1935年1月逝世。所谓后之视今，犹今之视昔。"最后一句自注："时珏良方读拙集。"[1]这首诗表现了吴宓真诚的自我认知，他和诸生之间亲密无间的忘年交，他对诸生的赞美和期望，感世伤时之情也在其中。学生及友朋周珏良、李赋宁、郑侨、王德锡、张敬都写了和诗，并被吴宓收入他的诗集，完好保存。

周珏良和诗《和吴宓先生〈己卯生日珏良等将为诗以祝先此赋谢〉》：

> 万丈光芒仰北辰，及门幸甚得身亲。荷声藤影归思渺，文物衣冠入寇沦。律细作成多异色，行方受尽不虞辛。乱离嘉日当狂饮，醉后先生率性真。[2]

周珏良的和诗赞扬吴宓像北斗星一样光芒万丈，被众人仰慕；他为人品行方正；他的诗格律精严，风格与众不同。因此，能够成为他的及门弟子是非常荣幸的事。针对吴宓"愧我行愚自苦辛"的自我解剖，用吴宓品行方正而不为世人所容，因而遭受意想不到的辛苦来加以劝慰。这实际是说，吴宓不为世人理解，不是他的问题，而是社会的病态。最后说在日寇侵华，文化沉沦，北归渺茫的乱世，在生日这个好日子应该狂歌痛饮，喝醉后更能看到先生的真率性情，更可爱。这两首诗情真意切，表现了联大师生之间的亲密关系。张敬的和诗里有"桃李门墙慰苦辛"

[1] 吴宓：《吴宓诗集》，商务印书馆2004年版，第352页。
[2] 同上。

之句，王德锡和诗也有“接席群英多手植，祝公同识此情真”之句，有这么些好学有情的学生，是吴宓的欣慰和骄傲。后来，周珏良、李赋宁都成了杰出的英语文学专家和教育家。

诗词还“插入”日常社会生活，表现社会经历、见闻和观感。除五伦以外，人们在社会生活中还有许多平常的事需要面对、经历、参与，它们鸡毛蒜皮，似无意义，但也成为诗词表现对象。而一旦用诗词写出来，它就成了品味的对象，加深我们对社会的理解，让我们或会心一笑，或同声一叹。

启功天资超群，淹贯古今，所为诗词风趣幽默，是当代诗家中风格最鲜明的人之一。他是皇室后裔，又是艺术大师，但绝无“贵族”的身段，平易随和，天真烂漫，他的诗词既有题画之类历来公认的雅作，也把眼光投向平民生活，表现世俗苦乐。《鹧鸪天八首·乘公共交通车》：

乘客纷纷一字排，巴头探脑费疑猜。东西南北车多少，不靠咱们这站台。　　坐不上，我活该，愿知究竟几时来。有人说得真精确，零点之前总会开。

远见车来一串连，从头至尾距离宽。车门无数齐开闭，百米飞奔去复还。　　原地站，靠标竿，手招口喊嗓音干。司机心似车门铁，手把轮盘眼望天。

这次车来更可愁，窗中人比站前稠。阶梯一露刚伸脚，门扇双关已碰头。　　长叹息，小勾留，他车未卜此车休。明朝誓练飞毛腿，纸马风轮任意游。

铁打车箱肉做身，上班散会最艰辛。有穷弹力无穷挤，一寸空间一寸金。　　头屡动，手频伸，可怜无补费精神。当时我是孙行者，变个驴皮影戏人。

挤进车门勇难当，前呼后拥甚堂皇。身成板鸭干而扁，可惜无人下箸尝。　　头尾嵌，四边镶，千冲万撞不曾伤。并非铁肋铜筋骨，匣里磁瓶厚布囊。

车站分明在路旁，车中腹背变城墙。心雄志壮钻空隙，舌敝唇焦喊借光。　　下不去，莫慌张，再呆两站又何妨。这回好比笼中鸟，暂作番邦杨四郎。

入站之前挤到门，前回经验要重温。谁知背后彪形汉，直撞横冲往外奔。　　门有缝，脚无跟，四肢著地眼全昏。行人问我寻何物，近视先生看草根。

昨日墙边有站牌，今朝移向哪方栽。皱眉瞪眼搜寻遍，地北天南不易猜。　　开步走，别徘徊。至多下站两相挨。居然到了新车站，火箭航天又一回。[1]

写挤公交车的经历，反映市民生活的原生态。描写生动，语言浅俗，绘声绘形。"如此新声世所稀"。

至于当代某些政府、单位、诗社围绕某一主题、某一事件、某一工作、某一建筑组织笔会，敷采摛文，润色鸿业，虽非诗词写作之常道，但对发挥诗词之"建设性教化作用"，美化生活，不为无益。参与者固不必受宠若惊，研究者亦不必厚加非议。这也是诗词"插入生活"的表现。关键是要遵循艺术规律，写出好的作品。

当代以自然为描写对象的山水花鸟诗极为普及，毋庸赘论。这里只想强调两点，一是全球化和中国的开放、经济实力的增强让中国成为最大旅游客源国，出国旅游、工作成了国人的家常便饭，国人遍布世界每个角落，诗词也就写到了海角天涯，描写世界各地山水风光的作品滔滔皆是，山水诗的书写空间空前扩大。自从近代黄公度等外交官把诗词"吟到中华以外天"以来，诗词的海外书写至此蔚成大国。二是山水花

[1] 启功：《启功韵语》卷四，见《启功丛稿·诗词卷》，中华书局1999年版，第103页。

鸟诗仍不离日常，歌咏“远处”的名山大川的诗词是旅游的产物，身边的风景更是真切可亲。如钱志熙《未名湖边山桃初发》:“未生绿叶不成妆，浅约清寒立小塘。待到浓时更回首，方知消瘦是春光。”写的是自家校园风光和生命感悟。张海鸥评曰：“清高灵秀，巧思雅辞，写出山桃之季节变化，寄寓观者之生命感悟而不露痕迹。‘浅’句最有境界，自立高格。”[1]

总之，“插入生活”，表现日常生活，书写个人生活经历及体验，发掘日常生活本身的价值和美，依然是现代诗词的鲜明特征。“天籁自鸣天趣足，好诗不过近人情。”（张问陶《论诗十二绝句》）这样的书写使诗回到当下，回到此在，近以润身，远以惠人。优秀的诗人善于发现并表达凡俗中的诗意，创造出既不疏离现实而又艺术化的人生和诗歌。“插入生活”的诗词虽多无奇情壮彩，而深情暖意，长存天壤。周作人《杜少陵与儿女》说：“嘉孺子而哀妇人，古人认为圣王之用心，却也是文艺中重要成分，便是杜子美自己的著作里也是如此，而且比别人来还要比较的多些。”《中国文学上的两种思想》谈到杜甫写家庭琐事的诗，又说：“这些虽然未能泣鬼神，确有惊心动魄之力，此全出于慈爱之情，更不分为己为人，可谓正是文艺的极致。”这是非常通达而精辟的看法，写日常生活的优秀之作均可作如是观。

三、诗词“直接插入”日常生活的意义

从反映论观点看，文学源于生活，诗是直接从生活中产生的，天然带有生活的烙印，诗词“插入”生活似乎不是问题。但何谓“生活”，人们会有不同的理解。一种流行的观点是，生活是“人民群众的生活”，是国家和社会的事业，写作者的日常生活是不在“生活”之列的，于是生活就在“别处”，在远处、高处。于是，写作者就要“深入生活”、职业化地“创作”，写出“反映生活”的文本。那些职业作家或诗人就是这么做的。如此定义“生活”，则表现日常生活的文本的正当性和价值就不被认可或被贬低。我们强调诗词“插入”日常生活，就是要祛除这

[1] 张海鸥：《上舍多才子，风流可得传——荐评钱志熙诗词》，载《诗词家》2015年第1期。

种偏蔽。

诗词“直接插入”日常生活，使诗词与人生高度交融、伴生，从而获得旺盛生命力。人都活在当下，活在衣食住行之中，活在父子、夫妇、兄弟、朋友、自然和社会之间，这是人生的常态。诗词“插入”其间，打破了“诗神”高高在上俯视人间的神秘和神圣，它不在高处、远处，就在生活之中，就在当下，诗与生活是一体之两面，诗与人生相伴而行。诗从日常生活中生长出来，它因此获得强大生命力，生生不息。中国古代没有职业诗人，中国诗歌却从诞生时的涓涓细流逐渐发展为滔滔江河，无孔不入，无远弗届，得力于它与日常生活的密切关联，得力于它的这种内生性。当代诗词写作者“上百万”，跟诗词写作的这种日常性和平民性也有不可分割的联系。

诗词“直接插入”日常生活，使“日常生活审美化”，让人“诗意栖居”。这些是西人观念，有其特定所指，我们借用来指诗词写作让日常生活得到升华，变得优美，让人生更有诗意，让灵魂得到安顿。日常生活充满世俗性，但经过诗词的艺术转化，它就超越了平常平庸琐屑，而把它的价值和美彰显出来，让生活更值得过。诗词让写作者心理舒展，获得愉悦，使个人生活更为安适，更有品位。诗词阅读同样能升华人的精神境界。古人强调“诗教”，“好诗养心”正建立在诗能美化人生和社会的基础之上。写人伦关系的诗，主要内容是关怀、慰藉、勉励，“指出向上一路”，体现正向价值，它使人与人的关系更加温暖、美好。写自然风光的诗词，发掘、彰显自然之美，让人们更加尊重、热爱自然，促进人与自然的和谐。而美好的自然环境，是人类“诗意栖居”的物质基础。

诗词“直接插入”日常生活，使诗词的当下价值得到充分实现。优秀的诗词作品包含永恒性价值，即超越时空，始终被人们吟诵，影响人们的精神世界。这种价值无疑应该肯定和高扬，应该为诗家所追求。但同时也要对诗词写作的当下价值给予必要的关注和认可。所谓当下价值，就是在写作过程中产生的价值，就是写作活动本身的价值。诗词是抒情言志的，写作者把因生活蕴育、激发的情志表达出来，达成心理能量的释放，就获得一种愉快。如果写出的作品很成功，还会产生成就感、自豪感而获致长时间的精神满足。而诗词总是把人导向高尚高雅，写作过程就是追求高尚高雅的过程，追求真善美的过程，那么，无论写得好不好，本身就有意义。周善甫指出：

> 过去各种阶层都有以文字为“材料”的文娱活动——如诗词的吟咏、楹联的撰述、巧语妙句的传抄、文虎灯谜的猜拟、戏文曲词的欣赏，以及书法、篆刻，乃至金石文物的爱好等等，咸为个人及群众生活中隽永、健康、有益和相当普遍的活动，有助于雅驯祥和的社会风气的形成。现在却因文化程度的一般趋低而逐渐少见了。不少年轻人的“八小时以外”的兴致，便不能不向舞厅歌楼、赌场酒局，乃至色情放荡中去找刺激。其奢靡恣纵的社会后果是深堪顾虑的。[1]

他的观察和分析启人深思。诗词写作是“个人及群众生活中隽永、健康、有益和相当普遍的活动”，有助于达成写作者精神世界的和谐向上，提高生活质量；“有助于雅驯祥和的社会风气的形成”。因此，对当前群众性的诗词写作活动，对于“老干体”诗词，“学院中人”可以帮助其提高，但不必疾首蹙额，予以严谴。

诗词“直接插入”日常生活，使诗词作为“民族文化基因”得以有效遗传。习近平把“基因”概念引入文化，反复强调中华优秀传统文化的核心理念、根本精神是我们的文化基因，并明确指出诗词经典是“中华民族文化的基因”，“应该把这些经典嵌在学生脑子里”[2]。这样的论述高度凸显了诗词的价值。诗词经典是文化基因，它“嵌在”国人的脑中，内化为中华民族的精神元素，并外化为做人行事的原则及态度，这是基因传承的基本方式；诗词写作也是传承基因的一种方式，它让诗词蕴含的民族精神和诗词这种民族文化载体得以代代相传。诗词“插入”

[1] 周善甫：《论“文”》，见《大道之行：周善甫国学论著》，中华书局2010年版，第395页。

[2]《让经典成为中华民族文化的基因》，载《人民日报》（海外版）2014年9月14日。

日常生活，也让其基因“插入”更多人的精神世界，善莫大焉。

文化自觉、文化自信落实于诗词一道，就是诗词自觉和诗词自信。诗词自觉建基于对诗词特性的“自知之明”。“插入”日常生活，偏重于书写个人实际、具体的生活内容，雅化日常生活，不热衷虚构性“创作”，就是诗词的显著特性之一。中国古代没有西方式的长篇叙事诗，跟这一特性有关。这不是缺点，不必自惭形秽。正是这一特性让诗词更加切近人生，在生活中无所不在，更易于为人们接触和接受，从而使中华诗词生命之树常青。确认这一点，当代诗词写作者就可以理直气壮地按自己的经历、感悟写作；研究者也要对诗词的日常化书写抱有理解和宽容，不必拿道貌岸然的新诗理论加以藐视或苛责也。自然，不管写什么，怎么写，前提必须是“诗”。

四、辩证对待诗词日常性与超越性的关系

诗词内容的普泛化、写作的日常化，也可能带来诗词的随意性和平庸化问题。当代诗词写作队伍庞大，文本产出巨大，构成诗词复兴的基础，但平庸之作泛滥也是不争的事实。造成这一现象的原因是多方面的，解决之道也要从多方面着力，就本文论题而言，我们认为要正确处理诗词日常性与超越性的关系。

诗词写作要不离日常而超越日常。诗词“插入”日常生活，以日常生活为书写对象，这是不离日常。超越日常是说在个人化的、具体的生活书写当中要蕴含普遍性情感或义理。这样才能使诗词升华为人类共感，获得更高价值。书写事项可以是身边的、当下的、琐碎的，但表现的思想情感要指向“高处”“远处”。古今杰出诗人都有这个能力，古今诗词名篇大多具备这个特征。刘永济云：“然词人抒情，……苟其情果真且深，其词果出自肺腑之奥，又果具有民胞物与之怀，……则虽一己通塞之言，游目骋怀之作，未尝不可以窥见其世之隆污。”[1]这是以小见大，好的诗词多有此特点。在刘先生的基础上，还可以转进一层：诗词不仅可从一己之遭遇反映世道之盛衰，也可从一己之生活通向人类之

[1] 刘永济：《诵帚庵词两卷自序》，见《诵帚词集　云巢诗存》，中华书局2010年版，第129页。

共感。

苏轼《水调歌头》写的是中秋赏月饮酒，很日常；怀念的是弟弟苏辙，很具体，但它穿越古今，感动天下人，原因就在于它的超越性。一是它揭示了具有普遍性的人生哲理：人生的缺陷是绝对的，我们不能指望人生和世界完美无缺，只能在绝对的缺陷中寻求相对的圆满。“人有悲欢离合，月有阴晴圆缺，此事古难全”表明了这一点。在这里，东坡把人生的不圆满看成自然的、绝对的状态，要人们达观地对待它，不要因为遭遇不幸就丧失生活的热情和进取的勇气。对人生的这种达观看法，对任何时代的人都有一种启迪。具备这样的人生理念，人们在遭遇坎坷时，便会坦然、从容一些。二是东坡以博大的胸怀对人们发出深情祝福：“但愿人长久，千里共婵娟！”因为人生的缺陷难以避免，人与人之间更需要关怀和抚慰。因此，东坡这声美好祝福，始终拨动着人们的心弦。这里的“人”有特定所指，即东坡和子由，但我们何尝不可以把它理解为“人类”？

有志者也可以超越日常生活书写进行形而上思考和创作。前面说现代某些诗学理论将诗歌写作设定为诗人专利，要一本正经地“创作”，有其偏颇，但绝不是说它没有道理。诗词写作作为一种精神活动、创造性活动，确实需要严肃的态度、精心的思索。对国家、社会、时代、人类、自然、宇宙这些宏大问题，诗词家应该关注，进行哲学家似的冥思和追索，以诗词的形式加以表达。对社会发展中的重要事件、重要问题、新思想新事物，诗词家也不宜当旁观者、局外人，而要投入热情加以表现，“敢拈大题目”，以担当社会责任。这样能使诗词内容得到丰富，使诗词境界得到拓展和提升。萧公权以诗词表现“西洋文明之积极的理想主义”，写了《反五苦诗》《天运六首》等哲理诗。[1] 饶宗颐创作“形上词”，“为二十一世纪开拓新词境，创造新词体”[2]，体现的就是这种自觉追求。孔凡章惨淡经营，作梅村体长篇歌行《芳华曲》咏梅兰

[1] 陈友康：《继武王国维陈寅恪的学人之诗——论萧公权诗词》，见《现代诗词的价值与命运》，华中师范大学出版社2016年版。

[2] 施议对：《为二十一世纪开拓新词境，创造新词体——饶宗颐形上词访谈录》，载《文学遗产》1999年第5期。

芳、《涉江曲》咏沈祖棻，为20世纪两个文化人立诗传，碧海掣鲸，巨仞摩天，“波澜壮阔，气魄沉雄”，[1] 自不是日常性写作所能达致的。

另外，要避免诗词的平庸化或俗滥，必须坚守诗词的艺术底线，追求艺术品质。说诗词“插入”生活，强调诗词写作的日常性，是说诗词书写的内容可以随意随性，但决不意味着艺术上可以肆意胡来，粗制滥造。任何内容，都要遵守诗词的艺术规则来表达，才具备成为“诗”的前提。就当前诗词写作而论，有以下数端必须注意：一是守律。如要写近体诗和词曲，必须符合格律要求。用韵可以宽泛，按现代汉语语音押韵，诗词界提出古韵今韵“双轨并行”，是与时俱进的做法，守正开新，值得肯定，但平仄对仗粘连是不能不讲的。今人的诗词写作，在这方面跑得太远了。本来就是几句顺口溜，而自标律绝，乐此不疲。此种现象在吟坛大行其道，让识者喷饭和无奈。二是真实、真诚，不“为文而造情”，不为附庸风雅而写作，不虚张声势，不无病呻吟。三是力求独创，写出新意。不管什么题材或内容，只有真实、真诚、创新，才成为有价值的文本。倘若连这最低水准都达不到，那么，诗词特性就会在热热闹闹的“弘扬”中被消解，那才真是诗词的劫运和末路，也就别指望它“复兴”了。

实现诗词日常性和超越性的辩证统一，坚持书写内容之普泛化和艺术水准之保障性协调，中华诗词才能在康庄大道上顺适前行，生生不息。

【作者简介】云南省中华文化学院常务副院长、教授，云南民族大学古代文学专业硕士生导师。

[1] 刘梦芙：《梅村诗笔绘词仙——孔凡章先生〈涉江曲〉赏析》，见《近现代诗词论丛》，学苑出版社2007年版。

也谈诗的意境

罗　辉

【摘　要】中国传统诗学一直都推崇从"意象"到"意境"的理论精髓。本文从郑板桥的"三竹说"与王昌龄的"三思说"来论述诗的意境创造，从"形而下"与"形而上"来论述诗的意境蕴涵，从"得于心"与"会以意"来论述诗的意境再造。

【关键词】意境　意境创造　意境蕴涵　意境再造

古往今来，对以唐诗宋词元曲为代表的传统诗词，其艺术追求都崇尚"气""神""韵""境""味""真""清""灵""逸""兴""趣"等审美理念。尽管各自的涵义不尽相同，但它们却都有着相同的内核，那就是中国传统诗学一直都推崇的从"意象"到"意境"（即王国维先生所说的"境界"）的理论精髓。关于这些方面的问题，古今研究者都有许多论述，笔者试图在学习古代诗论诗话的基础上，也对此谈点一孔之见。

一、从"三竹说"与"三思说"看诗的意境创造

传统诗词的意境是通过意象来营造的。意象是构成传统诗词意境的基本艺术元素。胡应麟在《诗薮》中写道："古诗之妙，专求意象。"这就充分说明，"意象"在传统诗词创作中的重要性。那么，又如何"专求意象"呢？清代郑板桥说过："江馆清秋，晨起看竹。烟光、日影、露气，皆浮动于疏枝密叶之间。胸中勃勃，遂有画意。其实胸中之竹，并不是眼中之竹也。因而磨墨展纸，落笔倏作变相，手中之竹又不是胸中之竹也。"[1] 这里，郑板桥高屋建瓴地提出了"三竹说"：即"眼中之

[1] 郑板桥：《郑板桥集》，上海古籍出版社1962年版，第154页。

竹”“胸中之竹”与“手中之竹”。尽管郑板桥是就画竹而言的，但其内核却有助于我们认识与理解传统诗词从经营“意象”到创造“意境”的积极心理过程。

唐代王昌龄在《诗格》中提出“诗有三格”说：“生思一。久用精思，未契意象，力疲智竭，放安神思，心偶照镜，率然而生。感思二。寻味前言，吟讽古制，感而生思。取思三。搜求于象，心入于境，神会于物，因心而得。”[1]这里，王昌龄以“思”为中心，描述了从“生”到“感”、再到“取”这一连贯过程。综合考虑郑板桥的“三竹说”与王昌龄的“三思说”，可看出两者之间的对应关系：即“生思”源于“眼中之竹”；“感思”系于“胸中之竹”；“取思”成于“手中之竹”。这也与积极心理诗学所主张以积极情绪为特色的诗学心理——积极心理、以形象思维为特色的诗学思维——积极思维及以“赋比兴”为特色的诗学修辞——积极修辞相对应。

刘勰《文心雕龙》云：“原夫‘登高’之旨，盖睹物兴情。情以物兴，故义必明雅；物以情睹，故词必巧丽。”[2]“诗人感物，联类不穷；流连万象之际，沉吟视听之区。写气图貌，既随物以宛转，属采附声，亦与心而徘徊。”[3]这里，刘勰提出了“诗人感物”与“睹物兴情”的命题，即诗人的诗兴，是通过观察外界事物而迸发出内心的情感。也就是诗词创作中主体与客体，即“心”与“物”的关系，即心理学中“心理场”与“物理场”的关系问题。著名心理学家考夫卡认为，世界是心物的，经验世界与物理世界不一样。观察者知觉现实的观念称为“心理场”，被知觉的现实称为“物理场”。“心理场”与“物理场”之间并不存在一一对应关系，但是人类的心理活动却是两者结合而成的“心物场”。显然，由于不同人的“心理场”是不同的，所以，在相同的“物理场”面前，必定产生不同的“心物场”。这就是说，即使是同样的“眼中之竹”，因为观者不同，必然会出现不同的“胸中之竹”与“手中

[1] 王昌龄著，胡问涛、罗琴校注：《王昌龄集编年校注》，巴蜀书社2000年版，第318—319页。
[2] 刘勰：《文心雕龙》，人民文学出版社1958年版，第136页。
[3] 同上书，第693页。

之竹”，即萌发不同的“生思”“感思”与“取思”；甚至是同一观者，由于不同时间自身的心态不同，也有可能产生前后不一样的“竹”与“思”。

例如，南唐刘孝先经过从“眼”入“心”再到“手”这三个步骤吟出的五律《咏竹》，首联“竹生荒野外，梢云耸百寻”，说竹子尽管生于荒郊僻野，但其气势却高耸入云；颔联“无人赏高节，徒自抱贞心”，是诗人对“胸中之竹”的深情感慨；颈联“耻染湘妃泪，羞入上宫琴”，则是对颔联的具体化；尾联“谁能制长笛，当为吐龙吟”，则抒发了诗人的情感。全诗运用丰富的联想与想象，以虚实结合的手法，通过“荒野”“梢云”“百寻”“高节”“贞心”“湘妃泪”“上宫琴”“长笛”“龙吟”等，实现了形神兼备的意象组合，生成了诗人的“手中之竹”。

又如，清人郑燮（郑板桥）不但喜欢画竹，还喜欢咏竹，其题画七绝《潍县署中画竹，呈年伯包大中丞括》:“衙斋卧听萧萧竹，疑是民间疾苦声。些小吾曹州县吏，一枝一叶总关情。”[1]该诗表明，郑板桥不但将“眼中之竹”经过“胸中之竹”，变成了“手中之竹”，而且还成就了“竹中之诗”或“诗中之竹”。首联“生思”，通过“衙斋”“听竹”“疾苦声”等“意象”，将视觉与听觉联系起来，表达了作为县令的诗人，特别关注民间疾苦的深情厚意；尾联通过深入的“感思”与“取思”，运用“些小县吏”“一枝一叶”等意象，进一步抒发了诗人的济世情怀。

显然，不同的诗人，不一样的诗词，其“心物场”是不同的。但是，作为诗人，却又“心有灵犀一点通”：一是都具有积极心理学所揭示的那种“积极情绪”，进而“情以物兴”或“物以情观”，“随物以宛转”或“与心而徘徊”，催生出各自心中的意境；二是在积极心理引领下展开“三思”，也就是通过积极思维——形象思维，紧紧围绕各自心中的想象，去捕捉诗的意象，构筑诗的意境。

周代尹喜提出了心、性、情一致的学说。他在《关尹子》中写道：“情生于心，心生于性。情，波也；心，流也；性，水也。”[2]“性水说”表明，人的性灵如水，无色无味，无“静”无“动”，可融会贯通；“心

[1] 郑板桥：《郑板桥集》，上海古籍出版社1962年版，第156页。
[2] 关喜：《关尹子》，中华书局1985年版，第39页。

流说”明喻人的心理、意识像大江大河的水，不舍昼夜地流淌；“情波说”表明人的情绪、情感像水的波浪，有时会“惊涛拍岸，卷起千堆雪”。那么，为什么“心之流”会产生“情之波”呢？《关尹子》中的《五鉴篇》云：“心感物，不生心生情；物交心，不生物生识。”[1]这就是说，无论是“情”，还是“识”，都不能自生，而必须与外物打交道，接受外界事物的影响。但“情”是由外界事物感动所致，而“识”则是心物相交所生。“情”与“物”与外界事物的关系大致为：情是感，感则动，故有波浪；识是交，交不动，故乃平静。两者既有区别，又有联系，这就是《五鉴篇》所说的“因识生情，因情着物”。

《关尹子》关于“性”“心”“情”“识”的形象描述与理论建树，与现代心理的研究成果大体一致。例如，完形心理学（即所谓“格式塔”心理学）主张：学习的实质是知觉重组或认知重组（即构建完形），是通过顿悟实现的，顿悟是完形的组织构造过程。[2]又如，积极心理学认为，“心境是一种无明确目标、具有弥散性的情感状态，也可以把心境视为持续的、低强度的情绪状态。”而“情绪都是对刺激的反应”，“积极情绪既可以被视为一种状态，又可以被视为一种特质，它反映了个体参与环境的愉悦水平”，“积极情绪分为三大类：与过去有关的积极情绪、与现在有关的积极情绪和与将来有关的积极情绪”[3]。从诗学的角度看，尽管“诗人感物”源于“情以物兴”，但“心感物生情”离不开“物交心生识”，而“生识”的过程就是一个学习的过程，也是“生思”与“感思”的过程，更是“顿悟”的过程；反过来，又可以引发“物以情观”，即由于“因识生情”后，发生“因情着物”现象。然而，上述关于“物”“心”“识”“情”诸方面的相互关系，都源于诗人的积极情绪，也就是潜在于诗人心中的诗意特质。在外界事物的刺激下，诗人产生顿悟，“物交心生识”，又“因识生情”，于是，“心之流”便应运生成“情之波”。

与此同时，古人又以“心”为思维器官，正如《孟子 · 告子上》

[1] 关喜：《关尹子》，中华书局1985年版，第40页。
[2] 燕君：《一本书读完心理学名著》，电子工业出版社2013年版，第27页。
[3] 郑雪：《积极心理学》，北京师范大学出版社2014年版，第3页。

云："心之官则思，思则得之，不思则不得也。"汉字是一种象形文字，用汉字撰写的传统诗词，其思维模式必然是"立象尽意"的"象思维"。特别是"意境"作为传统诗词的独特范畴，具有"意与境会"和"境生象外"两大特征。诗学思维作为"情之波"的表现形式，其核心是以"物交心"后的感发体验为认识的出发点，进而展开一系列的"感思"活动——形象思维。而积极思维又是借助积极修辞来实现的，其特色就是"赋比兴"，于是，为"取思"提供诗学语言，也就是通过选择不同类型的"意象"，包括以"赋"为特色的"描述性意象"、以"比"为特色的"引类性意象"和以"兴"为特色的"感发性意象"，让"胸中之竹"外化为"手中之竹"，让诗人心中的意境"物化"于诗词的意象组合之中，进而也让"胸中之竹"与"手中之竹"实现"两竹"分离，至此，诗人心中的"意境"独立于诗人身外，并以语言文学的形式营造成诗词的"意境"。

二、从"形而下"与"形而上"看诗的意境蕴涵

意境是传统诗词创作与鉴赏理论中的核心问题。自古以来，有眼光的诗家，从来就不认为意境就是"情"与"景"的简单结合，而是情与景、物与我相互交融所产生的艺术世界。唐代皎然《诗议》云："夫境象不一，虚实难明，有可睹而不可取，景也；可闻而不可见，风也；虽系乎我形，而妙用无体，心也；义贯众象，而无定质，色也。凡此等，可以对虚，也可以对实。"[1]《诗议》提出的由虚实相间的"景""风""心""色"四者共同组成"意境"理论很有见地，与后来不断发展的心理学与美学理论也相得益彰。正如童庆炳在《中国古代心理诗学与美学》中明确提出："中国传统的美意识，从其发端可以分为形而下和形而上两种。当孟子说'目之于色也，有同美焉'的时候，其美意识是形而下的，即以人的感觉器官可以感觉到的、具体感性的、有限的事物为美。当庄子说'天地有大美而不言'，或者说'游心于物之初'，才能得到那种'莫见其形''莫见其功''莫知乎其所穷'的'至乐至

[1] 皎然：《诗议》，见李杜鹰《诗式校注》，人民文学出版社2003年版，第374页。

美'的时候，其美意识是形而上的，即不以感觉器官可以感觉到的、具体感性的、有限的事物为美，而是以人的灵性所体验到的那种终极的、本原的、悠远无限的生命感为美。"[1]在传统诗词的意境审美中，尽管"形而下"的审美情趣一直贯穿于诗词意象选取的创作过程，但"形而上"的审美意识却始终是诗词意境所追求的艺术境界。

积极心理诗学关于积极情绪、积极思维与积极修辞相互联系与促进的理念，有助于透视诗学"形而下"与"形而上"相辅相成的审美观。唐代王昌龄在《诗格》中认为"诗有三境"：即"物境""情境""意境"。有的研究者认为，"这里的'三境'，实际上就是意境的三种类型。只是把偏重于描写景物的（如山水诗）称为物境，偏重于抒写情怀的称为情境，偏重于说理言志的称为意境（即富有意趣的境界）。"[2]以这种方式理解王昌龄的"三境说"，其特点是从诗词题材的角度将"意境"进行分类。然而，笔者觉得还可以从审美体验的角度来理解王昌龄所说的"三境"，即"物境""情境"与"意境"体现为三种不同的审美体验。皎然在《诗式》中有"取境"一节，也大体谈到"境"的特点。其实，古人心目中的"境"，从来就不是诗中单纯意义上的情、景、意这些个别元素，而是诗人对世界、对人生某种"形而上"的生命体验。从心理学与美学的角度看，诗的意境可以理解为是诗人的审美体验，即诗人"心物场"的艺术体现。

有鉴于此，以"物境"为主的诗作，"心物"关系可称之为"情以物兴"，"心物场"的特点是"物"为主，"心"为次，作者审美体验的特点属于"写景"式，即诗词之"境"源于自然之"景"。作品以景为主，景中寓情。例如，韦应物的名作《滁州西涧》："独怜幽草涧边生，上有黄鹂深树鸣。春潮带雨晚来急，野渡无人舟自横。"全诗以直观手笔描述景物见长，一首诗犹如一幅画，作者通过"写景"而直达"物境"，进而充分表达了作者的淡泊情怀。

以"情境"为主的诗作，"心物"关系可称之为"物以情观"，"心物场"的特点是"心"为主，"物"为次，作者审美体验的特点属于"移

[1] 童庆炳：《中国古代心理诗学与美学》，中华书局2013年版，第12页。
[2] 黄志浩、陈平：《诗歌审美论》，凤凰出版社2012年版，第126页。

情”式，即诗词之“境”不是源于自然之“景”，而是移植于心中之“情”。作品以情为主，景为情设，情中带景。例如，杜甫的名作《旅夜书怀》:“细草微风岸，危樯独夜舟。星垂平野阔，月涌大江流。名岂文章著，官应老病休。飘飘何所似，天地一沙鸥。”该诗的主旨是在抒发身世感怀，根据“移情”的需要，首联言泊舟之地，足见境之寂寥；颔联写远眺，由近及远，在广阔的时空下，尤觉心的孤独；颈联与尾联更是直抒胸臆，聊发感慨。全诗用“心情”引领“物景”，最终生成“情境”。

以“意境”为主的诗作，“心物”关系可称之为“观物取象”，“心物场”的特点无所谓“心”“物”的“主”“次”，“意”既在“象”中，更在“象”外，即给人超乎具体形象感知之上的大美感受。作者审美体验的特点属于“立象”式，即诗词之“境”既不完全来源于自然之“景”，也不完全来源于作者心中之“境”，而是由“象”内外融合而生成的“虚实”境界。例如，王之涣的名作《登鹳雀楼》:“白日依山尽，黄河入海流。欲穷千里目，更上一层楼。”首联选取“白日”“黄河”“山”“海”等自然界中的“意象”，犹如一副壮美画图。然而，旨在“立象”的审美情趣却追求“象外之象”，于是，尾联用“意句”呼应首联的“境句”，其效果不只是寓情于景，而是将全诗的境界升华至一个更高的艺术层面。又如，刘长卿的名作《逢雪宿芙蓉山主人》:“日暮苍山远，天寒白屋贫。柴门闻犬吠，风雪夜归人。”首句运用视觉意象，写静境；尾句运用听觉意象，写动境。就“形而下”的意象本身，近乎平淡无奇，但诗的构思由静而动、由远而近，由大而小，由“象中”而“象外”，给人以驰骋想象的空间。

当然，从审美的角度理解王昌龄的“三境说”，可以把审美体验分为“写景”“移情”与“设象”三种形态。对于不同的作者或读者而言，可能各自的审美偏好不尽相同，但它们之间并没有“优与劣”或“高与下”之分，且这三种形态的审美体验并非各自独立，往往是相互糅合，只不过在是某一首诗词中，可能体现为以其中的一种为主、其他为次的问题。清代词学家周济就主张:“夫词非寄托不入，专寄托不出。”[1]周

[1] 周济:《宋四家词选》，古典文学出版社1958年版，第2页。

氏的“出入说”，对理解诗的意境创造、传递、接受与再造很有启发性。也正如沈祥龙所说：“词贵意藏于内，而迷离其言以出之，令读者郁伊怆快，于言外有所感触。”[1]这就是说，尽管诗词语言的构成风格是由若干外在的、可感的、“形而下”的意象组合来体现的，但其艺术追求却不在“实”，而在“似实而虚”的审美超载，即美在言外、意外、象外，美在“形而上”的“大象无形”。所以，一首诗词的意境，无论是体现为哪一种审美体验为主，只要是让诗词中“形而下”的“意象”升华为“形而上”的意境，就会成就“象外之象”的艺术境界。

三、从“得于心”与“会以意”看诗的意境再造

欧阳修《六一诗话》云：“圣俞曰：‘作者得于心，览者会以意，殆难指陈以言也。’”[2]这里，欧阳修转述梅尧臣的诗论名言，既表明对梅氏高见的赞赏，也说明诗的意境不是一成不变的，而是伴随着鉴赏者的情绪“与心而徘徊”。鉴赏者这种以意会境，也是诗的意境所独具的特征。这个方面，最有代表性的例子，莫过于王国维的“三种境界”说。

王国维《人间词话》云：“古今之成大事业、大学问者，必经过三种之境界：‘昨夜西风凋碧树，独上高楼，望尽天涯路。’此第一境也。‘衣带渐宽终不悔，为伊消得人憔悴。’此第二境也。‘众里寻他千百度，蓦然回首，那人却在，灯火阑珊处。’此第三境也。此等语非大词人不能道。然遽以此意解释诸词，恐为晏、欧诸公所不许也。”[3]这里，王氏引用了三首词中的词句：

其一是晏殊《蝶恋花》中的词句。该词本是写离别相思之情，“作者得于心”的可能是迷惘与无奈，即“欲寄彩笺无尺素，山长水远知何处？”但是，“览者会以意”，通过登高眺远，见到一条通向遥远的道路，也许王氏想到了“路漫漫其修远兮，吾将上下而求索”这句屈原的名言，在他的眼中似乎穿透了烟雾与迷茫，在他的心底更加唤醒了对创业与治学的期盼与追求。

---

[1] 沈祥龙：《论词随笔》，见《词话丛编》第五册，中华书局1986年版，第4048页。
[2] 欧阳修、司马光：《六一诗话　温公续诗话》，中华书局2014年版，第42页。
[3] 王国维：《人间词话》，上海古籍出版社1998年版，第6页。

其二是柳永《蝶恋花》中的词句。该词本是写怀念远方恋人的词作。“衣带渐宽”等末尾两句，可能是“作者得于心”的全词之眼，大有“春蚕到死丝方尽，蜡炬成灰泪始干”之殉情气概，把思念恋人的情感推向高潮。然而，王氏“会以意”，将爱情与事业或学业联系起来，主张目标一经确立，则须要以矢志不渝的顽强意志去为之奋斗。

其三是辛弃疾《青玉案·元夕》中的词句。该词写于作者退隐之后，全词上阕与下阕前两句都在着力描写正月十五夜元宵节观灯的热闹景象。只是从“众里”一句开始，才让主人公登场。奇怪的是“那人”赏灯，却远离众人，独立于“灯火阑珊处”。这不正是“作者得于心”吗？也正如梁启超评语：“自怜幽独，伤心人别有怀抱。”然而，王氏却“会以意”，或许是将那灯如海、花如潮的壮观场面，看成是创业或治学成功的盛景，而那千番百次苦苦寻觅的主人公，却并不在聚光灯前，而是独居寂寞，仔细体验成功背后的酸甜苦辣。

实际上，“意境”作为“心物场”的一种审美体验，充分说明诗之大美，不在说尽，而在含蓄；不在弦上之音，而在弦外之音。在诗词创作与鉴赏的过程中，从作者到读者，由作者“眼中之竹”到作者的“胸中之竹”，是作者审美体验的一次跨越；由作者的“胸中之竹”再到作者的“手中之竹”，是作者审美体验的又一次跨越。诗词作品中的意境，既凝固着“作者得于心”的审美体验，也隐含着“览者会以意”的审美体验。至于说，当鉴赏者把作者的“手中之竹”（显然，这是饱含了作者心意之竹，不同于自然之竹）作为自己的“眼中之竹”的时候，必然会重新构筑新的“心物场”，进而塑造鉴赏者的“心中之竹”，让诗词的意境得到升华与再造，让鉴赏者的审美体验获得超越。正如况周颐所说：“读词之法，取前人名句意境绝佳者，将此意缔构于吾想望中。然后澄思渺虑，以吾身入乎其中而涵泳玩索之。吾性灵与相浃而俱化，乃真实为物所有而外物不能夺。”[1]

显然，况氏之言很有见地，也可用积极心理学的理论来阐释。积极心理学认为，具备积极特质的诗家心理更容易放飞心灵，产生灵感，在

[1] 况周颐：《蕙风词话》，见《词话丛编》第五册，中华书局1986年版，第4411页。

某种外界事物的刺激下，充分发挥人意识的主观能动性。这也说明，有经验的读者阅读与鉴赏传统诗词，不能像海绵那样，吸进去的是水，挤出来的还是水，甚至混有污垢；而应如同蜜蜂酿蜜那样，遍采奇花之粉，细酿甘甜之蜜。清人谭献有一句名言："作者之用心未必然，而读者之用心何必不然。"[1]所以，就王国维先生所提出的"三种境界"而言，尽管"作者之用心未必然"，即"恐晏、欧诸公所不许"，但"读者之用心何必不然"。这三首词的作者创造出"此等语"，让作品意境深邃，实为"非大词人不能道"。同样，王国维先生对词作的意境再造，同样也是"非大词人不能道"。

【作者简介】中华诗词学会副会长、湖北省荆门聂绀弩诗词研究基金会理事长。

[1] 谭献：《复堂词录》，浙江古籍出版社2016年版，第2页。

中国古典诗美的语言特征

林　峰

【摘　要】相对于其他文体，中国古典诗歌的语言美呈现出独特的一面。由于诗人的精神世界、人格修养、性情喜好不同，他们的诗歌语言也表现出不同的风貌，有的纤丽秾艳，有的平淡浅显，有的豪迈慷慨，有的婉约温厚。语言风格特征取决于思想内涵，思想内涵又依赖语言来表达，了解古典诗歌语言的不同特色，对今天的旧体诗创作无疑有很大的借鉴作用。

【关键词】绮艳　淡雅　精巧　疏拙　刚健　柔美

诗词之美，如锦如霞；诗词之美，如酒如茶。诗词之美乃天下之极美，诗词之美乃人间之至美。一首好诗能怡人眼目，爽人心神，一首好诗能催人泪下，动人肺腑。诗美丰富多彩、斑斓五色。诗美无法言喻，难以言传。但百川归海，万象宗元。诗词意境的深浅、韵味的厚薄、格局的大小、情感的强弱等等，最后都是通过诗词语言来得以体现的，故语言就成了诗美的最终载体。所以“语意两工”是诗词创作的最高境界，也是诗人追求的终极目标。又由于诗人的精神世界、人格修养、情趣喜好的不同，他们所表现出来的诗美语言也是姹紫嫣红，百态千姿。有的纤丽秾艳，有的平淡浅显，有的豪迈慷慨，有的婉约温厚。如李杜之于苏辛，欧晏之于元白，皆风格各异，言辞迥然。今试从以下几个方面来阐述古典诗美的语言特征。

一、绮丽香艳与淡雅自然

绮丽香艳之风格语言因宫体诗和花间词的出现而风靡一时，并得到了后世诗人词家的广泛追捧而经久不衰。此类作品风格明丽，语言秾艳，铺锦列绣，镂金错彩，给人以极大的心灵温润和视觉美感。读之则赏心悦目，不忍释卷。如晚唐温庭筠的《菩萨蛮》:“小山重叠金明灭，鬓云欲度香腮雪。懒起画娥眉，弄妆梳洗迟。　照花前后镜，花面交相映。新帖绣罗襦，双双金鹧鸪。”此词写女子独处深闺，晨起梳妆之情景。首写女主人居处环境之优雅，并暗示已日上三竿，时光不早。次写女人慵懒之态并由此引出孤苦寂寞之思妇形象。诗中用“金明灭”来形容日光之长短，以“云”作发，以“雪”喻面。结句更以“新帖绣罗襦，双双金鹧鸪”来反衬夫君远离，影只形单之孤怀。其出句富艳精靡，纤美细腻。如国画之工笔，重妆浓彩又精雕细琢。后人称之曰:“温丽芊绵，已是宋人门径。”可谓不虚。

“初唐四杰”之一的骆宾王有一首《昭君怨》诗:“敛容辞豹尾，缄恨度龙鳞。金钿明汉月，玉箸染胡尘。古镜菱花暗，愁眉柳叶颦。唯有清笳曲，时闻芳树春。”五言八句，极其奢华典雅，美艳新绮。诗中“豹尾”“龙鳞”“金钿”“玉箸”“菱花”“清笳”“芳树”等形容词的铺陈皆别具匠心，华美典丽。其大墨淋漓而不显涩重，精工勾勒而不显繁琐，此超妙境界，不愧为大家手笔。其他如王维的《和贾至舍人早朝大明宫之作》，李贺的《雁门太守行》《杨生青花紫石砚歌》等皆设色秾艳，气象堂皇或藻饰诡异，铺张扬厉。诗人用浓重的语言色彩给人以强烈的视觉冲击和心灵震撼，从而起到寄情于景，言志抒怀的效果。淡雅自然看去着色浅显，平淡无奇，其实劲力内蓄，别有境界。南宋魏庆之曾道:“用意要精深，下语要平易，此诗人之难。”[1]同时代的葛立方对此则更有详尽之论述:“大抵欲造平淡，当自组丽中来。落其华芬，然后可造平淡之境。”[2]金人元好问亦有:“一语天然万古新，豪华落尽见真淳。”(《论诗三十首·其四》)之名句。由此可见，诗家所说之平淡乃洗尽铅华之平淡，乃返朴归真之平淡。若无此一说，则流于粗俗，近乎浅薄也。

试看唐代田园诗人孟浩然之《春晓》:“春眠不觉晓，处处闻啼鸟。夜来风雨声，花落知多少。”此诗语言极平易、极浅显，已至老妪能解

---

[1] 魏庆之:《诗人玉屑》，上海古籍出版社1978年版，第209页。
[2] 葛立方:《韵语阳秋》，中华书局1985年版，第1页。

之境。但愈读愈奇，愈读愈妙，便如洞中岁月，天地别开。诗人咏春却不直接道来。而从酣睡醒来着笔，以鸟声入耳铺开，可谓视角独特，笔致不凡。此诗通过春睡之甜美、鸟声之悦耳来体现大自然的蓬勃生机和诗人对春天的喜爱与欢欣。其时间之错纵、晴雨之转换、心情之起伏都令人趣味横生，如饮醇醪，悠然成醉也。语虽浅但自然天成，句虽白但情趣盎然。“文章本天成，妙手偶得之”，此诗亦堪称之为言浅意深，情与景会之人间天籁。

再如李太白的《静夜思》：“床前明月光，疑是地上霜。举头望明月，低头思故乡。”其与孟浩然的《春晓》亦有异曲同工之妙。全诗纯用口语，通篇白描。既无新颖奇特之构思，又无精艳华丽之辞藻。就像邻里家常，娓娓道来。那种看似宁静的画面背后，涌动的是人在他乡的羁旅情丝。表面波澜不惊，内心思潮澎湃就是这首诗给我们最真实的感受。胡应麟说：“太白诸绝句，信口而成，所谓无意于工而无不工者。”[1]太白诗里多有这种脱口而出的朴素和清新，但思想内涵却极其深刻和丰富，令人反复体味，咀嚼不尽。

二、新妙精巧与粗旷疏拙

明李东阳云：“诗贵不经人道语。自有诗以来，经几千百人，出几千万语，而不能穷，是物之理无穷，而诗之道亦无穷也。”[2]不经人道语必新奇巧妙，与众不同。一如韩昌黎所言之“惟陈言之务去”。粗旷疏拙是与新妙精巧相对而言，新与粗，妙与拙皆奇正相间、巧拙相生。两者一经诗人之口，皆可臻至美之境，达大化之道也。但古人论诗，曾有重拙轻巧之说。如清人吴骞在《拜经楼诗话》中说道：“昔人论诗，有用巧不如用拙之语。然诗有用巧而见工，亦有用拙而逾胜者。”[3]所谓大巧若拙，大拙近巧；燕瘦环肥，各有千秋。

唐朝韩愈的《春雪》诗就写得极为精巧：“新年都未有芳华，二月初惊见草芽。白雪却嫌春色晚，故穿庭树作飞花。”新年过后便是立春，

[1] 胡应麟：《诗薮》，中华书局1958年版，第113页。
[2] 李东阳：《怀麓堂诗话》，知不足斋丛书本。
[3] 吴骞：《拜经楼诗话》卷四，嘉庆刻愚谷丛书本。

只是百花犹在深闺，不得一见，令诗人好生失望。但期盼之中忽见草芽初露，诗人又倍觉惊喜。此一“惊”字最堪玩味，有惊讶、惊喜、惊叹等诸般情态在内，显得生动灵巧。绝妙之处还在转合之际；上天白雪亦解人意，故作飞花，遍洒人间。在诗人眼中，此间之雪花便是报春天使，漫妙无比。构思奇特之中又内蕴生机。诗人翻因为果、化静为动的拟人化手法极富浪漫色彩，如天外飞仙，神来之笔。初春的冷落刹那间热闹纷繁使读者如入山阴道上，目不暇接。此诗能于熟景中翻出新意，奇警工巧，最是别开生面。

宋人杨万里有首七绝《小池》:“泉眼无声惜细流，树阴照水爱晴柔。小荷才露尖尖角，早有蜻蜓立上头。”此诗通体玲珑，天真可爱。泉眼、树阴本无情之物，但此处诗人借一“惜”一“照”两个动词之妙用，使无情之天然物态化作有情。且营造出清幽明澈，兴味盎然之山光水境。最妙在三四两句，荷尖刚出水面，便有蜻蜓飞来。“才”和“早”两个虚词的锤炼可谓妙不可言，极尽机巧。千种天机，万般生趣都聚焦于结拍一句，显得光芒四射，闪亮无比。诚斋以诗写景，用极其敏锐的视角定格了这一稍纵即逝的瞬间，让刹那间的美丽绽放成永恒之风景，从而幻化为一幅妙趣横生的图画。陈与义“忽有好诗生眼底，安排句法已难寻”最可视为此诗妙解。

粗旷疏拙即自然浑成，不事雕琢之谓。大多具有言拙意工，言浅意深之内涵，力争给人一种古雅朴拙之美，历代前贤皆有是作并为之不懈求索。如宋人罗大经曾道:“诗惟拙句最难，至于拙，则浑然天成，工巧不足言矣。”[1]试看贾岛的《寻隐者不遇》:“松下问童子，言师采药去。只在此山中，云深不知处。”贾岛以苦吟名世，“推敲”一典无人不知。而其推敲并不局限于字词一道，谋篇布局、风格体裁、意境构思等皆在其列。此诗便是其大巧若拙之成功范例。此诗言语极平淡、极简练，但其情感却极深沉、极真挚。寻常访友，知友外出，便兴尽而返，如雪夜之访戴。而此处则不然，贾岛是一问再问，其言甚累；而童子也是一答再答，不厌其烦。一问一答，逐层深入，诗人之情亦随之起伏。初问

[1] 罗大经:《鹤林玉露》卷三，明刻本。

童子，满心欢喜，言师不在则怅然若失。知在山中又重燃希望，至不知所终又大失所望也。其笔触一转再转，其情感亦一变再变。而语言却简明至极，其用简笔写繁情，益见情真意切。且诗中未着一色，白描无华。但内在却色彩鲜艳，分明可感。山之青、松之绿、云之白皆暗寓诗中，真是不着一字，尽得风流之大拙又大巧也。李之仪的《卜算子》词也是这种写法："我住长江头，君住长江尾。日日思君不见君，共饮长江水。　　此水几时休，此恨何时已。只愿君心似我心，定不负相思意。"此词用语朴素，通透明了。写情人两地相思却不得见，只好借一江之水遥寄情思。见水思君，思君恨水。此水不竭，此情不已。长江寄托着情人的相思，也流淌着情人的爱恋。词人有千般手法、万种语言来叙述恋情，抒发心怀。但李之仪恰恰运用了这种复沓朴拙的作法，不敷粉，不着色，如江水般自然奔流。这种大胆直白的表达却有一种深挚婉转的情感暗蓄其中，而独葆高致。朴素的语言经过叙述的转折和递进给了我们笔墨的味外之味。可以说拙中见巧，朴中见色。毛晋在《姑溪词跋》说《姑溪词》"长于淡语、景语、情语"。信然！

三、刚健雄豪与婉约柔美

刚健雄豪是中国古典诗美的重要特征，其语言清雄豪迈，慷慨排奡；或劲健凌空，悲壮深沉。如峻岭峥嵘，又似大海呼啸。代表人物如苏子瞻、辛弃疾、张孝祥、陆放翁、陈人杰、文天祥等等。清人姚鼐曾云："其得于阳与刚之美者，则其文如霆如电，……如决大川，如奔骐骥；……其得于阴与柔之美者，则其文……如云如霞，如幽林曲涧，……如珠玉之辉。"[1]著名美学家朱光潜先生曾把刚柔之美比作："胡马秋风塞北，杏花春雨江南"，极其形象。刚性之美见于力度，以气概为胜。柔性之美则见于性情，以神韵为工。一刚一柔，一奇一正，互为支撑，各具乾坤。苏轼的《水调歌头·黄州快哉亭赠张偓佺》一词，人皆耳熟能详："落日绣帘卷，亭下水连空。知君为我新作，窗户湿青红。长记平山堂上，欹枕江南烟雨，杳杳没孤鸿。认得醉翁语，山色有

[1] 姚鼐：《惜抱轩诗文集》文集卷六《复鲁絜非书》，嘉庆十二年刻本。

无中。　　一千顷，都镜净，倒碧峰。忽然浪起，掀舞一叶白头翁。堪笑兰台公子，未解庄生天籁，刚道有雌雄。一点浩然气，千里快哉风。”此词作于宋神宗元丰六年诗人贬居黄州时，写得豪迈奔放，潇洒自如。此词首写江景，落日昏黄，江天一色，气象何其阔大；千顷碧浪、一片归鸿，境界又何其辽远。继则浪起江心，波涛汹涌；长风过处，思接千年。词熔写景、抒情和议论为一炉，表达了诗人超然物外的潇洒胸襟和对心性修养的不懈求索。这也是诗人内在精神世界的自我超越。笔致铿锵有力，气魄宏伟壮观。且其中波澜起伏、跌宕多姿，使苏词雄奇奔放的风格一览无遗。一如《艺概・诗概》中所云："其精微超旷，真足以开拓心胸，推倒豪杰。"[1]

同样，张孝祥的爱国名篇《六州歌头》也写得慷慨激昂，掷地有声："长淮望断，关塞莽然平。征尘暗，霜风劲，悄边声，黯消凝。追想当年事，殆天数，非人力；洙泗上，弦歌地，亦膻腥。隔水毡乡，落日牛羊下，区脱纵横。看名王宵猎，骑火一川明。笳鼓悲鸣，遣人惊。

念腰间箭，匣中剑，空埃蠹，竟何成！时易失，心徒壮，岁将零。渺神京，干羽方怀远，静烽燧，且休兵。冠盖使，纷驰骛，若为情。闻道中原遗老，常南望、翠葆霓旌。使行人到此，忠愤气填膺，有泪如倾。”此词之主旨全在“忠愤气填膺”一句上。读来忠愤满纸，悲壮苍凉。起笔“长淮望断”，已见苍莽之势，复以“征尘暗”三句则更见肃杀荒凉，洙泗膻腥，胡儿宵猎，沦陷之惨状由此跃然纸上也。下片词人直抒胸臆，长歌当哭。以满腔赤胆痛斥朝廷求和妥协，苟安一隅之丑行。词人以句短音密，节促声洪之表现手法将其所闻所见，所哀所叹为之一倾。如铜琶力拨，其声激越；铁板横飞，其音镗鞳。已教忠义毕呈，悲慨淋漓。《朝野遗记》云："张魏公读之，罢席而入。"[2]直堪惊天地而泣鬼神也。

婉约柔美之语言风格恰如小桥流水，精致温婉；又如和风微雨，细腻轻柔。欧阳炯《花间集序》中的名言可视为婉约词之最佳解读："绮筵公子，绣幌佳人，递叶叶之花笺，文抽丽锦；举纤纤之玉指，拍按

[1] 刘熙载：《艺概》卷二，同治刻古桐书屋六种本。
[2] 沈辰垣：《历代诗馀》卷一百十七，文渊阁四库全书本。

香檀。不无清绝之辞,用助娇娆之态。”[1]施补华亦在《岘佣说诗》中有云:“用刚笔则见魄力，用柔笔则出神韵。柔而含蓄之为神韵，柔而摇曳之为风致。”[2]故婉约柔美之风格亦不绝限于男欢女爱,花前月下之缠绵。身世之感、家国之恨；生离之苦、死别之痛都会在诗词当中得到完美体现。比如:“纤云弄巧，飞星传恨，银汉迢迢暗度。金风玉露一相逢，便胜却人间无数。　柔情似水，佳期如梦，忍顾鹊桥归路。两情若是久长时，又岂在朝朝暮暮。”（秦观《鹊桥仙》）秦观为婉约派之代表人物，此词又为婉约风格之千古名篇。其柔美温润之风格更是在词中纤毫毕现，最为典型。词人以农历七夕双星相会之神话为主线，阐述了作者对爱情的独特理解。上半阕写空中景象，秋云绚烂，双星闪烁；清风飒爽，白露晶莹。极其清幽明净，妥帖空灵。下半阕由景入情，情景变幻。机杼独出，不落俗套，为我们展示了一幅哀乐相融、天人合一的画面。尤其是结拍两句，境界又开，使爱情的内涵刹那升华，亦使其成为不朽之警句。明人沈际飞曾云:“七夕歌以双星会少别多为恨，独谓情长不在朝暮，化腐朽为神奇。”显得奇丽多姿，高迈脱俗。

“无言独上西楼，月如钩。寂寞梧桐深院锁清秋。　剪不断，理还乱，是离愁。别是一般滋味在心头。”这是南唐后主李煜的《相见欢》，千百年来一直在民间广为传唱，至今不衰。词写亡国之痛，沉哀入骨，凄凉况味纵贯全篇。起笔一句，便见沉重，诗人已将孤寂无欢之惨淡境遇和盘托出。接下之描摹更是一韵一顿，极尽凄婉。人与物相对，景与情相融。月是残月，梧是寂梧；秋是清秋，愁是离愁。词人广摄形象，博采比喻使所绘画面更加生动、所抒情感更加强烈。此词章法简约，句式凝练，但感情深挚，动人心曲。恰如明沈际飞所云:“七情所至，浅尝者说破，深尝者说不破。破之浅，不破之深。‘别是’句妙。”（《草堂诗馀续集》）王国维亦云:“李重光之词，神秀也。”二人皆可谓道尽婉约之美。

中国古典诗美这种独具特色的客体存在给读者带来了高度的视听美感，它精致凝练的形式、含蓄深沉的意韵、悠远辽阔的境界呈现给世人

[1] 赵崇祚编:《花间集》，世界书局1935年版，第1页。
[2] 王夫之等撰、丁福保辑录:《清诗话》，中华书局1963年版，第993页。

的是万红千紫的缤纷花海和激动人心的深刻体验以及荡涤肺腑的精神愉悦和满足。所以它的语言特征最是绰约多姿，异彩纷呈。当然中国古典诗美的语言特征也绝不仅限于上述所提到的几种类型，即便这几种类型它也不是孤立不变的，它随着诗人情志的变化而互相转化或互为兼容。所以语言特征取决于思想内涵，而思想内涵又有赖于语言的表达。故二者互为阴阳，不可偏废。刘勰在《文心雕龙·情采》一节中说过："夫水性虚而沦漪结，木体实而花萼振，文附质也。虎豹无文，则鞟同犬羊；犀兕有皮，而色资丹漆，质待文也。"[1]我也将在日后的工作和学习当中对诗美语言的特征再作进一步探索和总结。

【作者简介】中华诗词学会副会长兼学术部主任，《中华诗词》杂志副主编。

[1] 刘勰：《文心雕龙》，上海古籍出版社2015年版，第193页。

诗教纵横

台湾学生的诗词学习之路

简锦松

【摘　要】海峡两岸高校古典诗词教学与比赛方兴未艾，大陆学生表现出高深的古典诗词修辞功力，但从参赛的获奖作品中，看不到作者应在的位置。古人作诗，除非存心隐瞒真相，不但抽象的思想意念部分在言志，当时的身体行动的真实表述，亦是言志之所在。台湾高校诗词教学，较好地承袭了这一传统。一名诗词创作者，只有敢于注视自己身体的真实，注视自己身体与外界的触、观、闻、思等种种关系的真实，写作时，懂得用自己身体的动作，来推进篇章的章法结构，才是现代学生学习古典诗词创作的正途。

【关键词】诗词创作比赛　现代诗词教学　身体的真实

近年来，海峡两岸青年学生对古典诗词创作有兴趣的人不少。在台湾，由陈逢源先生文教基金会主办的“大专青年联吟大会”自1983年到2002年，共举办了20届，获奖的青年诗人，现在已经有多位在大学任教；广州中山大学张海鸥、南京师大钟振振等人发起的“中华大学生研究生诗词大赛”，学生们的表现也很优异。本文拟就一些个案，介绍台湾学生的诗词学习现况。

一、诗是什么

我参加了两次“中华大学生研究生诗词大赛”，感触很深，首先，是大陆学生古典诗词的修辞功力之高，深觉讶异，我在台湾评审过各种级别的古典诗词比赛数十次，面对这些大陆学生作品，不能不由衷地发出佩服之叹。以下面三首得奖作品为例：

> 一局高皇未了棋，江山勾引子孙思。空闻疏策尊鼌错，那得人材敌魏其。汉武推恩能浸渐，宋襄好义岂时宜。叛离难准春秋笔，闰统残编扼腕悲。（胡善兵《咏明史之建文削藩》）

> 当日风怀那识愁，廿年重忆水云流。还惊冷月披霜客，却道梨花带雨眸。瘦损春光何处觅，吟馀秋色有时休。相逢渐已无多话，陌上斜阳早白头。（雷淑叶《初恋》）

> 销沉王气瞰雄城。万山青。一江横。天马来时、寄土费经营。半壁繁华频换稿，何限恨，在新亭。　　鱼龙跋浪为谁醒。后庭声。忍重听。锁钥金汤、终古误苍生。漫向秦淮寻燕子，梅雨细，槿花明。（张文胜《江城子 · 金陵怀古》）

第一首是七律，咏明太祖死后，建文帝要削藩，大统反为燕王所篡夺，从朱元璋的得失，写到建文朝的朝议与执行人才不能相应，写到削藩措施的缓急不合时宜，都写得恰如其分，固不必说，诗句也非常老练，利用虚字行气，推排出七律特有的音节与情致，也很成功。第二首七律写初恋，把初恋失败经验和两人重逢时的感觉说得很好，特别是“相逢渐已无多话”这一句，每一个人遇到初恋情人大概都有相似的感觉，明明这是曾经相恋的人，为什么现在两人所说的话，却有如此大的距离，简直说不下去了。第三首是词体，写作者在南京城怀古之情，属于典故重现，也写得词采丰美。这位张文胜博士古籍精熟，用语老练，文学修养极高，另一首《咏明太祖》七律，得到诗组首奖。三位作者都是博士生，以这样的年龄，就有如此功力，古人云：“后生可畏”，实非虚言。

但是，或许因为这是比赛的性质，和日常写作不同。这三首诗显露了一个值得深思的问题，就是在这三首诗中，都看不到作者应在的位置。

不知道这三位作者，当你运思落笔之际，有没有想过，应该把自己安排在哪里呢？《咏明史之建文削藩》一诗前面六句都在分析历史，当作者隐身在事件背后夹议夹叙时，其描述与见解，可说是作者人格的呈现，但是，他仍然必须在末联，把自身的真人拿到纸面上来。这位作者也这样做了，可是他却是空泛的感慨明代皇朝继统的是非。建文失国，燕王得国，都是他们一家人的事，六七百年后的作诗者，有什么好扼腕悲叹的呢？《初恋》这首诗是写失恋者遇到20年前初恋的对方，中间四句本来应该写出彼此互动的真实动作，但是，作者所用的那些话语，都是古典诗中常见的最优美的语境，修辞虽美，不免虚假空洞。在名次作者揭晓后，发现作者原来是年轻女性，所以，“廿年重忆水云流”“却道梨花带雨眸”和“瘦损春光何处觅”都不是真的，只是为比赛而编织。《金陵怀古》一词，写的都是六朝典故，我们去找作者在那里？就可以看见，他还在新亭看销沉王气，在秦淮听后庭花，到朱雀桥头寻找王谢堂前燕。现代人写古典诗词，应该是立足在今天的现地，然后去怀想古代，如果把自己的身体抛置在一千多年前的虚幻空间，再去怀那一千多年以前的、数百年之前的古，一点真人的情味也没有，写这些做什么呢？

当然，击钵而游，限题命作，作者可能只注意到合题制胜，为比赛而虚构，以编辑代替实作，而忽略了“我”的存在，正所谓“非战之罪也”。从这三首诗的修辞功力来看，都是非常好的，我猜想，在他们平日的写作，或许不会如此。

二、作诗之途

《诗经》《楚辞》《古诗十九首》太久了，不去说它。从三国到明清，历代诗人数量既多，对于写诗的观点，也有多次变化，但变化总不离其宗，就是“诗言志”，这是人人皆知的。这简简单单的三个字，在大多数的时代，都被正确对待，但有的时候，也被误解为“诗是写我的想法、我的志向”，抽离了诗人的身体与现场活动的必要关系。事实上，“诗言志”是从“在心为志”的观念来的，“在心”就是自我，“志”是发动自我一切行为与情感的本体。所以，诗所以言志，乃是以真实存在的自我来说的，一首诗中，必定以真我的身体和行动，来推动情与辞。明代李梦阳提倡复古，受到后人很多讥嘲，事实上，他的诗文在当时受到很大的重视，这并不是没有原因的。他所提出的“以我之情，述今之事”[1]的写作观，确实看到了杜甫诗的写作真相。写情必定是我的身体所在的情，写事必定是我的身体所在的事，这样结合诗人的身体与现场，才是古典诗的正途。

杜甫写诗如同写信，是以自身之事去向他人报告，诗中的所见，是我当下之见，诗中的所思，是我现在之思。换言之，就是用我身体的行动，来推动一首诗的文字结构。

因为写诗如同写信，除非写作者本人有欺瞒的目的，故意设为圈套，想使人误信自己的说辞，这就是另一个心理层面的问题。否则，正常的书信必定是有真实性的，真实性包括：自我身体行动的真实性，事件过程的真实性，对收信人期待的真实性，以及邀约的真实性等等。以杜甫《月夜》诗为例：

> 今夜鄜州月，闺中只独看。遥怜小儿女，未解忆长安。香雾云鬟湿，清辉玉臂寒。何时倚虚幌，双照泪痕干？

这首诗是陷身长安贼营的杜甫，在长安寄给当时避居鄜州的妻子，诗中的杜甫本人在长安，妻子在鄜州，家里有年幼小孩，这几个事件必然真实；估计小孩还不懂得想念父亲，也必然真实。我要谈的不是这一点。我要说的是，杜甫如何用自己的身体行动，来推进这一首诗的章法结构：三四句是杜甫在思念儿女，五六句是杜甫在思念妻子的头发和裸露的手臂，都是从杜甫身体动作引导出来的进程，甚至，我们不难在诗句中，看到杜甫对年轻妻子的性欲求。这些发自于本人身体的真实，到最后，便是向妻子承诺会回家，两人将会在家里一同看月，这个邀约当然也是真实的。这就是“以我之情，述今之事”。言志之诗，不但抽象的思想意念的部分在言志，现今当下的身体行动的真实表述，更是主要

[1] 李梦阳：《与何景明论文书》，见《空同先生集》卷五十一，嘉靖九年刻本。

的言志之所在。

再看有名的《春望》诗：

国破山河在，城春草木深。感时花溅泪，恨别鸟惊心。烽火连三月，家书抵万金。白头搔更短，浑欲不胜簪。

这也是很典型的例子，前四句是我的身体所见，烽火连三月，是指现在正逢三月，烽火犹然未息；家书抵万金，应是杜甫收到难得的家书，发出感慨。杜甫在四月就潜出长安城，奔往凤翔，可以推想他是在收到家书之后，得到某些约定，才下定决心往凤翔。最后，他写自己的身体状况。全诗都是以自己身体行为推动章法来完成的。

“作诗＝写信”，把自己的真实事与真实心，经过诗句修辞之后，寄发出去，这才是“诗言志”的真相。宋人一方面承传了唐诗的本色，一方面开始了以才学和议论为诗的作法，但是，在展现才学、放言议论的同时，大多数宋代名家，也不忘了把“我”拿出来，以自己的身体动作，作为诗中的主体。到清代王渔洋的《秋柳》诗，我们只见他陈列了大量古代典故佳语，来编辑成诗，完全看不到作者身在那里，已经这不是作诗的正道了。

词的方面，因为受到乐府性格的影响，不全部都用“诗言志”的手法。不过，从李后主到苏轼、李清照、辛弃疾、姜夔、张炎这一个系列下来，都有很多具备“以我之情，述今之事”要件的作品，可以说，“诗言志”也是宋词的两条主流之一。我们如果暂时放下乐府性格强烈的那一个系统的作品，词和诗的写实必要，是相同的。

三、台湾学生诗词创作举例

台湾学生的古典诗词教学，已经有长远的历史，早在20世纪60年代，溥儒先生、李渔叔先生、戴君仁先生都曾经发挥很大影响力，稍后有张之淦先生、汪中先生、吴万谷先生、罗尚先生、郑骞先生、张梦机先生，都指导了很多学生，成为现在台湾诗学教育的主流。

台湾各大学的中国文学系的必修课程中，有“诗选及习作”“词选及习作”（或“词曲选及习作”），这些课程都有习作的要求，因而，早期各大学举办的文学奖，都有古典诗词项目。现在受到白话文学冲击，许多学校从古典退却，但也还有彰化师范大学、成功大学、高雄师范大学、华梵大学，仍继续坚持下去。至于从1983年开办的“大专青年联吟大会”，由财团法人陈逢源先生文教基金会支持了20年，这场比赛是联合全台湾20个中文系共同合作办理的，很具有代表性，到2002年才停止活动。

大学生习作古典诗词，有许多难关，首先是平仄押韵问题，其次是诗句通顺问题，再次是雅俗判别问题。通不过这三阶段的青年学生，当然不必再说了。能够做到诗句粗通，雅俗粗判的人，我就开始要求他们，要写真实的我情今事。也就是，写景，要写自己身体当下看见的景；写事，要写自己身体现在发生的事。当然，写一首诗，不一定在现场就能完成，回家再续完，或者在几天后才写成的情形，都很常见。我所谓的眼前和现在，是指作者要写的诗题所设定的那一个时间的眼前与现在。

经过多年教习之后，学生们渐渐地都能重视自我的身体，去做写实的诗。下面这几首诗，前三首是得到博士学位、刚任教不久的陈家煌君所作，后两首是硕士班学生江佩纯的作品。

《春分日见山樱新绿有作》云：

> 换尽绯樱绿叶新，暄和风日草如茵。杜鹃正好茶花绽，老干苍松二月春。（陈家煌）

作者在题目中指定了写作的日期，诗中的景物，都是当日散步所见。

《与妻携子同韵蓉共游西子湾，韵蓉乃内子学生》云：

> 暮春海上气氛氲，薄晚微阴透夕曛。旧浪牵来新起浪，新云换去旧时云。三千界内空奔走，二十年间究典坟。今日依然风景好，更添子弟助欢欣。（陈家煌）

西子湾位在台湾高雄市的西面海岸，台湾中山大学就在西子湾内。作者是本校学生，他的所游地点，乃是校内的海域，和外间观光客所游的地点不同，相距一公里以上。由于西面向海，所以首联观看夕阳，三四句写海滩所见。作者和他的妻子，都是中山大学中文系同学，从进入本科到硕士、博士毕业，迄今已20年，工作并不顺利，五六句乃是实情。最后，诗句带进了妻子的学生。写诗者内心的复杂世界，他本人或是不同的读者，可能另外作深入的解读，不是我所能管的。我所要说的是，这整首诗都是以实际的自己身体行动来贯穿，这就是我所说的，作者的身体在这里。

下一首《春夜独酌，醉后忽忆亚杰，因寄致文》云：

> 虽云四十应无惑，一日春晴乱我心。窗外松风明月在，樽前往事旧情深。鼻端白垩谁能斲，洛下吴音独自吟。最恨形神终浊钝，故人魂魄不曾寻。（陈家煌）

作者在诗后自己添注，说："致文又梦亚杰，神态一如往常。自伤逝以来，亚杰未曾入吾梦，岂交契深浅有别耶？"末联所写的是这件事。我所注意的并不在这里，而是从一入手开始，他交代了今年已经40岁（1974年出生），第二句春晴，又正好和第三句明月相应。"窗外松风"四字，本是古典诗最爱写的情境，没有写实警觉的人写作时，最容易顺手拈来造假。但是，在这里却是实景，作者在台湾的中央大学任教，这个学校以种松闻名台湾，所谓"松竹梅三校"，松是中央大，竹是交大，梅是清华大，所以，在作者教员宿舍外，夹道都是长松。五六句用典故，分写一亡一存的彼我。整首诗都在我身体的我思、我观、我想之中。

下面是江佩纯硕士生的《研究室望海》诗：

> 午来捧卷坐窗台，零雨初晴敛翳开。远近渔歌金浪上，波光更入小房来。（江佩纯）

这首诗清清淡淡的，不是什么有力之作，但确能写出作者在教师研究室做助理，代为管理这间研究室的生活细节。在20平方米的小小研究室中，确实有窗台可坐，学生通常喜欢坐在那里看海。接下来写她看见的海面，有许多渔船，波光也映入房间来。从这间研究室到最近的海面，有大约150米的距离，写波光看似太远，但是，窗户很大，西子湾午后阳光从海面反射上来，光线非常强，这样写并无不可。请注意“小房”二字，这样的研究室房间，确实是小房。由于作者被要求观察现场实物，已经多年训练，所以能注意到身处的空间大小，而形之于诗句中。

以上，我举出了两位学生的诗，下面，我想再以中山大学中文系学生的一次联吟活动为例。

这次参加活动的，都是选修三年级“词选及习作”课程的学生，有一年半的写作经验。时间是在2010年12月19日到20日，地点在台湾台南市的梅岭，这是个海拔800米的山坡，属于阿里山脉的西南余坡，居民很早就在这里种植梅树，制作梅子食品加工，近年发展成为休闲观光园地。

19日一早，我们从高雄市中山大学出发，到达梅岭尚未正午，在主人的热心引导下，品尝了以“梅子鸡”为首的一系列梅子佳肴，午餐罢，进房休息后，学生们打开行李，换上以秦代女子俑为模型制作的古装，她们称为“秦装”，架上诗词写成的“步障”，铺上投壶巾，众人就在青青草地上投壶雅歌，当然，众手机和相机齐出，拍照取乐。

晚餐后，待到月亮升起。这一天是阴历十一月十四日，月亮虽然尚不十分圆满，但山中没有光害，仍觉得清圆逼人。这一夜，月出时间较早，学生们晚餐后稍作漱洗更衣，就开始踏月寻梅。不过，最后是农庄主人开了小发财车，载她们到山上更高处，梅花更密的林中。

在默林中，月亮挂在枝头，梅花偶然飘落，学生们饮着梅酒，各自看花，到午夜方回。第二天早上，大家又坐车上山，看梅，也在默林里投壶。回来以后，收到23阕词，长调、小令都有，我一向不拘长短，随各人性之所近，各自选择。后来，我们请名家用毛笔写成长卷，彩色印成广告牌，贴在文学院的长墙上。

请看学生们的词作：

王丽雅《南歌子》：

美女园中坐，面容各各娇。秦装穿戴细肢腰。神态自然跪坐、喜眉梢。

叶惠娟《醉花间》：

默林路，赏花处。长夜心飞舞。银月照枝头，点点梅如雨。
此花堪卧数，露冷风携渡。浓浓兴正佳，他日难能遇。

王亭絜《醉花阴》：

涉水登山游绿岭，气候寒初冷。陡峭上坡长，走走停停、过眼梅花梗。　　折得梅枝明月静，落下花无影。笔墨难言说，墨客骚人、悸动惟心省。

蔡宛玲《如梦令》：

扑面迎人风冻，发乱教伊手弄。回首去时程，但见梅花迎送。如梦、如梦，怕甚花飞情重。

陈品如《三字令》：

冬乍到，冷迟迟，绽梅时。枯叶尽，细枝歧。月中书，白粉泪，唤心知。　　壶箭在，饱食归，忆佳期。应不是，泪双垂。笑颜明，香清薄，绕相思。

黄伟筠《八声甘州》：

岭头来、路转又峰回，同侪与师随。暂向民家宿，秋千庭院，绿地翠池。舍主殷勤深意，见得午筵时。鲜野山鸡味，巧手蒸炊。

坐罢杯盘狼藉，趁韶光浪漫，牵手游嬉。众乐投壶趣，一瞬暮将迟。月初升、彩云相映，悄无言、独自认寒梅。清香溢、举杯欢敬，沉醉兴诗。

上面这些词篇，笔下的功力是拙稚的。因为他们从大二开始选修“诗选与习作”课程，大三再上“词选与习作”，从初学到这个阶段才不过一年又三个月，虽然他们每个人都有诗40首，词20首的习作经验，也实在是太粗浅了。而且，我一再要求学生，典故和词藻，必须是靠自己的学力慢慢增加，禁止他们在基本韵书以外，参考任何词藻或典故类的书籍，因而在他们的作品中，质朴不通多于修饰陈辞。

但是，请留意一点，他们所写的内容和现场活动是十分相合的。换言之，他们在写作时所关心的，除了有没有合于词的格律调式之外，就是能不能写下活动的真实。

王丽雅《南歌子》写的是白天庭院中的投壶之戏，叶惠娟《醉花间》、王亭絜《醉花阴》写月下看梅，蔡宛玲《如梦令》写早晨临下山前的回顾，陈品如《三字令》和黄伟筠《八声甘州》，写登临游山的全程。在《三字令》中，形容这次旅行是“壶箭在，饱食归，忆佳期。应不是，泪双垂”。写出同学们玩得尽情，吃得高兴，回忆也不是传统诗词的悲伤样貌，而是眼前的真实。《八声甘州》从游览车上山，住宿的场景，午餐的野味佳肴，饭后的投壶。月亮升起后，大家踏月寻梅，最后，在月照默林中，饮梅酒，作诗填词。她的用字遣词不是十分高雅，内容也没有经过刻意选择或排斥，她只是把众人所做的事，都以灵活而且不入俗套的次序写清楚了。

四、小结

严格来说，这篇小文不算论文，我既没有大量引证古今诗话词话，也没有参考中外煌煌名论。我所要提出的，只是请大家思考，现代的诗词教学，应该怎么走下去？

从《诗经》到现代，古典诗词已经被写那么多了。越是用功的好学生，对于古人的词采与典故，越是熟悉，对于诗词的句型，越能灵活掌握，在他们技巧一天比一天更好的时候，教师应该把他们引导到哪里去呢？

我认为，一名诗词创作者，敢于注视自己身体的真实，注视自己身体与外界的触、观、闻、思种种关系的真实；写作时，懂得用自己身体的动作，来推进篇章的章法结构，才是现代学生学习古典诗词创作的正途。

【作者简介】台湾中山大学中文系特聘教授，博士生导师。

传统诗学话语观照下的校园诗词时尚

张一南

【摘　要】 当下的校园诗词具有炼字纤秾、缘情含蓄、命意悲慨的特点，反映出守正、主文、纵情的创作倾向，校园诗人的尝试完全可以纳入传统诗学的话语体系，并进入文学史的序列。这体现了当代诗词在复归传统方面的成就。校园诗词的具体现象也为传统诗学研究提供了很好的材料。

【关键词】 校园诗词　《二十四诗品》　纤秾

在旧体诗词界，“守正创新”似乎是一个格外令人焦虑的命题。遵循传统诗词的审美范式会被指责为不思进取，采取不同于传统的语言风格则又会被认为失去了创作旧体诗的意义。事实上，如果放弃皮相之见，我们会发现，某些看似离经叛道的时尚，仍然可以纳入传统的批评话语体系。

当代诗词已进入繁盛期，流派纷纭，初步呈现出三体并峙的现象。[1]当代诗词的境遇与晚唐诗坛颇有可以类比的地方，我们面对的问题，可能也是晚唐的先贤们曾经面对过的。我们今天所做的文体实验，在深层的动机上可能正与晚唐人的文体实验相通。因此，从他们身上，可以映照出我们所做尝试的本质，甚至发现真正的隐患所在。

司空图的《二十四诗品》与晚唐诗坛面临的问题密切相关，因此，从《二十四诗品》中，或许能找到适应我们这个时代的批评话语。本文即在《二十四诗品》的框架下考量当代诗词。

本文选取的研究对象，则来自高校诗词联盟“长安诗社”微信公众

[1] 参见张一南：《当代诗词三体并峙现象的初步形成》，载《华南师大学报》2015年第2期。

号的推送。笔者又在公众号推送的基础上做了一些筛选。这样，这个样本范围相对于整个时代是很不全面的，却是很典型的。入选的作者在高校诗词圈中都较有名气，也有较深的传统诗学修养，代表了校园诗人中的高水平群体。这些作者大多为90后，甚至是95后，兼有少量“出道”较晚的80后，其创作活跃时间基本为2010年至今，是一个富于活力的创作群体。他们的创作千姿百态，却又体现出某种共同的气质，他们是年轻的文化精英，也是最贴近流行文化的诗人，因此本文用“时尚”来概括他们的共同风格。

这个群体的创作时尚，可以借用《二十四诗品》中的“纤秾”“含蓄”和“悲慨”来概括。在《二十四诗品》中，这三个风格特征都容易出现在倾向守正而又主文纵情的诗人身上[1]。本文讨论的这一诗人群体，也正具有守正、主文、纵情的特点。

接下来，本文拟从炼字、缘情、命意三个方面，分别评述当下诗词纤秾、含蓄、悲慨的审美特点。

一、与古为新：炼字的纤秾之美

“纤秾”被司空图视为高贵的诗品，得与雄浑、冲淡、沉着并列。“纤秾”二字或取诸曹植《洛神赋》“秾纤得衷”之语，移诸诗文，谓其清丽而不过分。纤秾并非绮丽，更非纤弱，而是对精致和唯美的入骨追求。具体表现为不吝啬修饰与细微，但也不滥用修辞，能做到繁简得宜。司空图形容“纤秾”的境界曰：

> 乘之愈往，识之愈真。如将不尽，与古为新。

以体物的功力支撑起高华的审美体验，余味无穷。其中“与古为新”尤其是当代诗词渴望达到的境界，亦即不抛弃传统的审美范式，又在古人的基础上提供了新的经验。这种“纤秾”的境界，在晚唐已属可贵了。

校园诗词之佳者，往往以炼字纤秾见长。校园诗人通过烹炼字句，

[1] 此处涉及笔者对《二十四诗品》排列结构的个人理解，不再展开论述。

用并不生僻的字眼组成新奇的搭配，从而传达新的经验。他们写情写物新异而刻尽，语调清新从容，常常笼罩着感伤唯美的气氛，虽然和而不同，却已经形成了一种时代性的声调，很容易被识别为一个群体。

校园诗人炼字的纤秾，又有多种多样的具体表现。有的完全使用古代诗词中熟悉的字词，来传达当下一瞬间的所思所感，如：

> 暗风摇烛曳红装，彩凤屏帷金兽香。妾似琵琶斜入抱，凭君翻指弄宫商。（李四维《艳诗》）

完全是传统诗词的语言和意象，却落想新奇，毫无陈腐之感。又如：

> 合眼风霜凉入肺，举头心事沸如星。（范云飞《夜宿洛阳寄金陵吹箫》）

“风霜”“星”都是传统意象，而以“沸”写星，以“入肺”写“凉”，则是新异的感受。以星之沸起兴心事之沸，亦见诗人作用。今人比古人更容易想到“沸”和“肺”这样的字眼，是其时代特色，但诗句的整体意境仍是传统的，用字也没有超出古人的认知范围。再如：

> 昨夜闻雪声，今朝辄雪止。不见霜雪白，馀寒增一尺。（董钧《雪》）

完全是古人可以见到的意象，却写出了自己的感受。以“一尺”写“馀寒”之“增”，而与“霜雪”之“不见”对比，新巧有趣。

有的用传统的字眼组合出奇幻的意象，追求哀感顽艳的效果，得力于李贺，又比李贺更集中偏好某些意象，显示出当代的特色，如王悦笛《残卒归》：

> 雕鹗下翅饥啄腐，扑人湿铁收腥雨。阿香引车碾云回，犹然音寂罢槌鼓。天涯残卒老独存。扶杖皴肌带斫痕。泪血眼开世界紫，

日晚虚空浮旅魂。泥途青栎夹流潦。尖月穿林投白照。枯渴无门叩求浆，荒村寒犬声如豹。

意象艳异如李贺，转韵之体则更似齐梁体歌行。其体物之处，如“泪血眼开世界紫”“尖月穿林投白照”，皆着力刻尽。又如董钧《夜坐篇》：

炳烛终长夜，幽光漫乎纸。月泣半空白，风刺一窗紫。邃宇旋湛破，百虑何由起。心乱如烛摇，心灭如烛死。万古淬光华，纷泫自兹始。往念涸深辙，飞毂遄不止。石火迸微明，再顾邈难匹。梦碎亦无踪，魂散空徙倚。长恸或解怀，谁共汝悲喜？便更作狂徒，独赴大化里。

句法高古而意象凄艳。再如张子璇《生查子·北郊冬夜即景》：

凉风吹梦昏，冻压群芳死。孤垒逆流虹，台榭空浮地。　　迷离初上灯，四下燃如纸。纸里我穿行，寂寞之城市。

借词牌施用古体乐府的句法。下阕想象城市街灯燃烧如纸，有很强的冲击力，将李贺的审美与现代都市的感受衔接起来，尾句则有实验体韵味。

其他诗人的类似诗句如：

鲜血一时丹，深情一时啜。琉璃入手凉，暗洒前世骨。（杨昊臻《杂诗》）

故垒曾谙春色在，愁似马，过喧城。（顾一心《江城子·金陵怀古》）

电花明灭，吹尽鱼龙屑。天起縠纹云似裂，一任中天残月。（张子璇《清平乐·拟旅中口占》）

清冷石头语，楚幽招故邻。峡光馀惚恍，诗骨出嶙峋。风是鬼衣袂，花开水佩巾。徘徊云泻影，有月瘦如人。（何璇《峡中溪》）

江北更无人，青山如块垒。（谢远新《无题》）

并有昌谷遗意。而其求奇之处，多透露出当代青年人的审美倾向，其间出入可思。

有的诗人则不刻意求奇，只是在温柔敦厚的范围内追求烹炼之功，如：

春从诗底瘦，歌自恨中疑。（白羽芊《临江仙》）

工稳凝练，如宫体五律。又其《清商怨》：

残钟犹度小院，向月近云远。寒宿烟疏，花信次第减。　回文词里谁遣，闲恨处，到此独展。要问眉间，正诗轻蜡浅。

“月近云远”“诗轻蜡浅”，都于寻常字眼间见出体物功夫。再如夏婉墨《蝶恋花》：

白玉兰梢花忽裂。寂寂圆窗，冉冉升明月。漫与春庭相皎洁，夜凉不觉呵成雪。　坐久梦边消此别。渺渺云端，澹澹风千叠。始信香心沧海歇，天涯更向香中没。

写春夜之白玉兰“凉”而如雪，用一“呵”字，落想奇特。下阕更是将白玉兰象征的哀愁写得广阔而绝望，意象纯净唯美，体现出校园诗人的语言风格。

与齐梁诗人一样，校园诗人对光影和色彩有着特殊的敏感。现代社会多姿多彩的光影投射在他们年轻敏感的心灵，往往产生出亦古亦新的审美效果，如：

惊窗春绿，流云灯紫，历历销魂字。（顾一心《青玉案·甲午年毕业感怀》）

客里青春忽欲尽，长街明灭马轻肥。无人此日怜微雨，一郡流光彻我衣。（顾一心《过牛津郡观微雨初霁感赋》）

去岁花开未折攀，一街灯市隔如山。午阴睡浅拾馀梦，人在树林光影间。（张子璇《魏塘绮语》）

除了充分吸收传统诗词的技巧以表现现代感受，校园诗人也在尝试以各种方式突破传统诗词的审美范式。有的诗人试图将当代物象“归化”入传统的语境，如张子璇《花园中的假花》：

风里游离栖上栏，通明一萼对雕残。渐无情味堪供念，尽日看花到雨寒。

诗题是白话，但诗句写得端庄，全无口语入诗，完全符合传统诗歌的句法习惯。“花园”与“假花”都是古代没有的事物，假花的存在，及其与真花相对的机会，是古人所见不到的，诗人从二者的对比中捕捉到了诗的机趣，以无生命的假花之“通明”与有生命的真花之“雕残”对比，并因假花的不会“雕残”引出“看花到雨寒”的行为，因而这是一首只能写于现代的诗。“看花到雨寒”的意境给人感觉是古典的，但却是古代无法做到的。“渐无情味堪供念”，体写假花的特点，并寄寓“看花到雨寒”者的自指，均为贴切。又如董士达《咏氢键》：

湖海各前程，相逢落地轻。键桥如有意，芥子结深盟。雨是云边水，气从天外行。但教生草木，何必感离情。

以“氢键”为题，当然是现代的诗。此等题目，如果诗中再继续卖弄现代名词，反为不美。诗人完全借用传统语汇来描述“氢键”，诗的章法结构也全如传统的咏物试帖诗，显示出现代事物与传统体式深层次结合的可能性。

与此相反，诗人们有时又会故意将流行语引入格律诗，造成一种新奇的效果，如何璇《秋凉》二首：

> 风哑如弹弦断琴，唤来秋色到怀襟。十年剩有丁零雨，敲碎玻璃乙女心。

> 寂寞楼高听口琴，梧桐叶落老青襟。无情风作多情手，剥却层层百合心。

“口琴”是现代事物，“风哑如弹弦断琴”也是现代散文的表达，与传统句法自异。特别是“乙女心”“百合心”来自当下宅腐圈用语。校园诗人用诗词表现现代性，往往不是直接写现实生活的琐碎，而是更多会着眼于现代的浪漫想象。

校园诗人的作品中，还经常能见到一种非古非今的浪漫句法，如何璇的《樱园路落叶》：

> 十月楚风如并刀，剪断秋云一千里。残云片片落埃尘，中天之月淡如水。舞衣凌乱一何似，蝴蝶纷纷阶前死。

“中天之月淡如水”“蝴蝶纷纷阶前死”这样的句法、意象，不是传统诗词所有的，但显然也不属于白话诗，而是当代校园诗人特有的声调。

特别需要指出的是，校园诗人已经初步掌握了一种雅致的白话语体，用于旧体诗词特别是词的写作。这种语体不同于直露豪放的敦煌词，也不同于囿于闺阁的乐府歌词，而是充分吸收了五四以来文人白话散文的优点，清新优容，适宜表现当代青年知识分子的书斋生活。

杨凯宇最以此体见长，尤善使用《清平乐》《菩萨蛮》等句法参差的转韵小令。其词作语言与词牌声情相得益彰，往往给人以美的享受，如：

失眠其夜，是已深秋也。尚有来时花未谢，换了高楼明月。
时光移过城心，窗灯处处深颦。偶尔绚如一笑，无人得记前因。

如果说李子的某些实验体词接近白话诗，这类词作则更像是白话散文。在语言上显得不像白话诗那样跳跃性大、令普通读者望而生畏，显得更为平易温和。而从白话散文的角度看，这种洗练有节制、带有文言色彩的语句，这种唯美的意象和平仄相间的声情，经常是很讨喜的。诗人使用的并不是传统词常见的古白话，而是带有文言色彩的当代白话，并且深谙传统词使用声情的法门，成功地使白话词句的声音效果本身具有了美感，增强了表现力。

杨凯宇的《清平乐》，往往善于借助词牌本身的声情美，又如：

持悲持喜，捱过经年矣。一夕尘窗香又起，宛若有春相记。
少年来看眉青，不知谁最无情。衣角落花庭院，想君时候风鸣。

同年故事，我是其中子。留待与今唯一址，辜负花开如此。
初心醒处无藏，风如遗梦推窗。一幅别离图画，他城秋雨偏黄。

感人之处，往往与句子的节奏有关。

他的《菩萨蛮》也同样收放有度：

重谈昨事堪谁记，元来我亦无情矣。微雨渐弥灯，黄昏气满城。　　曾经人去后，窗眼生青锈。然后泊天涯，一身如落花。

情绪随着词牌声调起伏，不可句摘。

诗人填写其他词牌也有同样的特点，如《苏幕遮·无题》：

月移阶，花探巷。影过晶窗，拖曳谁模样。一瀑青藤生碎响。摇落春痕，和梦还无两。　　夜成疴，风抱恙。别有鱼龙，舞尽人间象。灯照来时还一惘。相见重逢，不作今生想。

两结俱佳，皆充分利用了静止拍与流动拍相杂的摇曳声情。又如《荷叶杯》：

> 犹记来时心事，如纸，藏旧一城天。小湖轻桨荡船烟，微雨细生涟。　　沉睡故园花迹，成碧。应是少人行。逢君岁月不分明，唯有数苔青。

仄韵抑而平韵扬，破碎的节奏用于表现欲言又止的心情，长句则有惝恍迷离之感。

夏婉墨同样工于此体。其写闲适者如：

> 远棹不来堪恼，檐花自落能娱。暖茶烟后慢翻书，丽句似谁曾语。(《西江月》)

清新疏淡，自然而不乏趣意。其写绮怀者如：

> 圆珠不拂，渐没寒肤清入骨。养到冬深，会有心花出我襟。
> 盈盈六萼，满路招摇终肯落。解脱成春，原是轻烟一转身。(《减兰 · 接雨》)

借传统词牌的摇曳词情，俨然在构造一种新的审美范式。

又如何璇《临江仙 · 生日忆去年事》：

> 不记酒阑人散后，有无月似当初。漫天星子落街衢。河光摇曳里，倒转向冰壶。　　风露一肩怀夜永，海隅况对天隅。追思如线事如珠。心灯燃一捻，照彻故今吾。

“有无月似当初”是近于白话的新句法。两结物象华丽，句法新巧，亦皆吸收了白话艺术散文的优点。

可以说，以古雅的词句表达新的审美体验，是校园诗人的特长。如夏婉墨的《晶窗》：

探手晶窗外，欲摩烟雨楼。檐珠敲指骨，节节渗清秋。

这种对触觉的关注，自古以来就是青年诗人的特点，“清秋”渗入“指骨”的想象，更让我们想起李贺。同时我们也分明感到，作者是现代都市中人，写的也是现代都市的景致。在句法上，此诗的传统的意味已经很淡。

除了感官的体验，诗人也在向我们传达她的心灵对世事人情的体验，如其《向往》：

我慕巫山枫，我慕巫山霭。也许巫山高，我往已成海。

一直以来的愿望因为种种原因未能付诸实践，终因沧桑变故成为了永远的遗憾，这是现代社会中真实的体验。诗人借用“巫山”的古老意象，写出了自己在现实中体会到的无奈。这种无奈不啻为一种悲剧性的体验，但在诗人的笔下却被赋予了某种轻松调侃的意味，颇可引发同龄读者心照不宣的一笑。

更复杂的经验又如其《临江仙·偶见》：

陌上初灯输晚霁，云光乱落如花。少年衣角叠烟霞。春风嘉树底，说好各归家。　　却倚单车颦一望，遥山近水昏鸦。身前身后俱天涯。似曾相识我，无可奈何些。

写傍晚归家时偶然见到少年情侣在路边分手的情景，偏向于写实，并由此联想到自己曾经是类似场面的主角，以自己的人生与他人的人生两相对应，产生了微妙的感慨，有实验体的意味。这种颇具现代性的感受，却被诗人放置在了古典韵味十足的背景之中。在一片如花的云光晚霞之下，在古典的春风嘉树、山水昏鸦之前，渺小的一芥街灯、一骑单车，似乎并不足以打破唯美的意境，而是与唯美的意境融化成了一种新的和谐。

有的诗人则乐于在传统的框架下解构经典的故事，如张子璇《读

〈暮归有感〉》：

几遇携行痴笑频，章台秋事伞前春。最怜秋雨曾属我，今共柳枝都送人。

反用章台柳“攀折他人手”的典故，而云“今共柳枝都送人”，感伤中不失幽默。

校园诗人在与友人相互增答时，偶尔也会点缀一些轻松幽默的流行语，如：

千般意外无聊意，一样人间有病人。（何璇《鹧鸪天·贺某人寿》）

“有病”当是借用网络流行的戏谑之语。“一样人间有病人”的调侃，既表现出了与友人的亲密，也以自嘲的口吻表现出了自己与友人不同于流俗的气质。其背后的价值观仍然是传统的。

“纤秾”是校园诗词的突出特点，而“与古为新”是其最可贵的地方。关于“古”和“新”，校园诗人给出了种种不同的组合。无论是怎样的组合，都以追求唯美和精致为根本，以个体生命感受与古典的融合为表现。“纤秾”的风格需要较为扎实的诗学修养，也是敬畏传统的一种方式。校园诗人的尝试将给当代诗词的发展以丰富的启迪。

二、花时反秋：缘情的含蓄之美

“含蓄”历来是诗的追求，司空图形容“含蓄”的妙处云：

不着一字，尽得风流。语不涉己，若不堪忧。是有真宰，与之沉浮。如渌满酒，花时反秋。悠悠空尘，忽忽海沤。浅深聚散，万取一收。

言在此而义在彼，追求言外之意、象外之旨，通过烘托、造势来暗示想要表达的意旨，却回避直接的表达，这是中国诗学古老的传统，也是温柔敦厚的诗教正体。司空图以“花时反秋”形容“含蓄”的诀窍，最为精妙。

校园诗人处于青春年华，同时又有较高的文化修养，敏感细腻，对外部世界持有审慎观望的态度，因而“花时反秋”的“含蓄”，是他们本色的思维方式。在创作中，他们也有意追求含蓄的美感，这也展示了他们的诗歌技巧和对诗歌的理解。

校园诗人的含蓄风格同样有种种不同的表现，这往往与诗人倾向继承的不同传统有关。有倾向于继承乐府言情传统者，则表现为写男女之情而用虚敲旁比之法，如梁文艳《即事》：

春日宴君时，青青桑树枝。银蚕今欲死，那肯作相思！

继承古乐府谐音双关的手法，以蚕“丝”象征情“丝”。而反用经典作品之意，曰蚕死而无法作“丝”，得古乐府之体。又如其《题芙蓉扇》：

欢结千年少，花无百日红。看花不如妾，酒色上来浓。

暗示女子色相，而以“花不如妾”能酒为言，大胆而不失于粗鄙，拿捏古乐府的分寸颇为精确。

倾向于继承雅诗兴寄传统者，则表现为咏物书怀，如杨昊臻《茶》：

沸时怕相顾，微凉即见弃。温润使如君，难解斯人意。

借茶之炎凉写世之炎凉，继承传统诗歌托物讽喻的传统。写茶水炎凉皆不可人之意，颇尽物情，于细微处发人所未发，又兼有所托讽，更觉趣甚。又如其《雪》：

远天飞片认冬深，银海垂城夜不沉。我亦云间漂泊久，可能一死鉴冰心。

以雪之“漂泊”状己之漂泊，又暗以雪之冷之清自占地步，颇得兴寄之体。而以雪之飘落消融想到“一死”以“鉴冰心”，意深语苦，虽为诗人之言，亦可看出校园诗人下字着力的特点。

倾向于继承温柔敦厚传统者，则表现为进行家国思考时借古兴怀，不作直斥，如曹冠雄《汉宫春》：

> 雨雪霏霏，算东风者次，不到昆仑。风流纵有周穆，也种愁根。连山素裹，又埋却、一路新痕。休更说，凭高念远，茫茫只有凉氛。　　春恨比春还久，在岭南桃李，淮左浮蘋。如今也在僻县，冰魄胡尘。年光局促，叹羁游、诗思昏昏。惟记得，停桡时候，莫愁城上人人。

诗人作为名校毕业生而从军边境，登临之时当有很多现实的思考，却在词作中不作过分质实的议论，只以“茫茫只有凉氛”抹过，空灵含蓄，而又似无所不包，任由读者代入自己的想象。换头二句，亦为词语之警策者。又如其《暗香》：

> 衢灯忽灭。向街头谁识，羁怀凄切。黑幕沉沉，惟有冰轮又如熨。人在昆仑久住，都不管、明宵盈缺。已惯是、马足关河，孤抱写离别。
> 清冽。正沁骨。认夜色生秋，树影飞叶。旧愁暗结。无那西风起天末。休让行云吹散，怕误了、一朝霞蔚。待几日、同看取，海光渐沸。

将深沉的忧思只写作边城羁怀。“人在昆仑久住，都不管、明宵盈缺”，写出特殊的个人体验，又似有所怀抱。“夜色生秋，树影飞叶”亦为边塞体物警句。“无那”以下数句，似无谓，而别寄深情，读来有一种无名的忧郁之感。

陈义杰擅长在日常的琐碎中缘写幽深细微的情感，其直指人心之处，往往令读者动容。如其《浣溪沙》：

> 渐冷香云烛影深，似闻流水旧韶音。莫矜风露好追寻。　　晓雾梦残塘月影，落花香近故人心。不成相忘只沉吟。

花香而近人心，似无理，却一下子将读者带进了唯美的意境，体会到了主人公优雅细腻的内心。欲“相忘”而“不成”，亦曲尽人情。诗人不交代任何具体的故事，只是从中提取出人情之所同，以浅淡之语道出，似无谓而极有情，引发读者的共鸣。含蓄的风格造就了空灵的效果。正所谓“语不涉己，若不堪忧”。又如其另一首《浣溪沙》：

> 绝似当时陌上春，相思化尽月无痕。衣香舞断是谁身。　别后曾经花下路，归来认取袖中尘。天涯怀我去年人。

重新路过分别的地方，身外的春光仍然和当时一样，袖中珍藏的花却已零落成尘，相思化尽而月色依旧。物是人非，或存或亡，过去和现在发生了奇妙的重叠，这是校园诗人喜欢的主题。在这纷沓的重叠面前，主人公已分不清那哀艳的舞者是人是我，只是怀念去年分别的人。词作依然是不提及爱情的本体，而只执着于一瞬间物是人非的感受，其实是对爱情经验的高度提炼。再如其《点绛唇·拟作》

> 背影灯斜，小庭香泛赊明夜。红笺待写。别后凄凉话。　和梦由他，笑个人贪耍。愁无那。重茵花下。偏有相思惹。

校园诗人题作“无题”“拟作”的作品，往往有不便明言的本事。之所以不便明言，有时是出于外部原因或对他人隐私的尊重，但更多的时候恐怕还是本事本身并不像作品那样浪漫，诗人在创作时为了强调有价值的感悟，已对本事做了很大夸张，也就是说，诗句早已比本事更重要。这样的作品只涉及情感本身，需要有意回避相关事实，因而往往显得空灵含蓄。诗人此作，善于捕捉平常而感人的瞬间，虚化了人物形象，语言清空如话，可以很好地代表作者的长处。“红笺待写，别后凄凉话”的瞬间，耐人寻味，饱含着复杂的感情，却戛然而止，不作渲染。寥寥数字，愈淡愈浓。这也体现了校园诗人诗思细腻之处。

校园诗人缘情方面的含蓄特点，更多地体现出对传统文学资源的继承。校园诗人的含蓄风格，大多不是技巧层面的有意追求，而是由诗人的个人修养水平决定的。校园诗词的含蓄风格，反映了诗学传统的复归已不仅限于诗歌技巧层面，而扩展到了文化人格的层面。

三、百岁如流：命意的悲慨之美

“悲慨”只从命意方面着力，单纯以“悲慨”取胜的诗并非上乘之作。但“悲慨”若能与“纤秾”结合，则会有打动人心的力量。守正、主文而纵情的作品，也往往会表现出悲慨的情绪。

司空图以“百岁如流，富贵冷灰”形容“悲慨”之一体，这种类型的“悲慨”，在当代青年的诗词中越来越常见。生命易逝的感叹和死亡意象自古以来就在青春写作中占据重要的位置。青年人面对外部世界的压力，会对生命的脆弱产生焦虑，青春的忧郁会使他们的“死本能”以各种方式凸显出来。在青年人缺乏话语权的老人社会，青年人对“死本能”的表达会受到严厉的压制，而一旦青年人来到属于自己的园地，甚至受到相关的鼓励，他们的作品总是会表现“百岁如流，富贵冷灰”的主题。李贺被文学史推举为这种现象的代言人，而事实上，这种生命的悲慨同样会出现在多数福寿诗人的青年时代，只是不易引起人们的注意而已。

在当代校园诗人的作品中，时常可以见到李贺式的生命悲吟。有时，特别是在女诗人的作品中，这种悲吟还会与佛教文化结合起来。

校园诗人非常关注时光长河中生命的轮回现象。他们不断写到在变化了的时空与从前的事物重逢，并因而从另一个高度观察自我。如何璇《南歌子・失眠》：

> 我亦同秋瘦，秋难与我闲。起看月色浣栏杆，影淡高楼灯火恍然间。　　浮霭轻如命，垂纱薄似年。布裙犹是笄时穿，心事而今空许八行笺。

“秋难与我闲”写出时光的压迫，在这样的压迫下，诗人深夜无眠，“起看月色涣栏杆”，望着都市的灯火，想到时光的流逝。换头处，她使用了“浮霭轻如命，垂纱薄似年”两个人工化程度极高的比喻，反映出诗人此时极为激荡的内心。面对“浮蔼”，诗人直接想到了“如命”，并直接点出，这是青年人“死本能”的浮现。而年光流逝无痕，诗人竟产生了时间薄如“垂纱”的感受。而之所以想到“垂纱”，是因为凭栏而立的诗人将目光落在了自己的“布裙”上。这条旧布裙是诗人从十五六岁就在穿的，一位年轻女性提到这点，内心是多少有些得意的，尽管一定是用感慨的语气说出。裙子还没有破旧、过时，诗人的身材还没有变化，周围的世界却已天翻地覆，这是校园诗人典型的感慨。这种感慨在何璇的作品中就出现过多次，如：

新旧梦，短长笺，他年谶是此时篇。篆烟犹写心千字，人在风前第几阑。(《鹧鸪天·岁末》)

行过城南树，经年看未殊。指凉窗雾字空书。叶叶枝枝不是识君初。(《南歌子·车行雨中》)

凭栏谁见当时我，旧路谁曾过。(《虞美人》)

校园诗人热衷于这样的主题，除了受到某些时代共同经典的影响外，也与他们的生活环境是分不开的。一方面，他们正处在迅速成长的年纪，内心不断发生着剧烈的变化；另一方面，他们成长的年代，周围的物质环境较为稳定。这导致他们内心变化的速度远远超过物质环境变化的速度。这样的矛盾成就了校园诗人的不少诗趣。

时光的主题在石任之的笔下则显得更为凝重，如其《虞美人·落樱河》：

香流不息珊瑚泽，红是花之德。屐声微杂落花声，今夕鲤鱼街上八重樱。　风吹毕竟愁成海，松月随年改。却疑遭际未全真，又向永无穷处种来因。

上阕以物象为主，力厚色浓。“红是花之德”，语、意俱新；“屐声微杂落花声”，既切日本风物，又脱胎于中国传统诗词。下阕转入思理，佛学色彩浓厚。类似的又如其《癸巳落花四首·其四》：

寂灭方知爱染侵，鹃魂沤梦瘦难禁。金铃浓笑迷风蝶，绛蜡微嗟警暮禽。幸有狂香归净土，已无剩日护春阴。优昙娥影非耶是，倍感东皇造物心。

出入于释家与庄生的意象和概念，兼用义山语词，浓缩了这一代人共同尊奉的文化经典。其以思理见长者又如《浣溪沙》：

不到秋前即晚春，飘花看取世间因。元规拂我亦微尘。　负气迩来能命酒，触忧如许作生人。此心容托幻中真。

“不到秋前即晚春”，词家隽语，写出80后心理时间滞后于外部时间的共同感受。“元规”句以“微尘”关合东晋士人机趣与释家话头，亦妙。“此心”句亦出于对佛道文化的通透理解。在石任之的作品中，个体的生命意识带上了更复杂的文化因素。

风格类似的又如杨蒨的《醉花阴·曼珠沙华彼岸花》：

镂血颤珠销幻蛊，冷萼凝光暮。坠焰葬前尘，飞恨冥香，吹到红尘误。　返魂腻水彤云护，堕混凄无数。泪卦判残盟，醉魇方醒，旧绿年年负。

透过彼岸花艳丽的形象参悟生死的命题。“坠焰葬前尘”表现出青年诗人对死亡意象的迷恋；“飞恨冥香，吹到红尘误”更表现出青年人在世界面前的疏离感；“泪卦判残盟”，极为刻尽之句，再次表现了对“红尘”的拒斥心理；“旧绿年年负”则又一次点出了校园诗人迷恋的轮回主题。

谢远新在校园诗人中也是年纪较轻的，她的作品表现出强烈的生命激情。如其《桂殿秋》：

携酒去，死谁知，对花对雪酹一卮。为卿颜色不长好，为我生年不永时。

直接地歌唱出对生命和青春短暂的担忧，短歌直赋，悲壮激越，颇具鲍照遗韵。对于青年人的这种歌唱，不应简单地视为颓废，这实际上往往意味着个体生命意识的觉醒，是珍视生命的一种表现。这种对生命短暂的担忧往往是与抓紧享受生命的意识联系在一起的。例如诗人在《浣溪沙·石崇》中写道：

> 金谷晴岚澹荡春，满园嘉树正当辰。偶拈溷蕊到华茵。　　燃蜡骄奢惊海内，集筵风雅绝群伦。岂因生死负佳人？

迥异于一般对石崇的评价，诗人把石崇写成了豪爽重情之人。对“佳人”的痴恋，不因“生死”而有“负”，这是一种执着的爱情，也是生命的激情。豪奢的享乐，正是源于这种生命的激情。正是因为感受到了“偶拈溷蕊到华茵”的生命无常，才会有“燃蜡骄奢惊海内”。感伤生命短暂只是生命意识觉醒的开端，由此导向了生命的狂欢，导向了至情至性的诗人气质，这是校园诗词中悲慨之风的内在逻辑。

又如其《调笑令》：

> 秋树，秋树，望到亭亭日暮。心香偷寄一芽，有人拾取落花？花落，花落，不负当时红萼。

因有“花落”的死亡意象，才“不负当时红萼”，死亡本身成为对生命绚烂的最终确认。这固然是青年诗人的偏执，却也揭示出青年诗人迷恋死亡意象的内在动因。

生死与轮回，在校园诗人笔下往往成为至情不渝的佐证，谢远新的作品中也可以看到这样的例子，如其《虞美人·琥珀》：

> 似渐天外朝云气，涤尽奢浮意。颇黎质地玉精神，复向情人眼底、借温存。　　忆君滴泪清如许，那瞬方振羽。再来相见已迟回，驻我三千年里、一低眉。

琥珀不但是齐梁诗人喜爱的华美饰品，更是一个统一了“死亡”与“永恒”的意象。诗人想象，一只“方振羽”的昆虫，被永远封存于死亡，而代表了死亡的松脂，被诗人比喻为情人之泪。这只昆虫被封存于情人之泪而死，死亡实际上只是“陷于情网”这一事实在梦境中的投射。结尾又复现了轮回的主题。“三千年”只是琥珀执著等待的佐证，“三千年”的全部意义，只在于“一低眉”的永恒。

对于同样短暂而脆弱的生命，诗人抱有惺惺相惜之感，如其《沉水香》：

> 今者隐于烟，往者沉于水。或偶一回眸，遂失烟波里。生年无瞬息，开者一时灭。爱此至深心，不向佛前爇。

“佛”或生死轮回的“烟波”是永恒的，沉水香却是“生年无瞬息”的，它的“至深心”会随着绚烂绽放而“一时灭”。生命的短暂对于负载着深情的个体，显得如此不公。沉水香的形象，自然是诗人的投射。

校园诗词的悲慨之风，集中体现为对时间流逝的敏感，其中，诗人最关心的话题，则是流逝中的轮回，其背后的动力，在于生命激情的显现、自我意识的觉醒。这种现象也是校园诗人情感细腻、充满生命激情且追求文辞华美的结果。

四、结语

校园诗词具有纤秾、含蓄、悲慨的特点，体现出可与中古时代的王粲、鲍照、李贺等人比较的气质，其新变基本可以在传统的诗学话语下得到解释。这些特点反映出校园诗人守正、主文、纵情的创作倾向，对经典的敬畏和青春的激情在校园诗人笔下得到了很好的融合。校园诗词的创作现状从一个侧面说明，当下诗词创作已经达到了一定水平，传统的诗歌技巧与诗人人格都正在复归，在新的时代获得了新的生命。

【作者简介】北京大学中文系助理教授。

萧友梅的歌曲创作

杨　赛

【摘　要】 萧友梅是中国现代歌曲创作的先驱，作为从西方留学归来的知识分子，他主张创建国民乐派。他用白话歌词和新韵脚创作的歌曲及其音乐教育改良思想，与蔡元培倡导的美术创造思想、胡适倡导的文学改良思想相呼应，是中国近现代思想启蒙的重要组成部分。萧友梅还十分重视音乐文学的教学与实践，对改变近代以来中国歌曲创作的落后局面起到了积极作用。
【关键词】 萧友梅　歌曲创作　新文化运动

1920年，刚从德国留学归来的萧友梅（1884—1940）创作了他的第一首歌曲《卿云歌》。此后20年间，萧友梅不断创作歌曲。他的《今乐初集》（1922年版，收21首歌曲）、《新歌初集》（1923年版，收25首歌曲）是我国最早出版的作曲家个人作品专集，他为纪念“五四运动”五周年而作的《五四纪念爱国歌》（1924）是我国最早为歌颂这场伟大运动而创作的歌曲。[1]《萧友梅全集》收录其创作歌曲109首。

一、传统歌诗的式微与现代歌曲的兴起

将音乐与文学结合起来的歌诗教育，本是中国的传统。1922年，萧友梅与易韦斋合作的《今乐初集》编成，请曾在北京大学文学院任教的黄节先生作序。黄节与易韦斋都受过中国传统教育，都主张现代歌曲创作要继承歌诗传统：

韦斋作《今乐初集》以示。予曰：愿为序之。古之乐章，声、

[1] 参见戴鹏海：《为中国现代音乐奋力开拓的一生——纪念萧友梅逝世五十周年》，载《中国音乐学》1990年第3期。

> 辞、艳三者不可离也。声，五声也；辞，言之成文也。艳，辞好而歌也。古乐正而辞艳，与声遂离而二。汉乐家制氏能记铿锵鼓舞而不能言其义，此徒得于声也。若汉《铙歌》十八曲，则第言辞艳而无声。《宋志》今鼓吹铙歌词《上邪》、《晚芝》、《艾淑》三曲，则第有声而无辞艳。盖辞艳与声相离久矣。考《汉·艺文志》有"《河南周歌诗》七篇"，别有"《河南周歌诗声曲折》七篇"，有"《周谣歌诗》七十五篇"，别有"《周谣歌诗声曲折》七十五篇"。由此观之，疑汉《铙歌》存其歌篇而失其声篇，宋鼓吹铙歌诗存其声篇而失其歌篇也。韦斋此篇合辞艳于声，傥亦有见及于乎。沈休文曰："自汉民以来，依放声乐，自造新诗。"斯又其类矣。[1]

擅长于目录学的黄节简略梳理了中国的歌诗传统。夏、商之际，文字还没有普遍使用，乐舞是最重要的教育内容。周代制礼作乐，礼乐教育体系集前代之大成，内容十分丰富，包括乐舞、乐语和诗乐等，以《诗经》为主体的歌诗是教育的核心内容。《左传·襄公十六年》即有"歌诗必类"的记载。礼崩乐坏后，孔子努力将已经废弛的官学乐教在私学中传承，尽管未能实现礼乐的复兴，却依然保存了大量音乐传统[2]。蔡元培说："吾国音乐，在秦以前颇为发达，此后反似退化。"[3]中国音乐的发展相当坎坷，中原音乐长期受到外来音乐的影响，各种音乐文化元素不断融合。秦的音乐一度十分发达，中国音乐显然不是自秦以来就退化的。[4]秦、汉交替之际，叔孙通等人延续了礼乐传统。[5]此后，汉设立了乐府，专门搜集、整理歌诗。汉代歌诗十分发达。《汉书·艺文志》著录歌诗28家314篇，或以人分，或以地分，或以内容分，错杂纷呈，

[1] 黄节：《今乐初集·序》，见《萧友梅全集》第二卷，上海音乐学院出版社2007年版，第163页。
[2] 杨赛：《礼崩乐坏考论》，载《交响》2014年第3期。
[3] 蔡元培：《在北大音乐研究会演说词》（1919年11月11日），见高平叔编《蔡元培全集》第三卷，中华书局1984年版，第355页。
[4] 杨赛：《论秦乐》，载《音乐艺术——上海音乐学院学报》2013年第4期。
[5] 杨赛：《叔孙通与汉初制乐》，载《音乐艺术——上海音乐学院学报》2015年第3期。

多姿多彩。[1]唐设立了教坊和梨园，宋、元、明、清都设立了专门的音乐教育机构。中国音乐尽管在不断变化中，但中国音乐理论体系、教育体系与传播体系并没有被瓦解。蔡元培的话，从侧面反映了中国传统音乐在20世纪开始的20年遭受西方音乐的严重挑战，日益式微。1904年，清政府重新修订《学堂乐章》《学务纲要》，其中还专门提到音乐教育：

> 今外国中小学堂、师范学堂，均设有唱歌音乐一门，并另设专门音乐学堂，深合古意。惟中国古乐雅音，失传已久。此时学堂音乐一门，只可暂从缓设，俟将来设法考求，再行增补。[2]

所谓“古乐雅音，失传已久”，并没有什么根据。1746年，受乾隆钦命，庄亲王允禄领衔编成了《九宫大成南北词宫谱》，共82卷，收录4 466首曲牌，可谓集中国千年传统音乐曲谱之大成。1844年，谢元淮编成《碎金词谱》14卷和《碎金续谱》6卷，收录了800多首诗词乐谱。此外，《纳书楹曲谱》《遏云阁曲谱》等文献也有大量丰富的器乐与诗乐、戏曲曲谱。足见清代宫廷和民间音乐都十分繁荣。这些材料只要略加编辑，就可以成为新学堂授课的教材。可惜的是，现代学堂教育体系设计者并不知道。

作为萧友梅歌曲创作的老搭档，易韦斋认为中国音乐的衰落，主要是文人音乐的衰落。中国宫廷音乐长期被统治阶级垄断，中国民间音乐虽然繁荣，却日渐庸俗化，中国文人音乐的生存空间受到挤压：

> 吾以为乐之销沉，未有甚于此时者也。前人以乡三物教民，乐为六艺之一。古书多有韵之文，其时知声由心生，无上下贵贱妄生分别。后世乐私于君，下此者夷于谣谚，诗人文之，乃不能尽披弦

[1] 杨赛：《中国歌诗传统的继承和发扬》，载《文史知识·诗词中国》专辑2012年。

[2] 张百熙、荣庆、张之洞：《学务纲要》，见璩鑫圭、唐良炎编《中国近代教育史资料汇编》，上海教育出版社1991年版，第500页。

管，而谣肆之声、塞俚之辞起而遍国中横流第使人哀乏矣。[1]

新的教育方案设计者尽管看到中国歌诗在保存国粹方面的巨大作用，由于没有合适的海归留学生做师资，也没有人编出配套的教材，开设音乐学堂和音乐学院的计划搁浅，只好用文学替代乐学：

古今体诗辞赋，所以涵养性情，以抒怀抱，中国乐学久微，借此可以稍存古人乐教贵意。中国各种文体，历代相承，实为五大洲文化之精华，且必能为中国各体文辞，然后能通解经史古书，传述圣贤精理。文学既废，则经籍无人能读矣。外国学堂最重保存国粹，此则保存国粹之一大端。……今拟除大学堂设有文学专科，听好此者研究外，至各学堂中国文学一科，则明定日廛时刻，并不妨碍他项学科，兼令育计有益德性风化之古诗歌，以代外国学堂之唱歌音乐，各省学堂均不得抛荒此事。[2]

中国歌诗与现代教育体系日益脱节，渐行渐远，时过百年，竟然成了冷门绝学，令人唏嘘。

1904年，刚刚回国一年的沈心工编辑出版了《学校唱歌集》。1906年，丹徒、叶中冷编辑出版了《小学唱歌初集》。1907年，侯签编辑出版了《单音第二唱歌》。1910年，李叔同从日本回国。1912年沈心工编辑出版了《重编学校唱歌二集》。在20世纪最初十年间，中国现代唱歌教育逐渐兴起。直到1920年，现代音乐教育渐成体系。

与此同时，由教会学校传播开来的英文歌曲风靡一时，占据音乐教育的主导地位。萧友梅对此十分警觉：

因为声乐一科是万万不能专唱外国作品的，就表情方面看来，

[1] 易韦斋：《今乐初集·弁言》，见《萧友梅全集》第二卷，上海音乐学院出版社2007年版，第165页。

[2] 张百熙、荣庆、张之洞：《学务纲要》，见璩鑫圭、唐良炎编《中国近代教育史资料汇编》，上海教育出版社1991年版，第493页。

中国人最适宜是用国语唱本国的歌词。[1]

易韦斋认为英文歌曲并不能引起学习者的共鸣：

> 乃其教文者，恒教以英文歌词，是大谬也。学者于歌意，固未甚透解。即发音亦未能准确，执此教材，如何能引起唱歌兴味。[2]

中国的时代精神理应在歌曲中得到及时反映。时代呼唤专业的词作家、作曲家和歌唱家，呼唤新的歌曲教材与教学体系。

二、创建国民乐派创作新歌曲

五四运动前后，新型知识分子掌握了现代音乐教育的主导权，他们并不热衷于恢复乐教传统，而是主张推动思想启蒙。蔡元培十分重视音乐在思想启蒙中的重大作用，主张大力兴办现代音乐教育，吸收西方音乐的长处，补足中国音乐的短板，创作中国新歌曲：

> 吾国今日尚无音乐学校，即吾校尚未能设正式之音乐科。然赖有学生之自动与导师之提倡，得以有此音乐研究会，未始非发展音乐之基础。所望在会诸君，知音乐为一种助进文化之利器，共同研究至高尚之乐理，而养成创造新谱之人材，采西乐之特长，以补中乐之缺点，而使之以时进步，庶不负建设此会之初意也。[3]

为了回应蔡元培先生的“德、智、体、美”四育主张，萧友梅、易韦斋还专门创作了《祝音乐教育中兴》歌。[4]廖辅叔说：“要在旧中国推广音

[1] 萧友梅：《介绍赵元任先生的〈新诗歌集〉》，见《萧友梅全集》第一卷，上海音乐学院出版社2007年版，第369页。
[2] 易韦斋：《今乐初集·编辑大意》，见《萧友梅全集》第一卷，上海音乐学院出版社2007年版，第369页。
[3] 蔡元培：《在北大音乐研究会演说词》（1919年11月11日），见高平叔编《蔡元培全集》第三卷，中华书局1984年版，第355页。
[4] 萧淑娴：《怀念叔父萧友梅先生》，载《音乐艺术》1981年第4期。

乐教育，萧先生具有善良的愿意，至于促使他的善良愿望得以实现的，则是主张‘以美育代宗教’的蔡元培先生。”[1]萧勤说：“先父与蔡元培先生志同道合，他俩的音乐思想，乃取西乐之长，补中乐之不足，以振兴中华民族音乐文化。不论是音乐创作，还是理论著述，皆能自立于世界音乐之林。”[2]

蔡元培认为，中国音乐日益式微，原因在于音乐创作力量薄弱。在旧中国推广新音乐，要担负起思想启蒙重任，中国现代音乐教育必须以创作为前提，用新音乐传播新思想：

> 好音乐者，类皆个人为自娱起见，聊循旧谱，依式演奏而已。西洋音乐家，则往往有根据学理自制新谱者，盖创造之才，非独科学界所需要，美术界亦如是也。[3]

萧友梅明确提出要创建国民乐派，创作有中华民族特色的音乐：

> 我以为我国作曲家不愿意投降于西乐时，必须创造出一种新作风，足以代表中国华民族的特色而与其他各民族的音乐有分别的，方可能成为一个“国民乐派”。[4]

喻宜萱说：“萧友梅校长注重弘扬中华民族文化，一贯提倡演奏、演唱中国作品。那时教我们主科的都是外国老师，教的自然都是外国作品。萧先生便专门开了中国歌曲课，请应尚能先生任教，我在四年中共学了几十首，对我影响很深。后来我在国内外开音乐会时都要唱一些中国歌曲，在教学工作中也重视培养学生从民族文化中汲取精华，融入西

[1] 廖辅叔：《回忆萧友梅先生》，载《人民音乐》1979年第5期。
[2] 萧勤：《纪念先父萧友梅》，载《人民音乐》2001年第2期。
[3] 蔡元培：《在北大音乐研究会演说词》（1919年11月11日），见高平叔编《蔡元培全集》第三卷，中华书局1984年版，第355页。
[4] 萧友梅：《关于我国新音乐运动》，见《萧友梅全集》第一卷，上海音乐学院出版社2007年版，第680页。

洋元素。”[1]

萧友梅认为，中国新歌曲的内容必须具有思想启蒙意义，“必须注意如何利用音乐唤醒民族意识与加强民众爱国心”。[2]他还提出：

> 在这国难期内，如环境许可时，应尽力创作爱国歌曲，训练军乐队及集团唱歌指挥，使他们在最短时期可以应用出去，方可证明音乐不是奢侈品。[3]

他创作了大量唤醒民族意识的作品：中华民国国歌《卿云歌》（1921），中华民国国歌备选歌曲《华夏歌》（1921，章太炎词），《民本歌》（1921，范源廉词），《四烈士冢上的没字碑歌》（1921，胡适词），《北京师大平民学校校歌》（1922，胡适词）。1921年，陈毅被法国军警逮捕后，在狱中高唱《卿云歌》，借以表现中国人独立不屈的气概。[4]

萧友梅认为，旧体诗在内容和形式上都有缺陷，与新音乐有冲突，并不适宜于做歌词，不适合于学校传唱：

> 从内容上观之：（1）宋元词曲，虽句度参差，宜于入乐，而所用词料，多不适用于今日。其受词牌拘束，牵强堆砌者，自不待言；其他如香艳体之专用妇女服饰化妆品名词，以及描写闺阁态度，引用不甚普通或不合现代潮流之故实，皆不能作现代歌材之用。（2）旧诗词家之表情，往往偏于自抒胸臆，致多怨、恨、忧、愁、牢骚、悲哀，或阳为旷达，实则悲观消极之语，不期然而养成萎靡不振之风气，故皆不宜采作今日学校及社会歌材之用。[5]

---

[1] 喻宜萱：《回忆萧友梅先生》，载《人民音乐》2007年第12期。
[2] 萧友梅：《音乐月刊发刊词》，见《萧友梅全集》第一卷，上海音乐出版社2007年版，第673页
[3] 萧友梅：《关于我国新音乐运动》，见《萧友梅全集》第一卷，上海音乐出版社2007年版，第680页。
[4] 廖辅叔：《回忆萧友梅先生》，载《人民音乐》1979年第5期。
[5] 萧友梅、龙榆生：《歌社成立宣言》，载《音》1931年第13期，又载《乐艺》1931年7月1日第1卷第6号。

萧友梅还认为，从形式上看，歌诗每句长度一样，节奏比较划一，容易失之单调：

> 从形式上观之：旧体诗歌，大率不外四言，五言，七言三种，格式过于方板。以之入谱，无论如何计划，不能作出新式节奏。节奏既无变化，其歌曲必失之单调。

如《卿云歌》(1920)，歌词共六个乐句，每个乐句四个字，是典型的《诗经》四言体。朱载堉《律吕精义》所收《诗经·商颂》乐谱，一字一音，四音一节，这样的节奏形式符合祭祀时行进的节奏和演唱的场景。

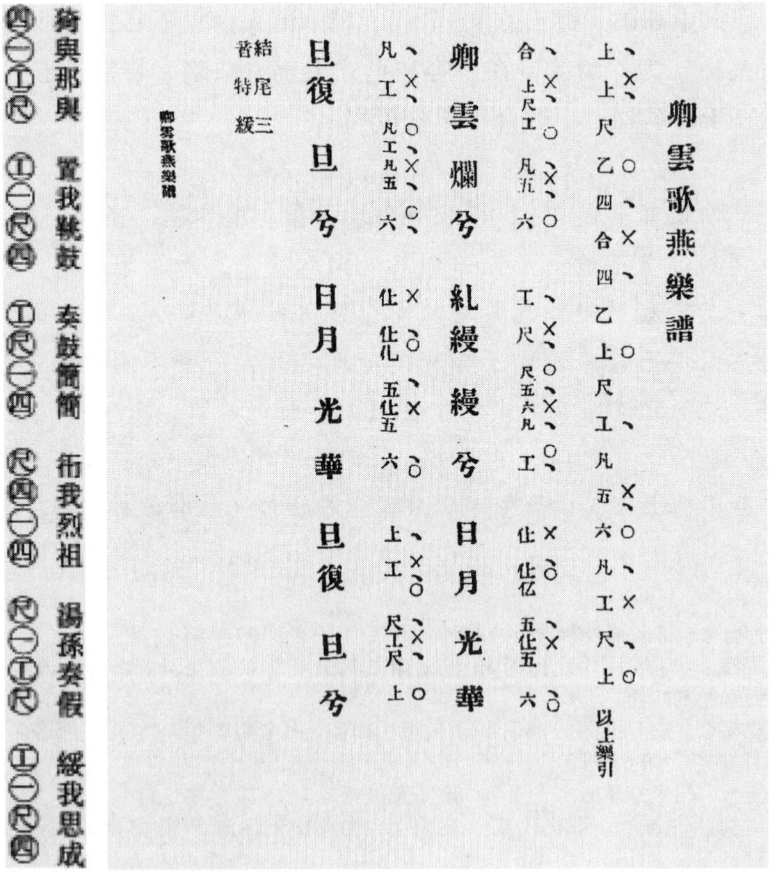

卿雲歌燕樂譜

上 上 尺 乙 四 合 四 乙 上 尺 工 凡 五 六 凡 工 尺 上 以上樂引

卿雲爛兮 糺縵縵兮 日月光華 旦復旦兮 日月光華 旦復旦兮

結尾三音特綴

卿雲歌燕樂譜

猗與那與 置我鞉鼓 奏鼓簡簡 衎我烈祖 湯孫奏假 綏我思成

然而，《卿云歌》并非用于祭祀，而是作为中华民国的国歌，萧友梅千方百计写出一些新式节奏来：

> 我对于用《卿云歌》来做国歌本来不甚赞成，因为这首歌词头两句的意思，太不明了。欧美歌各国的国歌，本来多是国民歌，歌词都是很浅近的文字、（并不是完全白话体），而没有选做国歌之前，已经有许多国民会唱的而爱唱的，因而必做这个样子选法，才可以得到国民大多数的同意。至于《卿云歌词》，向来很少人知道，就现在把他念出来给小孩、女仆听听，他们实在是莫名其妙。这就是歌词太不是了的确证了。[1]

与萧友梅持相近观点的，还有王光祈。王光祈主张歌曲创作要摆脱人文词的影响，挣脱音韵的束缚，在作曲上获得更多的自由，才能写出新旋律：

> 明代昆曲盛行，于是剧中音乐，一变而为注重描写“字音”。制谱者之最大责任，即在应用何种工尺，始能尽将曲中各字之平上去入阴阳，一一唱出。……其结果，吾国歌剧之作者，实以文人为主人翁。音乐家则为文人之奴隶。文人既将曲子作好，乃令乐工填注工尺。而乐工则只能按照曲中字句，一一呆填，毫无发表自己意思之余地。[2]

起先，易韦斋的词文人气很重，“填词务为生涩，爱取周（邦彦）吴（文英）诸僻调，自谓‘百涩词心不用通’云。”[3]他写的词不仅要分四声清浊，甚至连语法结构都不能变动，给萧友梅的谱曲带来了不少困难。易韦斋创作的《国立音专校歌》歌词还没有完全从艰涩的古词体中

[1] 萧友梅：《对于国歌用卿云歌词的意见》，见《萧友梅全集》第二卷，上海音乐出版社2007年版，第142页。
[2] 王光祈：《中国音乐史·歌剧之进化》。
[3] 龙顺宜：《从〈问〉而想起的——回忆易韦斋先生》，载《音乐艺术》1983年10月。

走出来，此后，他努力将新歌词写得通俗易唱。

萧友梅看重从民歌中汲取养料：

> 蒐集旧民歌，去其鄙俚词句，易以浅近词句，并谱以浅近曲调；遇有谱之民歌，整理之后更配以适当的和声[1]。

1917年兴起的新文学运动实际是以白话完全替代文言为目标，白话文学被贴上“新”的标签后，就开始站在舆论的制高点上，表现出一种不给文言文生存空间的霸气和强势：

> 教授小学生，最好是用白话；用文言教授，是很难得益处的。因为文言是一种死语，看起来总是要事倍功半，去费一番翻译的工夫；如用白话，便无这种困难。外国文字多半从他的方言定出来，宋元学案也是语体的文，可见白话比那死语似的文言好。[2]

胡适曾就文学改良提出八点主张：

> 一曰，须言之有物。二曰，不摹仿古人。三曰，须讲求文法。四曰，不作无病之呻吟。五曰，务去烂调套语。门曰，不用典。七曰，不讲对仗。八曰，不避俗字俗语。[3]

胡适主张诗体大解放，认为形式上的束缚，使精神不能自由发展。[4]白话文的优势是用词浅近，便于民众理解和传播。这与欧美各国的民歌是相似的。

蔡元培说：

[1] 萧友梅：《关于我国新音乐运动》，见《萧友梅全集》第一卷，上海音乐出版社2007年版，第679—681页。
[2] 萧友梅：《萧友梅先生教育讲演》，见《萧友梅全集》第一卷，上海音乐出版社2007年版，第155—156页。
[3] 胡适：《谈新诗——八年来一件大事》，见《胡适全集》第一卷，第149—178页。
[4] 胡适：《文学改良刍议》，见《胡适全集》第一卷，第4页。

> 国文的问题，最重要的是白话与文言的竞争。我想将来白话派一定占优胜的。白话是用古人的话来传达今人的意思，是直接的。文言是用古人的话来传达今人的意思，是间接的。[1]

萧友梅注意到歌词与新诗并不完全等同，歌词的重要特点是要押韵，他呼吁作新诗要注意音节：

> 近来新诗作品并不少，可惜作诗者未有预备给人家谱曲，所以作成的诗歌，百分的九十九，只宜于读，不宜于歌。我希望热心提倡新诗的诗人——指肯贡献他的歌词于音乐界的——对于音乐，尤其是音节方面，稍为注意，将来作成的诗歌，必定容易入谱。[2]

胡适讨论过新诗的音节问题，提出“自然音节”的概念。[3]萧友梅认为，用新体词，要注意避免以下问题：

> （1）章法欠整齐。（2）缺乏音脚与音节之调谐。（3）直译欧美新诗，词句冗长，文风过于欧化，常令人读来不得要领。（4）诗意有时过浅薄，或本为浅语，而故作神秘，令人索解无从。

三、重建中国歌诗传统

萧友梅后来认识到，我国旧乐的精华不在于乐律理论及乐器的演奏技巧，而在于历代所积累的词章曲谱，这是我国音乐的宝藏，应该进行整理和研究。[4]

萧友梅注重培养音乐文学人才，提高歌曲创作者、表演者的文学素养。萧友梅把音乐文学作为音乐学院的核心课程来看待，作曲者、演奏

---

[1] 蔡元培：《国文之将来——在北京女子高等师范学校演说词》（一九一九年十一月十七日），见《蔡元培全集》第3卷，第356—358页。

[2] 萧友梅：《介绍赵元任先生的〈新诗歌集〉》，见《萧友梅全集》第一卷，上海音乐出版社2007年版，第369页。

[3] 胡适：《文学改良刍议》，见《胡适全集》第一卷，第4页。

[4] 萧淑娴：《怀念叔父萧友梅先生》，载《中央音乐学院学报》1980年第1期。

者和演唱者都要懂得诗歌。他说：

> 音乐和诗歌是有一种极密切的关系，学作曲的人不懂得诗歌，怎能够创作歌剧和乐歌？研究声音的人不懂得诗歌，又怎么能把诗歌的灵魂，依照诗人的意旨，用你的声音演唱出来呢？就一个研究器乐的人亦非懂得诗歌不可，因为器乐是免不了要和声乐合作的。一个学钢琴的人，不是很应该学习乐歌的伴奏吗？如果你是诗歌的门外汉，那么，你的伴奏怎能够和唱歌人的艺能和合为一呢？[1]

萧友梅为一些旧体诗谱过曲。中国老一代三位词作家，易韦斋、龙榆生、韦章瀚等都有旧体诗的底子。他们创作的有影响的歌曲《问》《玫瑰三愿》《春思曲》《思乡》等，自然脱不了旧体诗的意境。[2]

萧友梅有意识地培养一批作曲专业人才：

> 在今日优良乐曲缺乏的吾国，最好由政府聘请作曲师数人，给他们充分的生活费，令其专门作曲，同时聘请擅长作歌词的人，令其创作民歌，这样一来，我敢说不到五年必有小成，进行十年必大有可观。[3]

萧友梅与易韦斋同在临时总统府秘书处任职，回国后又在北京重逢，两人很快合作了三四年。易韦斋作词，萧友梅作曲，写一些能体现蔡元培主张德智体美要求的新精神歌曲，作为课堂上教唱歌的应用教材。[4]

萧友梅十分重视音乐文学教育，聘请易韦斋到国立音专教授国文、诗歌、词曲等三门课程，后来又增加了国音、文学史、文化史等课程。萧友梅与易韦斋合作创作的歌曲就有83首之多，主要见诸于《今乐初集》（高中用）一册，《新歌初集》（高等学校用）一册，《新学制歌唱教

---

[1] 黎青主：《诗琴响了》序言，1930年3月19日。
[2] 参见廖辅叔：《谈老一代歌词的作家》，载《中央音乐学院学报》1994年第3期。
[3] 萧友梅：《十年来中国音乐研究》，见《萧友梅全集》第一卷，上海音乐出版社2007年版，第671页。
[4] 萧淑娴：《二十年代的萧友梅》，载《音乐研究》1990年第4期。

科书》三册，《扬花》等。[1]

国立音专建院之初设置音乐文学课程，推动了新语体歌曲创作。青主创作的《诗琴响了》收录了73首新诗，其中一些被谱成歌曲。他与华丽丝出版了歌曲集《音境》。青主的代表作有《我住长江头》《红满枝》《赤日炎炎似火烧》《脸如花》《见也如何暮》等。

龙榆生、韦瀚章等人进一步夯实了上海音乐学院音乐文学的传统。从1928年开始，龙榆生兼任国立音乐院文学教员前后共7年，与萧友梅共同发起成立以研究和制作歌词为宗旨的"歌社"。钱仁康回忆说：

> 龙榆生在音专任教期间，为作曲家写作适于谱曲的新体歌词，用力甚勤。经作曲家谱写成声乐作品的新体诗歌，除了《过闸北旧居》和《玫瑰三愿》外，还有李惟宁作曲的《秋之礼赞》《逍遥游》和《嘉礼乐章》。1934年，龙榆生总结写作新体歌词的经验，撰成《从旧体歌词之声韵组织推测新体乐歌应取之途径》一文，发表在音乐艺文社编的《音乐杂志》上。廖辅叔教授称此文"是易韦斋、龙榆生、韦翰章或者还包括叶恭绰在内的关于新体歌词的创作方向的纲领性文件"[2]。

龙榆生很注意新体歌词的创作，提倡突破旧诗词的格律，用通俗易懂的诗歌语言、平仄通协、适于谱曲的自由长短句写作歌词。他写过《山桃》《苦雨》《宿秀峰寺》《病起移居真如》《好春光》《眠歌》《赶快去吧》《蛙语》《喜新晴》《采风录》和《蒙蒙薄雾》等新体诗歌。[3]

韦瀚章（1906—1993）1929年到上海音专任教，与黄自合作创作了《抗敌歌》《旗正飘飘》《思乡》《雨后西湖》《长恨歌》等歌曲，编写多本歌曲教材，于1978年和1985年两次举办韦瀚章词作音乐会。

[1] 萧淑娴：《怀念叔父萧友梅先生》，载《中央音乐学院学报》1980年第1期。
[2] 钱仁康：《龙榆生先生的音乐因缘》，载《文教资料》1999年第5期。
[3] 同上。

结语

20世纪最初的20年，中国传统歌诗日益式微，英文歌曲日渐流行，萧友梅用歌曲创作来扼制此种势头，成为中国现代歌曲创作的先驱。与中国传统知识分子试图恢复乐教传统的主张不同，作为从西方留学归来的知识分子，蔡元培、萧友梅等人却主张创建国民乐派，建立现代音乐教育体系，通过创作新歌曲来反映时代精神、唤醒民族意识、加强民众的爱国心。萧友梅用白话歌词和新韵脚创作的歌曲，与蔡元培倡导的美术创造思想和胡适倡导的文学改良思想相呼应，是中国近代思想启蒙的重要组成部分。此外，萧友梅十分重视音乐文学的教学与实践，引进和培养了几位优秀的音乐文学教师。萧友梅的歌曲创作和对音乐文学的培育对改变近代以来中国歌曲创作的落后局面起到了积极作用，对推动当下中国歌曲创作仍然具有较强的启示意义。

【作者简介】上海音乐学院基础部副研究员。

域外汉诗

明代复古派著作在日本近现代诗坛的传播与接受

——以泊园书院为主

长谷部刚

【摘　要】泊园书院是日本关西地区由藤泽氏“三代四儒”主持且规模颇大的汉学私塾，自1825年创办至1948年关闭，历时一百二十多年（其中仅幕末至明治初一度中断八年），在荻生徂徕创立的“古文辞派”已经受到批判而影响力逐渐式微的背景下，该书院从院主到学员却一直坚持传承“徂徕学”（古文辞学），无论在儒学与诗学领域皆有所建树，尤其是第二任院主藤泽南岳乃明治、大正之际当地诗坛领袖，现存汉诗千余首，对于考察明代复古派著作在日本近现代诗坛的传播与接受，具有重要意义。

【关键词】泊园书院　藤泽南岳　明代复古派　日本徂徕学派

一

泊园书院（Hakuen Shoin）为日本江户时代的儒学家藤泽东畡所开设的书院。

藤泽东畡（Fujiwara Tōgai，1794—1864），名甫，字符发，号东畡，又号泊园。宽政六年出生于高松藩的一户农家，九岁起师从中山城山（1763—1837）受儒学，青年时曾游学长崎学习唐音两年。文政八年（1825）在大阪创建“泊园书院”，并开始讲学。从学统上来说，东畡承自荻生徂徕的学术体系。因此，东畡及泊园书院的讲学与研究，继承的

藤泽南岳（Fujiwara Nangaku，1842—1920）

是“徂徕学”的基本精神，尤其在中国古代礼乐思想及诗学传承方面颇有建树。

第二任院主藤泽南岳（Fujiwara Nangaku，1842—1920）为东畡的长子，名恒，字君成，号七香斋、醒狂、九九山人等。东畡逝世后，南岳继承了乃父的衣钵，并被列为高松藩员。明治维新之际（1868），因笃志勤王，力劝高松藩主归顺天皇，护藩有功，被藩主赐号“南岳”。南岳去世之后，则由其长子藤泽黄鹄（Fujiwara Kōkoku，1874—1924）与次子藤泽黄坡（Fujiwara Kōha，1876—1948）先后继任泊园书院院主。前后历120多年，因有“三代四儒”之称。

泊园书院是江户末期大阪地区规模最大的汉学私塾，堪比怀德堂。明治维新前后，泊园书院虽曾一度中断，但直至第二次世界大战结束后方才关闭，可以说，泊园书院是近现代日本持续最久的儒教书院之一（1825—1864，1873—1948）。由于第四任院主藤泽黄坡在关西大学任教的缘故，泊园书院关闭后，所有的藏书及资料均捐赠给了关西大学图书馆，“泊园文库”在关西大学重要藏书中占据核心地位。

二

关西大学“泊园文库”中的汉籍、汉文学方面资料甚为丰富，尤其是第二任院主藤泽南岳善属诗文，作为明治时代大阪诗坛的领袖，与诗人墨客广泛交际，留下了大量的诗文稿。我们通过解读南岳所留下的诗文稿，可以理解汉籍、汉文学在19—20世纪日本大阪的传播与接受情况。

上文曾提及泊园书院继承了“徂徕学”的基本精神，用他们的话语来表述，那就是“古文辞学”。开宗立派的荻生徂徕（Ogyu Sorai，1666—1728），一方面试图对儒教经典进行富于独创性的解读，一方面接受李攀龙、王世贞等“后七子”的复古理论，在日本主张“文必秦汉，诗必盛唐”[1]。荻生徂徕以及弟子服部南郭（Hattori Nankaku，1683—1759）、高野兰亭（Takano Lantei，1704—1757）等积极鼓吹“古文辞”，奖励学诗者取法唐诗，特别是相传为李攀龙编的《唐诗选》一书所选录的盛唐诗。徂徕、南郭所提倡的复古模拟文学派风靡一时，至18世纪中叶“古文辞”的盛行达到最高潮。

中国明代末期，以袁宏道为首的公安派、以钟惺为首的竟陵派以及钱谦益等人相继崛起，他们标举独抒性灵，反对盲目模拟，批判李攀龙、王世贞等的文学主张，前后七子的复古理论被全面否定了。比袁宏道等晚一百多年而以诗名世的山本北山（Yamamoto Hokuzan，1752—1812），则在日本直接继承了“性灵派”的主张，对徂徕学派倡导的复古模拟之风展开批评。其后，市河宽斋（Ichikawa Kansai，1749—1820）、大洼诗佛（Okubo Shibutu，1767—1837）、柏木如亭（1763—1819，Kashiwagi Jotei）等“江湖派”推尊宋诗，也批判否定模拟派的文学主张。在古文辞派已经失去了以前影响力的这种儒学与诗学背景下，藤泽祖孙三代自19世纪初至20世纪前半叶却相继在大阪以主办泊园书院为依托，偏偏一直坚持传承“徂徕学”，这本身就是一种值得关注与深入研究的文化现象。

在日本兴起的“古文辞学”，即“徂徕学”，其文学方面的特征是什么？对于这个问题，日野龙夫（1940—2004）的《徂徕学派——从儒学到文学》[2]一书进行了多方面的分析，具有重要的学术价值。该书所收录的《〈唐诗选〉的作用》一文论及古文辞派诗歌创作特征，作者首先指出《唐诗选》中的诗作有如下的三种类型：

（1）描写城市繁华：《洛阳道》《长安道》《长安古意》《帝京篇》《大道曲》《长安有狭斜行》《少年行》《公子行》《东都四时乐》《墨水词》等。

---

[1]《明史》卷三八八《文苑传·李梦阳》。

[2] 筑摩书房，1975年1月。

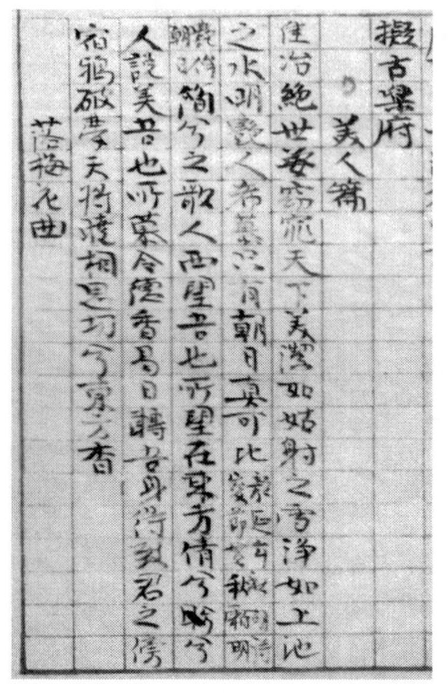
擬古樂府
美人篇
佳冶絕世姿窈窕天下美潔如姑射之雪淨如上池
之水明艷人希慕只有朝日真可比
簡兮之歌人西望吾也所望在東方倩兮盼兮
人說美吾也所慕令德香曷日轉吾身得致君之傍
宿鴉破夢天將曉相思切兮東方香
落梅花曲

（2）艳词：《乌夜啼》《古意》《独不见》《妾薄命》《有所思》《子夜歌》《古别离》《折杨柳》《闺怨》《宫怨》《宫词》《竹枝词》《大堤曲》《长干行》《当垆曲》《采莲曲》《江南曲》《青楼曲》《章台柳》等。

（3）边塞诗：《关山月》《从军行》《出塞行》《入塞行》《塞下曲》《平蕃行》等。

日野先生综合考察日本江户前中期的汉诗诸作后说："古文辞派盛行以前，在江户文人的诗文集中，属于（1）（2）（3）类的诗歌很罕见，但在古文辞派的诗文集中却增加很多。"接着，日野先生还说：

> 乐府诗以及艳诗因为诗语、诗想比较固定，易于写作，所以专事模拟剽窃的古文辞派留下了大量的这种乐府诗与艳诗。

这种倾向也可以见于泊园书院第二任院主藤泽南岳的诗稿中。他的手稿本《七香斋吟草》收录了拟古乐府诗十五首：《美人篇》《落梅花曲》《采莲曲》《寒夜曲》《君子行》《朝云引》《雉朝飞操》《乌栖曲》《白头吟》《长相思》《海贾曲》《饮酒乐》《艳歌》等，可见古文辞派诗歌创作特征依然留存在南岳的文学作品中。兹举一首如下：

美　人　篇

佳冶绝世姿，窈窕天下美。洁如姑射之雪，净如上池之水。明艳人希慕，只有朝日真可比。（自注：颜延年《秋胡诗》：峻节贯秋霜，明艳侔朝日。）简兮之歌人西望，吾也所望在东方。倩兮盼兮人说美，吾也所慕令德香。曷日转吾身，得致君之傍。宿鸦破梦天将晓，相思切兮东方香。

南岳留下了上千首诗篇，我们可以从他的手稿本《七香斋吟稿》全十七册、《七香斋吟草》全八册中概观他一生的诗歌创作旨趣。大正七年（1918），他还自己编辑了《七香斋诗抄》，其中《前七尚并引》《后七尚并引》尤值得注目。《前七尚》追慕藤原春津、僧西行、源义经、清悦子、肖柏叟、石川丈山、卖茶翁等南岳所敬仰的历史人物，《后七尚》追慕贝原益轩、荻生徂徕、伊藤东涯、柴栗山、亀井南溟、佐藤一斋、赖山阳等江户时期的儒学者。前后《七尚》一目了然是模仿杜甫《八哀》的，属于复古主义色彩比较浓厚的作品。而《后七尚》序文（“引”）这样写道：

> 李沧溟云：“不朽者文，不晦者心。”有斯心者，谁不嗜斯文。余托身于艺苑者数十年，翰墨自乐，固非期魏文所谓“经国大业，不朽盛事”也。顷日，赋《七尚》以颂隐士。或谓余曰：“子嗜文艺以自娱，有似不愿人之文绣者，则于艺林，亦必有所尚。”曰：“然。”乃有此颂。

“李沧溟云”的一句为王世贞《艺苑卮言》卷一所收的李攀龙的警句。[1]如上所述，李攀龙、王世贞等“后七子”的复古理论，在日本江户时代末期以后已受到了全面的批判，失去了以往的影响力，几乎没有人尊重李、王的诗文了。至19世纪后半叶，藤泽南岳还把李攀龙的文章引用到自己的文章里，这在近代日本汉文学史上是非常罕见的现象。而且南岳把前后《七尚》看作自己的代表作品，明治三十三年（1900）四月十五日，南岳会晤当时著名作家森鸥外（Mori Ogai，1862—1922）时，还特地把《七尚》奉送给他。

由此可见，即使经过明治维新，甚至到了20世纪的日本诗坛，中国明代李攀龙、王世贞等人的复古主义文学主张与作品，仍在连绵不断地被传播与接受。

[1] 或见于王世贞《弇州四部稿》卷一百十七文部《李于鳞书牍》第四首。

三

日野龙夫《〈唐诗选〉的作用》中有这样一句评价：古文辞派“专事模拟剽窃”[1]。但藤泽南岳本人并不是“专事模拟剽窃”的诗人。翻看南岳的《七香斋吟稿》《七香斋吟草》等诗集，我们就知道南岳的诗风没有那么单纯，而是题材比较广泛，笔法极为精练。

上节提到的南岳的拟古乐府诗应该是在诗会（诗宴）上创作的。泊园书院创办人藤泽东畡在文政十二年（1829）曾组织“先春吟社”，通过唱和或其他诸种带有竞争性质的方式，创作了很多诗歌。南岳则自明治十九年（1886）开始参加“逍遥游社”。该诗社是由左氏球山（Sashi Kyuzan，1828—1896）、近藤元粹（Kondo Gensui，1850—1922）、冈田聿山（Okada Hitsuzan，？—1900）等人所组织的诗社，其中近藤元粹（亦号“南洲”）是明治时代最杰出的诗人之一，并善于填词，他所评订的《李太白诗醇选本》《杜工部诗醇》《白乐天诗醇》《王阳明诗集选本》等书籍曾获得广大读者的关注。

兹介绍南岳的七绝《晚春郊外》。根据诗前的“引”，我们知道这首诗是在明治三十年（丁酉，1897）的逍遥游社诗会中写作的。而天保八年（丁酉，1837），藤泽东畡在泊园书院举办先春吟社诗会，也曾以《晚春郊外》为题作诗。显而易见，逍遥游社是为了纪念丁酉的一个轮回，而特意出了同一诗题。

[1] 日野龙夫《表演的诗人——古文辞派的诗风》（见《徂徕学派——从儒学到文学》）举一个例子来介绍日本古文辞派“模拟剽窃”的诗作方法：高野兰亭（Takano Lantei，1704—1757）[A]《春日寻隐者》（《蘐园录稿》上）：西山行不尽，[B]春日独相寻。[C]谷口莺何处，[D]云间路更幽。青萝垂石壁，[E]茅宇结松林。但有餐霞侣，[F]围碁坐竹阴。[A]：丘为《寻西山隐者不遇》（《唐诗品汇》一七）[B]，[D]：杜甫《题张氏隐居》（《唐诗选》五）：春山无伴独相求，伐木丁丁山更幽。[C]：钱起《暮春归故山草堂》（《唐诗品汇》四九）：谷口残春黄鸟稀。[E]：常建《第三峰》（《唐诗品汇》四九）：西山第三顶，茅宇依双松。[F]：白居易《池上二绝其一》（明历版《白氏文集》三二）：山僧对棋坐，局上竹阴清。

晚春郊外

黄莺啼老绿杨林，游屐何边试醉吟。日暮江村过雨后，香泥一路落花深。

南岳这首诗描写出一个平静的春天、和暖的农村的场景，令人想起杨万里、陆游、范成大等南宋诗人之作。其实，日本江湖诗派在江户末期推崇南宋诗以后，这种宋诗风格的诗歌在日本诗人中很是盛行。[1]南岳除了这首诗以外，还写过《春雨始霁分放翁一联为韵》《至日小集步剑南韵》《遣兴用陆剑南韵》等诗，我们可以看出南岳对于陆游的诗十分推崇，而且可以说，他的文学接受并非片面的。

下面继续看南岳在逍遥游社的诗会上写的诗：

山寺秋晴

秋山晴最好，净境自无尘。临涧心偏豁，对枫吟不贫。寺门存古色，灵物爱天真。适意唯斯在，游情自胜春。

南岳的诗稿（《七香斋吟稿》第六册）书眉上有红色、蓝色、浅蓝色、黄莺色、黑色的批语，都是由逍遥游社诗友写的。用红色的是近藤元粹，蓝色是户谷孝，浅蓝色是山本辙，黄莺色是关永。

近藤元粹试图对南岳之作进行修改，建议将“临涧心偏豁，对枫吟不贫”改为“小饮心偏豁，闲吟字不贫”，而且赞扬第六句“灵物爱天真”为“天然佳句”。

这部诗稿生动传神地记录了100多年前的明治、大正时代以近藤元粹、南岳为代表的“逍遥游社”的文学创作实态，是极其宝贵的文献资料。

[1] 参见合山林太郎：《幕末京摄的汉诗坛——以广濑旭庄、河野铁兜、柴秋村为中心》，见《幕末、明治期日本汉诗文研究》，和泉书院2014年2月。

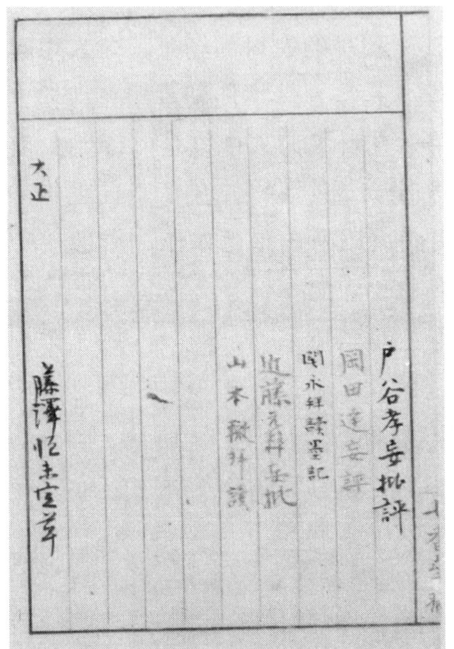
大正

戸谷孝 妄批評
岡田逵 妄評
関永粹 讀墨記
近藤元粹 妄批
山本 敬拜讀

藤澤恒 未定草

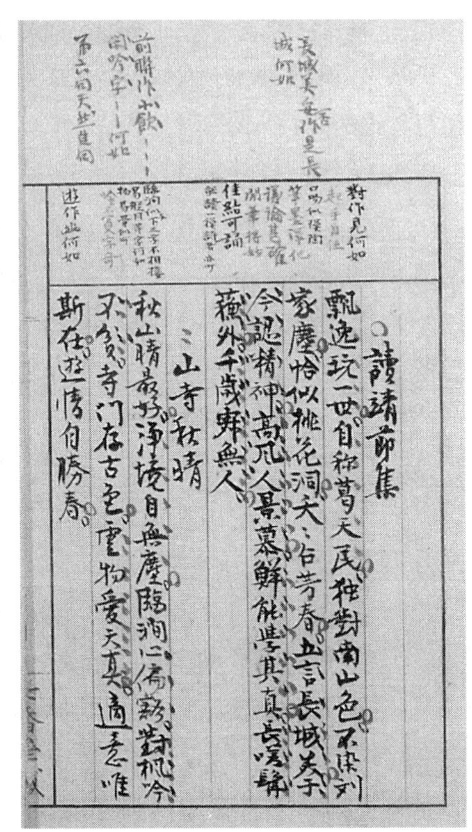
讀諸葛集

飄逸玩一世，自称葛天民。独對南山色，不染劉家塵。恰似桃花洞，天天台芳春。五言長城矣，今認精神高。凡人畏慕鮮，能學其真，豈嘆歸藏外，千歳寂無人。

三山寺秋晴

秋山晴最好，淨境自無塵。階洞仁儒豁，對楓吟不戀。寺门存古色，壹物受天真。適意唯斯在，遊情自勝春。

四

关西大学图书馆“泊园文库”所收藏的汉籍也能在一定程度上反映明代复古派著作曾发生过影响：

关西大学泊园文库藏书书目

（集部·别集类）

《沧溟先生集》三〇卷《目》一卷《附录》一卷，明李攀龙撰，隆庆六年序刊，刊本，一〇册。

《补注李沧溟先生文选》四卷，明李攀龙撰，明宋光庭编，明宋祖骏、宋祖骅补注；日本向荣堂华文轩覆刻宋光庭重锓补注明刊本，刊本，四册。

《弇州山人四部稿》一七四卷《目》二卷，明王世贞撰，万历年间明世经堂刊，刊本，四八册。

《弇州山人续稿》二〇七卷《目》一〇卷，明王世贞撰，万历年间明世经堂刊，刊本，四二册。

《弇州堂别集（全）》一〇〇卷，明王世贞撰，万历一八年刊（九七卷以下二册以雨全堂清刊本补全），刊本，全二一册。

《新刻陈眉公考正国朝七才子诗批注》七卷，明陈继儒撰，明李士安补注，延享四年再刻元禄二年日本宇都宫的（遯庵）覆刻训点明刊本，刊本，二册。

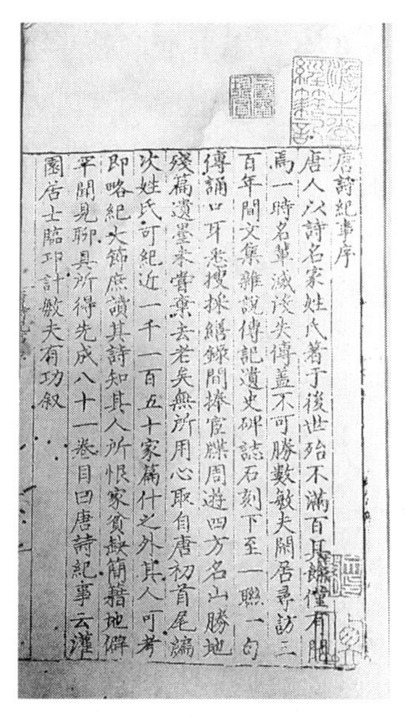
唐詩紀事序
唐人以詩名家姓氏著于後世殆不滿百其餘僅有聞
焉一時名章瀸泯失傳蓋不可勝數敏夫閒居尋訪三
百年間文集雜說傳記遺史碑誌石刻下至一聯一句
傳誦口耳悉搜採繕錄間捧宦牒周遊四方名山勝地
殘篇遺墨未嘗棄去老矣無所用心取自唐初首尾編
次姓氏可紀近一千一百五十家篇什之外其人可考
即略紀大節庶讀其詩知其人所恨家貧缺簡藉地僻
罕聞見聊具所得先成八十一卷目曰唐詩紀事云灌
園居士臨邛計敏夫有功叙

上列李攀龙、王世贞等“复古派”诗文集是在19世纪由藤泽东畡所收藏。那时在日本，李攀龙、王世贞等“复古派”（古文辞派）影响力已逐渐式微，很少人看重李攀龙、王世贞的诗文。因此，可以说这是极为特殊的现象。

最后，还有必要将泊园文库中的贵重书在这里提一下。泊园书院收藏有《唐诗纪事》张子立本，是明嘉靖二十四年（1545）刊本。该书有“文征明印”以及“澹生堂经籍记”等藏书印。则其首先由文征明（1470—1559）所收藏，然后归于祁承㸁（1563—1628）之手。《澹生堂藏書目》卷十四《集类第八·诗文评·诗式》有记载：《唐诗纪事》二十册，八十一卷，计有功辑。该书最终流传到日本，归于藤泽南岳之手。书上还有“七香斋珍赏”之印，“七香斋”为藤泽南岳的斋号，由此可证，曾作为文征明、祁承㸁旧藏的《唐诗纪事》张子立本，是由藤泽南岳所购置与珍藏的。

【作者简介】日本关西大学文学部教授。

编 后 记

《中华诗词研究》第一、二辑刊行以后，创作界与学术界诸多同仁对其“立足当代，贯通古今，融合新旧，兼顾中外”的取向与特色，给予了充分肯定，并期待有后续成果接武开来，不断向纵深推进。于是第三辑应运而生，所载成果都是从中华诗词研究院与复旦大学中文学科近几年各自主办或联合主办的会议上提交的论文中遴选出来的。

为便于读者了解这些论文产生的背景，兹不避琐细分述如下。第一组五篇论文都是2014年12月1日在北京出席中华诗词研究院主办的“现当代诗词文学史地位专题座谈会”而提交的，因该会属小型会议，筹备的时间较短，与会人员所撰论文皆不长，但讨论的问题颇为集中，故增设“热点聚焦”一栏以置之。接下来四个栏目是前两辑原有分类的延续，16篇稿件采自多种会议论文集，然后按主旨归类编排。第一批次是黄坤尧《香港诗坛三大家——陈湛铨、饶宗颐、苏文擢》、简锦松《台湾学生的诗词学习之路》二篇，皆为2013年10月13日在北京出席中央文史研究馆主办、中华诗词研究院承办的“首届‘雅韵山河’当代中华诗词学术研讨会”而提交，虽然就撰写时间而言似乎有点“旧”了，但所讨论的内容对大陆读者来说犹有“新”意；第二批次是陈友康《诗词对日常生活的“直接插入”及其意义》、罗辉《也谈诗的意境》、林峰《中国古典诗美的语言特征》、黄阿莎《左又宜〈缀芬阁词〉及左宗棠家族女性诗词述介与研究》、张一南《传统诗学话语观照下的校园诗词时尚》等五篇，皆选自《第三届“雅韵山河”当代中华诗词学术研讨会论文集》（2016年9月24日由中华诗词研究院与中山大学中文系、广东省文史研究馆、诗刊社在广州联合主办）；第三批次是彭玉平《罗庄与民国沪上词坛》、长谷部刚《明代复古派著作在日本近现代诗坛的传播与接受——以泊园书院为主》二篇，分别为2016年11月18至19日出席复旦大学第四届中国文论国际学术研讨会、2016年12月17日出席复旦大学中日汉籍研讨会而提交；第四批次是董乃斌《诗史言说与叙事传统》、张海鸥《诗词创作的叙事理路》、杨赛《萧友梅的歌曲创作》、朱纯正《论樊增祥的赠内诗》、薄艺《痴情与故梦——席慕蓉诗歌对古典传统的承继与新变》以及戴伊璇与朱惠国合撰的《倦鹤词的精神内涵及其时代气息》等六篇，皆选自《第二届中华诗词古今演变学术研讨会论文集》（2017年10月28至29日由中华诗词研究院、复旦大学中文系在上海联合主办）；最晚的一篇为张芬《从〈登杭州南高峰〉到〈迟桂花〉——郁达夫旧体诗与小说创作关系一例》，选自新出炉的《第四届"雅韵山河"当代中华诗词学术研讨会论文集》（2017年11月17日由中华诗词研究院在北京主办）。

综上所述，本辑从近200篇会议论文中最终采录21篇编校付印，其中14篇为往年提交的会议论文，7篇为今年提交的会议论文。这固然与坚持本丛刊的学术取向以及每辑每人限载一篇的原则密切相关，但还有几点要加以说明：一是所谓往年实际涉及2013年、2014年、2016年的五次会议，并非只有这14篇论文值得关注，而是因为其中有不少论文已在各报刊发表；二是2015年中华诗词研究院与复旦大学联合开展学术活动的代表性成果，已集中收录在《中华诗词研究》第一、二辑中；三是2017年双方联合主办或分别主办学术活动的成果，并非仅有上述七篇值得重视，其主体部分将在第四辑上刊载。

从前三辑刊载论文所体现出来的学术取向与特色来看，"立足当代，贯通古今"显然是主要追求，是基本底色，大多数论文都是以此为视角与方法而展开讨论，尤其是近一百多年的诗词理论与创作在这种研究视野中得到了重点关注与深度阐释，行之于文字，往往生气勃勃，新见迭出。相对而言，"融合新旧，兼顾中外"这两个方面则还有待加强，无论是新诗还是域外汉诗，虽然曾或多或少受到过外国文化与文学的影响，但都是中华传统诗词演变过程中所结出来的果实，是不言而喻的。例如，本辑所载薄艺《痴情与故梦——席慕蓉诗歌对古典传统的承继与新变》、长谷部刚《明代复古派著作在日本近现代诗坛的传播与接受——以泊园书院为主》二文，除了文章本身的学术价值以外，还有助于我们认识新诗与传统诗词的关系、日本汉诗与中国诗歌传统的关系。

本辑从采选稿件到编校审订，都是在中华诗词研究院副院长杨志新先生与复旦大学中国语言文学研究所所长黄霖先生的指导下进行的。黄仁生教授受其委托，继续承担了本辑的主要编务工作。莫真宝博士从采选稿件、联系作者到审阅内容、统一体例诸方面襄助甚多；周兴陆教授、王贺博士、张芬博士参与了清样的最终审订工作；复旦大学中国古代文学研究中心博士研究生刘佳则在本辑前期编辑过程中做过一些辅助工作，包括研读文本、归置栏目、统一体例、核对引文等，曾付出辛勤劳动。

编　者

谨识于丁酉小雪

图书在版编目(CIP)数据

中华诗词研究. 2017. 第3辑 / 中华诗词研究院,复旦大学中文系编. — 上海: 东方出版中心, 2017.11

ISBN 978-7-5473-1244-5

Ⅰ. ①中… Ⅱ. ①中… ②复… Ⅲ. ①诗歌研究—中国 Ⅳ. ①I207.2

中国版本图书馆CIP数据核字(2018)第003598号

责任编辑: 梁　惠　刘玉伟
封面设计: 一步设计

中华诗词研究 · 第三辑

出版发行: 东方出版中心
地　　址: 上海市仙霞路345号
电　　话: (021)62417400
邮政编码: 200336
经　　销: 全国新华书店
印　　刷: 昆山市亭林印刷有限责任公司
开　　本: 720×1000毫米　1/16
字　　数: 298千字
印　　张: 20.25
插　　页: 2
版　　次: 2017年11月第1版第1次印刷
ISBN 978-7-5473-1244-5
定　　价: 58.00元

东方出版中心邮购部　电话:(021)52069798